国家社会科学基金重大项目"中国网络文学评价体系建构研
子项目成果

盐城幼儿师范高等专科学校科研资助项目

CHUANCHENG LUJING YU WENXUE LIUBIAN:
21 SHIJI ZHONGGUO WANGLUO LEIXING
WENXUE CHUANGZUO YU PIPING CHULUN

传承路径与
文学流变

21世纪中国网络类型文学创作与批评刍论

吴长青 ◎ 著

 中国出版集团有限公司

 世界图书出版公司
广州·上海·西安·北京

图书在版编目（CIP）数据

传承路径与文学流变：21世纪中国网络类型文学创作与批评刍论 / 吴长青著 . -- 广州：世界图书出版广东有限公司，2024.7

ISBN 978-7-5232-1303-2

Ⅰ . ①传… Ⅱ . ①吴… Ⅲ . ①网络文学—文学创作—研究—中国②网络文学—文学评论—研究—中国 Ⅳ . ① I207.999

中国国家版本馆 CIP 数据核字（2024）第 111123 号

书　　名	传承路径与文学流变：21世纪中国网络类型文学创作与批评刍论
	CHUANCHENG LUJING YU WENXUE LIUBIAN: 21 SHIJI ZHONGGUO WANGLUO LEIXING WENXUE CHUANGZUO YU PIPING CHULUN
著　　者	吴长青
策划编辑	刘正武
责任编辑	张东文
出版发行	世界图书出版有限公司 世界图书出版广东有限公司
地　　址	广州市海珠区新港西路大江冲 25 号
邮　　编	510300
发行电话	020-84184026　84453623
网　　址	http://www.gdst.com.cn
公司邮箱	wpc_gdst@163.com
经　　销	新华书店
印　　刷	广州市迪桦彩印有限公司
开　　本	787 mm × 1092 mm　1/16
印　　张	16.75
字　　数	317 千字
版　　次	2024 年 7 月第 1 版　2024 年 7 月第 1 次印刷
国际书号	ISBN 978-7-5232-1303-2
定　　价	68.00 元

炫张中的学术沉浸与沉淀
——《传承路径与文学流变》序

朱寿桐

　　当我打开手提电脑准备为长青的新著写几句话的时候，突然一声凌厉的怪叫从电脑喇叭中"夺屏而出"，然后就是不规则无节奏打击乐的杂沓纷乱。带着好奇离开 Word，点开已经在储屏条上闪耀跳荡的小视频，发现是一个人面金龙在那里作势作态，吞云吐火，那云彩和火焰也一律都是金玉裹妆，灿烂辉煌。这当然不是网络文学，应该是新推出的网络游戏，不过夺人眼球搔人耳鼓的炫张风格，乃是各种网络艺术所共有的，也是一般网络技术所擅长的。

　　于是，尽管吴长青说"我们今天讨论文学的时候，已经很难令人信服地再用同一个术语或同质概念去概括文学现象"，但他还是概括出网络小说较为普遍的"赋魅"现象。从"新写实"小说的"祛魅化"到网络小说的"赋魅化"，体现了文学写作所凭借载体的巨大变化，由传统的印刷载体一变而为网络、视频和自媒体载体。传统的印刷载体，无论是出版的书籍还是发行的报刊，从习惯上都会给人一种门槛效应或优选环节的印象，人们对作品的选择与阅读是建立在一定优选运作基础之上的适应机制，是一种被有秩序的文化机制"安排"了的文化行为。但网络兴起以后，自媒体流行以后，文学的选择与阅读便成为自发性很强的文化行为，作为被选择对象和被阅读对象的网络作品，必须以炫惑、炫异、夸张、翕张的形象包装和形式形态博取读者的关注，吸引网友扫视的目光。于是，网络文学的基本特征便是炫张，也就是赋魅。吴长青在这本书里以"赋魅"对网络文学做本质特性的把握与概括，可以令人信服。

　　网络提供的观赏平台、游戏平台和阅读平台，由于"赋魅"的需要，所营造的必然是炫张的文化环境和艺术环境，当然在我们的这个论题上便是炫张的文学环境。网络文学的题材常常体现为吴长青所集中论述的"类型"，包括科幻、魔幻、历史穿越、史述戏说、行业传奇、商战宫斗等，与传统通俗小说的武侠、侦探、宫闱秘事、滑稽幽默、人物演义、时事演绎等类型既有密切的联系与传承，又有更加炫张，也更赋魅的时代特性和载体特征。网络文学的情节自然更需要曲折离奇的炫张，这也是其引人入胜的法宝，是其在读者市场和网络平台获得较大流量和效益的关键。网络小说塑造的人物无论其性格还是其打扮抑或是其相貌包括发型等，无论是其声腔还是其体味，都须带着炫张的成分，这也是网络小说往往很容易被影视剧导演看中并较大量地投诸拍摄的原因，其人物炫张加上炫张的场景、光色，本来就具有夺目的可视性，诉诸影视表现往往显得非常便当，也能够顺理成章地发挥小说原有的炫张成分以增强作品的"赋魅"性。

当然，炫张的构思及相应的手法和技法并不是自网络文学始，我曾经分析过，20世纪90年代以后的中短篇小说普遍存在着"炫张体征"①。诚如吴长青在这部专著中所论析，许多文学现象都不是自网络文学开始，新写实文学其实已经在许多方面具备了网络文学的某种赋性，只不过相应的赋性在网络文学中得到了炫张化的体现。小说创作的"炫张体征"既属于当代作家的一种创作时尚，同样是网络文学赋魅性操作的必然结果。网络文学的炫张体征得到了网络文化场域的鼓励，而同时又以更具有炫惑力的网络创作加持并参与营构了网络文化场域的炫张环境。这是一个无比喧闹、无比热烈、无比活跃的文化环境。在这种喧闹、热烈和活跃的气氛中，几乎所有的创作者、制作者、操作者、阅读者、发送者、评论者，都情绪高昂，血脉偾张。这是一个由炫张气氛铺展和烘托起来的时尚文化场域，一个足以令整个阅读社会为之沉溺为之奔放的网络文化环境。

这样的炫张气氛或炫张环境不会鼓励沉浸式的学术和沉淀式的研究，尽管时代理性不会停止对于各种新文化现象进行学理分析的呼唤与吁求。几乎是伴随着炫张、赋魅的网络文学的产生与疾速发展，一批体现时代学术良心并探寻文化良知的网络文学批评家就敏锐地投入到沉浸式的研究和沉淀式的学术分析，以他们灵活到灵动的理论思维和学术方法建设起网络文学研究的学术格局，从而在网络文化场域热烈炫张的环境与气氛中出色地完成了从网络文学阐解到网

---

① 朱寿桐：《当代中短篇小说的炫张体征及其理论思考》，载《文艺争鸣》，2013年第4期。

络文学批评，再到网络文学研究学术建构的文化任务。这批甘于在炫张环境中做沉浸式研究的网络文学研究者中，我熟知的除了吴长青外，还有葛红兵、邵燕君、周志雄、杨新敏等，都几乎是在伴随着热闹、炫张的网络时代的发展成长起来的学术新锐。相较于他们这批有思想、有理论、有长期观察、有网络经验的新锐学者，尚有一些资深学者较多地从事网络文学研究，但无论是理论的锐气还是学术沉浸的力度与厚度，这批新锐的网络文学研究者在网络文学的历史、现状与理论研究方面都显得更接网络环境之"地气"。

在炫张的文化氛围和文学环境中走向沉浸，沉浸于研究对象的喧闹，既需要学术功力，也需要学术定力。作为中国网络文学第一波专业研究者中的一员，吴长青具有相当的学术功力，从文学史到文学理论，从文学研究到传播学、科学学的研究都可以证明。重要的是他的学术定力保证了他的学术成就。文学史修养和理论修养成为他学术定力的基础，对于网络文学深厚的沉浸式体验和丰富的现场感亲近，同时又始终保持批评姿态，葆有学理批评所必需的距离感，这是这种学术定力的重要保障。他对网络文学及其时代运作的理论阐释，总是伴随着缜密的数据分析和生动的案例解剖，这是他的学术定力所形成的学术沉淀的结果。

尽管有权力对网络化运作保持警惕，但文学界无法漠视网络文学的发展及前景。尽管有理由对网络的文学行为保持隔膜，但文学研究界不宜忽略网络文学批评的生气与活力。吴长青的这部专著能够并且已经向学界表明或证明了这一点。

（作者系澳门大学中国历史文化中心主任、教授，博士生导师）

目录 Contents

中　编　类型研究

下 编　理论批评研究

上编

本体研究

第一章
网络文学概念的生成及其内涵

网络文学既不是产生在古典时代的口耳相传，也不是产生在纸媒时代的印刷术，而是产生在高度发达的互联网信息产业时代。因此，网络文学生产与互联网、通信具有先天的渊源关系。

第一节　从起源到概念的生成

2018 年 9 月，《人民日报》内参部记者郭万盛的《奔腾年代：互联网与中国 1995—2018》①正式出版了。作者在封面勒口上写道："在中国改革开放的历史中，互联网几乎是最具活力的领域。万物皆流，无物常驻。技术的突飞猛进，让一切都尚未定型。你永远不知道新的力量会在何方突然拔地而起。紧跟时代潮流，不断地破旧立新，正是互联网时代的魅力所在，也是改革年代的价值所在。"是的，随着 1995 年 5 月 17 日，第 27 个世界电信日这一天，中国邮电部宣布向国内社会开放计算机互联网接入服务，这样中国终于诞生了第一批互联网用户。

根据中国互联网络信息中心（CNNIC）历年发布的《中国互联网发展状况统计报告》的数据，图 1–1、图 1–2 给出了 2000—2020 年我国网民规模与互联网普及率增长的趋势图。

---

① 郭万盛：《奔腾年代：互联网与中国 1995—2018》，北京：中信出版集团有限股份公司，2018 年版。

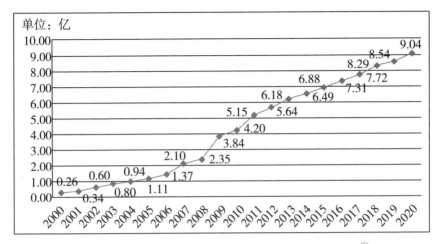

图 1-1　2000—2020 年我国网民规模增长趋势图 [1]

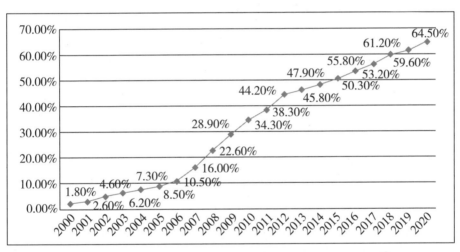

图 1-2　2000—2020 年我国互联网普及率增长趋势图 [2]

　　1994 年 4 月 20 日,我国通过美国 Sprit 公司的一条 64K 国际专线实现了与国际互联网的全功能连接,成为世界上第 77 个接入世界互联网的国家。截至 2023 年 6 月,我国网民规模达 10.79 亿人,较 2022 年 12 月增长 1109 万人,互

① 吴功宜、吴英:《深入理解互联网》,北京:机械工业出版社,2020 年版,第 35 页。
② 吴功宜、吴英:《深入理解互联网》,北京:机械工业出版社,2020 年版,第 36 页。

联网普及率达 76.4%[①]。通过回溯互联网的成长历程，不难发现，网民数量的绝对值似乎未必能直接推导出与网络文学生产的具体关系。

那么，我们不仅需要重新梳理互联网与网络文学的关系，同时还要能回答网络文学是如何发生的？

互联网技术 Web 的广泛应用可将互联网的发展划分为三个阶段。[②] 在这三个阶段中我国互联网显然属于后起之秀。那网络文学何时出现的呢？又是如何出现的呢？

关于我国网络文学的起点目前仍存在一定的争议。[③] 吉云飞认为："相较于中国现当代文学通行的思潮和理论在先、文学的实绩在后的起源叙事，网络文学对自身起源的认定更加看重物质层面的生产机制。《第一次的亲密接触》和《风姿物语》这两部文学作品与黄金书屋、榕树下和金庸客栈这三处文学空间共同支撑起了中国网络文学的起源叙事。其中，就'文学本体'而言，《风姿物

---

① 中国互联网络信息中心（CNNIC）在京发布第 52 次《中国互联网络发展状况统计报告》，https://cnnic.cn/n4/2023/0828/c88-10829.html，查询日期：2024-03-15。

② 第一阶段，该阶段互联网应用的主要特征是：提供 Telnet、E-mail、BBS 与 Usenet 等基本的网络服务功能。第二阶段，该阶段互联网应用的主要特征是：Web 技术出现，以及基于 Web 技术的电子政务、电子商务、远程教育等应用的快速发展。第三阶段，该阶段互联网应用的主要特征是：P2P 网络与移动互联网应用将互联网应用推向一个新的阶段，并进一步向着物联网方向发展。主要有：搜索引擎、网络购物、网上支付、网络电视、网络视频、网络游戏、网络广告、网络存储与网络计算等。在线的社交网络也为新的网络应用与分布式游戏创建了平台，并且成为当前互联网与现代信息服务业新的产业增长点，而支撑这些互联网应用的是分布在世界各地的大量云计算平台。参阅吴功宜、吴英：《深入理解互联网》，北京：机械工业出版社，2020 年版，第 34 页。

③ 主要有以下三种观点：1. 论坛起源说——金庸客栈模式。这是基于考察网络文学发展早期的文学原创社区的运行模式，是否有哪一种模式具备了以上核心要素，可以作为后来模式的基础。答案是金庸客栈代表的论坛模式。参阅邵燕君、吉云飞：《为什么说中国网络文学的起始点是金庸客栈？》，载《文艺报》，2020 年 11 月 6 日。2. 网生起源说——《华夏文摘》。1991 年 4 月 5 日，全球第一个华文网络电子刊物《华夏文摘》在美国创刊，1994 年中国加入国际互联网后才穿越赛博空间而挺进中国本土，并延伸壮大出蔚为壮观的中国网文世界。参阅欧阳友权：《哪里才是网络文学的起点》，载《文艺报》，2021 年 2 月 26 日。3. 现象说——《第一次的亲密接触》。即草根写作、大众参与、社会关注三者合一方为起始。"现象说"盖源于中国网络文学第一个创作高潮，标志性事件乃是 1998 年 3 月至 5 月，蔡智恒（痞子蔡）开始在 BBS 上连载《第一次的亲密接触》。参阅马季：《一个时代的文学坐标——中国网络文学缘起之我见》，载《文艺报》，2021 年 5 月 13 日。同时可参阅欧阳友权、邵燕君、马季：《网络文学起点探讨》（三篇），载《新华文摘》，2021 年第 14 期，第 90—92 页。

语》是最好的起点；就生产机制层面，金庸客栈会被视为真正的源头。"① 毋庸讳言，网络文学的起点的争议恰恰可以使得我们回到问题自身。

论坛起源说立足的是网络文学的媒介性，网生起源说是基于网络文学的物理时间性，现象起源说着眼于网络文学的社会性。如果把以上三种观点放置在历时性的社会空间考察，我们会觉得三种观点都有其偏狭。

我们不会把网络文学看作一个孤立的文化现象或一种独立的社会形态。当我们在辨析网络文学起源的时候还放弃了对什么是网络文学本体论的探讨，正是因为回避了什么是网络文学才导致了答案的混乱和莫衷一是。网络文学是源于心灵的系统，还是源于经济的、道德的，抑或是逻辑的、审美的？

如果不从以上这些提问中去寻找蛛丝马迹，似乎永远也找不到答案。

所以，我们还得回到问题的起点上，互联网到底给我们带来了什么？它给我们还带了什么样的改变？

上文提到了互联网的三个阶段，这三个阶段是从全球互联网发展下的结论，1995 年当互联网来到中国的时候，我们那时到底是一个什么样子呢？

时光回溯到 2000 年 9 月 10 日下午 2:30 至 4:30，杭州西子湖畔正举办一次别开生面的网络峰会，参加者有新浪 CEO 王志东、搜狐 CEO 张朝阳、网易董事长丁磊、8848 董事长王峻涛和阿里巴巴总裁马云，主持人则是中外闻名的著名作家金庸。②

主持人介绍说："首先介绍王志东，王志东创建的新浪网拥有非常详尽的综合信息内容，并提供一个自由地与世界进行交流的先进平台，新浪网已经成为全世界各地中文网站中的一个网站综合社区。接下来，为各位介绍的是搜狐网首席执行官兼总裁张朝阳先生。第三位有请网易技术官丁磊先生。网易公司成立于1997 年 5 月，网易成功地经营了中国互联网公司第一个网上虚拟社区，为中国互联网发展起到举足轻重的作用。下面为来宾介绍 8848 董事长王峻涛。第五位我们隆重请出阿里巴巴首席执行官马云先生。"

在接下来的每个人十分钟的讲话中，王志东滔滔不绝地回顾了自己作为一个金庸迷的所有故事。他说："谈金庸，谈武侠小说。谈起武侠小说来，不管从

---

① 吉云飞：《制作起源：中国网络文学的五种起源叙事》，载《文艺理论与批评》，2021年第 2 期，第 139—160 页。

② 金庸主持的网络峰会访谈全文，新浪科技，https://tech.sina.com.cn/internet/china/2000-09-10/36390.shtml，查询日期：2024-03-15。

台湾来的，美国来的，香港来的，一谈起这个，十个有八九个都会凑过来很好很好地谈，而且我会发现两边谈起来，几乎感觉一样，或者说，你想不出来他是来自海峡对岸，你好像是跟宿舍的同学在聊天一样。这个印象对我非常地深刻。新浪网上面有一个很有名的BBS论坛，叫金庸客栈，我希望在座的都过去看看。如果在1996年大家关心BBS的时候，就会知道金庸客栈是新浪网排第四位出台的一个BBS。现在，从最早的BBS到现有的谈天和聊天室，这个主题的论坛很是兴旺。我想新浪在全球华人占领了位置，这个话题实际也起了相当大的一个作用。"

这是当年的一个场景的再现，如果用一句网络上的语言来表达就是"信息量好大"。一批互联网创业者竟然对金庸武侠小说也有着一种高度的认同，毫不讳言，金庸的武侠文化深得这些年轻人的青睐。

在金庸的谈话中同样也透露出这样的意味，他回忆说："王志东先生在北大方正主持中文平台软件编写工作，而当时我在香港办《民报》，我们就请北大方正给我们解决中文排字问题。那时，全香港，我想可能全中国、全世界的中文报纸都没有电脑排字，所以我们就请王志东先生，王先生接受我们的要求，设计了非常好用的中文排字方式，我们《民报》用了，全香港都用了，用得非常成功。后来马来西亚、东南亚都用了，现在在内地各个报纸大概也都用了。我是因为这个跟王先生接触的。"从以上这些谈话实录中，我们可以辨析出一些基本信息，互联网技术、互联网产业以及关于互联网的未来是大家共同关心的话题。相比这些信息，网络文学并没有进入这些互联网大佬的视野，也没有成功颠覆金庸武侠小说在他们心目中的位置，甚至可以说，在这次具有一定代表性的历史谈话中，我们还没能真正嗅到网络文学的影儿，甚至可以说，网络文学作为一个新词，在新世纪初似乎还没有完全进入这些互联网大佬的法眼。但是从王志东的谈话中显然已经将"金庸客栈"作为一种早期的"引流"手段。

因此，我们是不是可以这样断言，在互联网的早期，作为商业的互联网上的写作依然没有完全脱离传统出版手段，互联网上的大众文化才开始在论坛中活跃起来。

如果这样的论断成立，那么是不是可以这样推测，那时候的金庸客栈比起天涯论坛并无特别强的优势？

而探讨网络文学的起点的意义也许并不是真要有一个明确的结果，它的价值和意义可能也并不在于这个明确的结论，而是何谓网络文学？或许正是有了这样一种异议，才让我们反思这样一个恐被遮蔽掉的问题。

在美学家克罗齐那里，我们似乎可以通过对直觉[①]与概念的理解来反思这个问题。就像我们判断"一个科学作品和艺术作品的分别，即一个是理智的事实，一个是直觉的事实。这个分别就在作者所指望的完整效果上面见出。这完整效果决定而且统辖各个部分；这各个部分并不能一一提出而抽象地就它本身去看"[②]。这就启发我们是科学地看待网络文学还是艺术地看待网络文学，这也意味着前者是理智的，而后者是直觉的。

克罗齐在《美学原理》开篇中说："知识有两种形式：不是直觉的，就是逻辑的；不是从想象得来的，就是从理智得来的；不是关于个体的，就是关于共相的；不是关于诸个别事物的，就是关于它们中间关系的；总之，知识所产生的不是意象，就是概念。"[③]当我们回到具体的网络文学的时候，我们可以认为它是逻辑的、理智的、共相的。

"概念的知识是什么呢？它是诸事物中关系的知识，而事物就是直觉品[④]。概念不能离直觉品，正犹如直觉自身不能没有印象[⑤]为材料。"当我们在给网络文学做一个概念的时候，自然少不了以上所提及的三种"起源说"。缺一不可。正是基于以上三种、五种或者更多种，在它们相互的、彼此的直觉品的关系中，我们才能准确无误地把握网络文学这个概念。

同时，上文中提到的"起源说"都是基于一种历史情境中的"殊相"，它

----

① 所谓"直觉的知识"（intuitive knoeledge）：见到一个事物，心中只领会那事物的形相或意象，不假思索，不生分别，不审意义，不立名言，这是知的最初阶段的活动，叫作直觉。直觉是一切知的基础。见到形相了，进一步确定它的意义，寻求它与其他事物的关系和分别，在它上面做推理的活动，所得的就是概念（concept）或逻辑的知识（logical knowledge）。引自〔意〕克罗齐：《美学原理》，朱光潜译，北京：商务印书馆，2012 年版，第 1 页注释。（笔者注：该书注释均为中译者朱光潜先生注，下同。）

② 〔意〕克罗齐：《美学原理》，朱光潜译，北京：商务印书馆，2012 年版，第 3 页。

③ 〔意〕克罗齐：《美学原理》，朱光潜译，北京：商务印书馆，2012 年版，第 1 页。

④ 西文把直觉的心理活动和直觉所得到的意象通称为 intuition，不加分别，颇易混淆。现在把直觉的活动叫作"直觉"，直觉的产品叫作"直觉品"。"表现"与"表现品"由此类推。这犹如写文章叫作"作"，写成的叫作"作品"。在意义不致混淆时，即不做此分别。引自〔意〕克罗齐：《美学原理》，朱光潜译，北京：商务印书馆，2012 年版，第 2 页注释。

⑤ "印象"（impression）：即事物印在心中的象，起于感受（sensation）。事物刺激感官，所起作用名"感受"，感受所得为印象。感受与印象都还是被动的，自然的。心灵观照印象，于是印象才有了形式（即形象），为心灵所掌握。这个心灵的活动即直觉，印象由直觉而得形式，即得表现。引自〔意〕克罗齐：《美学原理》，朱光潜译，北京：商务印书馆，2012 年版，第 15 页注释。

由感受起印象，生发出知觉。那么"共相"作为普遍属性皆由理智分析与综合所得。但是，将它们放在一起，我们就要追问，历史在这样的概念生成中到底会扮演着什么样的角色？

同时，克罗齐还用"双度"①的关系来阐明。他说："直觉的知识（表现品）与理性的知识（概念），艺术与科学，诗与散文诸项的关系，最好说是双度的关系。第一度是表现，第二度是概念。"同理，网络文学同样遵循这样的逻辑。也就是直觉的知识（表现品）与理性的知识（概念）两者之间首先是前者，其次才是后者。我们需要找到网络文学的诸关系。需要探寻到网络文学最初的实现即通过什么表现的。按照克罗齐的逻辑思路，诗是"人类的母传语言"，语言就是一般直觉品或表现品。

而历史的到场，似乎加剧这样的混乱，多种起源说都占据着一定的历史场景。历史到底能不能成为一种辅助？

克罗齐否定了历史作为第三种认识的形式。"历史不是形式，只是内容：就其为形式而言，它只是直觉品或审美的事实。历史不推寻法则，也不形成概念；它不用归纳，也不用演绎，它只管叙述，不管推证；它不建立一些共相和抽象品，只安排一些直觉品。"②在网络文学发生的历史现场，哪些是网络文学的直觉品呢？

对于历史，"我们必须把诸直觉品在心中加以再现，如同它们原来初现时那样完整。从具体方面说，历史之有别于纯粹的幻想，正如一个直觉品之有别于任何一个直觉品，就在于历史是根据记忆的。"③也就是说，历史是值得怀疑的，具有很多的不可靠性，其中包含了很多个人的幻想。因为从真实性来说，个人的幻想也是在心里发生过的事实。

至此，多种"起源说"的起源仍旧没有能够摆脱对历史持怀疑态度的人。因为，历史的确实性和科学的确实性不同。"它是根据记忆和权威的确实，而不是根据分析与推证的确实。"④但是，具有常识的人都信任历史。到这里，我们

---

① "双度"（double degree）：克罗齐把知的心灵活动依出现的先后次第分为第一度（first degree），即直觉，和由此进一步的第二度（second degree），即概念。直觉可以离概念，概念却必先经过直觉。引自〔意〕克罗齐：《美学原理》，朱光潜译，北京：商务印书馆，2012年版，第30页注释。

② 〔意〕克罗齐：《美学原理》，朱光潜译，北京：商务印书馆，2012年版，第31页。

③ 〔意〕克罗齐：《美学原理》，朱光潜译，北京：商务印书馆，2012年版，第33页。

④ 〔意〕克罗齐：《美学原理》，朱光潜译，北京：商务印书馆，2012年版，第34页。

可以得出这样一个基本常识，多种"起源说"是网络文学的历史直觉品；同样，"只是作为可能的，或想象的东西的出现就是狭义的艺术的直觉品"①。从这层意义上，网络文学作为历史的直觉品是确凿无疑的，但仅仅停留于此，还是无法得出我们想要的概念。

因此，我们必须将网络文学推向更高的层面——科学和哲学。诚如克罗齐所说："这些说明已经确立了纯粹的或基本的知识形式有两种：直觉与概念——艺术与科学或哲学。历史介乎二者之间，它好像是摆在一起的直觉的产品：即一方面把一些哲学的分别接受过来，一方面仍是具体的和个别的艺术产品。一切其它形式的知识（自然科学与数学）都不纯粹，因为夹杂有起于实践的外来的成分。直觉给我们的是这世界，是现象；概念给我们是本体，是心灵。"②克罗齐主张通过推理知道的是本体，走出了与康德完全不一样的路径。

第二节　网络文学作为一种媒体意志

在把网络文学作为一种科学和哲学的推理的道路上，首先确立网络文学的本体的价值。这也意味着我们得寻求一种方法或一套理论去真实地打开它。这同样需要我们去认识它，甚至要实践它。

实践的形式或活动要什么来维系呢？意志。它不是知识而是一种行动。为了能说明意志对于网络文学直觉的意义，先看一个第一个例子。

已故出版人、江苏文艺出版社副总编辑黄孝阳曾编选过一本《2006 中国玄幻小说年选》③，该书前言部分就是一篇编选者关于玄幻小说的长篇评论《漫谈中国玄幻》，在网络上同样可以找到这篇文章的前两部分，只不过在"贝城社区"的"征稿启事"转帖中的前言有下面一段话，花城版的在纸质版上则被删除了。

---

① 〔意〕克罗齐：《美学原理》，朱光潜译，北京：商务印书馆，2012 年版，第 35 页。
② 〔意〕克罗齐：《美学原理》，朱光潜译，北京：商务印书馆，2012 年版，第 36—37 页。
③ 黄孝阳：《2006 中国玄幻小说年选》，广州：花城出版社，2006 年版。

"我对玄幻小说的关注大约从 2002 年开始。当时，我任职于北京修正文化公司，与韩勃先生合作策划出版了中国第一套玄幻原创小说——《弓之道》、《寻找人类》、《星际之霸》、《银河幻世录》。我们渴望打造出中国的《魔戒》三部曲，并于那千千万万人中找出中国的罗琳女士。可惜由于种种原因，计划夭折，我也离开曾给了我梦想的修正公司，阅读玄幻小说的兴趣却得以保存。这些年，我几乎阅读了所有出名的玄幻小说。这里有一个语病。'几乎'与'所有'互相矛盾，但我找不到更好的说法。前天在酒吧里默默无闻的刀郎昨日已红遍大江南北。今天那为生计奔波的'谁'明天或许要占据《时代周刊》的封面。这是媒体意志的时代。'英雄'被生产，被批量制造。我的视线也不大可能留意到每位在暗夜里引吭而歌的人。"

以下部分（略）

二：中国玄幻小说的定义及分类（略）

三：2006 年中国玄幻小说年选入选作品点评：（笔者注：出版物上为作品点评，无以下文字，也不含附后的内容。）

本文乃是为花城出版社《2006 中国玄幻小说年选》一书写的序言草稿。年选正在征稿中。主要针对文学性强的中短篇。希望对玄幻有兴趣的朋友能参加——打造玄幻经典，获取文学荣誉。稿费虽然不高，并不要求首发。朋友们可将在期刊上发表过的小说投来。我不敢说自己的眼光有多好，但我愿意恪守良心，认真阅读每篇来稿，对最终入选作品做出解读。

本文在写作中查阅了大量资料，一一注明出处有点困难，这里一并表示感谢。

欢迎到 ××× 投稿。

附：花城出版社《2006 中国玄幻小说年选》征稿启事。

一、花城出版社年选系列作品的相关介绍

自 2001 年起，花城出版社开始推出"年选系列"，最初只有《中国散文年选》，推出之后获得一定的效益，受到专家及读者的好评，所以逐年增加，至 2005 年起已有 8 个品种。其中每一部都由全国相关学会主编。主编之下，各本又有一位编选者，具体如下：

---

① 黄孝阳：《谈中国玄幻》，360 个人图书馆，http://www.360doc.com/content/06/0517/22/2311_117729.shtml，查询日期：2024-03-18。

《中国中篇小说年选》(谢有顺编选)

《中国短篇小说年选》(洪治刚编选)

《中国散文年选》(李晓虹编选)

《中国随笔年选》(李静编选)

《中国杂文年选》(鄢烈山编选)

《中国诗歌年选》(王光明编选)

《中国报告文学年选》(傅溪鹏编选)

《中国文史精华年选》(向继东编选)

2006 年拟增加《中国玄幻小说年选》，共 9 种。

二、花城玄幻小说年选的推出

玄幻小说建立在海阔天空恣意纵横的玄想之上，融玄学、神话、武侠、科幻、童话、言情、推理、悬疑、惊悚等多种小说要素于一炉，构建起一个神奇的崭新的文学国度。它"读起来很过瘾"，"能充分启发读者的想象力"，"具有强大的游戏精神"。它不服从现实，无所顾忌，根据梦想制定规则。2003 年前后，玄幻小说在网上兴起热潮，吸引众多眼球，优秀作品点击率动辄以十万、百万甚至千万计，其繁盛程度令整个文坛为之惊叹。

为了让广大读者更好地了解玄幻小说的概貌，花城出版社决定向全球华语界诚征优秀玄幻小说，希望对这一流行现象进行一次全方位的扫描，打造玄幻经典，挖掘新人，为奇幻作者提供文学上的荣誉。

三、《2006 中国玄幻小说》征稿要求

1. 以短篇为主，中篇为辅。作品题材不限，作者年龄不限。每位作者提交作品数量不得超过五篇，并敬请提交百字左右的作者简介，以及联系方式；

2. 从即日起开始征集，来稿请投波比文化创意网"中国玄幻小说年选论坛"，地址：×××。截止时间为 2006 年 8 月 1 日；

3. 接受读者推荐。网上点击率较高的玄幻代表作（含连载中作品），可转贴波比文化创意网，说明出处，提交书评、内容简介、作者简介等，以备编选"2006 中国玄幻小说排行榜"。

4. 全书预计 40 万字。

四、稿酬的发放办法和出版时间

1. 稿酬：入选作品稿费：45 元 / 千字（以 word 实际统计字数为准）；出版后 60 天内寄发稿酬。

2. 出版时间：2006 年 12 月。

五、排行榜、专家意见、编选者和责任编辑

1. 设立玄幻小说排行榜；

2. 专家评委会：拟请波比文化创意网站的版主担任本书专家评委会，审核作品，推荐作品；

3. 本书责任编辑钟洁玲；

4. 编选者：黄孝阳等。

欢迎各方朋友踊跃投稿！

首先，从编选者黄孝阳的第一、二段文字中透出的信息，可以归纳为以下几点：

一是作为编选者的基本处境，1974 年出生的黄孝阳此年 31 岁，北漂从事民营出版，这是当年最为活跃的行业，为他以后进入江苏文艺出版社打下了坚实的基础。二是玄幻作品从 2002 年开始已经成为网络文学的主流，黄本人立志打造中国的《魔戒》，可见《魔戒》与玄幻小说的关系多么的密切，即大众文化消费已经成为这个时代的主流。三是媒体意志的时代，"英雄"被生产，被批量制造。四是点评部分，态度极其诚恳，每一篇都点评；愿望极其美好，要求文学性，打造一本玄幻经典；要求谈不上苛刻，不要求首发，中短篇；最后关于功利，稿酬不高，以此可以获得文学荣誉。

今天读到这样的文学，恍若隔世之感。编选者英年早逝，为这本选本也增添了几分历史的悲壮感。

细心的人也许读到了其中两个特别的字眼"意志"——媒体意志的时代，网络文学的时代是意志的时代，这仿佛是从遥远的时空穿梭而来的讯息。其实，说媒体意志的人，他自己何尝不是以一种超常规的意志活在人间。这一对互文将两个完全不同的历史的天空贯穿、重叠在一起。

访谈杭州杰齐软件公司创始人应相俊

访谈时间：2021 年 7 月

访谈形式：线上

问：你入这行是哪一年，起初怎么想到做网文软件的？在行业内大家都知道你这家企业，我也是因为冲着你的名气跟你联系上的。

答：最早是 2002 年的时候开始做的，那时候台湾流行在线的网文连载，大陆基本上是论坛模式。然后有个朋友想尝试做个专门的小说连载网站，就找我合作开发。

接下去几年个人网站发展比较快，我也陆续做了好几家小说站，到 2006 年正式成立公司来运营。

问：目前累计卖出了多少版本，继续跟你保持联系的还有多少家？

答：累计商业用户几百家，目前保持联系的是十几家。如果算上免费的用户群，累计有上万家。

问：从你的技术角度看，你在技术上做了哪些能够满足用户需求的服务，或者说你自己也是懂网文这套规则的，与一般网站的需求最大不同在哪里？

答：对读者来说，最看中的还是内容，然后是操作方便、界面清爽，再是评论互动相关需求。

对网站运营方来说，偏向于网站的管理功能、统计数据、界面的 SEO 这些。对于作者培养，内容筛选等工作，则更依赖于编辑的经验和能力。

我们一直做技术支持为主，对网站运营方面没有直接参与。小说站相对来说，属于用户黏性比较高的，因为连载周期长，读者在网站上看书，待的时间也比较长。我们的开发过程中，在系统的稳定性和负载能力上，花费了大量的精力去逐步完善。

问：目前你所掌握的数据来看，网文这块是不是降温了？

答：有两个大的趋势整个互联网都在发生。

一是视频类内容的兴起，占用了大量用户时间，文字阅读自然会变少。

二是内容和流量资源越来越集中在行业巨头，小团队的成功机会在减少。

问：软件购买最好的是哪几年？用户跟你谈价格或者要求维护的积极性如何？

答：可以分两个阶段：

一个是 2005—2008 年，那时候有了几个比较成功的小说站作为案例，大家都比较看好这个行业，作者和小说内容也处于增长比较快的阶段。不过做站的还是以个人站长为主。

第二个是 2014—2018 年，这阶段特点是，移动阅读的普及，微信和微博等平台易于引流，读者群又有了一波大的增长。另外也有比较多传统出版行业在尝试网络文学的模式。

因为我们的产品属于行业性软件，整体价格还比较平稳，主要是建立跟用户长期合作的模式。基本上客户经营顺利，双方合作的积极性和融洽性都保持不错的。

问：从软件编程的角度考虑，更多的是为谁的利益加持？

答：我们软件是出售给网站运营方，当然是要为运营方考虑。只不过实际操作中，客户可能存在对技术方案不理解的情况和对网文市场不熟悉的情况。我们会根据积累的经验，先做出符合市场需求的标准产品，然后针对具体客户需求做一些个性化的开发。这样一定程度上也节约了客户的试错成本，属于双赢的策略。

问：文学网站的格式有什么不同，你未来的打算呢？

答：所有网站，前端展示的都是 html css javascript 这些代码，没有明确的格式的区分，以前叫 html 后来叫 xhtml html5，都是同一个系列的规范升级了。

行情不行，我都快放弃这行业了好吧。不过现在的确没有把太多精力放在小说程序上了，主要也是没什么新客户了，基本上小网站也没法从头做起来。互联网这块，是一直在变化的，技术都更新很快，我也得继续学习。

从以上的访谈中得来的信息可以总结为：一是 2002 年左右，民营网络文学的软件开发商因台湾线上阅读受到启发。二是 2005—2008 年是 PC 端网站的鼎盛期，一个创业型软件开发公司服务上万家文学网站。三是 2014—2018 年移动端的鼎盛期。四是支撑网络文学生态的基本元素为作品内容、运营和技术，这是永恒不变的三角形稳固关系。互联网技术作为一种强势的意志已经进入普通民营互联网软件业。

如果将以上两则内容进行衔接与拼贴，那对应的时间应该是 2006 年。距离中国互联网商用时间的 1995 年，正好是 10 年时间。而对于 2000 年的"西湖论剑"的互联网大佬们那时都在展望互联网的未来。尽管他们没有从事网络文学，但在他们那意气风发的"侠气"中透出了满满的意志。

"意志"可以作为阐释网络文学的关键词。而在它的背后潜藏着另外一层积极的意义——经济活动。所有的一切都可以用"经济活动"来概括。这也是互联网作为一种新型产业，网络文学则作为一种大众文化生产活动。

克罗齐将审美的与逻辑的作为认识活动的双度，而把有用的或经济的活动以及道德的活动作为实践活动的双度。为了阐明他们之间的关系，克罗齐还将有用的活动与技术活动，有用的与自私的分别做了区分。这对我们研判网络文学作为一种科学的实践活动提供了边界的参考。

他说："真正的科学，即哲学（不像所谓自然科学），并没有一些外在的限制拦它的路。科学完全统治着人类的审美的直觉品，道德也完全统治着人类的经济的意志活动；虽然科学要借审美的形式才能具体地出现，道德也要借经济的形式才能具体地出现。"[①]他将经济的与道德的两重关系做了统一并相互观照，即"依经济的立场起意志，就是起意志要达到一个目的；依道德的立场起意志，就是起意志要达到一个有理性的目的。"[②]这样把经济活动中放弃对道德的要求的谬误给呈现出来，所以，也许压根就没有不分好坏的行动和意志。

用这样的视角观照网络文学的发生，似乎为我们的阐释开辟出一条新路。

第三节　作为经济行为的道德生活

前文从网络文学的"起源说"入境，结合互联网在中国的发展以及大众文化在基层的弥漫，并结合具体的历史情境，对2000年前后做了一个横向粗放的回顾。并重申网络文学是一种体现媒介意志，同时包含着经济行为的道德实践活动。

既然作为一种实践活动，像哲学的概念作用认识本体或心灵一样，"经济活动是对现象或自然起意志的，而道德活动是对本体或心灵起意志的。"在考察网络文学生态时，媒介、技术均可看作是一种现象，而作者、受众和平台则可视为本体。即写作的人、阅读的人以及操纵平台的人。单纯依赖媒介和技术是无法起意志的。所谓"有用的"并不是作为一种知识的技术，而是应用这种技术的人。

因此，我们把网络文学的本质就定义在作者、读者和平台，而把发表在哪里，受到多么大的待见、获得多大的收益（所谓流量）都作为一种现象。前者是道德的活动，而后者才是经济活动。当然两者之间不是排斥的关系，而是两度的关系。"经济学好像是实践生活的美学，而道德学好像是实践生活的逻辑

---

① 〔意〕克罗齐：《美学原理》，朱光潜译，北京：商务印书馆，2012年版，第71页。
② 〔意〕克罗齐：《美学原理》，朱光潜译，北京：商务印书馆，2012年版，第68页。

学"①。因此，循着这样的逻辑开启网络文学内部的研究也就有了理论上的依据。

回到"起源说"上来，"论坛模式"作为发表园地，在2000年第一届"西湖论剑"上，王志东的讲话时隔21年，依然可以作为一种历史的佐证，事实上，那时的论坛绝非指向"网络文学"，而是金庸"武侠小说"由传统出版转向了互联网；由杭州杰奇网络科技有限公司创始人应相俊的访谈中提及台湾在线阅读的回忆，以及已故作家黄孝阳2006年编选《中国玄幻小说年选》的前言（网络版）中也指到了2002年玄幻小说的影响力。

据此，我们可不可以得出这样一个结论：由金庸文化热影响下的两岸三地将传统出版与新兴互联网汇聚到一起，形成了中国市场经济中在民营图书业之外的新的资源补充。

马季的"现象说"，即《第一次的亲密接触》的网络＋图书出版将大众文化制作成新的产业形态。尽管《第一次的亲密接触》向影视、话剧、漫画方向走得并不顺利，但在特定的历史文化语境中已经达到了前所未有的辉煌效果。以至于成为一种现象级的奇观。

"1998年9月，台湾红色文化出版社出版了纸质版本的《第一次的亲密接触》，热销近60万册。而在大陆，也有30多家出版社竞相争夺版权。……《第一次的亲密接触》为喜爱文字却又没有发表途径的年轻人提供了一个成功的范本。人们也由此看到了网络文学的经济价值，精明的书商把目光投向那些名不见经传的写作者。蔡智恒曾公开说道：'我是29岁才开始创作的……在未成名之前，我只是糊里糊涂地走近网络这块大饼，如今因为我的成功，似乎告诉了别人，这里有一块大饼，大家可以一起进来，从事网络的文学创作。'""有评论认为'《第一次的亲密接触》从文学价值、思想内涵，从我们所可凭借界定的依据来看时，它好像什么都不怎么样。但它赢得了注意力，赢得了读者的追捧，创造了经典效应，带动了网络文学的突进……'"②这两段文字是文学之外的一段描述，透过描述，给我们直接的印象是《第一次的亲密接触》并不是文学的成功，而是商业的成功；不是文学价值的实现，而是商业价值的实现。如果说这是第一度，那第二度的道德又是什么呢？

这到底又是一篇什么样的作品呢？应届毕业生网上有《第一次的亲密接

---

① 〔意〕克罗齐：《美学原理》，朱光潜译，北京：商务印书馆，2012年版，第66页。
② 郭万盛：《奔腾年代：互联网与中国1995—2018》，北京：中信出版集团股份有限公司，2018年版，第89页。

触》的简介①。

当代都市的大学校园内，研究生痞子蔡一直渴望能拥有一份真诚的爱情，但事与愿违，他与女孩的交往却屡遭失败。痞子蔡的同室好友阿泰却情场得意，挥洒自如地游戏在众多女孩当中。

一次偶然的机会，痞子蔡在BBS上的留言引起了女孩轻舞飞扬的注意，她给痞子蔡发来的E-mail中称痞子蔡是个有趣的人。这让一向自认为是个枯燥乏味的痞子蔡大感意外，他开始好奇地关注起轻舞飞扬，并逐渐被她的聪颖所吸引。此时，阿泰却劝奉痞子蔡对网络恋情切勿沉溺过深，因为虚幻的网络不会让情感永恒而持久。痞子蔡每晚在网上与轻舞飞扬的交流成了一种默契，他向轻舞飞扬描述在网络上通常存在的三种人，并告诉轻舞飞扬她就是"第二种人"，并猜测她或者即将老去，或者时日无多，沉默良久的轻舞飞扬对他说，她很想见他。痞子蔡不信阿泰所说网络上的女孩都是"恐龙"，均会"见光死"的忠告，他决意与轻舞飞扬相见。令他惊讶的是，他所见到的轻舞飞扬不但漂亮异常，还说出了一套颇有见地的"咖啡哲学"，而痞子蔡则从容地道出了他的"流体力学"。痞子蔡的聪明睿智，博得轻舞飞扬的青睐。他们感动着影院里的《泰坦尼克号》，品尝着麦当劳的可乐薯条，欢舞在飘洒着DOLCE VITA的香水雨中。

他们有了难以忘怀的第一次的亲密接触。

正当痞子蔡憧憬着美好未来时，却收到了轻舞飞扬最后的E-mail，轻舞飞扬就这样消失了。痞子蔡痛苦万分，他要找回他的轻舞飞扬。在轻舞飞扬的好友小雯那里，痞子蔡终于得悉轻舞飞扬正在遥远的医院里，他不相信轻舞飞扬年轻的生命，会就此消失。痞子蔡历尽艰辛，终于站到了轻舞飞扬的病床前，弥留之际的轻舞飞扬对他说道："电影已经散场，但生命还得继续。"失去了轻舞飞扬的痞子蔡，在伤悲中却意外地收到一封由小雯转寄来的轻舞飞扬的信笺——面对这份迟到的爱的承诺，痞子蔡终于感悟到了生命的飞扬。

其实"情"在中国文学中通篇都有，但是从来没有如此"敞开"。20世纪90年代的中国，市场经济催生了新的大众文化，新的生活方式取代旧的生活方式，但是需要在文化上确立。因此，《第一次的亲密接触》触动了人们敏感的神经，于是有了一种一呼百应的效果，唤醒了青年心中的激情。

---

①《〈第一次的亲密接触〉简介》，应届毕业生网，http://yulu.yjbys.com/aiqing/1074.html，查询日期：2024-03-18。

线上的爱情除了天然的"陌生化"之外，匿名的方式少去了道德的压力，以及满足了人们对爱情臆想的期待，可以说是取代文学想象之后所诞生出的一个新的空间。与其说是文学想象，不如说是互联网符码的一种联想。后来，网上写作，"码字"的由来也在于此。有"数码""符号"的意思。"情"字的表达有了新的方式。

移情与共情可以通过互联网空间，打破了自然的物理空间，实现了线上的网络空间与物理空间的"对话"，拓展和延伸了"情"的私密空间，获得了万千青年的认可。当然也开启了新的"情感"表达方式。

回到前面的问题上来。《第一次的亲密接触》是网络生活、经济生活还是道德生活？

毋庸置疑，《第一次的亲密接触》真正撼动读者的恰恰是一种道德生活。而互联网、出版以及经济因素都是道德生活的辅助品。

回到我们所要探讨的现象与本体上来，作者、读者和操纵平台的人是后者，而媒介、技术依然作为前者的现象。读者的道德生活以一种集中的方式汇成了新型大众消费文化的洪流，终将汇成为时代前进的标尺并为网络文学的生产提供新的风向标。互联网所建构的新型空间为读者的"情欲世界"筑起了一个避风港和"大世界"。这也是以道德生活作为一种价值体系在现实生活中的投射，网络文学从直觉和概念的认识向有效用与道德的实践这个四度方向飞跃。它的基础依然是围绕着人的心灵展开的。即"心灵起意志要实现它自己，实现它的真正的自我，即含在经验的有限的心灵之中的普遍性。这种要实现真自我的意志便是'绝对自由'"①。这也便构成了网络文学生产体系最为核心的伦理基础和道德意志。如何在"绝对自由"的无限性中寻求与现实性的平衡，这也构成了网络文学生产与现实处境之间的平衡。

因此，网络文学的本质不仅在于文学，也在于网络空间；不仅在于网络技术，也在于网络平台；网络文学生产不仅在于经济生活，更与一种道德生活息息相关。总之，网络文学不仅在于认知和概念，而在于实践的有效用以及取决于具体的社会道德觉悟的发展程度。

---

① 〔意〕克罗齐：《美学原理》，朱光潜译，北京：商务印书馆，2012年版，第72页。

第二章
崛起中的网络新类型小说浪潮

伴随着新世纪进入第 20 个年头，新写实文学思潮也随着新时期以来主流文学思潮的跌宕起伏，从夹缝中生长到蠢蠢渐入中心的态势，漠视它的存在显然是不符合常理的。批评家王干作为新时期以来文学主潮的推手一直活跃在文坛上，通过王干文学批评的视角对网络文学作者的分化、现实境遇以及建构为一种尚在生长的类型文学思潮进行考察。

第一节　祛魅化的文学表达

通常意义上，文学思潮是指一定历史时期和一定地域内形成的，与社会的经济变革和人们的精神需求相适应的，具有广泛影响的文学思想和文学创作的潮流。"先锋文学""新写实"作为新时期文学"现实主义"文学思潮之后的两大主流，为 20 世纪 90 年代乃至 21 世纪以来的文学格局奠定了基础，不仅培育了一批有影响力的作家，一些创作力旺盛的作家依然活跃在当下文坛。这两股思潮还对早期网络作家的成长与创作起到了不可估量的作用，同时也为网络文学的生长提供了可参照的评论资源。

王干作为文学期刊编辑的职业身份和专业评论家的在场评论堪为当代文学的"活化石"，他的文学历程为我们留下了足够多的现场文本，在王干早期的文学评论中，我们能够寻觅到 21 世纪前后各 20 年中国当代文学的发展轨迹。

在《王干文集》[①]的"废墟之花"专辑中，王干对文学的介入是从"朦胧诗"的批评开始的。这是"先锋文学"登场的前奏，也是由于思想解放结出的精神硕果，当代中国文学重新走上了探寻艺术形式多样化之路。作为网络文学的"寻根"之旅，依然绕不过 20 世纪 80 年代中期的"先锋文学"，作为影响当代

---

① 王干:《王干文集》，北京:作家出版社，2018 年版。

文学的重要文学思潮，历来被后续评论家津津乐道，这其中有无限言说的空间，无论对"文学史"的意义，还是对社会有着非同寻常的意义。因为透过这些活生生的现场，可以探寻到"人"在这些细节中以及这些"人"在生活细节中的状态。"历史什么事情也没有做，它'并不拥有任何无穷尽的丰富性'，它并'没有在任何战斗中作战'！创造这一切、拥有这一切并为这一切而斗争的，不是'历史'，而正是人，现实的、活生生的人。'历史'并不是把人当作达到自己目的的工具来利用的某种特殊的人格。历史不过是追求着自己目的的人的活动而已。"① 诚然，文学的核心自始至终围绕着"人"的一切，这也是我们今天追寻所谓文学意义和价值的动机和情感所在。

在王干的文学批评中我们可以读出他对那段历史的严谨审慎的思考，而不是作为叙述主体对客体的简单结论，"历时"与"共时"相互映衬的观照维度，将横贯整个近四十年的文学历程，客观冷静地与具体历史事件放置在特定的"时间隧道"里做整体性考察，这样的客观性既是对历史的尊重，也是王干对历史的一种敏锐的"先锋"批评意识。这为我们今天判断文学史的圈层结构，乃至对当代文学的整体认知提供了场域和知识的双重储备。

在对先锋作家代表人物之一的苏童发表于20世纪90年代的长篇小说《河岸》的评论中，他说："先锋派的主人公往往是玩世不恭的，至少那个叙述者是玩世不恭的。他们是价值的毁灭者，意义的爆破者。我们今天审视这些毁灭和爆破，一点也不会大惊小怪，因为网络的爆破和毁灭让我们已经熟视无睹，而在20年前这些冒犯是要承担很多的罪责的。"② 这是将"先锋文学"与互联网技术对人的精神僭越语境进行的两厢对照，当然也是对"先锋文学"作家当年的先锋性的一种肯定。这种"历时性"的判断，既有回顾与反思，更有对当下主流文学的出路与网络文学大行其道两者之间所形成的张力的一种预判。

王干对"先锋文学"的判断除了在具体文本中以一种安静而客观的历史目光审视之外，还将之作为"主体"放置在更大的宏阔视野上，于是，我们在历史的图谱中渐渐看清了"先锋文学"的纹理，也只有这么客观细微地观照，"先锋文学"的镜像才更为完整而详细。既回避了抽象谈文学现象，又将"先锋文

① 马克思、恩格斯：《神圣家族》，收录于《马克思恩格斯全集（第2卷）》，北京：人民出版社，1979年版，第118—119页。
② 王干：《最后的先锋文学——评苏童的长篇小说〈河岸〉》，载《扬子江评论》，2009年第3期，第10页。

学"的局部与整体进行比照，这样带给后人的将是一个完整的历史表述，同时带着一种反思式的商榷。这其中包含着对"先锋文学"内在流变的整体性的把握。

在接受初清华采访时，他坦陈："先锋或前卫是开枪了，但是击中的却是自己的作品，因为传统并没有像他们想象的那样具体实在，他们似乎在虚构传统，而传统也在虚构先锋。二十世纪先锋和传统的对立和对抗，都是一种想象，当然利用这种想象造成的裂隙是另一个有趣的研究话题。先锋文学本质是一种文化情绪，这种情绪是对一个新的生活观念，生活价值观乃至世界观的渴望，这个是后来先锋文学和传统文学最大的分歧所在。"① 在两厢对照里既看到了 20 世纪 80 年代"先锋文学"对传统叛逆的影子，又为我们今天谈论网络文学做了必要的铺垫，同时也为探讨网络文学能否具备"先锋性"预设了必要的论题。

谈论 20 世纪 80 年代文学，绝不是停留在 80 年代，而是关注这段历史对于 90 年代文学的影响，因为在这段时间里孕育了网络文学首批作者，而且这股思潮对他们的影响力绝不可轻觑。

对于这段 20 世纪 80 年代文学思潮，王干总结道："新时期文学资源的过度开发和盲目模仿，也给 90 年代文学带来意想不到的副作用，这就是资源的枯竭。80 年代文学就像好多篇文章都开了很多的头，但大都没有继续下去，而西方及其他国家的文学也没有及时地为中国文学再提供新的资源和可能性。膨胀的饱和的不消化的新时期文学成了 90 年代文学的唯一酵母，90 年代文学也势必呈现某种过剩性甚至分泌物的特征来。"② 面对 20 世纪 80 年代这样的文学现实，王干和他的朋友们所介入和干预的文学现场又是怎样的呢？

王干在与中国人民大学 2014 级博士生赵天成的访谈中提及"新写实"文学思潮诞生的始末：1987 年《文学评论》与《钟山》杂志准备开一个会，会议内容好像是"新潮文学"或"先锋派"的，结果因为"反自由化"事件没有开成，一直拖到 1988 年 10 月份才开，这可以看作是"新写实小说"发起的源头。

"但是在我的印象中，当时会上主要是李劼跟许子东关于'雅'与'俗'的争论，把'现实主义与先锋派'这个主题略略有些冲淡。当时许子东说大家

---

① 初清华、王干：《〈钟山〉(1988—1998)与先锋文学》，载《文艺争鸣》，2015 年第 10 期，第 47 页。

② 王干：《90 年代文学论纲：90 年代文学的性质》，收录于《王干文集——边缘与暧昧》，北京：作家出版社，2018 年版，第 10 页。

不要忽视大众文学、俗文学，可能是那个时候它关注的问题，跟我们关注的问题不太一样。"①这段话为我们今天论述网络文学让出了一个思考空间，即主流评论界此时为什么出现分化？

其实，不仅专业评论家队伍出现分化，读者群也出现了分化。这种分化一方面来自读者对文学的接受带有某种自然性的后发状态有关，也与"新写实"文学思潮对读者阅读趣味的引导与培养关系密切。这在王干的批评中也能得到验证。"中国当代作家真正意识到读者的价值，大概是在80年代中期以后。这是由于西方阐释学和接受美学在中国的传播，读者已成为文本构成的一部分。同时文学作品的读者急剧下降，文学刊物的订数也跌入低谷。文学失去'轰动效应'，简单地说，就是失去了读者。读者哪里去了？我们应该拥有什么样的读者？作家从寻找'真理'（表现各种各样的新观念）以及'真理'的外壳（所谓形式主义小说），慢慢转向寻找'读者'。这也正是'新写实'产生的一个缘由。"②这恐怕是目前为止所有批评家中第一个说出来的现实真相，这从另一个侧面证明网络文学发展迅猛的原因并不单单是互联网技术，而是基于读者为中心的大众文化、消费文化为核心特征的牢固基础。

"实验文学的困顿，为'新写实'让出了一片广阔的背景。一些被人关注的'新写实'小说没有在当时产生强烈的影响，而是在实验文学困顿之后，如刘恒的新写实倾向明显的小说《黑的雪》受到人们青睐不是在出版的1988年，而是在1990年。池莉、方方、刘震云这样一些作家，虽然他们的《烦恼人生》《风景》《新兵连》早已发表，但却是在'新写实'这样的旗帜出现之后才格外受到人们重视的。……由于'人的自觉'和'文的自觉'这样宏大的理想受到嘲讽，作家和读者、叙事与阅读的幻觉被亵渎了，他们需要一种实在的填充物来填补这种空白，'新写实'适逢其时。"③反过来说，"新写实"颠覆了盘亘在读者头脑中既有的文学意识形态，重新唤起了人们对"个体"生命的尊重。这样一种置换是极其委婉的，也是彻底的，深得人心的，为文学的大众化做了观

---

① 王干、赵天成：《80、90年代之间的"新写实"》，载《文艺争鸣》，2015年第6期，第58页。

② 王干：《新时期文学的晚钟暮鼓——"新写实"小说漫论之一：读者的诞生》，收录于《王干文集——观潮·论人·读典》，北京：作家出版社，2018年版，第19页。

③ 王干：《新时期文学的晚钟暮鼓——"新写实"小说漫论之一：实验中止》，收录于《王干文集——观潮·论人·读典》，北京：作家出版社，2018年版，第7—18页。

念与写作技术上的解放。

可以说，"去意识形态化"是当时的主要技术手段。在他的访谈中有这样的表述："现在回头看，我觉得这是'新写实'灵魂性的东西。其实当时说成是'情感的零度'，还是因为有些忌讳，实质是想要把意识形态抽空。因为在'新写实'之前的写实小说，基本上是意识形态化的，都是用意识形态作为逻辑的体系，然后来模拟人物、组织故事、描写细节。'新写实'作家里做得比较好的几个，像刘恒、刘震云、方方，特别是方方的《风景》，她率先把意识形态的东西抽空，变成了一个真正的零度写作。"① 从读者接受的角度来说，小说变得容易接近了，有生活了。这批当红作家的小说作品迅速被改编成影视，影视作品倒过来又催生了新的读者群的诞生。《一地鸡毛》《来来往往》《大红灯笼高高挂》《摇呀摇，摇到外婆桥》《菊豆》等一批脍炙人口的作品进入大众视野。

挤干了"意识形态"之后，面对所谓的"原生态"生活本相，来自生活的直接反映占据了部分作家的创作，一定程度上出现了极端化。王干自己总结认为："'新写实小说'确实有它的一个弱点，后来我在其他文章里也写过，它永远是一个灰色的背景，是比较低沉的叙说，人物往往都是被生活蹂躏得没有力气的这么一种'中间状态'的人物。但是从文学发展上来讲，我觉得'新写实'可能是这三十年里面，最有价值、最接近文学本身的文学思潮。"进一步说："'新写实'其实不是琐碎，它是生活本身，生活本身不是琐碎，生活本身有生活本身的逻辑和肌理。后来很多作家去模仿，以为'原生态''还原生活'就是琐碎，这是一个误解。"② 这不免使人想到20世纪之初出现的"底层文学"与"打工文学"两股强劲的创作之风。后文有专门论述。

可以这么认为，"新写实"开启了20世纪80年代后期乃至90年代自由写作的先河，它的意义是巨大的。什么是"新写实小说"？王干认为："所谓新写实小说，简单地说，就是不同于历史上已有的现实主义，也不同于现代主义'先锋派'文学，而是近几年小说创作低谷中出现的一种新的文学倾向。这些新写实小说的创作方法仍是以写实为主要特征，但特别注重现实生活原生态的还原，真诚直面现实、直面人生。虽然从总体的文学精神来看，新写实小说仍可

---

① 王干、赵天成：《80、90年代之间的"新写实"》，载《文艺争鸣》，2015年第6期，第59页。

② 王干、赵天成：《80、90年代之间的"新写实"》，载《文艺争鸣》，2015年第6期，第64页。

划归现实主义的大范畴，但无疑具有了一种新的开放性和包容性，善于吸收、借鉴现代主义各种流派在艺术上的长处。"①写到这里，我们真正需要追问的除了文学本身之外，更需要知道的是20世纪80—90年代作家笔下的生活原生态到底是什么？普通人的人生状态又是什么样？它与文学生态的关系怎么样？

第二节　赋魅的网络写作

我们今天讨论文学的时候，已经很难令人信服地再用同一个术语或同质概念去概括文学现象，似乎每一个人的心里都有着自己的文学标准。虽然称不上是一种分裂，但变化的阅读市场客观地分化出所谓传统文学、通俗文学乃至网络文学这样的版图，如果说大家都在沿着"巴别塔"向上争攀的话，那么，塔基一定是由"新写实"分化出的这一脉作家。吊诡的是，当年在讨论"先锋文学与现代主义文学"的专业会议上竟然出现许子东丝毫不带一点违和感的提醒，难怪当年王干对此有些诧异，更是令他始料未及的。

追根溯源，这与"新写实"直接熏陶出一群文学自由人——自由撰稿人有很大的关系。他们也是早期网络作家的群体代表之一。在他们身上有着一种别开生面的当代价值。如果说20世纪80年代真正出现我们所谓的"当代"的意义来，那么，大众文学、通俗文学以及网络文学一统天下的态势有可能预示着文学将进入到一个真正的"当代"，或者说，90年代文学提前与21世纪的文学会合，这个"中介"在"当代文学"中的价值才能真正显现出来。

陈晓明在《论文学的"当代性"》中指出："何为当代？体现了一体化和规范化的形成建立过程，这就是'当代'。换一句话说，当代性就存在于这样的历史过程中，是其内在性的质。然而，到了80年代，'当代'走向了其反面，在变革、转折、解构的过程中，'当代'的本性才体现出来，或者说才实现了'当代性'。在这一意义上，'当代性'既是先验的，又是被建构起来的。"②王干一直就在这样的"当代"里穿行，同时不断开启新的"当代性"，正是有了这样的亲历与真实的思考，在今天失传的"边缘地带"，重拾记忆，拼贴不断被解构的"碎片"，这样，"当代文学史"不仅可以得到有效的还原，也可以得到

---

① 王干：《"新写实"小说的兴起》，收录于《王干文集——观潮·论人·读典》，北京：作家出版社，2018年版，第5页。

② 陈晓明：《论文学的"当代性"》，载《中国现代文学研究丛刊》，2017年第6期，第3页。

顺利的弥补。

他在 20 世纪 80 年代对于 90 年代文学的影响与意义的总结中这样认为："90 年代并不是没有意义的，因为过剩的文化中往往崛起着新的文化力量和文化形态，特别是 90 年代通过对 80 年代文学进行梳理，对西方文学的神话有了清醒的认识，中国作家会更加坚定中国文学走向世界的信心。"[①] 作为主流文学价值观集中体现了文学的本土性和民族性，也肯定了中国文学所具有的"当代性"。诚如前文所论述的，期刊文学在寻找读者的同时，同样在客观上影响了读者、培养了喜爱写作的读者。这样的培育来自两个方面：一是作家的自觉，他们热衷于以优秀的作品赢得读者的青睐，以获得读者心灵的共鸣；二是唤醒读者参与文学的热情，在这一点上，作家偶像的塑造同样起到了至关重要的作用，也就是说既有内在价值的引领，同时，在 90 年代传媒渐渐成为引流舆论的文化环境下，作家的被传媒化越来越成为引领文化时尚的主潮。例如，南京文化地标之一的"先锋书店"就是在 90 年代初期开始，将图书零售与作家驻店讲座进行联动策划出来的代表。

传媒的风行，特别是报纸副刊和城市报亭青年时尚读物的兴起，成为引渡大众文学的一个新的载体。一部分文学青年从文学期刊阅读开始向报纸副刊和青年时尚读物投稿，成为 20 世纪 90 年代的"副文学"景观。也就是说，在主流作家之外，出现了一批自由撰稿人。他们犹如寄居在文学期刊之侧的蝴蝶，一方面带着钦羡的心态观察作家在纸质期刊与影视改编之间徜徉流连，另一面躲在暗处摩拳擦掌，更有甚者在复印机普遍进入城市打印店的兴盛期开始了一稿多投的码字生涯。

王干对此深有体会，他说："文学的个体化和个人化与文学的集团化并存，一大批自由撰稿人的出现。如果 90 年代不出现大量的非体制内的年轻作家，没有一批人以自由撰稿人身份进入文坛的话，所有的旗帜都可能落空，因为这些个性化的提法往往是非作家协会化的。而自由撰稿人的出现，为多种口号和旗帜的树立提供了极大的可能性。'新状态'和'70 年代出生的女作家'两面旗帜下'云集'了一批自由撰稿人。"[②] 这里的自由撰稿人是集中在文学期刊周围的自由撰稿人。但是报纸副刊和青年时尚读物，诸如《读者》《青年文摘》《辽

---

① 王干：《90 年代文学论纲（上）》，载《南方文坛》，2001 年第 1 期，第 45 页。

② 王干：《90 年代文学论纲：90 年代文学的特点》，收录于《王干文集——边缘与暧昧》，北京：作家出版社，2018 年版，第 7 页。

宁青年》《涉世之初》《知音》《青年一代》，以及后来居上的《意林》等刊物向自由撰稿人伸出了橄榄枝，这些纸媒对一些无法高攀上文学期刊的自由撰稿人充满了吸引力。起点中文网白金作家江苏网络作家协会主席跳舞就曾公开宣称他曾经是共青团江苏省委主办的一份青年刊物的自由撰稿人。

我们再来看看专业作家的沿袭，"整个90年代的文学几乎是80年代的剩余和分裂，这不仅是80年代一些重要作家进入90年代的写作，更重要的是，80年代那些重要作家的作品依然是90年代的重要文本，王蒙、贾平凹、铁凝、王安忆、莫言、余华、苏童、刘恒、刘震云、张抗抗等人都完成了他们的重要作品，他们都拿出令人信服的长篇力作，而这些力作都是他们在80年代写作的一种凝聚或裂变。90年代出现的韩东、朱文等新生代作家则是马原、徐星这些80年代'先锋派'在新的历史情境的滋生和繁衍，像陈染、林白、卫慧、棉棉等女性实际上扩展扩大80年代张辛欣、刘索拉那种极端的情绪。作为90年代文学代表人物的王朔的'思想'在80年代亦已形成，并没有什么发展，只不过在90年代有了传播的空间和更多的受众。"[①]与此对应的是，在自由撰稿人中同样出现了所谓的头部作者，即后来的畅销书作者和专栏作者，比如台湾的林清玄、刘墉，香港的张小娴、深雪；大陆的乔叶、陈蔚文、六六、马国福、张丽钧、叶倾城、李汉荣、谭延桐等人，网络作家何常在也是《读者》签约作家。

随着中国互联网的出现，文学写手开始寄居于互联网，成为互联网上的写客。以1982年生人的南派三叔（原名徐磊）为例，2006年6月26日，由ID为218.109.112.*的马甲出现在百度贴吧，随着关注度的提高，盗墓笔记由贴吧转到其他文学网站，首发于起点中文网，2007年1月，《盗墓笔记》系列实体书由中国友谊出版公司陆续出版。第一本《盗墓笔记——七星鲁王宫》开售一个月，销量突破60万册。

1978年出生于物探队家庭的天下霸唱（原名张牧野），他的起点是天涯论坛的莲蓬鬼话板块，第一部作品是《凶宅猛鬼》，改编自他的一个朋友的亲身经历。在天涯走红之后，与起点中文网签订了协议，正式开始了写手之旅。特别需要指出的是天下霸唱在《南方都市报》同时连载短篇专栏《牧野之章》，2010年10月以《牧野诡事》合集出版。这本书糅合了现实和虚构、盗墓和探险。天下霸唱后来说，没有这本书就没有后来的《鬼吹灯》系列。

---

① 王干：《90年代文学论纲：90年代文学的性质》，收录于《王干文集——边缘与暧昧》，北京：作家出版社，2018年版，第11页。

1979 年出生的当年明月（原名石悦），2006 年在天涯论坛首次推出长文《明朝那些事儿》，后转战新浪博客。天涯、新浪月点击率月均超百万。《明朝那些事儿》七部从 2006 年由中国友谊出版社出版五部，到 2009 年中国海关出版社出版两部，全部出齐历经三年，总发行量过千万册。

1974 年出生的慕容雪村（原名郝群），2002 年，因不能兼顾打工与写作，辞职专门写作，2002 年凭借《成都，今夜请将我遗忘》而走红，2003 年创作了姊妹篇《天堂向左，深圳往右》，两部作品分别于 2007 年和 2014 年以《都是爱情惹的祸》《相爱十年》为名改编为电视剧。

1976 年出生的萧鼎（原名张戬），2001 年进入幻剑书盟网站写作，2002 年 6 月在台湾出版第一部作品《暗黑之路》，2003 年 3 月《诛仙》在台湾出版，2005 年 4 月大陆出版《诛仙》。

从以上一组早期成名的网络写手的经历看来，除南派三叔是 80 后外，其他几位都是 70 后，也就是说 20 世纪 80 年代的"先锋文学"，特别是 1989 年的"新写实"思潮不同程度地影响着他们，"新写实"所形成的文学观念在他们的创作中不同程度地有所显露，特别是"新写实"的"情感零度写作"。网络只不过是平行于期刊的一种载体而已，特别需要点出的是，他们的作品都经过了纸质出版这一历程。

王干客观地说到了文学在当时的历史境遇，也就是"新写实"出现的外部环境，这种境遇并不单单是意识形态的解放，而是来自阅读市场面临的分化与冲击，文学期刊正面迎接这股潮流而采取的一种策略。他说："文学载体由原来的刊物的一枝独秀到多头进展，出版社的畅销书、报纸副刊上的随笔、网络文学都对文学期刊产生了很大的冲击，文学期刊策划了一些'旗帜'来也是为了招徕作家和读者，这实际上是期刊市场意识的觉醒。《钟山》是全国文学刊物率先打出旗号的，当时打出旗号的目的，首先是为了让这个在文学中心之外的刊物能够引起人们的注意，其次是想对全国文学潮流走向作一些分析和梳理，因而推出了'新写实小说大联展'，由于适逢 90 年代初期文坛的寂静，'新写实'极为活跃，因而后来触发了一连串的事件。刊物的这种策划实际是由于刊物自身的危机产生的。"①恰恰相反，网络文学的发生适逢 80 年代乃至整个 90 年代自由撰稿人的参与，那是一个真正的"春秋战国"。王干作为这段文学思潮的推

---

① 王干：《90 年代文学论纲：90 年代文学的特点》，收录于《王干文集——边缘与暧昧》，北京：作家出版社，2018 年版，第 8 页。

手，做了他职业生涯中的分内事，但是对今天的文学格局不同程度地起到了观照作用，以及出现了一个明晰的变迁的系谱。这可能也是他第二个始料未及的。

诚如他自己坦言："90年代多元共存、多极发展的文化格局形成，在80年代，当文学刊物替代所有刊物时，文学是新闻，也是时尚；是娱乐，也是思想；是故事，也是艺术。这时的文学刊物已处于前媒体时代，90年代的文学进入媒体时代之后，不得不采用媒体时代的手法，对自己的刊物包装一下、策划一下。给刊物和作家贴标签等于为自己打品牌，在媒体上进行炒作实际接近于广告宣传。"① 从这里可以看出，"新写实"文学思潮一方面造就了经典作家，同时，影响了同时代的读者，也滋养了早期的网络写手。客观上说也刺激了为数不少的文学传媒参与"夺食争利"，为网络发表文学的出场起到了鼓舞的作用。但是不能不看到另外一面，即网络文学的发展中断了以期刊编辑为主体的专业作家遴选成长之路的单一模式。比如，乔叶就是从《青年文摘》撰稿人走上专业作家之路的。

笔者本人曾以自由撰稿人身份在21世纪后被新浪读书频道邀请过，后因本人对网络写作缺乏足够的热情而中断。也就是说，在21世纪前后，网络平台已经开始参与对自由撰稿人和未成名作者的争夺。今天研究网络文学一般以1998年台湾网络写手痞子蔡的《第一次的亲密接触》作为中国网络文学的起点，似乎显得有些牵强附会。因为影响大陆网络写手写作的不是《第一次的亲密接触》，在我看来恰恰是"新写实"文学思潮，包括小说纸质出版物和由此改编的影视剧。之所以刻意回避这个现实，大概呈现出网络与期刊的介质不同罢了。其实，影响作家创作的并不是媒体介质，而是作家的创作观和生活的经验。如此说来，早期的网络写手与"新写实"思潮天然也有着一种"沿袭"，尽管写法不同，但是在很多"类型化"写作为主体的网络文学文本中依然能够看到某些"沿袭"痕迹。如"刘恒小说中的精神分析因素，王安忆小说中的女权主义潜影，叶兆言小说中的消解主义方式，都是新写实的'新'之所在。""以一种'无我'的叙述态度来面对现实面对小说，便使小说融入了新的信息量。"② 也就是说早期的网络写手的写作与"新写实"的文学思潮这个母体有着千丝万缕的

---

① 王干：《90年代文学论纲：90年代文学的性质》，收录于《王干文集——边缘与暧昧》，北京：作家出版社，2018年版，第8页。
② 王干：《新时期文学的晚钟暮鼓——"新写实"小说漫论之一：主体的终结》，收录于《王干文集——观潮·论人·读典》，北京：作家出版社，2018年版，第15—16页。

精神牵连，这也正是我们对经典文学心怀敬意的地方。

第三节　传统文学思潮的分化与网络新类型的生成

21世纪以来，文学版图的急遽变化除了各类传媒因素之外，网络的兴起彻底改变了自由撰稿人的创作格局。特别是以起点中文网、纵横中文网、17K小说网等为首的一批文学网站风起云涌。大型传媒期刊集团也争先恐后进行资产重组，其中以湖北长江传媒的知音出版集团、甘肃读者出版集团最为典型。文学期刊的突围成为新一轮文学巨变中的主角。

王干首先是个实践家，对科技进步所带来的变革极为敏锐。某种意义上，职业的敏感和文学理论的流变逻辑，使得他很早就对"新文体"产生了一种迷恋。特别是在他提出"新写实"之后，想再继续推出"新状态"来。他认为："'新状态'作为刊物编辑和研究者对当前文学思潮的一种界定与前瞻，能够引起巨大的反响，说明90年代文坛具有较强的活力和反弹力，这种尝试和探索，使文学刊物与评论由过去的跟踪转向同步甚至前瞻，说明文学思潮的发动机制发生了变化。'新状态'作为一种文学尝试和理论探索，它的最大特点便是率先从理论上解决了'个人化'写作的前提，'新状态'要求作家从国家民族寓言的象征之塔走出来，回到个人的生存状态之中，并且希望作家放弃代言人的角色，回到作家的自身状态，讲述自己的故事，甚至提出自传写作（互文）的命题，为以后的更年轻一代的出现作了某种暗示和铺垫。"[①]这段表述解释了21世纪早期流行于知识分子中的具有"新左翼"倾向的"底层文学"写作所具有的合法性与正当性。

以陈应松、尤凤伟、刘庆邦、孙慧芬、胡学文、罗伟章、荆永鸣、夏天敏、李铁、迟子建、铁凝、王安忆、方方、鬼子、刘继明、刁斗、东西、林白、北北、曹征路，以及徐则臣、吴玄、巴乔、映川、李师江等作家为代表的作品均有对于"底层"的苦难叙事，成为继"新写实"之后的一波文学思潮。然而，由于"底层文学"刻意放大"苦难意识"以及因"意识形态"问题对主流思想构成了某种威胁，最终消匿成零。

在此之外，在南方的广东则兴起了以第一人称的"打工文学"。代表作家有郑小琼、柳冬妩、谢湘南、张守刚、王十月等。"打工文学"也因"打工"两字的阶层歧义不被更多人接受，最后也消散于南方人再次以"移民文学"代之

---

① 王干：《90年代文学论纲（下）》，载《南方文坛》，2001年第2期，第32页。

的命名中。

除此之外，还有少量的 80 后作家被各类出版机构以及从文学写手转型为出版人建立的民营出版公司吸纳、包装，成为文学明星，如郭敬明、张悦然、春树、尹珊珊、李傻傻、蒋方舟、白雪、刘一寒、郑小驴等。

文学批评界以白烨为代表的专业评论家也主动站出来鼓励、支持 80 后作家创作；以邵燕君为代表的"北大评刊"团队开始关注 70 年代生人的写作，李云雷、徐则臣、李浩、计文君、文珍、张莉、黄土路等人开始逐渐活跃于文坛。

而以起点中文网为主体的盛大文学已经成为网络文学的行业老大，从 2003 年开始实施网络付费阅读机制——给网络文学写作者开稿酬，正式开启了网络文学资本运营的先河。互联网写作成为替代期刊写作的大通道正式打开。大型文学网站争先恐后吸纳自由撰稿人，同时建立了完备的资本体系为主体的网站编辑选文 + 读者点击相结合的遴选机制，从此，网络文学生产步入具有资本主义特征的文化生产流水线的阵列。由于网络文学建立了较为完善的有组织性的生产机制，组织化程度更高，与中国年轻人的阅读市场遥相呼应。网站成为继文学期刊之后吸纳众多年轻写手的平台，成为继期刊之后中国大陆最大的文学生产基地。网络文学正式进入资本时代的第二阶段。

文学格局自此出现新的变局。

王干敏锐地关注到这个变化，在他后来的很多评论中经常看到他关于网络文学的相关评论，同时他自己也坚持写博客文字。

"今天的网络写作或许是最富城市色彩的，虽然今天的网络也遍布乡村，但网络写作是难以和乡村联系在一起的。网络的匿名、自由、无序正是现代城市生活本质极端化的体现。在网上的文学很少看到以乡村为背景的，农民身份的网上写手往往会写得更加城市。网上的好小说难得一见，慕容雪村的《成都，今夜请将我遗忘》不仅标志着网络文学进入了一个新的阶段，也标志城市小说开始新的进程，那些在王朔小说见不到的新一代城市人的反常成长，让文学和生活一下子难以定位。当然网络和城市也有一个通病，这就是泡沫化，这些年网络上成就了多少作家是可以计算的，但他们糟蹋多少文字却是难以统计的。"[1] 这段评论是他眼中早期的网络文学，不仅将网络文学纳入城市文学的观照中，同时也看到了网络文学的整体性的粗鄙。另一方面，他从作家管理与社

---

[1] 王干：《灌水时代：城市的履带开进小说》，收录于《王干文集——观潮·论人·读典》，北京：作家出版社，2018 年版，第 149 页。

会经济发展的高度对网络文学与专业作家队伍建设的组织机制提出了自己的设想。

"从作家队伍的建设和维护来说，网络也是高度的节能和方便。网络文学的非专业化，改变了专业作家队伍的模式。专业作家的队伍的去留一直是争论巨大而难以彻底解决的问题，如果继续设立，作家被养懒了，浪费纳税人的钱；如果不设立，作家的培养和队伍的延续又得不到保障。网络的文学劲旅是一支看不见的队伍，又是一支随时更新和发展的生力军，对管理者而言，只要及时地掌握动态熟悉情况，就不用担心文学人才的断层。这样文学运作的成本最低，减少了很多不必要的能量损耗和经济成本。"[①] 在某种意义上，王干对网络文学的态度与很多专业评论家的态度是截然不同的，他是带着包容与建设的姿态看待这场大踏步而来的变局，同时也是积极乐观地看待这场由网络带来的创作新变。

2009年6月，王干在参加由《文艺报》和盛大文学共同主办的"起点四作家作品研讨会"上评论跳舞的作品时说："我们很高兴地看到80后的一代作家或者网络作家，把已经中断的那么一个问鬼神、问灵魂的这么一种文学传统重新续接起来，所以我觉得这种网络文学跟悬疑文学的这种年轻作家的出现，表示文学它在进步，它在发展，它在拓宽它的界面。所以我觉得对这样一些问鬼神的这种年轻人，我们要理解他们，要研究他们，要认识他们，要去发现他们的价值。"[②] 这个时期的网络文学其实已经全面进入商业化的"类型化"写作阶段。与第一阶段的"沿袭"关系也没有完全中断，甚至第一阶段的成名作家的作品依然有其影响力，并且很多网络作家的创作进入新的旺盛期。

而以期刊写作的70后作家除了上面提到的乔叶转入专业写作，李浩、黄土路、徐则臣是期刊编辑，同时也是专业作家，徐则臣还获得了"茅盾文学奖"；80后作家郑小驴、蒋方舟做了编辑，郭敬明玩电影，张悦然到中国人民大学教书，李傻傻在传媒公司，很多当年响当当的名人现在已经销声匿迹了。有趣的是，邵燕君的"北大评刊"关闭之后，于2011年直接转向了"北大网文论坛"，目前已经陆续出版了研究成果。其中于2015年5月上线的微信公众号截至目前已经有40多万粉丝。

---

① 王干：《网络改变了文学什么》，载《文艺争鸣》，2010年第10期，第3页。
②《起点四作家作品研讨会》，中国作家网，http://search.chinawriter.com.cn/chinawriter/ search.do，查询日期：2024-03-15。

商业化的"类型写作"给中国文学产生的影响以及对未来专业作家队伍会产生什么样的影响还有待时间的考验。但是有一点毋庸置疑，网络作家不会无视专业作家的创作，同时对传统文学格局依旧充满了一种敬意。

事实上，王干对网络文学的批评也没有停止，某种意义上，他对网络文学的批评是带着一种期待，绝非带着一种意气或者情绪化的表达，而是对当下的网络文学提出了某种警示，网络文学界须客观面对这样的批评。"今天的网络文学的疯狂生长，一是借助于互联网的传播方式，二是以话本小说为形态的消费体文本在新文学的压抑下有了一种报复性的反弹。我们起初以为是一个新的文学形态的出现，如今发现它只是明清话本小说'借尸还魂'而已，虽然这种网络的载体可能带来新的审美的变革，但至少我们现在读到的那些网络文学的代表作还没有产生超过传统小说的文学审美元素和美学品格。"[1]有人也许不能接受这样的判断。其实，网络文学更需要一种客观的、包容的心态看待商业裹挟下的若干"新变"，这种"变"首先需要网络作家自身气质的"变"，如何在商业环境里有一种自我批判和捡拾起哲学意义的"扬弃"的价值观。没有这种发自内在的"变"，文学形式外部的"变"是不可能的。这本身也是网络作家创作现场面对的另一种"新现实"。

客观地说，虽然当下的中国社会现实与传统社会没有本质的不同，但是不能忽略互联网带来的深刻的新变局。这样的"新变"势必带来文学表达的"变异"。文学批评同样也需要跟随着进行话语的转换。诚如黎杨全所认识的那样，"这些虚拟生存体验，正是网络带来的不同于传统社会的部分'新现实'。新媒介的出现，深刻改写与重塑了人们的日常生活、交往方式与精神体验。种种日常与非日常的交汇、时空穿越、化身生活、虚拟交往……构成现代人活跃驳杂的日常体验与生活想象，中国网络文学在一定程度上折射了这些'新现实'。"[2]如何表达这些"新现实"不仅是专业作家需要面对的，网络作家更要有一种真正的能力去观察它、表达它，而不只是消费它。

无论是网络文学还是现在的专业作家队伍，有一点却是共通的，即21世纪的中国渐次进入到一个新的发展阶段，而这些与过往的政治、经济和文化都

① 王干：《文学评论流失的初心，是尊重规律与常识》，载《文学报》，2019年11月28日，第19版。
② 黎杨全：《虚拟体验与文学想象——中国网络文学新论》，载《中国社会科学》，2018年第1期，第177页。

有着潜移默化的关联。因此，王干对于网络文学的批评依然可以接续上 20 世纪 90 年代的文学批评的思路，并将持续影响着当代的网络文学创作。相反，如果没有 90 年代的自我解放以及对意识形态的重新认识，就不会出现诞生于大陆本土的网络文学。有学者认为对王干的评价远没有结束并还将继续延续下去，这也不是没有道理的。"90 年代的公民意识，也许正是从各种'新'为名的文化改革中开始的。对于王干力推的'新状态'作家的创作成绩，将来的文学史会有评述，而王干对于批评史的意义，也不只是作为新的写作风潮的推动者，而是已经变成了一个观察 80 年代的文学批评家在 90 年代、21 世纪初文化变迁的范本。"[1] 诚然，网络文学批评的使命不但没有"退场"，而是需要真正的"进场"，特别是在网络文学迫切走向海外的现实面前，网络文学又将如何传达一个真实的中国，审美的中国，这将是摆在所有网络作家面前的一道时代命题。这也促使网络文学必须形成自己独有的文化品格，同时以自己的经典作品躲避开"底层文学""打工文学"和"80 后写作"的历史宿命，从而真正构建起新时代现实主义文学新的发展"思潮"。这将是她对 20 世纪 90 年代文学历程一次真正的回响。

---

① 张大海、孟繁华：《批评和批评的解剖——谈王干的文学批评与文化评论》，收录于初清华编《王干文集——说不尽的王干》，北京：作家出版社，2018 年版，第 37 页。

第三章
"榕树下"视野中的网络类型文学的生成与变迁

在对《漓江年选》(1999—2005)的文本信息和出版流程梳理的基础上,结合《创始者说》中当年创办人及参与者的历史回顾,清晰地得出早期的榕树下所实施的"文学社"模式是个人主观借以实现"纸数一体化"的出版理想。这种带有"实验性"的探索行为人为地阻断了榕树下平台上所发布的网络作品向"类型化"方向发展的可能,这也是榕树下最终被网络所抛弃的深层原因。在这种回溯中还发现类型文学的流变与网络文学早期的形成具有高度的一致性。同时,单纯以传统的网上发表、网下联动出版的单一手段是无法达成"纸数一体化"的目标。而要真正能够实现"纸数一体化"需要版权市场的成熟、优质版权的保证以及主流大众文化市场的建立等客观条件的加持。另外,新媒体文学模式的出现并不只是网络文学的自身迭代,而是网络文学的传播环境发生变化的一种市场表现,最终形成另一种形态的类型文学。

第一节　问题的提出及选本的基本情况

网络文学与类型文学的关系是当下学界研究的一个热点,其基本核心点在于网络文学与类型文学到底是怎样的一种关系,有一种观点是将网络文学直接等同于类型小说,比较普遍的观点认为网络文学具有类型文学的特点。

探讨这个问题又不能不说到近年来学界对网络文学的起源问题的争论。除了海外说之外,论坛说和台湾网络文学流行说均指向了网络读者对类型文学的接受,最终形成了以读者为中心的创作模式,从而奠定了网络文学的受众群体,为网络文学的商业化积累了市场要素,同时,由于类型文学对传统文学的不断反噬也逼迫传统出版的转型。

尽管笔者已经提出:"早期的网络文学共有知识生产模式被后来的个体著作权取代后,网络文学已经退回到出版社模式,只不过是以网站形式代替出版社,因此我们今天所讨论的网络文学从某种意义上来说是数字出版物。"[①] 但这只是从著作权意义上揭示了网络写作作家制与传统出版作家制的一致性,而没有在出版实践中阐释网络文学是如何被互联网提炼成有别于传统出版中的类型文学的,同时需要对早期共有到分化模式的形态进行学理性的总结,而不是以偏概全,大而化之简约地处理网络文学内在的实质性转变。也只有通过对早期"纸数一体化"融合出版的知识谱系进行梳理和历史考古,才能获得读者接受的变化以及进入对出版市场机制的深度思考。

毋庸置疑,榕树下作为我国较早一批的文学网站,创办人的出版理想与经营理念以及后来的历次变革具有典型意义。其代表性的《漓江年选》(1999—2005)为我们今天的研究留下了极其宝贵的文献资料。因此,本文所研究的《漓江年选》(1999—2005)专指漓江出版社在1999—2005年出版的年度最佳网络文学选本。其中1999—2004年为榕树下图书工作室选编,2005年为天涯社区选编。本文以1999—2005年选本为样本,同时参照《创始者说:网络文学网站创始人访谈录》[②]中部分人物访谈,进入历史现场,追溯早期网络文学的基本面貌,以期对类型文学的发生,网络文学如何形成以及"纸数一体化"融合出版的可能性进行探讨。

笔者通过对《漓江年选》(1999—2005)的作品统计,榕树下图书工作室选编作品数总计132篇,天涯社区共选作品31篇。整体上具有以下几个特点:

第一,年选体裁的选编(参见表3–1)体现了早期网络文学具有期刊的特征,体裁基本按照传统文学的分类以小说、散文(随笔)为主,其中小说69篇,散文56篇,随笔18篇,诗歌作为小众,只有2篇。如果将榕树下图书工作室选编本与天涯社区选编本分开,情况则完全不一样,榕树下兼顾了多文体,而后者只选了小说和散文两种文体。榕树下的年选体裁完整地体现了榕树下创始人朱威廉的办网思想,即"生活·感受·随想",用他自己的话说就是"不要把文学放到一个至高无上的地位,觉得要写得那么深奥、多么让人看不懂才

---

① 吴长青:《网络文学的文学范畴与类型化特征——兼谈网络文学的"终结"之思》,载《出版广角》,2023年第12期,第33页。

② 邵燕君、肖映萱:《创始者说:网络文学网站创始人访谈录》,北京大学出版社,2020年版。

算是'纯文学'或真正的文学作品"①，而主张采用"非虚构文体"则与朱威廉自己在美国社会养成的阅读习惯有关。也就是年选的体裁完全体现了榕树下的办网方向以及创办者个人的某种偏好。

而各年度体裁选择波动较大的为 2001 和 2002 年，只选择小说和散文两种体裁；在 1999 年的基础上，2000 年增加了诗歌和非虚构，2003 年增加了武幻聊斋。从 2002 年开始至 2006 年，榕树下由世界出版巨头贝塔斯曼运营。尽管朱威廉虽退出了榕树下，但是选本体例还是延续了朱时代的编辑风格。

同时，作者的培育均指向传统期刊和出版社。网站成为期刊与出版社的代理"中介"。选刊编者在其《编者的话》中感慨地说："2004 年，是网络作品向传统杂志、出版社大规模进军的一年，是网络写手向新生代作家成功转型的一年，是网络文学从时髦到了实力的一年。对此，我们更予以期待。"②2005 年天涯社区选本的作者更加体现了这样特征，至今张楚、黄土路、鬼金、塞壬等人仍活跃在当下主流文学期刊上。邵燕君认为榕树下采取编辑部制度和文学社模式③的培养方式，由于没有匹配的发展模式相适应，最终被产业化的"起点模式"的类型小说所取代。

表3-1 《漓江年选》(1999—2005) 最佳网络文学体裁分类表

年份	体裁							
	小说	散文	随笔	武幻聊斋	评论	诗歌	非虚构	序言、编后
1999	11	7	7		4			1
2000	8	10	1		2	2	1	1
2001	6	5						

① 邵燕君、肖映萱：《为文学青年创造了空间，但走得太超前——榕树下创始人朱威廉访谈录》，收录于《创始者说：网络文学网站创始人访谈录》，北京大学出版社，2020年版，第5页。

②《编者的话》，见榕树下图书工作室选编《2004年中国年度网络文学》，桂林：漓江出版社，2005年版。

③ 邵燕君、肖映萱：《中国网络文学应该有类型小说之外的可能性——榕树下前总经理、果麦文化创始人路金波访谈录》，收录于《创始者说：网络文学网站创始人访谈录》，北京大学出版社，2020年版，第47页。

（续表）

年份	体裁							
	小说	散文	随笔	武幻聊斋	评论	诗歌	非虚构	序言、编后
2002	14	12						1
2003	7	4	5	2			5	1
2004	6	4	5	4				1
2005	17	14						
合计	69	56	18	6	6	2	6	5
总计：168								

第二，平台建立之初主办者明显带有"网文"的经营理念。也就是说，在编辑年选时，编者对"网文"的具体范畴是有比较明确的认知。陈村在《序言》中说："对一个习惯于阅读平面印刷的图书的人来说，网上的文字最大的不同是活泼、随意、有自己的一套语言、程式化、关注和青春期有关的事物。它经常是一次性消费的，就像我们平时说过的话，没人有耐心去记录整理复习。在各聊天室，经常说过也就完了，图的是一时的高兴，凑一个趣。为了这个高兴和凑趣，说话语调比较夸张（感叹词较多），表情比较丰富（用各种符号来表示），更多追寻热烈而不是深刻……网上的聊天，经常可以查到记录。可惜的是，再好的聊天，一变成记录，立即有种被阉割之感，原本的参与变作旁观，气氛和情绪都不对头了。自然也有精心之作，那便是网络文学了。狭义的网文指的就是它。"[①]陈村所认定的"网文"内涵主要有独立的语言体系，特点是随意、活泼；说话式的热烈，语调夸张，感叹词多，有表情符号；精心的聊天之作，等等。在此基础上，"网文"与传统文学的区别也就清晰了，即"和传统的文学比，它参与的人更多，作品的题材更集中，更口语化。作者和读者之间，常有互相推动的关系。一个网站在不长的时间内居然可以积累三万多篇作品。一个作者，居然把自己的作品贴得海内海外都是。如果套用以往'发表'的概念，

---

① 陈村：《序言》，见《'99中国年度最佳网络文学》，桂林：漓江出版社，2000年版，第1—2页。

那何等了得！"①陈村的这段话中不仅突出了参与性，体现互联网阅读的便捷；还有"类型性"，即题材集中，口语化。这是诞生"类型化"的先决条件。其次是"互动性"，作者与读者的互动。最后是"自由性"，可以一稿多投，不受传统期刊投稿制度的约束。

与此同时，赵丽宏在《漓江年选》（2000）的《序》中直接以《网络会给文学带来什么》为题对网络文学的基本特性进行了剖析。他说："网络上发表作品的自由和便捷，使很多喜欢写作的年轻人有了成功的感觉，随便怎么写都能上网发表，无须承受退稿的心理压力，写作成为一种自娱自乐的行为。"②这也意味着网络文学对于广大写作者而言，首先解决的是"发表难"问题；其次才是"写什么"和"如何写"的问题。因为能发表，才有自娱自乐的成就感。而作为一种代笔工具——网络并不能在根本上改变文学的本质。他说："网络的出现，会使文学创作出现新的题材和内容，譬如和网络有关的生活和故事，文学家的笔下也会出现一些新的词汇。但是这些变化，对文学创作来说谈不上什么革命，至多是一些发展和变化。"③新题材、新词汇和新内容都对文学不足以产生革命性的颠覆。文学有其自身的发展规律，不因外部的影响改变其本质，网络文学只是发表载体和语言方式的局部变化。

第三，以榕树下图书编选组（1999—2004）为例，重点作者选文频次情况显示了他们大都能够多文体写作（参见表3-2）。

表3-2 《漓江年选》（1999—2004）年度作者年度重复用稿表

作者	题材				
	小说	散文	随笔	武幻聊斋	非虚构
安妮宝贝	1999				
	2000				

① 陈村:《序言》，见《'99中国年度最佳网络文学》，桂林：漓江出版社，2000年版，第1—2页。

② 赵丽宏:《序：网络会给文学带来什么》，见《2000中国年度最佳网络文学》，桂林：漓江出版社，2001年版，第1页。

③ 赵丽宏:《序：网络会给文学带来什么》，见《2000中国年度最佳网络文学》，桂林：漓江出版社，2001年版，第3页。

（续表）

作者	题材				
	小说	散文	随笔	武幻聊斋	非虚构
俞白眉			1999		
	2000		2000		
宁财神	1999				
	2000				
邢育森	1999				
	2000				
那么蓝	2000				
	2001				
Will（笔者注：朱威廉笔名）			1999		
			2000		
			2001		
余蓓芳			1999		
			2000		
			2001		
不走斑马线的猫	2002				2003
沈璎璎				2003	
				2004	
安昌河	2003				
		2004			
禾页青青		2003			
			2004		
瞎子		2003			
		2004			

在 123 位作者中,仅有 2 人重复 3 次,10 人重复 2 次,重复率分别占 0.16%、0.8%。用稿重复率低体现了选稿标准高,扩大了作者的覆盖面。用稿者文体固定,多文体写作者少。在 12 位重复用稿的作者中仅有 4 位有两种以上文体,占作者总数的 0.32%,这样的遴选机制体现了有目的性地培养名家,比如素有"三驾马车"之称的李寻欢、宁财神和邢育森,以及美女作家安妮宝贝等。保留了一些当红作家早年触网的经历,余华、宁肯和蔡骏的网络作品也因此能够得以保存,实属珍贵。有意思的是,在表 3-1 的数据中,既有创始人朱威廉(Will)的作品,也有参与榕树下管理的先锋作家陈村为《漓江年选》(1999)写的《序言》。笔者疑问的是榕树下的办网模式的失败对于今天的网络文学发展以及对"纸数一体化"融合出版的启示又在哪里?这些都是我们需要追问和反思的。

第二节 网络遴选机制与传统出版的悖反

1997 年 12 月,榕树下创办人朱威廉作为美籍华人,他放弃外资在中国大陆办的一家广告公司开出的 50 万美金的高额薪酬,自主创业成功将榕树下网站上线。网站主要以"生活·感受·随想"作为办网宗旨,发表中短篇小说、散文、随笔为主,兼顾诗歌、评论等文体的"全球中文原创作品网站"。从 2002年开始被世界出版机构贝塔斯曼收购,几经易手,2015 年并入阅文集团,2017年彻底关站。从榕树下的个案出发,可以透出网络文学绝非是纸质文学搬上网或是仅仅在网上创作那么简单,其背后的生产机制以及出版模式,值得探究。

第一,早期互联网阅读市场对传统出版市场形成一种挤压。众所周知,今天的互联网出版"市场"需要配套的版权制度的保障。这里的版权不仅仅是版权本身,也不是前置法权的归属和事中的管制,包含着内在的"市场"生态。所谓"如果不考虑市场中的作品传播,即使有技术上可被称为复制的行为,也没有版权法上的任何意义。当然,对'市场'的正确认知是至关重要的。"[①]但是,早期的大众类型文学阅读的底层逻辑和共有知识模式具有野蛮性和排他性。也就是,它走的是集体创作、大众分享的非版权机制模式,所谓"野蛮生长"就是指的这层意思。直到 2013 年盛大文学推行的作家签约制度之后,才正式形成以版权为核心的多媒介、资本化发展的路径,但是悖论同时也出现了,那就

---

①〔美〕马克·罗斯:《版权制度的始点——从市场出发,版权的起源》,杨明译,北京:商务印书馆,2018 年版,第 IV 页。

是将网络文学重新拉回到公司化经营为主体的传统出版体系上来。

朱威廉在接受邵燕君、李强采访时,多次提到:"我们走得太靠前了,市场没有接受。"①他还说:"中国互联网发展迅速,但缺乏人文精神。"很显然,这是朱威廉从实践中反思出的认识。互联网阅读市场与传统图书市场是不同的市场。需要对其有较为清醒的认知。所谓"太靠前"既是指他自己有了较强的版权意识,但是那时的中国互联网版权市场还没有真正建立起来;而缺乏系统版权意识的市场也不是真正的阅读市场,榕树下靠一己之力显然无力改变整体网络阅读生态,因此,它所创造的不可能是互联网阅读市场。在访谈中尽管朱威廉多次表达由于世纪之交国际互联网泡沫的破灭,影响了后续资金的加注,忍痛出售给贝塔斯曼,接手方最终甩给了盛大,最后盛大集团又整体打包给了阅文集团,直至关站。他所指的缺乏人文精神同样包含了两层意思,读者对高质量阅读的需求度低,很难达到创办者对阅读市场的预期;同时,互联网生态环境差,互联网阅读平台之间存在着恶性竞争,使得阅读市场一时无法真正建立起来。即便是运营者李寻欢(路金波)在当时也无力回天,直到他自己创立果麦文化,才把自己所坚持的事业真正推向了高峰。

第二,网络文学就是网络文学,必须与传统文学分道扬镳。实践证明了这一点是有其合理性的。按照惯性认知,文学只有好的文学与坏的文学,不应有网络文学与传统文学之分。事实上,这是站在文学的本体论上去看的,在互联网环境下,从媒介传播的角度以及读者接受的范畴上看则又是一番情形。一般认为,有商业竞争时文学的财产价值才能发挥出来,而商业竞争取决于买方市场,而不是卖方市场。所谓"文学财产的问题在本质上是围绕商业竞争而展开的"②。早期以榕树下为代表的网络文学,作者基本上是围绕着期刊和出版转,平台几乎无法形成自身的商业竞争系统。正如陈村所说:"我觉得是好多人逃走了,没有完成一个圆周。因为我们从写作到发表,到读者看见,最后作者收益,或者网站可以再生产,这个圆周没有完成。这样作者就自己跑出去,跑到出版的地方去,求得补偿。有这样自由的环境写作,但是这些人并没有认真去

① 邵燕君、肖映萱:《为文学青年创造了空间,但走得太超前——榕树下创始人朱威廉访谈录》,收录于《创始者说:网络文学网站创始人访谈录》,北京:北京大学出版社,2020年版,第13页。
② 〔美〕马克·罗斯:《版权制度的始点——从市场出发,版权的起源》,杨明译,北京:商务印书馆,2018年版,第Ⅳ页。

写。还是风花雪月的东西。"① 陈村的坦陈表明榕树下的运营模式与"作品——传播——交易——市场"这样一条让权益人收益的商业逻辑并不一致。他甚至批评说："一个网络作家怎么可以以'印书'作为评价标准呢？这是不合理的，是倒退的行径。"② 这也验证了榕树下的作者动机已经不再是原创的"好玩"或是网络上发表的"新鲜感"，而是渐渐回到了传统，这也是陈村所说的"倒退"之举。从读者接受来说，类型文学才是他们真正的刚性之需。读者似乎对经"编辑"的网上投稿作品不买账。朱威廉后来所说的"人文精神缺乏"的内涵不知道有没有这方面的所指？另外，在邵燕君、李强对陈村的访谈中，陈村反思了这个问题。他说："我当时觉得文学的标准应该是一样的，但实际上网络文学从一开始就走在不一样的路上了，它不是我想的那种能够出现另类的、实验性内容的写作，而是以抓取最多的观众为目标的写作……而要抓住这些人的话，就需要细致地以类型划分，就要跟传统的文学分道扬镳了。"③ 这就得继续思考，为什么类型文学如此大行其道，继而引发一种由原创网络作品释放出来的商业竞争的文化表征。

第三，互联网遴选出的新的类型文学是在更广阔的发展空间中实现流变的。上文提到，榕树下从一开始创办宗旨就是以思想、文艺为主向。然而，这样的概括显然不能完整概括网络文学的发展实际，因此也限制了自身发展。以《漓江年选》（1999—2004）封底推介语为例（参见表3-3）。

---

① 邵燕君、肖映萱：《"我以为先锋的东西，网络并没有出现"——榕树下艺术总监、先锋文学作家陈村访谈录》，收录于《创始者说：网络文学网站创始人访谈录》，北京：北京大学出版社，2020年版，第27—28页。

② 邵燕君、肖映萱：《"我以为先锋的东西，网络并没有出现"——榕树下艺术总监、先锋文学作家陈村访谈录》，收录于《创始者说：网络文学网站创始人访谈录》，北京：北京大学出版社，2020年版，第24页。

③ 邵燕君、肖映萱：《"我以为先锋的东西，网络并没有出现"——榕树下艺术总监、先锋文学作家陈村访谈录》，收录于《创始者说：网络文学网站创始人访谈录》，北京：北京大学出版社，2020年版，第29页。

表3-3 《漓江年选》（1999—2005）封底推介语

年份	推荐语	广告语
1999	无	无
2000—2003		花最少的钱 用最短的时间 享受中国当代文艺的最新成果 思想性艺术性俱佳 有代表性 有影响力
2004	《百年孤寂》花雨缤纷，如梦似真。谁是谁命中的过客？谁是谁生命里的转轮？要找的人在哪里？谁又在风中苦苦相思？前世的尘，今世的风，留下了无情无尽的悲伤！《百年孤寂》如纯粹的黑色，迷离而又绝望，野性、张扬、不屈服，那是不为人所熟悉的神奇之地。 ——榕树下全球中文网编辑部	花最少的钱 用最短的时间 享受中国当代文艺的最新成果 思想性艺术性俱佳有代表性 有影响力
2005	丰富选本，尽收本年度网络文学精彩篇章 ——汪建辉《存在》 ——刘莉《密码》	漓江版年选 一年一度的文学盛宴 源自十年如一日的品质守护 天涯社区，网络作家的起步之地

　　纯文学的选本方向与互联网阅读自由性的偏差，主要体现在1999—2003年选本的定位上，直至2003—2004年才有了"武幻聊斋"（表3-1）栏目，也就是主动选取了具有类型文学特点的中短篇作品，其中2004年将沈璎璎的《百年孤寂》做了一个推荐语。2000—2004年的榕树下选本，基本无一例外的是采用了固定宣传语关键词模式：金钱、时间、新、思想性、艺术性、代表性、影响力。透过这些关键词不难发现，尽管从2003年开始李寻欢（路金波）①在认

---

① 李寻欢，本名路金波，著名民营出版人，1999年从西安到北京，先在人人网工作，2000年1月曾担任榕树下主办的"首届网络原创文学作品奖"评委会主任，因此与榕树下结缘。2000年3月，纳斯达克崩盘后离开人人网。2000年9月加盟榕树下，担任网站主编。2002年榕树下被贝塔斯曼收购后以本名路金波出任总经理。2012年7月创办果麦文化。资料来源：邵燕君、肖映萱：《"中国网络文学应该有类型小说之外的可能性"——榕树下前总经理、果麦文化创始人路金波访谈录》，收录于《创始者说：网络文学网站创始人访谈录》，北京大学出版社，2020年版，第34—47页。

真做图书，并且增加了带有类型文学特征的"武幻聊斋"，但整体面貌还是纯文学的特征。同样，天涯选本（2005）也没能走出这样的模式。

有限的图书发行量（表3-4）显然不可能推出现象级的作家，因此远不如互联网传播的影响力。按照图书发行信息显示，发行量最高的年份是2000年，发行量为30000册，2002、2003年连续两年发行量版权页无记录。对于海量的互联网作品而言，这样的发行量既不可能打造现象级的作家，更无法培育出具有"竞争力"的阅读市场，"作品—传播—交易—市场"的闭环结构也无法实现。

实体书的价格与互联网阅读的免费机制的矛盾，客观上失去了大众的吸引力。1999年与2000年印数与字数比差距较大，但价格并未有区分度。

表3-4 《漓江年选》（1999—2005）版权信息汇总

年份	CIP 数据（核字）	书号 ISBN	责任编辑	印数（册）	出版时间	字数（千字）	定价（元）
1999	（2000）第28234号	7-5407-2480-3/I·1480	项竹薇	1—10000	2000年6月	284	15.50
2000	（2000）第74634号	7-5407-2613-X/I·1582	项竹薇	20001—30000	2001年2月	247	15.00
2001	（2001）第088627号	7-5407-2781-0/I·1659	李淑娟	1—10000	2002年1月	133	10.00
2002	（2002）第096070号	7-5407-2922-8/I·1759	汪正球		2003年1月	225	17.00
2003	（2003）第103084号	7-5407-3070-6/I·1861	汪正球		2004年1月	342	22.00
2004	（2004）第116047号	7-5407-3316-0/I·1992	金龙格	1—16000	2005年1月	268	19.80
2005	（2005）第154192号	7-5407-3402-7/I·2009	邹湘侨	1—13000	2006年1月	260	22.00

互联网平台上出现新的类型特性没有被及时重视。卷前小语作为图书出版的提示语与封底推介语是一对互文关系。相互映照，对称解释。另一方面也可以形成对话关系，虽并无彼此，但存在开启与总结的互动关系。

表 3-5 《漓江年选》（1999—2005）卷前小语汇总表

年份	共性语	差异语	其他
1999	网络文学对于"网外"的读者来说，已经相当熟悉。随着网络文学创作与出版的互动，网络文学的发展速度也愈来愈迅速。网络这一广阔而自由的空间，正不断催生、滋养并成就一大批优秀的网络作家，他们文字的功力、大胆的想像力以及思想的新锐性、异类的探索精神，已经为他们赢得了相当多的读者。（2001—2003）	网络文学的生态、层面、含量尽可在此书中把握。入选的作品突出了网络文学的自在、开放、真诚的风格。包括小说、散文和评论，但都区别于传统的形式，读来轻松写意，幽默畅快。	
2000		网络这个载体给了文学大众一片生根、发芽的园地，文学也再一次让人感觉很亲近。	
2001		随着网络文学创作与出版的互动，网络文学的发展速度也愈来愈快。网络这一广阔而自由的空间正不断催生、滋养并成就一大批优秀的网络作家，他们文字的功力、大胆的想象以及思想的锐利有时已可以和"非网络文学"比肩。	
2002	作品充满才思与灵气，运笔晓畅，行文灵跳，具有较高的艺术水准，饱蕴时代气息，深具人文关怀，均可圈可点，可评可读。（2001—2003）本期重点作家 并配有部分作者的生活小照，虚拟与现实，参照阅读。	无	数十万篇中选出
2003			
2004		榕树下（www.rongshuxia.com）是一家以中国青年倾诉和表达思想感情为主的文化时尚网站，已经成为当之无愧的中国青年的精神家园。 ……传奇中包括了新古典武侠、聊斋故事、玄幻小说。其中新推出玄幻传奇类小说《百年孤寂》。	

（续表）

年份	共性语	差异语	其他
2005		网络文学构建了一个虚拟世界里的文字之塔。小说内容丰富，既有实验性的先锋作品，也有幽默搞笑的写实作品。	《存在》《考试》《我的家族精神病史》《六月的歌词》……其他作品或写感情或写现实，或清新或凝重，各具风采。

在2001—2003年的"卷前小语"的共性语中"文字的功力、大胆的想像力以及思想的新锐性、异类的探索精神"肯定了网络文学具有的某种特点。作品还配发作者的小照，所谓"虚拟与现实"指的是现实中的作者本人与其虚拟作品互映。如果换成作品的虚拟与现实世界的对比，而不是作者个人，那格局可能又将是另外一番模样。

差异语中的"自在、开放、真诚的风格"（1999），"网络这个载体给了文学大众一片生根、发芽的园地，文学也再一次让人感觉很亲近"（2000），"倾诉和表达思想感情为主""传奇中包括了新古典武侠、聊斋故事、玄幻小说。其中新推出玄幻传奇类小说《百年孤寂》"（2004），"网络文学构建了一个虚拟世界里的文字之塔。小说内容丰富，既有实验性的先锋作品，也有幽默搞笑的写实作品"（2005）。归纳起来既有互联网创作的自由性、大众性特点，也有类型小说（新古典武侠、聊斋故事、玄幻）以及幽默搞笑的写实作品。

网络作品数量之多是细分类型市场的依据。《漓江年选》（2002—2003）直陈从数十万篇中挑选，作者也是读者，而这两年的选本恰恰没有印数，是否意味着另外一层意思，可以与《漓江年选》（2004）的《编者的话》所说的那样："2004年，是网络作品向传统杂志、出版社大规模进军的一年，是网络写手向新生代作家成功转型的一年，是网络文学从时髦到了实力的一年。对此，我们更予以期待。"也是《漓江年选》（2001—2003）所指的通过"网络文学创作与出版的互动"培育出一批优秀的网络作家。在网络文学发展的鼎盛期，不少出版社也参与了网络文学的出版工作，但是比起海量的作品，能够以纸质出版的网络作品依然是凤毛麟角，比例极低。

朱威廉的文青情怀与道德批判，陈村的精英文学先锋意识，李寻欢（路金波）不成熟的"纸数一体化"融合出版情结均忽略了最广大的网络群者的真实所需——适合互联网阅读的新的类型文学，这个机会最终被吴文辉们创办的"起点模式"悉数捕捉，形成了网络文学相对稳固的总体格局。

第三节　纸数融合出版中类型文学的变局

榕树下虽然走进了历史，但是留给后来人的思考不应该中断。随着网络文学类型化的不断被"刷新、稀释"和"升级"，特别是随着免费阅读的开启，网络文学的市场化也在不断被重塑。"纸数一体化"模式是走进文化博物馆还是迎来新的发展机遇，在这之外还有没有新的可能？

第一，未能建立以读者为中心的"流量池"。榕树下的"编辑部 + 文学社"模式走的是传统期刊、出版的路径，尽管编辑部的李寻欢、宁财神和安妮宝贝在当年也是自带流量的兼职"写手"，但是相比大多数普通蹭网写作的写手而言，并不足以引起网络文学的"写作革命"，作品的影响力不足；其次，作为编辑兼职写作，作品的数量也不足，何况又是中短篇，无法留住读者在网络上的时间，这才是最关键的地方，而这个短腿恰恰被"起点模式"攻克了。也就是说榕树下的缺点，则是"起点模式"的优点。

"读者为中心"除了"聚量"结构，还有接受的"心理"结构，它们都是类型文学的本体特征，两者不是主客体关系，而是同体关系，互为存在。所谓"聚量"结构，就是统计学上的"聚类分析"①，亦即通常所说的"将物理或抽象对象的集合分组成为由类似的对象组成的多个类的分析过程"。如果没有"聚量"作为基础，"聚类分析"是没有任何意义的。也就是说，榕树下从创办之日始就没有带着这样的经济思维。

同样，如何能实现"聚量效应"，也就是"吸引力"——流量。这就要从接受心理上去审视了，路金波在接受采访时很直接说出了自己的想法，他说："如果说痞子蔡找到了一个纯网络生活的类型，安妮宝贝解决了村上春树中国化

---

① 聚类分析（Cluster Analysis）是物以类聚的一种统计分析方法。用于对事物类别的面貌尚不清楚，甚至在事前连总共有几类都不能确定的情况下进行分类的场合。聚类分析实质上是寻找一种能客观反映元素之间亲疏关系的统计量，然后根据这种统计量把元素分成若干类。目前常用的聚类方法有两种：一是 K 类中心聚类（也称为快速聚类），常用于大样本的样品聚类方法；二是等级聚类（Hierarchical Cluster），是目前使用最多、研究最为充分的算法。参见张树良、冷伏海：《基于文献的知识发现的应用进展研究》，载《情报学报》，2006 年第 6 期，第 700—712 页。

的问题，《悟空传》也是开天辟地的一个新类型，以前没有过这样的。还有《成都，今夜请将我遗忘》，包括江南的《此间的少年》，这些都是新的文学类型。等到这些类型都做完了之后，出书就没那么热闹了，反而又回到网上。这个时候起点中文网已经起来了，千字两分钱的模式也走通了，开始沿着人的生理需求去做网文。我反而觉得起点是纯网文，以前我们大家都是文学社模式。"①也就是"生理需求"的心理模式是类型化的另一个要素，同时也是"聚量效应"的前置条件。这也让人对纯网文内在的悖论心存诸多疑虑和责难。如果这样的情形搬到线下可否成立？

第二，名家优质版权（大IP）是否成立？首先这是不是一个问题，如果不是一个问题也就没有讨论的必要。朱威廉对自己最后未能完成榕树下的愿景充满了自责，对收购榕树下的贝塔斯曼以及盛大文学也都有着一种埋怨；陈村对现实的清醒认识同样深怀一种无奈。而路金波心中依然有着制造大IP的梦想，遗憾的是榕树下未能等到IP来到的那一天就死亡了。甚至他调侃自己有个"中国文学集团"②的设想，按照路金波的设想，整个时间表是2000—2012年对接上IP潮流，可以靠出版实现盈利，但2017—2018年之后IP开始降温，此时再回归网络走互联网出版的路子，前提是"纸数同价"，通过卖电子书和有声书来实现盈利。回到一开始的提问，优质版权可不可以垄断到"中国文学集团"一家来，这首先值得怀疑。高价的版权费用是可以吸引优质版权，但是在实践中会不会存在这样的市场，仅靠逻辑是推理不出来的。

---

① 邵燕君、肖映萱：《"中国网络文学应该有类型小说之外的可能性"——榕树下前总经理、果麦文化创始人路金波访谈录》，收录于《创始者说：网络文学网站创始人访谈录》，北京大学出版社，2020年版，第42页。

② 路金波说："网络时代的中国文学应该有两个文学集团。第一家叫阅文集团，或者叫'中国网络文学集团'，第二家叫'中国文学集团'。就是说，如果我们那个时候有1000万美元，是可以做成一个中国文学集团的。只要把余华以后的非类型文学占住50%，也即只要天下霸唱和南派三叔搞定一个，沧月和蔡骏搞定一个，韩寒和郭敬明搞定一个，你就可以在里面占住50%。这样，你就可以叫中国文学有限公司，市值比阅文集团还高。""这样中国文学就变成了三分天下。第一家是中国作协，是一种体制内文学，它控制了重大选题。第二家是中国文学有限公司，也是我想穿越回去做的那家公司，它对准的是主流大众文化市场。还有一家是阅文集团做的，叫中国网络文学有限公司。理论上来说，这三家公司共同控制了中国文学。"参见邵燕君、肖映萱：《"中国网络文学应该有类型小说之外的可能性"——榕树下前总经理、果麦文化创始人路金波访谈录》，收录于《创始者说：网络文学网站创始人访谈录》，北京大学出版社，2020年版，第45页。

在司法实践中，这一条明显是走不通的。且不说阅文集团与作者的合同事件曾上了热搜，在新浪微博"阅文集团新合同被指霸道"达到破亿的阅读量，同时将阅文的霸王合同抖了个底朝天，由此引发了"罢更潮"。与国际上通行的做法也是背道而驰。"版权法赋予创作者一定期限的排他权，目的在于鼓励更多的作品被创作出来，而要实现该目的，应当保障自己有作品更多地被传播，从而使得权益人能够从中获得相应的收益。"① 因此，垄断名家优质版权在理论和实践上基本是行不通的。当然，采用有限合伙等其他灵活的机制值得探索。

第三，新媒体文的"新"不是对传统网络文学的迭代。所谓新媒体文是指通过 APP 小程序、微信、视频等传播载体写作、发布的含有文字、声音、图像等综合介质的中短篇作品。比如豆瓣、知乎、小红书等媒体。以知乎为例，2018 年 4 月 12 日，知乎宣布推出音频付费产品"知乎·读书会"，读书会产品于 4 月 18 日上线。2018 年 8 月，知乎上线创作者中心，首期提供八大权益，让创作者体面地获得收益，同时辅助创作者更好地创作，而不是简单粗暴地进行补贴。这些权益具体包括知乎 live、回答赞赏、品牌任务、作者经纪、自定义推广、问题推荐、内容分析和内容自荐。2019 年 3 月，知乎正式宣布推出盐选会员这一全新会员服务体系。

知乎针对自身的用户特点，寻求打通内部的壁垒，其商业模式不仅将知识人群与大众阅读互动，知识人群为大众阅读提供品牌力和影响力（但是付费的意愿不高）；还通过网文和传统知乎文化、大众学术以及行业知识类短文的互融，将阅读人群进行二次聚合，特别是网文阅读群的付费习惯被合理引流到知识文类上，同时网文读者在平台上可以得到合理的提升。某种意义上是拉高了网文作者的鉴赏力；最后通过"盐选会员"制作为一种推介模式，所谓"盐选"至少有以下几层含义，寻找铁粉，"盐"与"严"谐音，同时"盐"本身具有咸性，不保鲜但是能延迟腐败，意味着知乎网文和科普、知识文是经得起时光淘洗之意。

第四，一如既往以中短篇故事为主，一节一般 3 万字左右，十个章节连载的形式，一反传统网文的长篇和超长篇。

第五，在付费阅读上采取连续包月 25 元，优惠价 19 元；连续包年 238 元，

---

① See Mark A. Lemley, *The Economics of Improvement in Intellectual Property law*, 75 Texas Law Review 989, 1996–1997, p.1013. 转引自〔美〕马克·罗斯：《版权制度的始点——从市场出发，版权的起源》，杨明译，北京：商务印书馆，2018 年版，第Ⅳ页。

优惠价 198 元，价格比较适中，一般读者均能承受得起。目前书库数量不算多，但发展态势不错。

以其作品类型为例：

都市言情小说——"同命相怜"与"霸道总裁分而治之"模式。女主作为一家破产企业的大龄继承人，受母亲指派与另一家兴盛的企业继承人高富帅联姻，从而实现一举两得，然后这个高富帅还有一个同父异母的私生子弟弟，女主受尽高富帅的压抑，最终在百般屈辱中与高富帅的弟弟走到一起，从而顺利踏进豪门，赚取豪门 30% 的继承权。然后大龄女与豪门外的高富帅弟弟一起救助生病的高富帅弟弟的母亲，获取了与高富帅抗衡的尊严。故事低俗，以大龄女性正义主义至上，特别是大龄女的母亲为了获得女儿的婚姻，行为恶俗至极，这是有违基本常理常情。其次，故事生硬，带入感强的原因，对霸道总裁挖起了墙角，有一种小人物逆袭的快感，至于大龄女与私生子的共情完全出于低级的利益互通，同样也是一种利益均等的俗文化原则使然。

都市言情小说——"大龄女与在校男"模式。笔者重点阅读了女频文，其中作者有：闲得无聊的仙女《弟弟能有什么坏心思呢》第一节《弟弟难哄》、第二节《泡他》共六万字，均为女大男五岁，男性都是高中学生，压抑于心的欲望往往被女主有意无意的暗示或是阴差阳错的撩拨而起色念，为了打擦边球，通常会安排女主道德上的回心转意，或是以母性的回归，为男性解围或是以善念成功化解大龄女与少男的社会角色的悬殊。

故事架构陈旧、老套，不乏庸俗与误导。是一种低级趣味和说教类的鸡汤文，以能够满足对特定大龄女性人群的猎奇心理见长。但是，一代又一代的年轻人对此类文之所以还有读的兴趣，甚至还有不少读者点赞，是作者巧妙地抓取了此类女性的情色暧昧的叙述，文中有性暗示和性行为，这种人性的欲望无论放置在哪个历史时期都会调动一些人的情欲。乃至超值延伸了人的阅读欲望。

现代言情小说——"无心插柳柳成荫"模式。枝枝为只只的《暧昧失温：不能恋爱的理由》，女主暗恋的对象特遇到前任回国，与前任有暧昧的嫌疑，女主的房东是暗恋对象的小舅舅，在与暗恋对象误解升级后，小舅舅突然爱上了女主，最后走到一起，女主最终成为暗恋对象的小舅妈。故事同样俗套，甚至有违生活的常理。阅读的兴致在于女性的心理刻画有带入感，容易激发人对弱者的同情心理。所谓"无心插柳柳成荫"既是传统短篇小说表现手法上的"意料之外"，也是今天所谓的"反转"，带来了类似于幽默感的艺术效果。

古代言情、穿越重生文——"非你莫属"模式。美少女小储同学的《桃之夭夭:恶毒女配要填坑》,甜宠+虐心+宫斗,可人的相府家的两个女儿,一个亲生貌美但是自小病恹恹,收留的义女剽悍逞强,遇到皇家两兄弟,于是出现了皇兄吃皇弟的醋,义女想压倒正宫,但事与愿违,一切都是坏人的错,好人更好,坏人更坏的模式。皇上心中只有一个甜宠的妃子,妃子因为自己的小手段和媚人的小武器,让皇兄神魂颠倒,让皇弟心甘情愿,即使我也曾经爱过你,那也是你的错。故事依旧没有摆脱小暧昧,甚至男女之间的性的吸引。这是不变的万金油。

当然,存在的问题也很明显,尽管实现了网文的短,但是没有走出网文一直以来以消费女性的身体这个套路,吸引的读者几乎清一色的可能是低幼人群,目前没有数据证明大龄知识女性是不是这个阅读群体。平台上以女频文为主,也就是女性读者的倾向性明显,同时有明显的女权倾向,尤其是大姐姐与小弟弟模式,男性"娘炮"角色比较明显,连皇帝都是这样的人设。不可回避的是,性暗示依然是难题,也是万变不离其宗的小"道"。虽然没有具体的字眼,但是很多"梗"网络用语指向"性",这给监管带来难题,也是采取一种文字"避风港"的方式逃避监管。就是没有那个字,但是就是这个明显的意思。不是艺术,胜过艺术,秘诀在于俗语的使用,和暗示语(物),比如尽管没有出现避孕套的品牌,但是出现日本工厂"冈本"。

第六,粉丝相对活跃,这与平台的活动推广有关,同时还有软文的配合。这也是新媒体文的新意所在,而不是网络文学本身的创新。

因而,对于网络文学和新媒体文学之后的类型文学的发展,笔者认为:"作为网络文学的后文本,当代类型小说不仅吸收了传统严肃文学的养料,也汲取了无数网民的阅读体验和感受,许多优质类型作品不断进化,融合出版机制又将优质网络文学作品源源不断地推向世界。"①

通过对《漓江年选》(1999—2005)的实践以及当年参与者朱威廉、陈村及路金波的采访,再现了榕树下从初始创办到发展进程中的基本概貌,全面回顾了这段历程中所经历的尝试。我们得出如下结论,网络文学作为类型文学流变的一种形态,它是有别于传统文学的一套市场逻辑,切不可随意嫁接到传统文学上来,特别是它的运营方式绝非以个人主观喜好来定位市场方向;网络文学的类型化是基于"聚类分析"统计数据,它的前提是在海量的作品之上的细

---

① 吴长青:《网络文学的文学范畴与类型化特征——兼谈网络文学的"终结"之思》,载《出版广角》,2023年第12期,第37页。

分市场，而不是人为、主观的划分，它是建立在受众（读者）为中心的阅读兴趣上的个体身心体验；最后，网络文学的转型升级发展势在必行，但是会以何种方式实现并呈现，目前还有待市场的检验。因此，"纸数一体化"的核心不是内容简单的拼装，也不是谁服务谁，而是指在版权保护的基础上多方利益体形成一种互动、互补、互推的良性生态，同时也使得线上、线下形成整体性的协调发展，这也是网络文学真正迈向经典化的必备历程。

陈村认为，目前我们对网络文学的历史分期判断显得有些急功近利，早早给它几个分期，相对网络文学的历史长河而言，现在还只是一个过渡。[①] 这种提醒意在表明网络文学最终会以怎样的形态形成自己独立的文化特性，还有待时间的检验。因此，网络文学"纸数一体化"融合出版也让人充满了理性的遐想。更为重要的是，它让人更加对网络文学背后的动力产生追问的兴趣，是什么成为催生网络文学诞生、发展的核心力量的追问，以及促使我们产生对更为高级的类型文学可能性的呼唤与期盼。

---

① 邵燕君、肖映萱：《"我以为先锋的东西，网络并没有出现"——榕树下艺术总监、先锋文学作家陈村访谈录》，收录于《创始者说：网络文学网站创始人访谈录》，北京大学出版社，2020年版，第29页。

第四章
网络类型文学现实主义美学转型

电视剧《人民的名义》在湖南卫视"金鹰独播剧场"播出之后，豆瓣评分高达 8.8。这是自 2004 年总局颁布"反腐、涉案剧不能登陆黄金档"以来首部"解冻"的反腐大剧。应该说，这是现实主义素材的一次成功着陆。一个时期以来，现实主义题材在网络文艺中是严重缺失的，这也带来了一个异象——网络文艺与现实主义无关。这严重制约了网络文艺的发展向度，也抑制了网络文艺走向更为广大的人民群众的活力，可以说是得不偿失，事半功倍。因此，需从现实主义的误区与遮蔽，现代性及现实主义的美学转型，建构网络文艺的国家话语三个方面论证网络文艺需要建构第四条道路——实托邦的必要性。

第一节　现实主义的缺失与歧误

中国文学的现实主义传统历来为世人所称颂，同时这样的传统得到了世界的认可与尊重。然而，盛行于互联网上网络文学以及由此衍生出的网络文艺却与现实主义有着一种压抑式的隔膜。

中国进入 21 世纪以来，文艺思潮主要集中在两大类，一类是传统现实主义，还有一类就是网络文学的"乌托邦、恶托邦以及异托邦"①。正是这样的两股文艺思潮使得两大阵营相互之间达到了坚壁清野、水火不容的境地。

为什么网络文艺对现实主义创作手段采取束之高阁的态度呢？这是一个值得深思的问题，这还得从网络文艺的媒介特性和创作生态的实际说起。

---

① "如果乌托邦指的是现实社会以外的虚构所在，那么异托邦指的是现实社会以内，由权力单位所规划、设想的一种空间。这个空间是被隔离的却又是被需要的，用以治疗、规训、怀柔、取悦社会成员。从医院到监狱，从购物广场到博物馆，从蜜月套房到迪士尼乐园，因为这个异质空间的存在，反射出'正常'、日常空间的存在。"参见王德威:《乌托邦、恶托邦以及异托邦：从鲁迅到刘慈欣》，收录于王德威《现当代文学新论——义理·伦理·地理》，北京：生活·读书·新知三联书店，2014 年版，第 282 页。

网络文艺的属性。"网络文艺"既非相对于"传统文艺"，也非同位于"通俗文艺""大众文艺"。可以看作是建构起来的一个概念，在类别上仍归属于文艺大概念之下的一个分支或是类属。毋庸置疑，技术本身是排斥思维的，甚至在一定语境下技术的进步降低了思维的难度，语言作为思维的工具，在与技术结盟的过程中势必会分化出传统文字所不具备的游戏的功能。①

因此，网络文艺是以技术传播为手段，采用多媒体制作的一种文艺样式。这是互联网时代语境下网络文化独特性的一种体现。媒介的属性是网络文艺区别传统文艺样式的主要特征，即网络文学和其他网络文艺主要在互联网界面上写作与发布，文本在互联网平台以及移动阅读器、网络视频、游戏界面上传播，因此，具有及时更新，及时发布和网友及时跟踪、与作者互动、点评的便捷性。网络文艺文本与技术的进步有着天然的同构关系，与技术一起成为新媒体技术的一种衍生品。因此它也具备了媒介的属性。既从属于媒介，同时也是媒介本身的一部分。

诚然，媒介现在于文艺的逻辑特性决定了一个基本事实：没有媒介就没有网络文艺。因此，媒介是网络文艺的基因，同时这种基因也决定了网络文艺与现实主义之间有着复杂的暧昧关系。一是媒介的意识形态性是缠绕于现实主义的一根难解之藤。在媒介属性的早期，社会意识形态决定着媒介的话语权，被控制着话语权是媒介的本质属性。二是媒介发达之后，媒介技术至上性成为新的意识形态，对技术超乎寻常的"信仰"则僭越了社会公共关怀，此举成为破坏传统社会价值观的罪魁祸首。

现实主义作为一种创作手段，在网络文艺中的缺席是由来已久的事实。首先是早期的创作主体对这种创作方式的扬弃，主要表现在早期的少数创作者对意识形态化的"五四"新文化传统的刻意回避，这是个别民间文艺分子对抗主流"先锋文艺"的一种策略，或是一种回避；后来，大规模的民间创作队伍的壮大，网络文学（网络文艺）被认为是一种快速的"致富"手段之后，呈现出所谓"全民写作"的商业化之路后，网络文艺自然又经受了一定的市场选择。客观上，优秀的现实主义作品市场基本上都被传统文艺把控着。异军突起的网络文艺则在"非现实主义"领域占得了先机。继而成为一种相对成熟的创作模式——类型化的创作思路。因此，早期的网络文学基本上以历史、玄幻、奇幻、

---

① 吴长青:《网络文学创作与研究概论》，南京：河海大学出版社，2017年版，第8页。

修仙、穿越重生等"非现实主义"类型为主。

现实主义真的那么面目可憎吗？回答是否定的。在我看来，网络文艺之所以回避现实主义，不乏难度的问题，以及建构新型的网络文艺美学观。首先是难度上的问题，世界范围内的现实主义鸿篇巨制不在少数，很多都是社会发展的缩影，也是影响人类进程的经典之作，但是这些作品耗时之长、内容之巨绝非可以与我们今天想通过短平快的创作谋求"发财致富"相提并论的。

美国现实主义文学的鼻祖 W.D.豪维尔斯曾这样乐观地宣称："因此，我们的小说家应该让自己关心生活中最令人振奋的方面，那才是最具美国特色的，要在个人利益而不是社会利益中寻找普遍性。"[①] 姑且不谈豪维尔斯自己有无这样的巨作，但就其在"个人利益中寻找普遍性"何其难为？

其次需要建构新型的网络文艺美学观。网络文艺既有多媒体的媒介技术美学特征，同时又有"社交软件"的"交互、游戏"的娱乐、快活的"网络性"美学特征。因此，任何一种以成规的美学观去阐释、概括都失之偏颇。

中国当下的普遍社会语境不外乎凸显微观上的"个人价值"以及宏观上的"历史主义"两大思想主潮，网络文艺的类型基本都是围绕着这两大社会思潮衍生出来的。哪怕玄幻、穿越、灵异这些类型也是围绕着"人"的价值开发与"人"存在的终极指向。家庭婚恋、耽美、同人、总裁和种田等类型几乎也是集中指向于日常欲望美学，无一例外都与"社交性"的网络文学属性密切关联。逻辑起点基于此，使得网络文艺与传统文艺拉开了距离。所谓的"网络性"内涵大抵也指的是这个。当然，网络文艺的"话语"所体现出的所谓"网络性"的局限也会随之而来，在"文学性"上疏于传统文学也是必然的。"在批判的语言学家那里，这样的对话关系呈现着'互动控制特征'：谈话的转换得到均匀的分配，话题的选择和更换，问题之得到回答，等等。"[②]

因此，网络文艺内在的"互动控制特征"牵制了情节与故事在深度与广度上的延展，创作主体须兼顾到读者、虚构对象的"互动对话"，因此，在虚构力上无法企及传统文学的想象力，因此，最为有效的办法就是依凭着技术和类型，制造出一种非艺术的"陌生化"效果。这也是网络文学在艺术想象力上的短腿所

---

① Lars Ahnebrink, *The Beginnings of Naturalism in American Fiction*, New York: Russell & Russell. INC, 1961, p.128.

② 〔英〕诺曼·费尔克拉夫（Norman Fairclough）：《话语与社会变迁》，殷晓蓉译，北京：华夏出版社，2003 年版，第 3 页。

在。这与"现实主义"的人文关怀恰恰是背道而驰的。

第二节　现代性与现实主义的美学转型

当代中国文艺进入到一个非常时期，急遽发生的社会变革要求新的文艺样式介入，能够给社会肌体注入积极、能动的艺术的因子。目前的文艺远远不适应社会经济的发展要求，也不能满足最广大人民群众精神文化的需求。因此，倡导一种新的网络文艺样式显得尤为紧迫。面对网络文艺现实主义创作手段的日渐式微，需要在对现实主义进行反思的同时，理应理直气壮地引导广大文艺工作者摈弃偏见，打破成规，以极大的改革勇气直面现实，对现实采取积极的干预，让艺术精神贯穿社会生活，在社会生活中汲取创作的素材，创作出符合时代要求，又能超越当下的现实主义作品。

具体说来，需要我们怀着一颗赤子之心对当下中国的现实主义文论进行系统考察，特别是对重大历史文化事件和敏感问题进行理论总结，鼓励文艺在现实主义创作上开创新的尝试。正如余秋雨认为的那样，二战前德国崛起时一再强调自己是诞生歌德、席勒的民族，如今的美国也用好莱坞的电影感动世界："感动世界的文化形象是国家崛起的非常重要的力量。打动人的一定不是宣言，而是艺术作品。所以一定要把古典美、传统美、东方美推广出去，感动世界。"同时他还指出："历史一方面不断被回顾，另一方面又要不断解构，最好的解构者其实不是新一代历史学家，而是文学家，用人心的自然逻辑重新感受历史风浪、评价历史人物。"[1]

毋庸置疑，建构新型现实主义的美学原则完全可以承担这样的使命，新型现实主义美学必须具有超越的"现代性"特征。具体到文艺在走出"启蒙、革命和抒情"之后，文艺的使命如何确立？需要我们对实用主义美学进行重新定义。如果我们依然囿于成规与偏见，那么我们的古典美、传统美和东方美不但不能推广出去，连发掘的可能都不会有。因为，我们对这些曾经忌惮到批判，甚至扭曲到完全抛弃。

因此，需要在现实的历史情境中重新找回我们民族文化中曾经有过的尊严，更需要建构一种有着宽广历史胸怀，又有远大的世界文化视野的美学基础。而这样的美学基础不在想象之中，也不仅仅存在于"乌托邦、恶托邦以及异托

---

[1] 徐鹏远：《白先勇传记片大陆首映　余秋雨：他摸到了灰烬深处余温》，凤凰文化，http://culture.ifeng.com/a/20170312/50772764_0.shtml，查询日期：2024-03-15。

邦"之中，就在我们的日常生活中，我们需要一种警惕，我们的日常生活日渐传媒化，这会给我带来了另一种错觉，即：现实的非现实化。

"现实的描述与仿真之间的差异，变得越来越不明显，且渐趋失去它的意义。因此，传媒本身越来越以虚拟和游戏的模式呈现它们的画面。另一方面，这没有让我们远离传媒。虽然我们知道这些画面可能撒谎，我们仍然在挑选频道。很明显我们更喜爱另一个后果，即改变我们对现实的理解，走上非现实化之路。其次，对传媒—现实的这一态度，也越来越扩展到我们日常的现实，这是因为日常现实日益按传媒图式被构造、表述和感知。"①

因此需要我们进行调整，整体性的调整，否则就会出现偏差造成幻象和误判，因为"电子世界的高度发展，并不像一些传媒狂热者要我们相信的那样，简单地超越或吸收了传统形式的经验，而是重新确认日常生活的经验，以补充传媒经验的不足"②。

与此同时，我们不可忽略一个基本事实，就是网络文艺创作生态的现实问题。作为网络写作的主体——网络作家、写手、编剧等，这个群体在互联网背景下经历了从文学被写对象到写作主体的飞跃，没有创作主体自身的"现代性"自审，所有的努力都是徒劳。

诚如郭艳概括的那样："当下中国青年写作的社会情境和以往时代具有本质性的差异。中国作为民族国家的物质生存条件和生活境遇日渐现代，社会全方位又千疮百孔地进入全球一体化，物质以最坚硬的方式改变了东方中国的生存样态，小农经济和自给自足在中国的任何一个偏僻的角落都无法藏身，被规划成所谓现代的村庄和流动在大都市的农民工们，成为隐藏在中国都市文化暗夜中的巨大阴影，也成为中国社会现代性方案最为锥心的疼痛。时间以无声而炫目的方式让所有能够操持汉字的写作者们进入一个迥异于传统的现代，即便是蚁族，他们在城乡接合部的蜗居中也以最世界化的网络方式表达他们对于当下中国生存的感知。"③ 可以说，这是包括网络作家在内的中国青年一代写作者所

---

① 〔德〕沃尔夫冈·韦尔施:《重构美学》，陆洋、张岩冰译，上海译文出版社，2006年版，第96—97页。

② 〔德〕沃尔夫冈·韦尔施:《重构美学》，陆洋、张岩冰译，上海译文出版社，2006年版，第99页。

③ 郭艳:《重建现代世俗生活精神的合法性——从近期"70后"创作看当下中国青年写作的变化》，载《山东社会科学》，2015年第11期，第40—45页。

共同面对的现实。在这样的现实情境下，文学的母题与作者处在一个交互的纠结中，诞生在这样的历史境遇中的网络作者穿行于历史的洪流中书写着自己的人生与思考。一方面他们得打理自己的生活问题，另一方面他们还要在网络文本中寻找自己的精神寄托的同时能够给读者粉丝以愉悦，给网站带来创收。这个过程极其诡异但也超乎寻常。

以此，任何回避作者主体以及被描述对象来谈中国当下的现代性都是虚妄与抽象的，当下的网络文艺创作者的创作现状为我们提供了一个极其特殊又具体的现实。他们的人生状态被郭艳描述成这样的一种情形："中国当下的青年写作者远离'学而优则仕'的古典人生样态，也不同于近百年中国社会外辱内乱的苦难境遇，同时也日渐远离政治、阶级斗争意识形态桎梏下板结固化的思维模式，写作者们被抛入传统到现代的社会巨大转型中，个体盲目地置身于无序而焦虑的生活流之中。这些人是时光的闲逛者，是生活夹缝中的观察者，是波涛汹涌资本浪潮中的溃败者，是城乡结合部的逡巡者……而对于这些人来说，当下中国社会狂想般无极限的现实存在，真的如波德莱尔所言：'一切对我都成为寓言。'由此从文学史背景而言，中国青年写作者与古典文学兴观群怨、怡情养性的诗教传统断裂，写作既无法直接和庙堂国家接轨，又无法真正回到自娱自乐的文人文化状态。"[①] 现代性的诡异并不是偶然的，这里面有着复杂的民族国家的历史基因和发展阶段的特殊性，也有全球化带来技术程序的升级而引发的社会复杂变革。正是因循着这样迂回往复的社会变革路径，我们发现当下中国的现代性同样有着缠绕的复杂性。个人与日常生活的神圣性同样成为一个时代的主题。

网络生活作为个人与日常生活重要的组成部分已经成为一部分人，尤其是网络创作者的基本生活环境。它已经不再仅仅停留在文本上或是想象的图景上，而是显得具体而真实。

因此，破解的抓手在于：一是增强现实主义的穿透力，使现实主义成为网络文艺创作的主流；二是积极改善主体创作生态，促进网络文艺创作者了悟自身所处的历史境遇，自觉吸收优秀文化传统中的精华，实现自身角色的转变；三是催生培育、引导新兴阶层对网络文艺创作的积极性，加大人才培养力度，为网络文艺的发展储备人才。

---

① 郭艳：《重建现代世俗生活精神的合法性——从近期"70后"创作看当下中国青年写作的变化》，载《山东社会科学》，2015年第11期，第40—45页。

第三节　建构网络文学的现实话语

20 世纪 90 年代以来，个人主义甚嚣尘上，恰逢后现代主义解构思潮涌入中国，催生了中国文艺的"个人化写作"以及"小市民写作"的文艺之风，另一方面则是国家宏大话语表述式微，这也是网络文学诞生之初的社会文化基础。

当下中国的政治、经济、文化环境已经发生了重大变化。特别是在全球文化语境中需要一种文化凝聚亿万人民共同完成中华民族的伟大复兴的重任；同时还要团结全球华人弘扬中华文化，让中华文化为人类的进步贡献力量。因此，需要在互联网互联互通的背景下建构中国网络文艺的国家话语，以期通过互联网平台传播到世界各地。

网络文学的现实话语包括：表述对象的国家性，语言的民族性，话语方式的民族、国家性，传播的多质性，评论及译介的多元性以及学术研究的多维性。而这些并不因为国家意志为中心的表达而牺牲网络文艺的大众性和通俗性。甚至应该与"个人的神圣"并行不悖，这样才能既体现出国家话语的严肃性、权威性，同时也蕴涵着普罗大众的娱乐性和游戏性。整体而言，理应通过国家层面对网络文艺生态进行全面提升，这里面既包含着对内容的全面提升，同时，通过艺术样式来提高全民族的审美性，这样的审美性同时涵盖了个人和社会组织，对现代化预设方案进行全面的审察，把提高人的觉悟和素质作为国家现代化建设的重要内容。

胡传吉认为："完成个人的神圣性，是现代化不可避免的任务，也是中国文学世界里未完成的现代性。这个未完成的现代性，很大程度是与现代化核心诉求之一，即平等，紧密相连的。"[1] 平等在未来很长一段时间都将是现代民族国家建设的母题。互联网的出现让一部分愿意在其上耕耘的人们多少获得了远比传统社会更难得到的相对自由的言论空间，尽管这样的空间也已经渗透着尼采所指的"权力与意志"。不可否认的是，相较过去已经有了很大的进步。只不过，如何利用这样的有限的空间会成为未来人们面对的现实。以及从现存的物质与精神的二维空间里突破束缚，回到人的本身上来。有人断言："当实现了现代性文明转换后，一种新的文明方式就会将现代性所具有的技术异化和单向度的片面性给予铲除。虚拟世界引发的诸多社会问题是现代性文明发展聚合效应

---

[1] 胡传吉：《80 年代以来的文学思想难题：未完成的现代性》，载《小说评论》，2015年第 5 期，第 13 页。

的体现，网络化的庞大时空交错必然聚合起解决现代性困境的强大动力，实现现代性文明创造性的转换。"①

众所周知，我们传统现实主义国家话语有着根深蒂固的历史传统。但是，我们需要对这样的传统进行重新的体察和考证。我们需要重新寻找自己的历史、自己的根源并且要寻找到解读历史，阐释自身的整体、有效的普遍方法。汪晖指出："在我看来经过了两个阶段，一个阶段用徐冰的话讲是崇洋媚外，或者以西方为方法的时代，我们所看到的一切都是在它的透视之下来看待的。第二个过程，到今天还很流行，即对抗性的方法，事事归结到自己的传统，强调自己的差异，强调自己的特殊。我不是一个特殊主义者，我们每个人的经验和思考的方式，我们关注的整个的经验都在一个历史里面，可是它的确不只是要解释你自己的世界，而是要解释这个世界。某一个场合、某一个时刻我忽然意识到，我们对自己历史的解释也包含在这样一个普遍性里面。"②

这需要一种强大的超越力量，在"乌托邦、恶托邦以及异托邦"之外探索出"第四种道路"——"实托邦"，基于实用主义的娱乐快感为机制建构起来的一种新型美学方式。"实际上，大多数美、艺术和娱乐的快感不仅是在缺乏永恒性的情况下而具有价值，而且正因为没有永恒性而更有价值。"③

这样一来，我们反对机械地将娱乐性、游戏性简单粗暴对抗现实主义，甚至凭借此在现实主义中排斥网络文艺所兼容的娱乐和游戏的快感性。

总之，在建设强大民族国家的现实实践中，需要一种高瞻远瞩的人文情怀以及能够包容异质世界的文化思维，以一种"新"的姿态来建构新型的美学样式，这是文艺的历史选择，这样的"必要性"正如王德威指出的那样："到了二十一世纪的今天，文学的必要性是什么？事实上，我们之所以持续讨论文学，原因之一就是肯定文学能借由文字、意向以及叙事所焕发出来的能量，化简为繁，增益想象，在看似一成不变的历史现状中，创造出梁启超所谓'不可思议'

---

① 李振:《网络化：现代性的聚合与解构》，收录于鲍宗豪主编《网络与当代社会文化》，上海三联书店，2001年版，第65页。
② 徐冰、汪晖、戴锦华:《对自己历史的解释也包含在普遍性里》，载《中国社会科学报》，2017年4月1日。
③〔美〕理查德·舒斯特曼:《生活即审美——审美经验和生活艺术》，彭锋等译，北京大学出版社，2007年版，第103页。

的可能——这是文学参与公共议事的方式。"① 这也是在"乌托邦、恶托邦以及异托邦"之外的"实托邦"的内涵所在。

---

① 王德威:《启蒙、革命与抒情：现代中国文学的历史命题》，收录于《现当代文学新论——义理·伦理·地理》，生活·读书·新知三联书店，2014 年版，第 252 页。

第五章
网络类型文学的美学特征及其流变

进入新时代的网络文学需要在理论上廓清其核心本质，以网络类型文学为基础的网络文艺想要有所作为，必须在坚持以人民为中心的美学原则的基础上，既要尊重互联网的传播特点，又要在创新性发展、创造性转化上下足功夫。否则网络文艺就会偏离正确的轨道，而所谓的网络作品 IP 开发正是在遵循这样的原则之下才能发挥出文化的积极作用，才能促进文化产业的健康发展，正是在这样的前提下，共同繁荣社会主义文艺才能真正实现。

第一节　重新审视网络文学与网络文化

网络文学的本质是什么？从近 30 年网络文学文本来看，我们不难发现，网络文学文本极其复杂，常规文本或者是规范的文本主要集中在历史类、盗墓类、都市爱情、科幻和武侠类等经典通俗类型小说上，这些作品也是出版社相对集中关注度比较高。但是，还有大量浅显文字与软色情混搭的地摊文，因为傍上了互联网软件，也就轻而易举地走进了普通人的阅读视野。通常，我们会把常规文本，也就是与 IP 接近的这部分文本看作是网络文学，而对另一部分视而不见，其实，在网络文学实际经营中，那一部分才是真正代表网络文学的部分，而被我们视作网络文学的那一部分其实与传统文学是无限接近的，只不过网络的海量存量与传播手段是传统纸质期刊无法企及的。

如此说来，网络文学是一个被意识形态所遮蔽的词儿。问题不在网络，而在于文学。因为，我们总觉得传统文学已经失去了时代感，更在于传统文学已无力解决当下的精神问题，最典型的就是传统文学已经失去了大众，而网络无处不在，作为与时代同步发展的重要科技力量已经成为大众文化的首选。科技和时代作为意识形态的内容之一，成功斩获时代的最佳位置，成为时代的封面图像。网络搭载的，或者利用网络来搭载的，都曾横行一时，风光无限。重回文学的议题上来。当无数人把对传统文学的失望转向网络的时候，或者说，当新一代的年轻人不再带着渴求的目光阅读期刊的时候，网络的便捷便有了正当的理由，顺理成章地与新一代读者形成了攻守同盟的亲密关系，诚如痞子蔡二十年前的一部小说《第一次的亲密接触》一样暧昧而温柔地占据了年轻人的心。这说不上是网络文学的"幸"，更谈不上是传统期刊文学的"哀"，今天看来，这算是技术让网络文流行起来。

这就不能不说到"数字出版"这个技术变革下的行业产物，"数字出版"这一概念涵盖了传统纸质出版物的"电子化"以及网络原创文学两大板块。按照现有的出版机制，"数字出版"的边界地带相对模糊，因此，大量网络原创"地摊文"混迹在其中，成为监管的边界地带，而这一部分恰恰是前文所说的"网络文"，而不是"网络文学"。

"网络文"的盛行其实并不是我们今天人的事。王德威在其《被压抑的现代性——没有晚清，何来"五四"？》一文中将清末小说现代性做了一番总结，其中第一条就是：自 19 世纪中叶以来的侠邪小说，虽为五四学者所诟病，却在开拓中国情欲主体相像上，影响深远。这些作品杂糅了古典情色小说的两大传统——感伤及艳情，而能赋予新意。如《品花宝鉴》（1849）总结了古典以来余桃断袖的主题，竟向《红楼梦》《牡丹亭》借鉴，敷衍成一大型浪漫说部。又如《花月痕》（1872）反写才子佳人的素材，成就"才子落魄、佳人蒙尘"的凄艳故事。《海上花列传》（1892）作者韩邦庆为百年前一群上海妓女作"列传"；《孽海花》以花榜状元赛金花用淫邪之身，颠倒八国联军统帅，扭转国运，是 20 世纪最暧昧的神话之一。[①] 这样的叙事传统在网络发达的当下得到了延续与传承。上溯到中国古代，这也是中国自小说文体诞生以来惯常的创作手法。这与创作者的主观创作意识以及网络运营方的商业利益是密不可分的。谭帆认为："明末《欢喜冤家》《鼓掌绝尘》《宜春香质》《弁而钗》《载花船》等话本小说在文体形态上普遍出现入话体制退化、叙事韵文运用大量减少。体制章回化、篇幅大增、情节更加丰富曲折等'适俗化'现象。这种文体形态变化的主要成因就是晚明以来书坊对通俗小说创作和传播的控制，以书商及其周围下层文人为主体的创作队伍有独特的创作指归，浓厚的商业传播意识和读者接受意识无疑是其中最为首要的因素，故而文体的变化实际表现为对小说商业传播性的考虑和对普通市民审美趣味的迎合。"[②]

---

① 王德威：《相像中国的方法——历史·小说·叙事》，北京：生活·读书·新知三联书店，1998 年版，第 18 页。

② 谭帆：《论中国古代小说文体研究的四种关系》，载《学术月刊》，2013 年第 11 期，第 116 页。

　　"网络文"的"情色"属性说到底是一种欲望的"消费表达"，与传统文学的"欲望消费"是不一样的。主要基于传统文学中的"欲望消费"是一种写作策略，其动因是基于"批判的手段"（我无意于对传统文学的辩护），而"网络文"是典型的"表达消费"，核心动力就在于"如何带动和刺激消费"。也就是说，写作的目的在于如何让人乐意消费。按照法国后现代批评家让·波德里亚的"消费理论"的说法就是："消费的真相在于它并非一种享受功能，而是一种生产功能——并且如此，它和物质生产一样并非一种个体功能，而是即时且全面的集体功能。"[①] 如此看来，"网络文"在网络上出现一种所谓的"爆款"也就让人不难理解了，而且，生产方还要给它进行"精心打扮"，竭尽全力给这部分产品进行"包装"，甚至还要举办各种"发布会""推销会"，等等，这本身与评判性写作策略的"欲望消费"并不是一路子。

　　"网络文"主要以"软情色"为主，聪明的人们也会给它各种合法的命名：吃鸡文、虐文、快穿、总裁、婚恋、古言等，其中对豹纹（爆文）还进行 IP 孵化的承诺，网络上各种自媒体群也是集中的"交易场所"，千字 30—1000 元不等，明码标价。

　　种类繁多的"网络文"之所以如此活跃，自然与消费群体的庞大有关。需要对大众阅读心理进行梳理。这类人群的"潜在阅读"毋庸置疑起到了"维稳"的作用，也带动了部分就业，比如作者和经营者，对社会短时间内并不形成巨大的破坏。批评家也是不屑于关注这类人群，这类文本自然也不会登上大雅之堂，仅仅作为一种"潜在文本"流行于网络，活跃于民间。因此，当我们对"网络文学"寄寓更多期待，甚至把"走向海外"的民族大任期许于"网络文学"的时候，海外的明白人自然知道我们所说的"网络文学"是那一部分。但是，我们却对网络上充斥着大量怪诞与情色意味的"网络文"视而不见，甚至将两者混为一谈。因此，对"网络文学"的厘清就显得必要的了。在另一个角度上，很多研究者对此并不认同，甚至认为那些"网络文"是沉渣，是泥沙，这在根本上忽视了"网络文"存在的社会基础，如果客观地去看，自然也会以一种"包容"的态度对待所谓的"沉渣"。这就引出了本文开头提出的对"网络文学"研究是文学研究还是文化研究的命题。

　　在让·波德里亚看来，"流通、购买、销售、对作了区分财富及物品／符号

---

　　① 〔法〕让·波德里亚：《消费社会》，刘成富、全志钢译，南京大学出版社，2006年版，第49页。

的占有，这些构成了我们今天的语言，我们的编码，整个社会都依靠它来沟通交谈。这便是消费的结构，个体的需求及享受与其语言比较起来只能算是言语效果。"[1] 显然，"网络文"有着自己的言语结构，也是阅读人群的心理显现。对"网络文"不仅不是一禁了之或是视而不见，而应看作文化研究的重要组成部分，当执政党和国家把"扶贫"作为时代的主题之后，对"网络文"的研究与关注理应提到一个高度。需要对"网络文学"进行重新命名。时代发展之快，我们都来不及好好为新的文学样式命名，直截了当地在网络与传统期刊文学之间划了一条分水岭，网络上发表的原创作品就是"网络文学"。现在想来，这样的判断显得多么的简单粗暴，不明所以然。

当我们过分放大"网络文学"效应的时候，也忽略了对传统期刊文应有的关注，放弃了对传统文学的改造与提升，更蔑视了传统文学对互联网社会的融入，从一个侧面也放任"网络文"在网络上形成的所谓"新社区"对所辐射到的新阶层的文化影响。这是当下所有网络文学研究者和政策制定者的误区。

第二节　网络文学 IP 化的现实处境

如果说以原创网络文学为源头的 IP 成为网络文艺的核心，那么，整个网络文艺的竞争核心将从数字版权向全版权转化的衍生。事实上，自从阅文集团、掌阅科技和爱奇艺三家网络文艺公司的相继上市，国内以互联网为传播载体的网络文艺娱乐付费企业呈现出三足鼎立的格局。

当下流行的知识付费模式是社会精英从传统方式向互联网转移的一种新的变革，而娱乐付费比知识付费无论是在人口规模还是在付费习惯上具有一定的优势，因此，网络文艺将在付费模式的倒逼下，无论在广度还是在深度上将寻求新的突破。其中，固然有对内容的依赖，但对新技术和人文关怀的迫切需求将成为未来企业竞争的核心。

IP 娱乐付费的模式结构要比知识付费产业链简单，通常以优质内容吸引用户付费。与以往不同的是，知识付费产业链要复杂得多，可以看成是出版、传媒和教育的交集。而知识付费相比娱乐付费要艰难得多，如果从两者的差异中对比可以发现，一个是先易后难，一个是先难后易，娱乐付费属于前者。这是由各自的产业属性决定的。

---

① 〔法〕让·波德里亚:《消费社会》，刘成富、全志钢译，南京大学出版社，2006 年版，第 50—51 页。

IP 解决优质内容的供需问题，这是基于"数量"和"质量"的娱乐产业的产业功能作为优先原则的。在 IP 产能丰裕的情况下，网络文艺需要集聚新的动能，未来也将由单一的内容竞争转向多层次服务以及全方位的人文关怀上来。也就是说在网络文艺审美疲劳之后，需要一种新的美学原则来支撑，即网络文艺在满足产业属性同时需要向深度文艺属性上转移，更多地需要向人性本身潜在的需求上倾注更多的关怀。因此，分层消费，差异消费将是后 IP 时代网络文艺的最大的特点。

基于"受众"与目标人群的培育将是未来网络文艺竞争的重点。在宏观层面上，需要积极寻求新的美学观的突围。毫不讳言，网络文艺理论建设与人才培养是严重滞后于产业发展的，对网络文艺的美学观还没有能真正地总结出来，特别是对于新兴人群的审美趣味和阅读品位还不能形成有效的文化、知识干预。娱乐内容也不能摆脱对受众的过度依赖，以受众为中心依然是当下网络文艺的基本格局。被动、从属的地位也没有得到根本的改观。

网络文艺作为社会主义文艺的重要组成部分必须要走出这样的窘境，同时，作为国家的重要文化力量还要参与全球文化竞争，因此，网络文艺肩负着对内、对外的双重任务。显而易见，网络文艺仅仅靠少数人的参与，根本上来说是不能支撑起这样的任务。

其次，没有正确的精神价值和呼应时代的好作品的引领，网络文艺极容易陷入一种"单向度"的孤立，特别容易形成表面繁荣的"集体狂欢"，甚至有着波德莱尔所指的"伟大的传统业已消失，新的传统尚未形成"的"恶之花"。这是网络文艺在发展过程中极易出现的"魔咒"。

建构以人民为中心的网络文艺美学观显得尤为迫切，一方面来自国家对网络文艺的期许和诉求，另外一方面也是网络文艺植根大众的必由之路。

一是培养一批植根于人民，与人民荣辱与共的艺术家，鼓励他们创作出反映人民疾苦，凝练人民智慧的喜闻乐见的好作品，以优秀的作品鼓舞大众，树立民族自信心。

二是加强文艺理论建设，总结凝练出网络文艺美学理论，引导创作，促进创作；培养大众积极乐观向上的审美观，特别是要在实践中具有指导价值，上得来，下得去，真正使得理论与创作形成有效的呼应，鼓励理论工作者与作家结对，形成创作与理论的共鸣与批评的共进的良好格局。

三是正确处理好资本逐利与价值"中立"的对立关系，这是网络文艺不得不面对的现实。资本具有先天的"逐利"性，而公民社会的价值"公益性质"

也是现代国家治理的重要手段，需要国家建立一整套对网络文艺发展方向的有效干预机制，如何在法治环境下引领资本划清边界。

四是积极营造良好的网络文艺生态，需要在整体上建构新型的网络文艺生态观，既有国家监管层面的法治的完善，也有市场对网络文艺的反向干预，以及政府监管的"退出机制"，还有网络文艺行业的自律，加强这四方面的协调机制的完善，使得网络文艺在积极、健康的轨道上行进。

第三节　"人民为中心"的美学特征

网络文艺相较传统文艺，在精神和艺术倾向上并没有所谓的"分水岭"，也就是说，在国家层面上并不需要重新制定一套新的文艺分针，随着时间的推移和技术成本的降低，网络文艺会逐渐成为文艺的主流，因此，网络文艺普惠全体人民也是时代发展的必然。

网络文艺的"新"是相对的，换一种角度说，这种"新"是技术推动下的文艺样式的"新"，包含了文艺的话语表达形式，传播方式以及渗透力度，等等。需要在更深层次加强对以上诸方面的研究，形成新型的美学特征。

一是借鉴、吸收优秀传统文艺的现实主义精神和成果。这是社会主义文艺的核心价值。网络文艺需要面对中国历史和当下，总结人民创造的优秀文化成果，需要对现实进行人文关怀，关注民生重大问题，这是文艺家的使命和责任。做到"沉"到人民中去，"体悟"人民的喜乐悲欢，与人民心连心。真正反映出社会的"现实"、人民的"现实"，而不是虚假的"现实"、伪造的"现实"。"真正的现实主义在哪里呢？果真神秘、怪异到难以捉摸，甚至丰富到可以忽略不计吗？在笔者看来，现实主义在人民创造社会物质财富与精神财富的实践中，也在奋力促进社会公平、正义，改良社会秩序走向温和、进步的智慧里，需要文艺工作者走进基层一线，深入生活，目及四野、眼观八方，体验火热的生活带给人的感性认知，而不是迷信书本、追逐碎片信息、断章取义理解历史。否则，一方面造成了历史、当下以及未来的断裂；另一方面又使得带着偏见的成规约束了创新思维，造成了理解上的偏差，态度上的摇摆不定，深层次影响到改革的成果能否惠及人民，能否改到实处。"[①]

二是对网络文艺中"类型化"的合理拓展和延伸。类型化是网络文艺的主

---

① 吴长青：《实托邦：网络文艺的第四条道路》，载《西南石油大学学报（社会科学版）》，2017年第5期，第109页。

要艺术样式，类型化的弊端也显而易见，俗套、程式化、单调苍白的人物场景的设置等等，这些既会影响网络文艺题材的开掘，也会影响其在精神向度上的提升。最近喜看到马云、宋卫平入局投资，茅威涛最近下海打造越剧IP，高晓松开发音乐IP《生活不只是眼前的苟且》，以及有部分文学网站联合相关机构开发、定制中国工业IP等等，这些利好的迹象表明网络文艺在向纵深发展，在向经典和深厚的文化开掘。

三是重新建构"个体"价值。确立文艺的"个性"合法化曾是一代文艺理论家为之努力奋斗过的艺术价值，在一个充分尊重个性价值的理性社会里，如何使得个性更具民族化，这不仅仅是世界观的问题，也是秉持什么样的艺术观的问题，我们既反对艺术形象"脸谱化"，也当然反对历史"虚无主义"。因此，如何处理"个性"、塑造"共性"是当下网络文艺面临的新问题，这也是建构以人民为中心的网络文艺美学观的重点所在。当下人的精神生活纷繁复杂，价值多元，能在这样的背景下，塑造既符合"个性"的艺术本质，又具有民族群像的"共性"是当下文艺美学的难点之一。

四是民间意识与国家意志的张力与融合。这是处理文艺美学连接当下与未来的重要维度。古往今来，文艺形态不外乎在这两个维度上游离，鉴于历史经验和整体文艺观的考察，民间意识须与国家意志形成合理的张力，民间有活力，国家有方向，两者之间既不能形成紧张的对立关系，也要保持文艺的相对独立性，促进网络文艺在国家文艺政策范围内的创造力尤为重要，关注日常的大众美学如何能够体现出既接地气，又能清新脱俗，民间趣味何以上升到一个民族的品位，这是网络文艺美学建构中的又一难点。

五是对外传播中的民族形象。网络文艺走向海外也是不争的事实，并且渐渐释放出新的动能。这也带来了一个新的问题，以什么样的作品树立海外中国形象，什么样的作品能够吸引海外受众。艺术的世界共性不因族群的不同而有所差异。因此，在这点上经典的好的文艺作品不存在出口转内销上的难题，迫切需要建构一种以人民为中心的美学观，恰恰这也是对内对外达到一致的美学观。需要凝练中国人民的勤劳、智慧、友好等人类共有的特性，这也是世界为之认同的价值。当然，也是网络文艺的美学之路。

毋庸置疑，网络文艺是植根于互联网技术土壤里的新型文艺样式，形式也会呈现出多样性，甚至产生出与主流价值迥异的另类文化，面对如此复杂多变的文艺观，需要我们秉持一种积极开放、包容的心态认真研究新生事物，及时总结其文艺范式与审美特质，文化监管部门需要提高执法水准，共同营造风正气清、百花齐放的良好的创作环境和运营环境，使得新的美学观得以生根发芽，茁壮成长。

如果把 IP 看成是网络文艺在特定发展时期的产物，特别是在"网红"经济时代的一种权宜之计，也未尝不可。但是，从长远来看，这是暂时的。从较长远来看，分众、分层、分流是必然趋势，特别是在创作数量积淀到一定程度时，受众对市场的依赖将由作家选择机制向优质作品转变，IP 可以看作是小循环的创意经济，而完善的市场机制必将向差异化、分众化的优质作品转移。这样来说，基于作者优选的 IP 必将受到挑战，这也是回应网络文艺的发展必然在丰富多彩的生活之上对于内容形成新的需求。

IP 不再是统一素材或是题材的"变体"而是会向综合类纵深挺进，甚至会在一个大"类"上精进，而不再是一个个单篇、单类、单项。这样对创作者来说必将形成新的挑战，特别是经过一段时间的积淀之后，以及在业内有着资深文艺品质的艺术家的参与，通过对文艺素材、行业等大"类"的分层，分类、分批次进行分拣，然后推入优选，以及在国际范围内也可以进行版权的区块链分销。

在一定意义上，这既需要国家对网络文艺标准进行规范与确立，也需要民间形成一种积极的"差异中的共性认同"自觉意识，需要对传统文化的尊重，也需要参照文明社会的价值，建构一种合乎民族特性、顺应时代发展的网络文艺美学观。在这样的层面上来说，IP 的流变会促成网络文艺创作主体逐步趋向于对大循环的认同，也佐证网络文艺与传统文艺最终合二为一，殊途同归。

与此同时，IP 产业文化的积极作用正在释放，会潜移默化地影响着行业向优质高效方向发展，并影响着多产业的深度融合。对未来的展望，有专家指出："泛娱乐产业与实体经济深度融合、信息消费与实体消费同步升级的大潮中，IP 将进一步成为产业融合的'酵母'，与农业、制造业、服务业进一步结合，形成'IP+ 产业'的新模式，成为产业品牌升级、文化升级的新风口。"[①]

当然，随着互联网技术以及运营水平的不断提高，IP 的发展也存在许多不

---

① 于佳宁:《泛娱乐进入"下半场"从内容融合迈向产业生态多元融合》，工信部 199IT 互联网数据中心，https://mp.weixin.qq.com/s?__biz=MjM5NjAxMzgwMA==&mid=26515297 45&idx=2&sn=1a8641ab368acf549bd88e80a31755ef&chksm=bd1031968a67b880265c87b58e66aa 15a3d4e77d6b5ff8d113eb0d197547a80701a617ad62d1&mpshare=1&scene=23&srcid=0327mokO7 JUNtOiKHBzM2FhP#rd，查询日期：2024-03-15。

确定的因素，既要对互联网与文艺形态的融合研究，也要对网络文艺单一形态的研究，扬长避短，相互促进，达到两者之间的互容共享。

互联网文艺是跨界文艺，需要多层次、复合型跨界人才的参与，这对人才培养提出更高的要求，既要注重基础创作和运营人才的培育，也需要对科技人才的培养。伴随AI、AR、VR、物联网、区块链等人工智能和数字信用的发展，文艺也会变得异乎寻常的活跃，新的创新方式也不断涌现，新的IP模式也将会在不远的将来横空出世。

从某种意义上说，网络文艺的发展既是诞生IP的直接推动者，也是IP流变的外在客观环境，利用IP的聚合作用促进产业发展是未来网络文艺融合行业、产业生态的一支重要文化力量。

总之，建构网络文艺"以人民为中心"的美学观，核心在于网络文艺能在新时代承担起文化自信的责任，特别是在当前人民对于物质和精神生活的不平衡不充分的现实面前，能够干预到现实生活，能创造出一种以"实现人民对于美好生活向往"为内核的"网络现实主义文艺"的精品力作。既要接受巨大的时代挑战，也要勇敢地担负起这样的使命。网络文艺走在生活的第一线，也是距人民大众最近的文艺样式，需要网络文艺工作者能够沉下心来，谦虚地走到人民群众中间，发现他们的疾苦，更要挖掘他们勤劳、勇敢、善于吃力，乐于奉献的时代精神，积极充分地发挥好网络文艺反映主流价值观的作用。不可停留在表象的娱乐层次，让人民真正成为网络文艺创作力量的主力，也是网络文艺内容的主要内核。这样的力量汇聚起来，才能真正成为网络文艺现实审美的人文基础，进而成为牢不可摧的文化力量。

第六章
少数民族网络类型文学
对中华民族共同体意识的塑造

在网络文学历史发展进程中，少数民族网络作家积极投身于网络文学的创作与评论。他们的全新探索与所取得的成果业已成为中国网络文学史中不可缺少的生动案例。尤其是在他们的创作中深深地烙上了中华民族共同体意识。具体有中华民族共同体塑造的原则、渠道和影响力，他们合力成为中华民族文化共同体。

第一节　中华民族共同体意识塑造的原则

所谓"共同体"是具有身份认同、自我意识和共同利益一致性的社会群体，中华民族共同体意识是中华民族共同体客体存在反映在人脑中的主观化印象。[①] 网络文学作为一种大众文化，在互联网生态中一方面坚持中华文化的公共性紧密联系着受众（读者），另外一方面在类型、题材和主体风格上保持了一定的民族性，在坚持中华民族认同的基础上塑造中华民族共同体意识中发挥着自己的独特的作用。

一是坚持中华文化的共通性与公共性。中华民族在长期的发展过程中，保持了强劲的共通性，促进了各民族的融合，同时也显现出文化的开放与包容，各民族之间相互取长补短，共同借鉴，既保持了各自的独立性，同时又形成了一个整体性。可以说"共通"既表现在思想内容上，甚至在形式上也有相近之处。以言情为例，丁墨、红娘子、携爱再漂、若善溪等少数民族女作家都将视角转向女性自身，建构以女性为主体的叙事模式，并从她们的生存状态出发，

---

① 王仕民、陈文婷:《铸牢中华民族共同体意识的符号表达》，载《民族学刊》，2021年第9期，第10页。

用通俗的故事架构将她们的坚韧和智慧彰显出来。而这些叙事方式和故事架构并没有完全偏离网络文学和通俗小说的基本思路，讲故事的方式和叙事策略，以及语言风格都没有较大的改变。也就是说，在形式上，少数民族网络作家基本上都在一个整体性的故事体系中，这个大的故事系统已然成为网络文学区别传统文学的重要参考维度。

同样，共通性还表现在对新的类型的开掘上，如金子的清穿、架空，红娘子的惊悚、悬疑，乘风鹏的种田文，丁墨、携爱再漂流和若善溪的都市言情，雾外江山的修真，我本疯狂的都市，血红的玄幻，南无袈裟理科佛（小佛）的苗疆系列以及烟毒的二次元小说，等等。少数民族网络作家在各自的类型中基本上都属于早期的开创者，既形成了自身独特的风格，同时还成为后继者效仿的"定本"。因此，这样的共通性还具有开创性的意义，在网络文学类型中自然也形成了公共性。

二是坚持中华文化的认同感和向心力。所谓文化认同，主要指关于心理、制度、道统的影响和传承。① 中华文明源远流长，经受了历史和现实的双重考验，如果没有各族人民的中华文化的认同就无法形成一个统一的核心，没有一个具体的文化核心也谈不上文化认同，因此，这两者的逻辑关系是自洽的，也是相辅相成，互为因果的。而向心力则是表明了中华文化有其自身独特的价值，由于长期共存、共担、共享，形成的一种以自身为中心的合力。

以苗族作家血红的《巫神纪》为例，这是一本架空的上古神话小说，以中国古代的传说为基础，描写叙述上古时代神话和历史混杂在一起，人和神之间，人和其他生灵之间，人和整个自然之间的争斗与抗争。这也可以将之看作是一部中华文化的探源之作，在宏大的历史叙事之外探索另一种存在的可能。同样，在瑶族网络作家我本疯狂的《一世兵王》中，塑造一个叫秦风的特种兵，因为在一次执行特殊任务中失去了战友，出于本能采取了过激行为而遭到上级的处分，秦风奉命调离岗位，从此回归普通人的生活，由于身份的特殊又引发了一系列意想不到的种种，但是当新的任务需要时，又义无反顾地回归曾经熟悉的战斗生涯……秦风身上所表现出来的隐忍、忍辱负重、谦虚谨慎等美德堪称谦谦君子，是中华传统优秀文化的集大成者。尽管秦风这个人物有理想化的倾向，但是放在中华文化的历史长河中，有这样的一个"群像集中于一人"的写法也

---

① 沈倩慧：《关于中华文化认同相关问题的思考》，载《区域治理》，2019 年第 45 期，第 239 页。

并不为过。作为文学形象更加显现了网络文学同样可以有理想主义情怀的一面。反过来说，网络文学是有可能写出优秀作品，其塑造能力不一定弱于传统文学。

三是坚持尊重历史的前提下挖掘本民族最为鲜活的文学素材，形成独有的民族文化景观。每一个民族都有其自身独有的文化的体系，在中国民族"多元一体"的文化格局中各自闪烁着光芒。正是有着这样的前提，中华文明才能够形成相互吸纳，多元共生的大一统政治格局，为中华民族的共同体意识奠定了较强的政治基础。离开这个政治基础，一切都变成无源之水，无本之木。

如苗族网络作家南无袈裟理科佛（小佛），磨铁中文网签约作者，曾于2012年8月17日发表作品《神恩眷顾者》，2012年12月6日发表作品《苗疆蛊事》，2014年6月8日发表作品《苗疆道事》，作品中写的不是陈二蛋的个人传记，而是一个时代，以及身处于这个大时代之中，那一代宗师的故事，其中有苗疆巫蛊、九尾白狐、走阴遁体、转世重修、转战万里、百鬼夜行、黑手双城和他的七个小伙伴。因此，"苗疆系列"也成了小佛的经典品牌，给读者留下了难以磨灭的印记。

再如蒙古族网络作家古筝的现实题材作品《青果青》中，作者直面当下校园现实，通过发生于青果中学校园的故事，真实描写了学生与家长、学生与学生、教师与学生、教师与教师之间的矛盾，从而引出学校、家庭、教师、学生的一系列问题，从中折射出大时代发展变化之下一颗颗大大小小的真善美心灵。同时，再现了国内中学教育逐步改革完善的艰难进程。作品触及中学生与中学教育的深层问题，作者对中学生语言和生活很熟悉，对话活泼生动，有青春气息。

正是基于以上三项基本原则，少数民族网络作家在构建中华民族共同体意识的路径中形成了新的共识，即由文化的认同、接受自觉上升到主动创造，并开启了与其他文化的主动融合。最后，通过新的路径的拓展，使得中华民族共同体意识的构建越来越成为一门显学，也成为团结少数民族青年网络作家书写自己的民族，为中华民族的文化复兴起到积极的引领作用。

第二节　中华民族共同体意识塑造的实践路径

少数民族网络文学作为一种文化样式，在凝聚民族向心力和塑造中华民族共同体意识中发挥着一定的作用。少数民族网络作家在创作中尊重市场规律的同时，也结合自己的民族特点，寻求中华文化认同的最大同心圆。其中有以下几个达成的路径：

一是将中华民族传统文化中的核心要素进行合理提炼，并以此作为故事中的世界观。优质网络文学首要的前提是有没有一个好的世界观。所谓"世界观"简而言之就是主角身处的这个世界的背景设定。无论是男频还是女频，少数民族网络作家在世界观的设定上注重以中华传统文化作为故事的内核。在满族网络作家雾外江山的修真小说《太乙》中，传统道教就成了整个故事的内核。

> 而且在他身边，赫然有着一头青牛。他吃饱了，好像要出门远行。叶江川顿时就知道他是谁了，圣人老子李耳老聃，太上老君。二话不说叶江川就是跪倒，喊道："圣人救我，救我！"然后叶江川拼命的背起《道德经》。
>
> "道可道，非常道，名可名，非常名……"希望引起圣人关注。圣人好像一愣，然后说道："无穷宇宙之外，万千时空裂缝之中，竟然相逢，算是有缘！""善！"
>
> 他轻轻一点，一道流光飞落酒馆之中，然后就是骑着青牛飘然而去。
>
> 至此，酒馆吧台上悄然变化，出现一道灵光。
>
> ——雾外江山《太乙》

道教作为中华传统文化的重要组成部分，充分反映了中国早期"天人合一"的宇宙观和多元并包的文化思想，对中华文明的构建同样有着举足轻重的作用。在《太乙》中，网络作家将道教文化的贯通性以及对"道旨""道论"和"道术"三个支柱做了详尽的阐释。也正是这三个支柱，探寻了道教对儒教的融合，特别是包含着对中华民族祖先黄帝的崇拜。

苗族网络作家血红的《开天录》中，主角是一个叫巫族的蛮荒家族，这个家族的主人叫巫战，有四个儿子，别离号为巫金、巫银、巫铜和巫铁，在一次与外族的杀戮中，巫战和他的三个儿子都被对手杀死，唯独留下了最软弱的巫铁。一次偶然的机会，巫铁遇到了另外一个叫老铁的人，此人在无意间唤醒了巫铁的神秘金属骷髅头（注：外挂的神器），这个自称"扁鹊第九代医护型古神兵"（注：指上文中的老铁）时刻陪伴在巫铁的周围，正是他训练巫铁，让巫铁变成了一个强大的战士，最后实现了家族复仇计划……

在其另外一本玄幻作品《道行纪》中，西北大元国"回春堂"的二代传人林道家人在归化城命丧黑刀匪之手，他最终一人在黑衣女尼的帮助下，被送到了大罗丹道教宗炼丹地，在教主丹浮生的开导和逼迫下，修炼真火诀。

什么是大罗丹道呢？作者借女尼之口描述了一番：

　　沈小白似乎觉得林道的手正变得越来越冷，她不由得带着哭音叫嚷起来："师尊，您神通广大，不如您硬闯进去吧？"硬闯进去？黑衣女尼的脸色不由得微微一红。她有点气恼的训斥道："休要胡说八道，大罗丹道……他们丹道精湛，一手炼丹之术出神入化，天下诸多修士，有谁不对他们客客气气？这种硬闯的话，再也不要提起。"话是这样说，女尼的心里则是另外一个念头："硬闯？虽然大罗丹道自上古流传下来的护山大阵'南天幻星杀阵'已经无人能启动，后来逐渐布置的一百七十二套威力绝大的阵图也因为门人实力越来越弱的关系成了摆设，但是就是如今的这座护山用的'三才陷杀阵'，也不是为师一人能攻破的呵！"女尼望了望林道，不无恶意的寻思道："死了也好，起码小白的心思能安了下来！"就在女尼的心里不断翻转着各种不良念头的时候，青灵玉牌坊上突然放出一片湛湛青光。

——血红《逍行纪》

　　可见，在血红所构建的世界观里，无论是"扁鹊第九代医护型古神兵"还是大罗丹道，这些人设背景和整体世界观，无不是中华文化的核心组成部分，相传扁鹊善于运用四诊：望闻问切。尤其是脉诊和望诊来诊断疾病精于内、外、妇、儿、五官等科，应用砭刺、针灸、按摩、汤液、热熨等法治疗疾病，被尊为医祖。而道教堪为中国的原生教，顾名思义，"道教"的意思即"道"的教化或说教，或者说就是信奉"道"，通过精神形体的修炼而"成仙得道"的宗教。

　　正是通过这样的途径，网络文学从中华民族的传统文化中挖掘能够代表主流文化，引领主流价值的故事世界观的架构，以及对人设的细节加工。反之，如果离开了这样的文化背景，世界观的架构不但无法成立，更无法唤起更多的人对中华传统文化的认同。

　　二是通过对多元文化的整合，形成核心的中华文化主流。田烨认为："文化整合是构建民族共同体的必要前提，只有建立全体国民认可的统一文化，才能凝聚全体国民并产生文化自觉和国族意识，以此开展民族共同体建构。"[1]网络文学类型的多样化，语言的口语化，叙事的游戏化，以及灵活多变的生活语态和修辞，等等。这些都是网络文学自身所具有的大众化的物质性特征。而网络文学的大众化、通俗化的"物质性"对多元文化的整合有其逻辑性。

---

　　① 田烨：《从文化整合到意识自发：构建中华民族共同体的理论逻辑与实践路径》，载《新疆大学学报（哲学人文社会科学版）》，2021年第5期，第44页。

行动者网络理论认为，大众文化并不只是人与人之间的行动与互动，还有人与物质之间、物质与物质之间的行动与互动。我们的很多行为都是在各种各样的物质体的介入下完成的。①网络文学不仅是在媒介环境下的物质体，而且由于其庞大的粉丝基础，版权价值的溢出效应，使得线上线下形成了必要的互动，而每一次空间的移动，使得物质体更加强健，功能释放也更全面，整合的力度也越大。互联网模式下的媒介整合不同于传统的权威主义的推行，往往以一种对话或是批评模式下形成的集体无意识。因为"互联网空间由一个个具体的'场域'构成，每一个'场域'都可以视为一个公共空间，因此，共享精神是公共讨论的前提，在讨论中也会形成一定的共识。建立在公共领域里的共识最终会对作品形成一些主要的价值评判。线上线下同样需要突破媒介的区隔，形成超空间的批评模式"②。正是由于这种模式的存在，很多少数民族网络作家，往往会以一种主要的类型作为突破口，形成自己独一无二的特色获得粉丝（读者）的认同与点赞。

回族网络作家丁墨在《如果蜗牛有爱情》中塑造了两个年轻的女警实习生，其中姚檬是个优秀的犯罪学推理师，另外一个许诩则是有着自带的故事，其中刑警队副大队长季白作为她们的实习指导教师，在与她们的工作过程中情感发生了变化。显然这是一个职场故事，但是这又不同于寻常的职场，不仅有一定的技术含量，还涉及一些人性方面的复杂问题。因此，在故事中季白作为一个男主既是叙事的共同推进者，也是彰显社会价值的施为者，由此观照出姚檬和许诩作为职场新人她们的世界观和价值观。如果没有刑警队这个社会公共空间，我们就无从知晓这个场域中的职场新人的种种状态。

因此，作品通过姚檬赞美了年轻一代刑警的敬业精神和专业品质，以及她们的社会责任感，同时还体现了青年的时代风貌与积极、乐观的生活态度。这种富有生活气息的文艺作品自然能够获得年轻人的认同，同时会取得良好的社会效益。正是通过这种具体对象化的人物塑造，不仅整合了年轻人的时尚文化，还将抽象的制度文化巧妙地整合到日常生活中来，这对建构民族共同体起到潜移默化的作用。

---

① 〔英〕约翰·斯道雷（John Storry）：《文化理论与大众文化导论》（第七版），常江译，北京大学出版社，2019年版，第268页。

② 吴长青：《构建网络文学批评融合发展机制》，载《中国文学批评》，2022年第3期，第165页。

　　三是通过对中华民族共同体意识本体的培育和强化来推动中华文化的发展。马克思指出："共同体是一切民族的起点。"[①] 这也意味着中华民族共同体本身就是中华民族的起点。如果没有这个前提，中华民族仅是一个名词概念，缺乏实体意义。这是不符合历史发展规律，也是违背现实实践的民族虚无主义。新时代中华民族共同体意识的本体是指 "通过中华民族的培育和强化推动着中华文化的发展，弘扬和创新着中华文化的思想观念与优秀传统，中华民族作为每个中国人繁衍生息的共同体，在中华文化与中华民族共同体意识彼此融合、借鉴的发展过程中建设和发展中国人自己的文化自信"[②]。也就是说，中华民族共同体意识本体既是历史的，也是现实的；既有历时性，也有共时性。既有对历史文化的传承，也要对当下的观照与提升。

　　女频作品《梦回大清》是满族网络作家金子的代表作。故事讲述现代社会中的一个 25 岁的普通白领女性蔷薇，因为从事会计职业，平时特别忙碌。一个偶然的机会她穿越到清朝，成为康熙四十年间户部侍郎、正白旗英禄之嫡长女雅拉尔塔·茗薇，年芳 16。于是，从现实世界中忙碌的职场小白一跃成为官宦之家的千金小姐。改变的不只是身份，而是整个精神世界。

　　不言而喻，蔷薇的这一穿越，实现了许多同样境遇的人的共同想象，这个想象绝不单纯是要么一夜暴富，要么一夜成名这么实用的目的，而是带着过程性展示的差异，也就是说铭薇从一种符号体系向象征体系飞跃。

　　王小英认为："从个体在其所植根的社会群体中的结构性地位来看，穿越到古代去，茗薇的社会身份明显提高了，普通女子变成了贵族小姐，从需要自食其力变成了坐享荣华富贵。从年龄上看，穿越后的心理年龄远超其身体年龄，心智更为成熟，身体却依旧年轻。再考虑到穿越所关涉的两个时代的关系，我们会发现穿越者更是占尽了历史的便宜。她对历史人物的命运谙熟于心，穿越后对社会的把控度远超穿越前。于是，穿越后这种身份处境及个人能力的提升，

　　① 〔德〕马克思、恩格斯：《马克思恩格斯全集（第46卷）》（下），中共中央马克思恩格斯列宁斯大林著作编译局译，北京：人民出版社，2016 年版，第 412 页。
　　② 张莉：《论中华民族共同体意识的历史文化根基》，载《理论研究》，2020 年第 6 期，第 40—41 页。

或许能为自我实现提供更为广远的可能。"① 穿越前后，唯独身体本身没变（从25 岁降到 16 岁，年龄虽然变得年轻，但是身体的自然本质没有变），其他都变了，从符号系统的社会化来看，这种变都是由于社会属性的变化所带来的。再从这种变化所带来的正向效应来看，穿越前的不被关注到穿越后的极度关注，本质上是由社会地位的变化所带来的。本质上的身体依然还是那个身体，不管年龄怎么变，自然属性是无法更改的。由外在的符号系统与社会化的权力象征系统的转变过程中，身体所承受的状态也是不一样。除此之外，还有心灵的感受也是不一样的。

如果说穿越前后的比较是建立在社会学基础上的权力象征体系，在文化上的反映就是从一个自食其力的劳动者向一个坐享其成者的转变，于是带来了劳动文化与享受文化的多重阐释，现代文明与传统社会的价值观的重新审视，这本身吻合青年亚文化的特性。小说的结尾安排了女主重新穿越回来，体悟当下生活的美好，重新审视享乐文化的本质，反过来也为自由的劳动文化正名。

中华民族自古以来就是一个崇尚自由、追求上进、勤劳节俭的民族，这也是被各族人民所接受的公共文化。在少数民族网络作家中，很多作品都是将中华文化中的优秀文化再阐释，特别是在新时代背景下结合所在民族的特点，从新的角度重新阐释中华文化本身所具有的特征以及内涵。

第三节　中华民族共同体意识塑造的社会基础

网络文学作为媒介兴起之后出现的文学样式，受众广，影响大，特别是接受上便捷和交流上自由。诚如马季所言："网络的普及给少数民族作家发出独特的声音提供了契机。从人类学角度看，民族与精神信仰包含着重要的文化信息，网络传播无疑给少数民族作家展现自己民族文化提供了最好的机遇。"② 因此，网络文学对中华民族共同体塑造会起到积极的推动作用。加强少数民族网络文学的自身建设有其独特的价值和意义。

---

① 王小英:《媒介突围：网络文学的破壁》，北京：商务印书馆国际有限公司，2022 年版，第 92 页。
② 马季:《少数民族网络文学的价值与意义》，载《南方文坛》，2011 年第 5 期，第 46 页。

一是少数民族作者自身的积极引领作用。中华民族共同体意识的核心在于她的历史形塑都脱离不了中华民族"多元一体"①的独特格局。在"多元一体"中，同样有着家国、族国，个人与集体，少数民族与汉族等"多元一体"，形成了56个民族相互依存，共生共荣，"各各其美，美美与共"的大繁荣。在祖国的大花园中，共同描绘一个同心圆。因此，每一个人都是百花园中不可缺的最美丽的那一朵。

甚至可以说每一个中华民族的成员都可以在"共担""共建"和"共享"的历史建构中共同推动中华民族共同体意识的发展。"无论是'共担'意识的责任诠释、'共建'意识的身份明晰亦或是'共享'意识的价值同构，都指向了铸牢中华民族共同体意识的价值旨归与实现方式，都从中华民族历史文化精神的最深处揭示了各民族成员之间的内在联系性、命运一体性、价值一致性、责任一体性、文化共享性。"②因此，每一个少数民族网络作家的自身形象的锻造，个人参与社会的热情以及个人成果的显现都彰显了这个本质。不仅可以在少数民族大家庭成员中增进文化认同，而且在中华民族共同体内促进中华文化的认同。

红娘子的《相爱不畏伤》、古筝的《靰鞡草》、丁墨的《乌云遇皎月》中所塑造的主要人物都带有作者个人的原型色彩，从这些人物身上以及少数民族网络作家所取得的成就，能体现出中华文化的历久弥新，以及在建设国家的过程中体现了格外耀眼的风采。

其中，蒙古族网络作家古筝的《靰鞡草》是讲述导游这个群体的职业拼搏故事，他们带着陌生的团队上路，游走在大江南北，凡人小事却处处传递着民族之间的友谊和爱。作者之所以用乌拉草（靰鞡草）来作为小说的题目只为传达一种生命的韧性与尊严，正是这种寻常的小草也能在平凡中发挥出重要的作用。古筝借用乌拉草（靰鞡草）这种带着民族风情物象的象征和隐喻修辞，倾

---

① "多元一体"与其说是一种主观意识的刻意建构，倒不如说是中华民族五千多年历史积淀的客观产物、必然成果。在"多元一体"中，中华民族位于高层，是一体的价值彰显，56个民族属于基层，是多元的维度呈现。我们既要充分尊重"多元"（各民族），又要高度认可"一体"（中华民族），才能提升民族认同感，增强民族凝聚力，铸牢中华民族共同体意识。参见蒋永发、任敏：《中华民族共同体意识：何谓与何为》，载《广西民族研究》，2021年第6期，第71页。

② 蒋永发、任敏：《中华民族共同体意识：何谓与何为》，载《广西民族研究》，2021年第6期，第66页。

注了对现实世界的关注以及日常的关怀，生动地共建起一种基于中华文化基础上的价值观。

同样是蒙古族作家、网络文学从业者李晓波（烟毒），从2006年开始网文创作，2010年成为了一名网文编辑。从业期间带出过《神控天下》等火爆至今的作品，同时还培育出《妖精住嘴》《精神碎片》等改编成功案例。就职于阿里文学期间，开创性地提出了"二次元小说"这一概念，为整个网文市场注入了一股新鲜血液，其间培育出了《中二少女的脑内选项》《天使的银羽》《梦想交换》等一批优质动漫改编案例。2021年开始，顺应现实题材作品的崛起，又重新开始创作。首先是根据个人早年的经历创作的一部关于年轻教师群体的现实题材小说《那年年少》。之后得益于十多年编辑生涯的人脉积累，写的基本都是定制内容。现正创作《仙剑奇侠传六》官方定制小说，计划由中信出版社出版。

少数民族网络作家以及网络文学从业人员的中华民族共同体意识的确立，不仅带动所在民族的文化发展，最主要的是将自己熔铸在中国民族这个大家庭中，既有获得感也有成就感，还增强了中华民族的自豪感，共同增进了中华民族的文化自信。

二是学术研究重视少数民族网络文学的发展。少数民族网络文学研究近年来渐渐被学术界关注，除了少数民族学者关注外，还吸引了一批年轻学人的关注。回族网络文学研究专家马季一直关注少数民族网络文学发展，早年他写了《网络时代的少数民族文学》《网络时代的民族文学创作》《少数民族网络文学的价值与意义》等文章，全面介绍了少数民族作家的创作情况，以及少数民族地区的网络文学发展情况。这也为少数民族网络文学研究开了一个好头。

蒙古族学者乌兰其木格的《高扬理想情怀 饱含生活气息——少数民族网络文学中的青年形象》《网络文学与青春文化》等作品从少数民族网络文学与青年主体结合起来论述，具有鲜明的时代性和现实意义。其中《少数民族网络文学与中华民族共同体意识研究》获得2022年国家社科基金项目立项。

还有，一批年轻的学者从民族人类学的角度，聚焦少数民族区域和不同族别之间的网络文学发展。如唐国林《文学地理学视域下的桂西北网络文学创作研究》、姜媛的《"文学生活"视野下的云南少数民族网络文学研究》、苏日娜的《蒙古族网络文学研究——电子技术与蒙古新型文学》、潘年英的《互联网上的侗族文学》和王海的《黎族网络文学的发展及其特征》等。通过对少数网络文学发生的考古学研判，一方面体现了研究者自身强烈的民族文化认同和率真的民族身份认同，另一方面为建构少数民族中华共同体意识提供了可靠的田野调查数据。

著名网络文学研究专家欧阳友权在《中国少数民族网络文学 20 年巡礼》一文中指出："我国少数民族网络文学伴随网络的普及和中国网络文学的崛起一道成长，在文学网站、作家作品以及理论批评等方面，形成了特色鲜明的民族文学阵营，构成中国 20 年网络文学大格局中一支不可小觑的文学劲旅，对传承民族文化、壮大民族文学做出了积极贡献。"[1]事实证明少数民族网络文学在整体性的网络文学视野中已经崭露头角，显现出勃勃生机来。

网络文学研究同样也从现象向本质开掘，从浅层向深度拓展。民族认同研究和价值评析呼之欲出。周兴杰的《当"民族"遇见"新部族"：少数民族网络文学中的身份认同问题》，刘敏的《少数民族网络文学的民族认同生成路径》，龚举善、张鸿彬的《少数民族网络文学的文化生态价值论》，张劲雨、刘雨的《我国少数民族网络文学的价值评析及趋势预判》，龚举善的《少数民族网络文学对于当代文学史的建构功能》以及徐杰的《现状、界定与研究方法——少数民族网络文学批评基本问题》等，这些研究不仅将少数民族网络文学研究向前大大推进了一步，同时还唤起更多的人关注少数民族网络文学发展，从某种意义上，对公共文化事件的普遍认同以及共享其文化成果，这种行为本身就是少数民族中华文化共同体意识的重要组成部分。

2017 年 7 月 24 日至 26 日，"大数据背景下少数民族网络文学高层论坛"在贵州财经大学举行。来自全国各地的 40 余位专家、学者齐聚一堂，大家就少数民族网络文学的顶层设计、基础理论和少数民族网络作家血红小说及相关作品进行研讨，以推动少数民族网络文学的研究、发展和完善。中国作协原副主席、网络文学委员会主任陈崎嵘指出此次论坛是全国首个少数民族网络文学研讨会，具有开创性、突破性、基础性和历史性的意义。

三是国家和地方党委、政府重视少数民族网络文学的发展。2017 年 8 月 25 日，由中国作家协会、内蒙古自治区党委宣传部主办，中国作家协会创联部、中国作家协会少数民族文学委员会、内蒙古自治区文联、内蒙古自治区作家协会承办，呼伦贝尔市委宣传部、呼伦贝尔市文联协办的"中国少数民族网络文学会议暨 2017·中国少数民族当代文学论坛"在呼伦贝尔市召开。原中国作家

---

[1] 欧阳友权：《中国少数民族网络文学 20 年巡礼》，载《福建论坛（人文社会科学版）》，2018 年第 10 期，第 107—114 页。

协会白庚胜副主席在讲话中论述了发展中国少数民族网络文学的七个重点。其中他建议尽快争取国家支持，将少数民族网络文学纳入国家文化战略、文学整体发展规划中，以求地位、有作为、获支持；尽快建立有关机构、确立组织领导主体，并将之纳入中国作协少数民族网络文学建设体系等。

2020年8月21日，由中国作家协会、中共内蒙古自治区委员会宣传部主办，中国作家协会网络文学中心、内蒙古自治区文学艺术界联合会、中共赤峰市委员会宣传部承办的第六届中国网络文学论坛在内蒙古自治区赤峰市开幕。中国作协党组成员胡邦胜，内蒙古自治区党委宣传部副部长、电影局局长乌恩奇出席开幕式并致辞。乌恩奇表示，内蒙古自治区高度重视网络文学发展，特别是作为少数民族地区，率先积极响应中央关于大力发展网络文艺的号召，改革体制、创新机制，延长手臂、扩大覆盖，用全新的理念思路、途径方法团结凝聚、联系服务网络作家，引导支持、繁荣发展网络文学，在国内较早成立了网络文艺家协会，目前在机构、队伍、机制及影响等方面都取得了一定的成绩。

2021年6月19日，作为国家民委主办的"中华民族全家福"系列活动之一，民族题材网络文学创作论坛暨首届石榴杯征文大赛颁奖典礼圆满落幕。以"讲好民族故事，传承中华文明"为主题，众多弘扬民族精神、表达文化自信、传播正能量的网络文学作品次第出现。经过专家推荐及严格评审，《草原有座蒙古包》《走西口之天山行》《彩云微光》三部作品获"最具民族风采奖"，《神藏》《欢想世界》《烂柯棋缘》《时光和你都很美》《恰似寒光遇骄阳》《黎明医生》《暖君》《惊雷》《大讼师》《消防英雄》十部作品获"优秀作品奖"。

综上，由于创作者的自身形象、学术研究的深度拓展，以及国家、地方党委政府支持力度的不断加大，良好的少数民族网络文学创作、研究和支持生态日渐形成，这为少数民族中华民族共同体意识奠定了更加坚实的社会基础和良好的发展环境。

网络文学中华民族共同体意识塑造的原则坚持共性与个性的统一，共通性、公共性与民族性的融合，你中有我，我中有你，在中华文化的核心范围内以实现各民族文化的共同繁荣为旨归，不是你我的关系，而是我和你的结合体。少数民族网络文学反映并强化了这种原则的上限，也防止了过分强调中心忽视主体的极端认识。

在实践路径上，构建中华民族世界观是一种价值，而不仅仅是手段和目的，而采取整合的方略才是基于实践的一种智慧，整合不是强制式的简单化、流程化，而是一种机制上优化策略，基于文化资源的重新调配，在价值观和理念上基于民族大团结，以及命运共同体上的互动调谐。

　　而作家自身形象的锻造、学术研究上的观照与提升，以及党和政府的各种政策和文化上的实际支持，一方面繁荣少数民族网络文学，另一方面带动了少数民族网络文学生态的升级、优化，无论是在外在形象上，还是内在机制上都在促进少数民族网络文学与基层群众的联系，以人民为中心的创作实践付诸实施，这是唤起少数民族中华民族共同体意识的最强有力的精神力量。

第七章
网络类型文学海外传播路径
及网络文化体系的建构

2015 年以来，中国网络文学的对外传播或叫"出海"成为一个热点，这是与扩大中国文化的海外影响力的整体格局是一致的。客观地说，中国网络文学走出去也才刚刚开始，需要的不仅仅是启示和所谓的策略，而是要实实在在地增强自身的"内功"以及系列的文化建构。

第一节　问题的提出

所有的文化活动都是围绕"人"展开的，网络文学同样也是，网络文学无论技术多么完备，传播多么便捷，没有"人"的认同和接受，同样会落得一厢情愿的结局。以网络上和一些论文中介绍的北美英译网站"Wuxiaword"为例，根据 alexa.com（亚马逊控股）提供的数据显示，目前武侠世界（Wuxiaword）有日均近 50 万用户，实际上它还是一个以"轻小说"为主打型的网站，创始人并不关心中国文化，目前这个网站除了从中文在线和纵横文学引进网络文学版权外，也开始引入日、韩小说。另外还有一家外国人做的 gravitytales 目前大约有 15 万左右用户，也是从中文在线和纵横文学购买版权。据相关人士介绍，目前海外中国网文、轻小说等的相关搜索词数据飙升得很疯狂，虽然总量比不上 Fantasy 等传统欧美通俗小说，但是蓝海现象明显，用户活跃度高。不得而知的是到底是谁在刷屏？

另外一个声音也值得关注，爱读网签约作家、美国加州软件工程师霆钧博士直言："这里的媒体，不论华文或英文的，从来不曾报道过（Wuxiaword），我也从未听朋友提过（Wuxiaword）。"为了证明他说的话的真实性，霆钧还给笔者附上了一张截图供参考。霆钧以华裔网络作家的身份从另外一个角度观察北美中文翻译网站的现状也颇具代表性。正如有学者指出的那样："那些对东方文化缺乏一定认知和兴趣的人，并不会关注中国网络文学，毕竟他们置身于相当健全的以类型化小说为主导的畅销书出版发行机制下，享有着非常丰富的本土阅读物。就当下的发展情况而言，这些线上的网络小说翻译作品还是主要靠口碑和粉丝渠道进行传播的，尚属于'小众市场'，如何才能规模化地扩充海外受众还需要进一步探索。玄幻、奇幻等种类的网络文学作品，因为一定程度上超越了意识形态差异带来的限制，在西方还是能够引起一定的反响的；其他题材作品除非对国外读者充满新鲜感，否则很难引起受众的关注和共鸣。"[①]

可喜的是，近年来，这种状况得到了有效的改观。自 2017 年 5 月阅文集团推出起点国际以来，作为国内最大的原创文学网站的起点中文网，已经在其海外版起点国际上线了 100 多部作品，累计访问用户超过 400 万。应该说这是比较乐观的。未来考验阅文集团的不仅有商业利润，还有文化传播的承担与使命。"许多网络文学作品虽然在传播渠道上实现了'走出去'，但其意义仅仅是'文字作品'的走出去，固然这些'文字作品'都是中国文化的符号，但从严格意义上说，其蕴含的中国传统文化，尤其是优秀传统文化内涵不足，并非国家期待的高质量、高水准的'文化产品'，因而其走出国门的过程中只是实现了商业层面的输出，而未能真正实现文化层面的'走出'。"[②]

中国网络文学海外传播肩负着两重使命：一是扩充海外受众人群的接受度，真正实现一种自愿的接受；二是真正实现"文化"层面的输出，使得中国文化的魅力受益于人类社会。这个过程也许是漫长且充满曲折的，但是不可错失"互联网 +"的历史机遇。既要正视问题的存在，又要不失时机利用这次难得的机遇。"中国网络文学的诞生并不只是华语文学内部力量酝酿的结果，也是受美国和日本游戏、动漫以及奇幻文学辐射与刺激的结果；在长期的发展过程中，也时刻保持着与各种世界流行文艺的连通性。对于海外读者而言，中国网络文学首先不是中国的文学，而是网络的文学，是属于'网络人'的文学。"[③]这也是我们的信心所在。

---

① 曾照智:《文化共生与中国"网文出海"的困境》，载《广西师范学院学报（哲学社会科学版）》，2018 年第 7 期，第 27 页。

② 庹继光:《我国"文化走出去"中网络文学担当与路径探析》，载《广州大学学报（社会科学版）》，2017 年第 9 期，第 88 页。

③ 吉云飞、李强:《中国网络文学"走出去"的启示》，载《红旗文稿》，2017 年第 10 期，第 12 页。

第二节　网络类型文学海外传播路径

目前，中国网络文学首先需要的是内部的认同和接受。网络文学因为占着"文学"的名分，从传统"纯文学"的视角去审视网络文学，网络文学则无法摆脱它在传统学科中的尴尬。如果单纯从"网络"出发，则无法定义"网络文学"的范畴与属性。

李敬泽曾经这样形象地论断网络文学，他说："有一度一谈到网络文学就含糊其词，因为没有一个历史的参照系，被网络二字吓住了，莫名惊诧，不知道该把这个文学往哪儿摆。其实位置很清楚，就是通俗文学。当然通俗文学不限于网上，网下也有，但现在中国通俗文学的主体在网上。"①

中国通俗文学的历史身份一直存疑，著名学者、通俗文学研究专家范伯群先生生前一直呼吁给通俗文学以合法身份，并且主张将通俗文学写入中国文学史。范伯群指出："应该知道，对待通俗文学要以'因势利导'的'禹'的治水方法，使其走上'良性循环'的健康发展的道路。专门想以一元化的文学作品去满足全民的多元需求，这种想法本身就是不现实的。过去想将市民大众文学扫出文艺界，这是一种永远也不能成功的'无效劳动'。真正的出路是在于利用我们今天的理论优势，去总结出一套通俗小说创作的规律，从《三国演义》《水浒传》《西游记》等'民间积累型'的通俗作品中，从后继的'文人独创型'的通俗作品中，包括近代韩邦庆们的作品中，现代张恨水、刘云若们的作品中，总结出他们成功的经验，也包括某些不足的教训中，建立我们中国特色的通俗文学理论体系，使通俗文学得以健康的发展。"②

网络文学诞生之后，遭到了传统精英文学的围攻，两方曾经形成势不两立的对峙局面。针对这样的局面，李敬泽态度鲜明地批评了这样一种格局。他说："我们要放下两者傲慢与偏见，传统文学依靠思想和艺术品质对网络文学抱有傲慢与偏见，网络文学背靠市场面对传统文学抱有傲慢与偏见。实际上，它们应该是并行不悖的，它们都能从对方得到重要的支持和营养，共同构成一个完整、

---

① 李敬泽：《网络文学：文学自觉与文化自觉》，收录于《网络文学评价体系虚实谈——全国网络文学理论研讨会论文集》，北京：作家出版社，2014年版，第13—14页。
② 范伯群：《我心目中的中国现代文学史框架》，载《深圳大学学报（人文社会科学版）》，2004年第1期，第85—86页。

健全的文学生态。"①

不言而喻，李敬泽的观点与范伯群教授的设想是如出一辙的。当下，中央提出大力发展网络文艺，这在政治上首先为网络文学的合法性问题解绑松套。在实践上需要我们解放思想，勇于探索。

其次，需要学习美国及欧洲在世界文化普及和传播中的先进经验。相比美国通俗文学，我们自己的通俗文学并没有获得相应的待遇，这是匪夷所思的怪事。研究者认为："在我国现行的大学英语教材中，有大量的课文节选自美国通俗小说、杂志、报纸等文学作品。在传统的纸质教材已经不能满足教学需求的背景下，与大学英语教学改革相配套的各种立体化教材不断地呈现在我们的面前，如高等教育出版社出版的《大学体验英语》、上海外语教育出版社出版的《全新版大学英语》、外语教学与研究出版社出版的《新视野大学英语》等。因此，除纸质教材外，由光盘、网络、自主学习平台等共同构建的立体化教材中都大量引用或借鉴了美国通俗文学的作品，这更体现了美国通俗文学作品与大学英语教学是密不可分的整体。"②

目前，中国大陆除极个别民办高校开展了网络文学教育之外，网络文学依然没有得到教育部门的准入，教育部的课程目录也没有收录网络文学学科。这与中国网络文学的海外传播的诉求是极不相适应的。"虽然国内网文公司在观望中看到了潜在的市场需求和发展前景，但由于盈利规模的悬殊，他们还在等待进入市场的最佳时机，短期内并不会为此而集中发力；即使商业力量的介入能够使我国网络文学的对外传播更为活跃，但单纯依靠商业逻辑驱动下的市场行为，还不足以迅速有效提升我国网络文学对外译介的规模和社会效益。"③因此，需要整体性地提升中国网络文学在教育、文化层面的影响力。

再次，整合国内外一切可以利用的资源平台，特别是拿出多年来中国人学"英语"的热情面向国内全体网络作家的"海外写作"以及全平台化的"新媒体文化"推广。比如国内曾有一家叫"神域"（www.spaceofgod.com）的英文网站

---

① 李敬泽:《网络文学：文学自觉与文化自觉》，收录于《网络文学评价体系虚实谈——全国网络文学理论研讨会论文集》，北京：作家出版社，2014年版，第13—14页。

② 刘英昕:《美国通俗文学作品在大学英语教学中的作用》，载《文学教育》（下），2014年第3期，第64页。

③ 董子铭、刘肖:《对外传播中国文化的新途径——我国网络文学海外输出现状与思考》，载《编辑之友》，2017年第8期，第18—19页。

采取面向国内所有网站和作者签约。从用户层面，凭借团队多年来坚持海外英文类型小说出版经验和积累的传统出版及文化资源，面向欧美主流文化圈的优质读者，辐射全球熟练英语阅读的精英人群。在翻译品质方面，聘请在美国获得中英翻译类奖项的资深母语翻译为团队负责人，确保翻译文本准确表达小说世界观中呈现的深厚文化底蕴，同时保留网文通俗易懂、行文天马行空的风格，并以欧美读者习惯的俚语来诠释。在网站建设上，一边是引人入胜的网络小说实时更新，另一边是主播聊网文，以短视频形式对比欧美流行文化和中国网文新动向。在出版形式上，在确保翻译质量的前提下，实现主站网络连载、移动端、亚马逊 Kindle 电子书同步上线，择优推出纸质书的出版。在具备一定的用户基础之后，尝试与英文世界游戏、影视、动漫的结合及推广。

第三节　网络文化体系的建构

回顾中国文学的海外传播，其历程也是一波三折，网络文学尽管有着现代科技的快车道，但是文化毕竟不同于一般商品，接受的过程有很多条件限制。但是中国文学的海外传播经验值得网络文学借鉴。

中国文学的海外传播经验告诉我们，文化的对外传播绝不是单纯的商业行为可以解决的，特别是在中美贸易摩擦的历史大背景下，而是需要一套完整的"组合拳"，需要有自身的理论体系的支撑。在中国文化海外传播与接收中建构其"网络文学中国学"，即"在这过程中需要对两种观念思维进行厘清，不可把外在的发展问题与内在的水平问题搅和在一起，遮蔽了现代中国文化海外传播与接受过程中的正面影响力。需要将两者统筹起来综合分析和评价，把量与质，把观念与事实，把'走出去'与'中国学'综合起来考虑。才能避免在构建与世界文学关系时有可能出现的狭隘的民族主义倾向。又避免过度政治化的误读。"[①] 中国网络文学是否可以"弯道超车"？不仅是来自网络文学企业的商业行为，更需要有一套包括文学、影视、出版、动漫、游戏等综合文化体制的保障，需要建立一套完善的网络文化体系，并能保证这套文化体系能够真正运行起来。

所谓的网络文化体系，不是单一性的，而是综合性的、全民性的接受与传

---

① 吴长青：《如何海外，如何建构：现代中国文学海外再出发——读杨四平的〈跨文化的对话与想象——现代中国文学海外传播与接受〉》，载《中国社会科学报》，2015 年 3 月 23 日，第 B03 版。

播。事实上，目前，我们的网络文学海外传播依然是一种单打独斗式的个体行为。有人曾一针见血指出："我国网络文学'出海'一直受国内媒体和资本界的广泛关注。不过，我国网络文学输出仍处于小作坊式的运营现状，规模小、质量差、传播窄，导致英语主流社会对我国网络文学关注少、反响小。"① 要改变这种现状，须从"翻译层面、译介学层面、国家与社会支援层面以及中国学学科建设层面规划现代中国文学海外传播与接受的战略方案"②。

网络文学是中国文学的一部分，须将网络文学纳入中国文学的整体体系。同时充分发挥网络文学的独有的特点，在共性中实现个性的最大化飞跃。

一是充分利用中国本土的教育资源，积极在留学生中培育新生力量，通过庞大的留学生培养将中国通俗文化渗透给留学生，同时，培养有能力的留学生开展网络文学的普及教育工作。邵燕君曾深有感触地说："北大中文系韩国留学生崔宰溶的博士论文《网络文学研究的困境与突破——网络文学的土著理论与网络性》（2011 年 6 月通过答辩），他说，传统学者要研究网络文学，先要把自己当成一个外地人，要听懂'土著'们的话，才有资格讲话。我深以为然，更加端正了学习态度。以后的几年，我天天在向学生们学说话。刚开始，只能大概听懂，但不敢插话，因为把握不好分寸尺度。有时在微信群里聊天，一句话要查几次百度。不懂的黑话还好说，最怕的是你以为你知道的词，其实词义已经发生了变化。"③ 中国学者需要有这种虚怀若谷的胸怀，更要有一种全球文化融合的视野。

二是扩大中国网络文学的海外传播渠道，可以在对外汉语教学中融入中国网络文学，将中国优秀网络文学的精彩片段做成教学资源，在对外汉语教学中将这部分内容灌输给异域对中国文化感兴趣的国外汉语学习者。改变单一的通过商业途径的传播形式，拓展传播渠道。"我国网络文学对外传播的目的，不仅在于作品的输出，而且还在于作品中蕴含承载的中国文化价值的传播，在阅读过程中激发国外受众对中国历史文化社会生活的兴趣，并在此基础上，增强他

---

① 席志武、付自强：《我国网络文学海外传播现状、困境与出路》，载《中国编辑》，2018 年第 4 期，第 82 页。
② 杨四平：《跨文化的对话与想象——现代中国文学海外传播与接受》，上海：东方出版中心，2014 年版，第 210 页。
③ 邵燕君：《"破壁者"书"次元国语"——关于〈破壁书——网络文化关键词〉》，载《南方文坛》，2017 年第 4 期，第 33 页。

们对中国的认知和了解。"①

三是继续扩大以版权交易为核心的高等教育和中等教育对外汉语交流，在对外汉语交流中增加网络文学内容。在有条件的海外高校或研究机构增设网络文学研究基地，吸收借鉴国外的研究通俗文学的方法，培养一批海内外研究中国网络文学的学者。并通过这些平台，做好中国网络文学的普及与通俗文学的跨文化研究。增进海外对中国通俗文学的了解，同时对出版、影视、动漫、游戏等泛娱乐产品版权进行整体推广。"当下海外版权运营模式单一，内容源头应该成为改变这种现状的发力点。注重高品质原创内容的海外推广，以此培育海外网络文学阅读市场，尤其是要吸引和培养精英阅读群体，以改变现有的阅读群体结构，使正版付费阅读逐渐步入商业化运作轨道。"② 因此，需要整体性建构一体化的"中国学"思维，在更宽厚的文化土壤里培育中国网络文学的灿烂之花。

中国网络文学不仅仅是作为一种商业实践存在，而是作为全球性的互联网文化的新样式，具有一定的样本意义。因此，我们不能将网络文学作为一种孤立的存在去理解，甚至仅仅作为一种单纯的商业行为去营销，理应将之放置在21世纪全球互联网文化崛起这样的高度去审视。也就是说，中国网络文学是信息时代新兴文化鼎盛的全球经验之一。正因为有了这样的高度，我们才有资格在海外建构中国当代文学"网络文学中国学"这个概念。需要在整体上形成一套理论体系，并将之纳入汉学研究的跨文化交流中去。在鼓励网络文学企业走出去的同时，更需要提高整个民族的通俗文学创作水准以及网络文学海外传播与接受的文化自觉。

---

① 董子铭、刘肖：《对外传播中国文化的新途径——我国网络文学海外输出现状与思考》，载《编辑之友》，2017 年第 8 期，第 18—19 页。
② 鲍娴：《当下网络文学出海中的问题及对策》，载《中国出版》，2018 年第 10 期，第 31 页。

中编

类型研究

第八章
以个体为中心的网络魔幻小说的互文性

  关于网络文学超文本的互文性特征研究在网络文学评论界已不鲜见。但是具体到某一种类型的文本研究，笔者认为还远远不够。特别是前者的研究立足互联网技术特征和媒介传播的视角成分居多，关涉到文学主体的研究仍需拓展和延伸。以青年网络文学作家跳舞的八卷本《恶魔法则》和《恶魔法则（续）》为例，选取其中的主体人物杜维作为阐释视角，全面观照网络魔幻小说的互文性特征，并探索修辞之外的文本价值及其意义。

第一节　魔幻小说的合法性辨析

  鲁迅认为小说最早的起源是神话和传说，他说："昔者初民，见天地万物，变异不常，其诸现象，又出于人力所能以上，则自造众说以解释之：凡所解释，今谓之神话。""迨神话演进，则为中枢者渐近于人性，凡所叙述，今谓之传说。"[①] 因此在鲁迅的散文里还有幼时听长妈妈讲"美女蛇"的故事，《故事新编》中八篇神话为题材的故事更是诙谐幽默，写出了冷漠时代有温度的社会关切。循着这样的脉络，鲁迅认为，自六朝的志怪小说开始，中国的小说渐趋成熟。而在这背后有着一定的社会现实基础，对于科学近乎陌生的时代，人们的普遍认知停留在前现代。鲁迅认为："盖当时以为幽明虽殊途，而人鬼皆实有，故其叙述异事，与记载人间常事，自视固无诚妄之别矣。"[②] 到了明代，中国神魔小说以《西游记》为标志到达了一个顶峰，而同时期的《封神演义》堪为世界上最早的科幻长篇小说。

  中国古典小说的起点从神话传说开始，开启了中国小说从诗、文的抒情传统向叙事的艰难转型。笔者曾做过这样的论断："网络文学创作量与网络文学的

---

  ① 鲁迅：《中国小说史略》（释评本），上海文化出版社，2005 年版，第 12 页。
  ② 鲁迅：《中国小说史略》（释评本），上海文化出版社，2005 年版，第 34 页。

消费密不可分，如果说传统文学的创作具有不可逆的特性，作家可以居高临下，可以自以为是，甚至可以对读者不屑一顾；但网络文学创作恰恰相反，它具有强大的可逆性与读者互动参与性。可以下这样的论断，之前没有一种艺术样式能够达到网络文学与受众有如此的亲密关系。我认为这种互动共荣的民间参与才是真正的最大的民间性。"[1]

同时，魔幻叙事中叙事主体不确定性，虚构自由度大，先天所具有想象与联想与神秘的世界形成了天然的同构，寓言、讽喻、戏仿等修辞的灵活度比传统现实主义的边界要宽泛得多，因此，在文体上，魔幻具有传统现实主义所无法企及的优势。

在美学上，神话与戏剧原型又是一致的。诺斯罗普·弗莱说过："神话是主要的激励力量，它赋予仪式以原型意义，又赋予神谕以叙事的原型。因而神话就是原型，不过为方便起见，当涉及叙事时我们叫它神话，而在谈及含义时便改称原型。"[2]

因为神话与仪式相依相偎，二者之间并不存在先验之见。因此，W. F. 奥托认为："对原始思维而言，神话与祭礼构成的是一个整体。原始宗教的研究表明，神话与祭礼这两种的表现方法是紧密地结合在一起的。祭礼活动也就是以一种戏剧的形式与神话一致。当一个神话用诗句来加以朗诵时，也就是一种带有祭礼的演说活动。"[3]中国古典小说作为一种文体存在时间虽与西方戏剧诞生时间并不一致，但中国古典小说的神话传说的美学特质与西方戏剧并无太大的分歧。无论是先秦原始时代还是以后的封建王朝，仪式与个人崇拜有过之而无不及。甚至达到了一个巅峰，极富戏剧性。

西方最早有关剧场的确实资料，以及世界上最早的伟大剧本，都来自希腊。有几世纪之久，希腊戏剧只在祭祀狄奥尼索斯（Dionysus）的节庆中演出。狄奥尼索斯的崇拜是在公元前13世纪左右，自小亚细亚传入希腊的。到了公元前七八世纪时，在拜祭他的节庆中已经有歌队舞蹈者的竞赛了。伴随这些舞蹈

---

① 吴长青：《民间叙事传统与网络文学创作》，载《苏州教育学院学报》，2016年第2期，第28—29页。

② 转引自胡志毅：《神话与仪式：戏剧的原型阐释》，上海：学林出版社，2001年版，第34页。

③ 转引自朱狄：《原始文化研究》，北京：生活·读书·新知三联书店，1988年版，第536页。

的是狂喜的"狄奥尼索斯神颂"（Dithyramb，或称叫羊歌），称颂狄奥尼索斯。

中国古典小说中的魔幻形象与西方戏剧同样有着共同的仪式的原型意义。只是以另外一种面孔出现，深深地烙上了东方文化的特质。后来的中国现代戏剧发展则遇上了特殊的历史时期，走上了国民解放与民族救亡的另一条道路。

百年现代中国主流小说的选择同样与中国戏剧一样，成为了以国家和集体意识为主导的创作常态，魔幻类型小说经典作品不多。20世纪80年代初，拉美魔幻小说译介到中国，重新开启了中国魔幻小说的类型写作，主流作家中的韩少功、莫言、阎连科、张炜、陈忠实、阿来等作家都有较多涉足，他们在主流文坛的地位的奠定，与此不能不说没有关系。阎连科称他自己的创作手法异于传统现实主义的手法，为"神实主义"，在其著作《发现小说》一书中以一节内容来阐释"神实主义"创作手法。他认为："在创作中摒弃固有真实生活的表面逻辑关系，去探求一种'不存在'的真实，看不见的真实，被真实掩盖的真实。神实主义疏远于通行的现实主义。它与现实的联系不是生活的直接因果，而更多的是仰仗于人的灵魂、精神（现实的精神和实物内部关系与人的联系）和创作者在现实基础上的特殊臆思。有一说一，不是它抵达真实和现实的桥梁。在日常生活与社会现实土壤上的想象、寓言、神话、传说、梦境、幻想、魔变、移植等，都是神实主义通向真实和现实的手法与渠道。"[1] 与此同时，西方的魔幻类型作品在20世纪末达到了一个高峰，1998、1999年分别获得诺贝尔文学奖的葡萄牙作家若泽·萨拉马戈的《修道院纪事》和德国作家君特·格拉斯的《铁皮鼓》，以及2012年中国作家莫言的《蛙》都具有魔幻主义色彩。另外，风行全球的《哈利·波特》，《魔戒》三部曲和电影《指环王》《人鬼情未了》等一直高居好莱坞电影市场的榜首。

中国网络文学在这样的历史与现实，东、西方文化交汇的特殊历史时期，能否诞生出优秀的作品和经典作品同样值得期待。

第二节　互文性特质

对于类型小说而言，同质化趋向一直是优秀作家力避的创作难题。对于小说类型化，评论者也是莫衷一是。有人以此将之与传统文学做过比较后认为，"尽管在类型文学出现之前我们也有言情小说、战争小说、推理小说、悬疑小说等类型的小说，但是这种分类主要取决于题材的区分，且这些小说类型并没有

---

① 阎连科：《发现小说》，天津：南开大学出版社，2011年版，第182页。

覆盖全部小说，亦即在小说艺术领域，对小说题材并没有作系统性的划分。或者说，作为传统意义上的小说创作，作者并没有明确的意识类型。而类型小说却以相当细化的题材和故事环境及背景的规定性，表明其与文学意义的小说的区别。"① 类型小说与意义小说在一定程度上也成了所谓的"纯文学"（尽管很少人再提及这个词）与通俗文学的分水岭。李敬泽有个著名论断，他认为通俗文学的客观规律就是类型化，分门别类，应对读者特定的心理需求。"通俗文学对应着人的某些基本欲求和焦虑，但同时，它也在追求、想象、探索和表现这些欲求和焦虑的转化和升华，从而体现某种社会广泛认同的主流价值，给读者以意义感。大家常常提到'垃圾'这个词，什么是垃圾？就是直接地、单面地、粗俗地满足某种欲望。而是否转化，能否升华，这就是合格的通俗文学和不合格的通俗文学的基本分界。"②

也许，因为通俗文学与类型文学有着某种对应关系，所以有论者对类型文学颇有微词。

从上文中我们不难看出，对于一个伟大的作家而言，魔幻类型小说的历史渊源之深远、创作难度之坚并不输于其他类型虚构作品。也就是说选择魔幻类型小说意味着是向难度挑战和高度进发。绝非一些论者对其所做出的简单判断："网络玄幻小说直接借鉴了《西游记》、《封神演义》等明代神魔小说的题材和人物，直接对原著进行了模仿、改编和重新演绎，但同时又赋予了一定的现代内容和精神。"③ 甚至采取机械唯物主义的思维方式，将作品与生活进行简单的对应，造成了理解上极大的误区。有人主观认为："玄幻、仙游、武侠类型小说在网络世界的流行，在很大程度上反映出网络文学阅读者对现实生活的无能为力，反映出有无数人在想象中的虚幻世界寻找生活的体验感来填补现实生活的疏离，反映出无数人正以躲避的姿态面对真实的生活。"④ 情况果真是这样的吗？

---

① 葛娟：《亚文学生产与消费研究》，北京：人民出版社，2013 年版，第 41 页。

② 李敬泽：《网络文学：文学自觉与文化自觉》，收录于《网络文学评价体系虚实谈——全国网络文学理论研讨会论文集》，北京：作家出版社，2014 年版，第 20 页。

③ 李如、王宗法：《论明代神魔小说对当代网络玄幻小说的影响》，载《明清小说研究》，2014 年第 3 期，第 6 页。

④ 龙柳萍：《重复与差异的价值——互文理论视阈下的网络类型小说》，载《广西社会科学》，2014 年第 2 期，第 155 页。

透过跳舞的八卷本《恶魔法则》① 我们还是能够看到作者对于严肃问题的思考，以及在个人的精神世界里希冀重构一个异于现实的"新时空"，尽管作品呈现方式与面孔迥异于现实主义的创作手法。

笔者曾在一篇文章中提出自己的评价主张，"借助社会理论与语言相结合分析的话语分析方法对网络文学进行总体评价。其要义在于分析如何建构文本，文本之中又建构了怎样的一个世界。与传统文化的重语言意蕴和追求精神向度不同，网络文学的要旨是何以建构一个迥乎现实的新世界，作者的叙事动力不仅来自于颠覆现实经验的勇气和反现实的书写姿态，还有来自于受众狂热的迎合与呼应，二者及时互补的心理机制促使网络文学叙事向无边的超验世界开掘。而且这种方式是极其隐蔽的，甚至呈现出某种集体无意识。网络文学的平易近人和草根文化的通融性两者兼备，最终会影响到公共政治生活的建立，乃至公民社会的建立。"② 这既是一种文化批评策略，也是呼吁重新审视网络文学新型文本，以一种全新的视角整体考察网络类型小说。

所谓话语是指与社会权力关系相互缠绕的具体言语方式。话语是特定社会语境中人与人之间从事沟通的具体言语行为，即一定的说话人、受话人、文本、沟通、语境等要素。话语是特定社会语境中人与人之间从事沟通的具体言语行为，即一定的说话人与受话人之间在特定社会语境中通过文本而展开的沟通活动，包括说话人、受话人、文本、沟通、语境等要素。③ 因此，互文性作为一种话语分析方式曾经受到国内批评家的关注，甚至为数不少的批评者用互文性理论对传统作品进行过系统的论述。窃以为，传统作品以意义、内蕴见长，以作者为中心的叙事主体得到了空前的强化，叙事空间通常也是以封闭自足见长。文学乌托邦色彩极其浓厚。恰恰是网络文学带来了一种前所未有的宽松与自由。传统文学的缺点在网络文学的世界却成了一种批评的优势资源。童明指出："传统的文本观，忽略的正是文本的互文性。从写作层面上，任何作者，有意或无意，都是从语言、社会、文化、历史和文学传统中借用符号、喻说、编码，混

---

① 跳舞：《恶魔法则》（全四册）、《恶魔法则（续）》（全四册），西安：太白文艺出版社，2013 年版。

② 吴长青：《网络文学批评的边界及学院批评的可能性》，收录于《网络文学评论（第五辑）》，广州：花城出版社，2014 年版，第 28 页。

③ 吴长青：《论以"个体"为中心的网络魔幻小说互文性特征——以跳舞的〈恶魔法则〉为例》，载《雨花·中国作家研究》，2016 年第 6 期，第 70 页。

合形成自己的文本。阅读层面上，认真的读者除了要了解作品本身的语境，还要识辨与之相关的其他语境；语境交叉就是互文性，在互文的语境里解读，怎么可能只有唯一的语义？"[①] 传统文学追求意义的多重性，网络文学在去"作者化"的同时，建立了以"读者为中心"的元叙事策略。互文性成了网络文学因技术所带来的外部超文本的"互文性"，不可忽略的还有文本内在的"互文性"。

陈定家所指的互文性在我看来是一种外在的"互文性"，他认为："网络文学与传统文化最大的不同是基于载体变化造成的'文本转向'，在传统文学的线性文本向网络文学超文本的转化过程中，有许多值得密切关注的学理问题被我们忽略了。"[②] 这样的"互文性"从超文本的角度，形式与内容是同一层面上的所指，是历时的；而内在的互文性更具备语言学层面上所指的"互文性"，这样的"互文性"是共时的。很多时候，外在的"互文性"并不为人所关注，从文学想象上来论断，这样的文本形式所承载的信息量远逊于内在的"互文性"所提供的空间视阈。就文学的丰富性与艺术性而言，内在的"互文性"具有独特的魅力。正如韩存远所认为的那样："互文性强调文本的间性，即诸多文本间的关联，这种间性的思想本身便包含着对交流、对话、理解等交往模式的认同。具体到文学实践中，即是当代文本与前代文本，抑或是同代文本之间相互交融、转换、修正。"[③] 这将意味着"互文性"所追求的真正立意还是着眼于内在的叙述与呈现。这也是文学性得以藏身的条件和理由。否则网络文学真的会坠入到无边的文化研究中去了。

魔幻小说的外壳中其实装着的还是"人"，这是非常关键的一个价值点，但是这个"人"是潜在的，甚至有时是消失的，或是被谋杀掉，但须重新诞生出一个"新人"来。但这个过程是要通过"神"或是诡异世界的历程来"观照与催化"才能具有人的基本特质。无论是悲剧还是喜剧，最终都将经过人的情感的检测，才能显出良善劣恶的真相来。《恶魔法则》正是带着这样的思考进入了一个名叫"杜维"的个人精神成长史的。作为从"前世"（现实世界）来到当下（魔幻世界）时间的跨时空的一个人，前世经历的那些因果对当下并不产

① 童明：《互文性》，载《外国文学》，2015 年第 3 期，第 88 页。
② 陈定家：《序言》，见《文之舞：网络文学与互文性研究》，北京：社会科学文献出版社，2014 年版，第 3 页。
③ 韩存远：《论互文性与解构主义》，载《山东理工大学学报（社会科学版）》，2015 年第 3 期，第 63 页。

生"影响的焦虑"甚至是分割的两个时间，这样就有了"互文"意义上的间距，这个"间距"观照的主体不是"主人公"杜维，而是那个社会的"隐形法则"，而我们恰恰就生活在杜维所谓的"前世"的世界里，作者对于我们现实世界的"消解"与"反讽"也正是通过"我们自己"的思考或与文本主体的对照中发现的。作者也许没有发表任何关于我们今天当下的一系列"微词"，但对主流"宏大叙事"的解构却是不言而喻的事实。

与武侠小说的反讽之消解完全相反，在修辞层面上，魔幻小说的"反讽"来得随处可见。比如《恶魔法则》之一"魔兽世界"中杜维对于自己母亲的陈述，多次转换为第三人称，对自己的出生反复强调，自己并不是她的儿子，只是借了她的一个肚子，自己对这个称为"母亲"的人充满歉疚与感激，这份情感不是母子情深，而是在一个生病的夜晚，这个女人为他整整用一夜的时间在神的面前祈祷，除此之外，在帝国统帅部雷蒙伯爵生了第二个儿子后对他这个"白痴"儿子的冷落之后，这个称为母亲的妇人还在夜晚偷偷陪他睡觉，在他离开帝国前往罗兰庄园的时候，还偷偷给他准备了一笔钱，等等。

田晓菲在评价金庸的武侠类型小说同样也是以一种"互文性"的阅读方式，审视了金庸小说的修辞策略，尽管其结果与《恶魔法则》完全相反，但研究方法确实如出一辙。她认为："从语法结构来看，反讽之消解（the dissolution of irony）有两层截然相反的意思。一、作为一种特殊修辞手段的反讽，被作者的行文所消解，使得具有可以容纳多重视角之潜力的情、场景或主题，在叙述者强大的声音的统领下，在文本内部排除了受到反讽冲击的内在可能性（外在于文本的可能性，或者说阅读过程中产生反讽的可能性是无法被排除的——比如说故意的'误读'或者不自觉地偏离阅读规则就是造成反讽的条件之一）；二、反讽作为一种特殊的修辞手段，被作者扩展成为整个文本的结构，进而消解其他的内在修辞手法，成为占统治地位的话语。"[①] 显然，《恶魔法则》中的反讽是以上论述中的第二种。

对"魔性"和"魔法"的认识同样也是这样的一个过程，杜维对于魔法的向往可以说是贯其一生的。吊诡在于，文本中杜维作为罗林家族的后裔，其合法性一直悬置着，明明就是一个被流放的人，但是他并不为人所见的毅力却让他获得了合法身份者所不具备的特质。甚至一度受到自由的限制和金钱的制约，

---

① 田晓菲：《瓶中之舟：金庸笔下的想象中国》，收录于《留白：秋水堂论中西文学》，天津：南开大学出版社，2014年版，第144—145页。

但就是这样的矛盾体让人对世界产生了某种怀疑。当他获得了家族中关于魔法的历史密码之后，他对于这个无关却又无法割断的家族产生了某种依赖，而这种依赖同样充满着"解构"与"反讽"意味，这个没有身份的"白痴"居然有着罗林家族所不为人知的魔法密码，并与有着高级魔法死去多年的赛梅尔祖母幻化而来的"生物体"形影相随。

诚如他自己的独白："我就是我，我要有自己的生活，我自己的自由！凭什么要把某个别人的遗志压到我的身上？就算他是历史伟人，是传奇强者，但是这和我有狗屁关系？老子不稀罕！"[①]这犹如《西游记》中一个反威权、渴望自由的经典人物的无声抗议和掷地有声的宣言。

小说中不乏关于魔法学会的考级规则与魔法师颁证，魔法公会与帝国之间的权力分离以及杜维的足球联赛和足球彩票中心、礼花研究中心、热气球等等，这些看起来花里胡哨的东西，每一件事情都会让人产生想象与联想，犹如前媒体人李承鹏对于郭美美的评价一样，同情其手段但未必认可其行为，文本的"互文性"使得解读的多元参与成为一种可能。

第三节　主体价值的重构

对于网生批评中有关网络类型魔幻小说在内的类型小说的微词，重要的一点忽视了作者对于当下历史语境的整体性分析。阎连科曾在一次公开的文化论坛中提及 80 后时提出这样一个悲观的论调："相对于 50 后、60 后，80 后是相当懦弱的一代人，懦弱到我们今天面对现实的时候，我们找不到 80 后的声音了。"[②]

我以为不应以这种绝对化的视角看待 80 后，甚至 90 后的一代人。他们在发声，而且发出了不同的声音来了。他们依然是在场的。那么他们到底想发出什么样的声音或者说想建构一个什么样的"乌托邦"社会。其实在跳舞的《恶魔法则》中就有了这样的企图，"恶魔"与"法则"放到一起的时候，似乎隐含着某种潜在的话语，恶魔怎么可能有法则，法则是恶魔能遵守的吗？谁是恶魔，恶魔有没有标准？历史是相对的还是绝对的，谁主宰着历史的书写？我想这些

---

① 跳舞：《恶魔法则》（全四册）、《恶魔法则（续）》（全四册），西安：太白文艺出版社，2013 年版。

② 罗皓菱：《阎连科：80 后是相当懦弱的一代人 没我们以为的那么反版》，载《北京青年报》，2015 年 7 月 28 日。

哲学问题其实都潜藏在文本中。

在跳舞的精神世界里，我们完全能看到两个世界之间的游离与互为支配，既没有纯粹凭空虚构出的独立世界，也没有将历史叙事奉为圭臬。这是一个重大的理论分歧。在新叙事学看来，"虚构杜撰者自由地徜徉于整个可然世界的宇宙，可以让任何类型的世界进入虚构的存在状态，尤其是一些基本的类型。实际不可能的世界被称为超自然世界或虚幻世界，实际可能的世界被称为自然的世界或现实主义的世界，所有时期的虚构作品均对它们作了充分的再现。（关于现实主义时期的虚幻世界的研究，参见 Trail 1996；关于现代神话世界的重构，参见 Dolezel 1998：185—198）而历史的世界则被限于实际可能的范畴。历史与神话之间的疆界就在这里。在神话里，超自然的存在（神仙、妖魔、精灵等等）是整个施事星河的一部分，它们通过自身的行动对叙事作出贡献。在历史世界里，即使历史学家相信神的存在，也不可能把事件看做神力的结果。人的历史是自然施事的历史。"①

跳舞在这种实际不可能的世界里制造了若干断点。而这样断点，无处不彰显出公平、正义，光明与阴暗、善良与邪恶等二元世界的"逻各斯"中心主义，"断点"斩断了"逻各斯"中心主义，所以以解构的方式，即负负得正的艺术途径完成自己对于文学乌托邦的世界构想。八卷本的《恶魔法则》堪为鸿篇巨制，颠覆了新叙事学者所论断的一种不可能，即"虚构世界和历史世界必然都是不完整的。建构一个完整的可然世界需要写一个篇幅无限的文本——这是非人力所能完成的。如果虚构和历史的可然世界是不完整的，那么它们的宏观结构的普遍特征就是断点"②，笔者认为每一节都可看作一个独立的断点，无数的断点唤起的则是一个民族才可能建构起来的"个体"。

之所以说到是重构，这里面既有"重新"的意味，也有"重叠"的可能，当下中国的"个体"问题已经凸显得非常明显，无论是老龄化问题、独生子女问题、失独家庭问题，乃至公民权益保护和社会结构的合理治理，无不关涉到个体，有政治上的个体、阶层的个体，经济、文化的个体。诚如杨庆祥所言："我们今天所谈论的'个体化'对于这一世代而言是具有某种原生性的；三十年

---

① 卢波米尔·道勒齐尔：《虚构叙事与历史叙事：迎接后现代主义的挑战》，收录于戴卫·赫尔曼主编《新叙事学》，马海良译，北京大学出版社，2002年版，第187页。

② 卢波米尔·道勒齐尔：《虚构叙事与历史叙事：迎接后现代主义的挑战》，收录于戴卫·赫尔曼主编《新叙事学》，马海良译，北京大学出版社，2002年版，第188页。

间，既有规则不断被打破，宏大命题不断被消解，总体性的动员方式逐渐失效，经济利益逐渐取代政治信念成为支配日常生活的首要逻辑基础。由于伴随这一世代成长的，不复是坚固的价值准则或稳定的生存底线，所以也就难以再凝聚代际的价值认同或身份认同。应该说，正是这种混乱、空乏的成长经验造就了具有中国特色的高度个体化的一代，同时也使得中国社会的个体化进程在很多情况下表现为一种世代之间的伦理断裂。"① 而前文提到某些悲观论者对于网络类型魔幻小说阅读者的非议，也是建立在这样的社会表象之上的。"日趋惨烈的现实早已告诉青年人：集体世袭，贫富悬殊，上升通道壅塞，整个社会结构已经闭合，自力更生打拼出一片天地的概率微乎其微，这反过来强化了那种不假外求、自我归因的年轻人的失败感，温小暖式的"没有斗志，没有'欲望'、'宁肯不吃，也不想出去觅食'的状态，在今天的青年人身上触目可见，不正清晰地显示出那道从'进取的自我'受挫败、被逼退回'宅男宅女'的轨迹？"② 可以看出，当代中国青年的分化是极其严重的。跳舞的《恶魔法则》所提供的文本与所谓的现实题材作品形成了一幅截然相反的景观，这是魔幻小说之幸，还是现实主义题材电影的失败，抑或是社会的悲哀。

基于此，笔者有一种预言；高度发达的网络文学将会成为新的话语启蒙场域，这才是刘再服们所看不到的真正的"告别革命"之后的一次"深度革命"，因为"借助网络沟通形成的社会认同具有实践的品质，它焕发出来的精神力量是网络化时代具有实践基础的社会权力。这种社会权力来自于基层，流动于网络，是传递于广大人民群众生活实践之中的新型社会权力"③。这种力量将是无可比拟的新生力量。

网络类型魔幻小说以其超凡但不脱俗的革命勇气，以及瑰丽无穷的想象，穿越于文学的历史长河中，在纷繁复杂的社会现实面前，能否以一种俗文化的精英姿态崛起于网络文学的历史长河中值得关注。也即南帆所指的那样："不论存在何种不满和抱怨，这是一个无法否认的事实：相对于 20 世纪 50 年代至 70 年代的保守、僵硬、专制，如今的大众传媒是在一个迥异的文化气氛中运作。这时，个人的声音时常迫不及待地寻求表述的通道，这些声音没有必要汇聚为

① 杨庆祥:《80 后，怎么办？》，北京十月文艺出版社，2015 年版。
② 金理:《"宅女"，或离家出走——当下青春写作的两幅肖像》，载《文艺研究》，2014 年第 4 期，第 35—36 页。
③ 刘少杰:《网络化时代的社会结构变迁》，载《学术月刊》，2012 年第 10 期，第 22 页。

阶级的意志，然后运用标准的理论语言给予转述。技术拓展了巨大的传媒空间，多元的风格拥有了远为充分的表演舞台，某些新颖、陌生乃至怪异的表述方式可以轻易地获得形式的支持，形形色色的个人开始直接出面。这个意义上，诉求的多元和即时性进一步瓦解了阶级意识的整体性。或许，这可以形容为阶级意识的'后现代状况？"[①]这样的"后状况"无非是个时间的问题，这该是一个乐观的时刻。或许也是回应历史整体性在文学功能中所体现出来的最佳答案吧。

[①] 南帆：《摇摆的叙事学：人物还是语言？》，载《文艺研究》，2014年第10期，第13页。

第九章
网络科幻类型小说的两个维度

随着后人类文化思潮在全球的滥觞，科幻文学成为全球的热宠，娱乐工业在新的消费热潮中扮演着双重身份，一方面作为一种生产力，推动着消费向新的领域进军，同时它作为一种商品生产链，又吸引了众多的原创产品源源不断地供其作为原料消耗品。中国科幻原创文学尽管有《三体》《流浪地球》《北京折叠》等优秀作品陆续面世，但整体实力还嫌脆弱。同样，在发达的中国网络文学世界里网络科幻类型小说同样稀缺，因此，提高创作质量与普及科幻文学创作方法相行不悖。以掌阅书城和爱读网三部连载的网络科幻类型小说为例，着重从科技世界观的设定和科幻叙事两个维度论述制约网络科幻类型小说创作的瓶颈问题及破解方法。

第一节　硬核科技作为世界观的轴心

在人类步入新的文明时代，科技力量扮演了极其重要的角色，在这过程中，人文科学也经受着各种挑战，各种文化思潮也应运而生。科幻文学作为一种独立的艺术形式一方面呼应着科技的发展，承载着科技与艺术的融合发展，同时还承担着大众对科技的各种想象，成为引领文化消费的动力源泉。因此，科幻文学的母题与后人类文化中人类的生存处境、科技生态对人类的终极影响以及人类在层出不穷的新新科技面前的文化选择密切相关。

纵观世界科幻文学，一方面与发达的科技现实紧密相关，深刻地反映各个阶段人类科技发展的程度，以及科技发展的广度；另一方面也在观照着科技对社会及人类自身的影响，特别是人类对当下乃至未来的情感、态度，在一定程度上并不亚于历史小说和现实小说对人造成的影响。英国科幻作家 H. G. 韦尔斯的《时间机器》是一部成熟的中长篇科幻，也是相当优秀的一部，开创了时间旅行题材的先河。一个科学家向几个朋友描述他的想法：三度空间是不够的，还应该有第四维度，那就是时间。英国及斯里兰卡科幻作家阿瑟·C. 克拉克的小说《2001：太空奥德赛》（*2001: A Space Odyssey*），成为有史以来最具影响的科幻小说，也是一部广受欢迎的电影。作品描述了一个外星超级文明留在月球上的黑色方碑，考察者用普通尺子量方碑的三道边，其长度比例是 1：3：9，以后，不管用何种更精确的方式测量，穷尽了地球上测量技术的最高精度，方碑三边的比例仍是精确的 1：3：9，没有任何误差。克拉克写到："那个文明以这种方式，狂妄地显示了自己的力量。"同样，美国科幻小说家，作家弗兰克·赫伯特《沙丘》系列讲述人类已经越出了地球，建立了恒星帝国，并由三种势力控制整个社会，一是垄断整个恒星间运输的宇宙协会，一是恒星帝国政府，一是掌握行星领土的土皇帝（大公），这三种势力联合统治着整个恒星帝国。《沙丘》系列规模宏大，堪称为一套科幻小说的史诗……

无论是穿梭时间、外星人的文明还是地球之外的星球帝国的纷争，其内核与那个时代的科技命题发展给人类提供的想象大体是一致的，也就是说，人类的科技想象力空间基本是围绕着某一个特定阶段科技所提供的内涵延伸的，人类的文学想象力并不见得都是大而无当，广而无边。

回溯中国 20 世纪文学，幻想类文学其实已经走过了百年的历程。光绪二十八年（1902 年），梁启超先生发表的《新中国未来记》就是一本政治幻想类小说，这也是中国发端最早的幻想小说。在这部未完结的作品中，作者预想了 62 年后的中国的样子。其次就是陆士谔 32 岁时（1910 年）写下的代表作《新中国》，这也是一部令人万分惊叹的小说。小说是一部以第一人称写作的以梦为载体的幻想之作。主人公陆云翔在 1910 年做了一个梦，醒来后他惊异地发现上海已是一派全新的繁华景象。城市里地铁穿梭，洋房鳞次栉比，跑马厅附近修建了大剧院，陆家嘴成为金融中心……所涉及的领域涵盖了科技、交通、建筑、医学、工业等诸多方面，与我们今天的真实情况相差无几。但真正算得上科幻小说的，当应是徐念慈写于 1905 年的《新法螺先生谭》，小说描写了一个对现代科技不满的新法螺先生，通过灵肉分离的方式，先后游历了月球、水星和金星，最后回到地球，因为认为地球太过腐朽而研究"脑电"，并设立学校传授"脑电"术，结果"脑电"使得失业人口大增，新法螺先生成了过街老鼠。

在这之后的叶永烈、刘慈欣、王晋康、韩松、何夕、赫景芳、长铗、夏茄、宝树、潘大角、江波、陈揪帆等一批当代中国科幻作家伴随着国家科技力量的壮大，他们的作品也不同程度地透射出他们对当代中国和世界科技的理解，以及人类对科技发展的态度、反应以及反思。尽管取得了不菲的成绩，但相比世界科幻文学而言，显然我们还有较长的路要走。

进入 21 世纪以来，中国网络科幻类型小说作为传统科幻文学的补充，方兴未艾。一些有志于科幻小说创作的网络作家和科幻爱好者开始在网络上连载他们的作品。《脑控》①《二我》②《幻旅》③ 都是在这样的背景下诞生的。他们的出现与中国科技发展，特别是互联网的普及、媒介技术环境的改善、消费文化的勃兴等现实情境是一致的。这也使得他们的创作集体性地开始专注于日渐走向世界的网络类型小说。

《脑控》围绕国际诺菲神经科学大奖评审团荣誉主席、斯坦福大学医学院脑神经专家、全球脑神经科学领域的权威，也是世界上研究记忆最顶尖科学家之一艾伯特的被杀和大脑被盗，由此引发出谁是凶手以及背后到底是一场什么样的惊天阴谋。陈辰的父亲陈天白、尤利西斯和艾伯特曾是斯坦福脑神经科学三剑客，陈辰作为年轻一代脑科学家积极参与诺菲神经科学大奖的角逐，但是在他逐步深入了解之后，揭开了尤利西斯所实施的阴谋——试图打造"新世界"的理念，即科技发展速度超越了人类自身的进化，人工智能正在成为人类最危险的敌人。为了拯救人类，他们必须通过人工干预的方式提升人类的智商，实现人类智商的大跃进。

其中在 21 年前 Heaven 贫民窟事件中的两位被植入神经控制器的受害者威尔、夏楠以及夏楠因遭威尔强奸生下的女儿安琪拉在作品中都得到了集中的呈现，而实施这项计划的竟然是陈辰的父亲陈天白。最后，陈辰在美籍华人、前FBI 探员莫思杰的帮助下成功游说了美国总统马歇尔制止了尤利西斯的罪恶，并挽救了威尔和夏楠。陈辰的身世最终也真相大白。

《二我》小说情境发生于未来 80—100 年间，人类基于目前发现的量子、生物技术、基因工程、AI、医学、材料科学等前沿技术，通过"续我工程"，实现了人类的终极梦想：长生不死。由此对人类自识、哲学、法律、伦理、道德、社群关系等产生巨大冲击。因"续我工程"前期必须采取"复制法"，如此，出现了两个物理主义灵魂一模一样的"我"，他们具有同样的个体灵魂核质，即两个"我"，而他们却因为人性、本能和"续我工程"的分岔效应，发生了难以言喻的情感、伦理、道德和利益纠缠与冲突……

作者认为作品不完全是科幻，而是一切都建立在目前人类已知的科学基础

① 郭羽、溢青:《脑控》，杭州：浙江文艺出版社，2021 年版。
② 景广明:《二我》，天津：百花文艺出版社，2018 年版。
③ 陶然:《幻旅》，南京：江苏人民出版社，2018 年版。

之上，是对未来人类社会的生存、发展形态的大胆预测和形象演绎，是新新人类与传统人类碰撞的故事。

《幻旅》以2025年为背景，年青小说家过谦作为当时文坛的代表，通过时光穿梭机穿越到五十年后的文学圣地"幻谷"体验生活。《山海经》中的神兽、经典小说、电影中的场景一一被高科技活灵活现地呈现。表面的圆满祥和下是小说家们的钩心斗角，暗流汹涌。野心勃勃的谷主，力保风气纯洁的精神领袖以及或内敛，或狂妄，或老辣，或稚嫩的各色人等，共同上演了一幕幕过山车般的大戏。其间过谦两次被卷入悬疑案件之中，幸得高人援手才化险为夷。过谦经历了一段残缺的爱情，和一段刻骨铭心、荡气回肠的知己之情，目睹了幻谷的兴衰成败和惊天动地的大变故，终于完成了个人成长，回到现代。感慨万千的他，惊讶地发现，又有出人意料的使命在等待着他去完成……

《脑控》是根据脑科学技术的发展设定的情境，同时结合了基因、仿生、人工智能等技术，围绕着科学狂人试图提升人类的智商所展开的博弈；《二我》是基于已有的各种科学技术门类，以期实现"长生不老"这个古老的母题；而《幻旅》则是将现实中的人杂取出来，放置在一个穿越到未来五十年后的封闭的幻谷中探讨关于人性险恶的荒诞大剧。显然，这些科幻作品都有着一个科技的躯体，但是装载的却是幻想或是奇思的主体。

很显然，这三部作品的"世界观"与欧美科幻相比，整体上没有突破现有的科技意识形态的围拘，恰恰证明了中国网络科幻类型小说还有很大的突破空间。

第二节　智性的节点

所谓叙事就是作者通过讲故事的方式把人生经验的本质和意义传示给他人。[1]科幻叙事的核心依然是叙述，只不过叙述的是关于科技的故事或是科技引发的故事。作为叙事文体，要靠故事中的"时间流"所积淀的"传"去传达或描绘科技的本质。

科幻叙事的迷人之处在于科幻本身的超自然或超人的体验，并借助媒介的符码结构造成的虚拟真实，这种亦真亦幻的超乎常态的拟态科学情境填补、增强了人对未知的好奇，形成了官能和精神上的双重刺激。特别是在后人类文化思潮中，这种因科技的超验与虚拟现实所形成的文化工业已经成为消费文化的

---

① 〔美〕浦安迪：《中国叙事学》（第2版），北京大学出版社，2018年版，第4页。

主流。

文学虚构作为一种叙事手段或叙事方式，成功地突破了人类机械式地对现实世界的直接反映，即人类学家德国学者沃尔夫冈·伊瑟尔所认为的："文学文本能使其读者超越自身现实生活环境的局限，它不是任何既定反映，而是现实的拓展和延伸。"[①] 同时，虚构的文本还获得了极具体验感的"游戏"[②]一样的魅力。正是在此意义上，科技叙事与文学虚构均指向了人类的"虚境"空间。小说作为既不能证实又不能证伪的虚构文学在叙事形态上补齐了科技实证脆弱的部分，并与科幻叙事叠加在一起，重构了后人类世界的拟态真实性。

科幻叙事的核心旨归在于虚化乃至弱化人在科技面前的无力，宣示主体性的丧失，并通过科技情境的强化着重再现一种虚拟的真实。在《脑控》中有大量的科技情境，其中既有实验室、人物活动的各种场景，还有人物与人物之间在智力、理念、情感、欲望等方面矛盾冲突，所有这些均与脑科技本身以及人性有着一定的关联度。《二我》中同样有大量的描述，意在证明实现"续我工程"具有无可争辩的可能性，同时增强叙事的说服力。《幻旅》中的科技情境作为营造"幻谷"的非人性——机器仿真世界中所谓"人性"的二度博弈，以示"重构""比照"现实世界中人类具有"单纯"的一面。同时，通过情境的再造，复活现实世界的"假丑恶"，以达到鞭挞、批判的目的，也就是通过科技叙事达成艺术形式上的多样性。

科幻叙事将科技的神奇力量造成的"幻觉空间"与叙事文学的"虚构"形成纵横交错的结构模态，突破了语言迷宫单一的叙述样式，在层次上扩容了人所能及的空间，形成外部空间的延展与内在心灵比翼齐飞的情境。在小说文本中可以合法地植入科技元素或者一切非人的元素，最终形成独立的科幻叙事系统。

《脑控》中既有现代城市医院、实验室和颁奖现场，也有沙漠中的"新世界"实验中心，还有异族的"世外桃源"；《二我》中有法庭审判现场还有董事长詹木乔的私人飞机"万户号"穿越大气层，以及珠峰第三大本营的视频电话

---

① 〔德〕沃尔夫冈·伊瑟尔：《阅读活动：审美反映论》，金元浦等译，北京：中国社会科学出版社，1991 年版，第 95 页。

② "文字创造了对我们记忆不可能有效的游戏的多种可能性。这些游戏已经作为仪式化图式固定下来促使游戏自由地重现。"见 Wolfgang lser, *The Fictive and the lmaginary: Charting Literary Anthr opology*, Ba ltimore, Johns Hopkins University Press, 1993.

会议。《幻旅》中迥异于现实空间的"幻谷"世界。所有的人物故事都在科技虚拟真实的"幻觉空间"中起承转合，情节的曲折离奇与内容的"非人"的玄想同样达成一致。

科技叙事还将虚构中的时间进行折叠与重置，形成虚构时空与科技虚拟时空并置的平行空间，形成"此在"与"未来"的并置。最典型的是《脑控》中的夏楠和威尔因头脑中都被植入了神经控制器，因此，他们的时间出现了多个状态，此时间——前时间——未来时间，因时间的颠倒导致整个故事出现了影视中的剪辑的"蒙太奇"效果，而这恰恰不是精神学上"意识流"，源于科技的本位产生了语言艺术上的位移与重置。同样在《幻旅》中，经常会出现现实事件中的人、事与"幻谷"中的人、事形成一种迁移式的"对照"与"转换"，类似于传统小说中"对立叙事""多重叙事"之间的相互转换，传统小说的这种转换依赖的是道德善恶、人性舒抑等结构模式的转折作为叙事动力，而在《幻旅》中纯粹依靠科技元素来达成。同理，在《二我》中，"续我工程"作为延续着中国"长生不死"的古老命题做技术阐释，所依赖的核心依然是科技元素本身。

科技情境很多时候呈现出多面性，并不全部表现为科技的全部，尤其对于虚构文学而言，有时很难分辨出是真实的科技本身还是通过虚构虚拟出一个科技空间来。对于高明的科幻作家来说，往往也可以虚构出一套真假难辨的情境来。在双重交织的罗网中，找到"节点"至关重要。这个节点其实就是距离轴心最近的圆周上的若干的点，每一个"节点"都有着人类具体活动抑或科技异化之下挣扎的身影。如果离开这些"节点"，所谓小说"世界观"的轴心也就无足轻重了。

比如《脑控》中对于科技狂人尤利西斯"人类智商提升"计划有目的性的粉碎，以及对陈辰对父亲陈天白作为脑部神经控制器植入实验的始作俑者之一的最后识破；《二我》中"续我工程"中华尔斯 I 和雅嘉 I 的同步离世，后世由华尔斯 II 和雅嘉 II 处理；《幻旅》中在过谦喜欢的女性甘愿消失之后，他才拿出包里的小型仪器，取得与 2025 年联系，定位好走出了幻谷，回到了现实。即"节点"也可以作为一种科技叙事的结构来理解，即科技元素与人交汇时所发生的伦理冲突，人不一定全部服从科技，人文性始终高于科技性作为这个层级永恒的定律。

其中"智性"作为人类特有的本质，始终高扬在叙事伦理中。《脑控》情节的设置中将人物的"智性"与技术虚拟真实进行对弈，拓展了文学的想象空间，解弊了科幻作品中的文学性。

首先，小说的"梗"——"记忆提取器"是裁定技术伦理的一条基准线。整个小说涉及的技术比较多，有诺菲医疗中心治疗超级流脑疫情"安他敏"的医学技术，有 MTX 迅猛提升人类智商的功能将超越达·芬奇密码计划让人类智商提高到 230 的"神经尘埃 5.0"技术，还有 Mnemosyne 记忆提取和记忆解码技术。如果没有"记忆提取器"这个"梗"，作品人物与科技的关系就难以区分善恶，因为科技是"中立"的，因为有了"梗"，故事出现了叙述线，其中有威尔与夏楠作为受害者的同情线，陈辰与母亲以及父亲陈天白的家庭线，艾伯特、尤利西斯、陈天白的斯坦福脑神经科学三剑客科研线，以及 21 年前 Heaven 贫民窟事件的阴谋线，尤利西斯的人类智商优化线。这其中还有陈辰与威尔的误会，陈天白遥控夏楠杀害艾伯特的谋杀线，以及安琪拉与艾伯特的养父线，艾伯特开除威尔的遗憾线。多条线索交织成一张复杂情节的网络。所有的故事都与"记忆提取器"发生关联。这也是推动整个故事情节的动力。一旦恢复"记忆"，夏楠、威尔都将被激活追溯到原初，也就是说是原初的斯坦福脑神经科学三剑客是整个故事的内核。只不过，在陈天白与尤利西斯之间出现了二度分裂，故事由此出现了三个层面：一是艾伯特的技术理性主义，二是陈天白的古典主义以及尤利西斯的超现实主义（功利主义），三是陈辰和威尔的技术理性主义和超现实主义，而陈天白的古典主义显然是一种虚妄的存在，也是作者所极力淡化的。

在技术理性主义和超现实主义博弈的过程中，作者小心翼翼地选择了前者，因此选择采取一种温和的技术主义姿态。在这其中人物的"智性"成功超越了技术的真实，这种"智性"主要表现在对编码的设置上。"关于 MTX，昨天深夜威尔和陈辰研究过，尤利西斯他们即使从夏楠那儿得到了分子式，也无法合成出 MTX。因为，有一样催化剂陈辰和夏楠在书写的时候，故意用了一个 13 作为指代，以防止有人盗窃，但实际上，这是一个非常复杂的催化剂。幸好那天没有细问化学分子式里的每一个元素。所以，对于尤利西斯从夏楠口中拿到的那个方程式，陈辰并不担心。"因此，人的"智性"书写是技术本身所无法颠覆的前提。这也是科幻类型文学首先对"人"作为主体的尊重与强化。

其次，技术的虚拟真实增强了故事的吸引力。网络科幻类型小说同样遵循着通俗小说的基本伦理——满足读者的"快感"需求。人类对已知的事物早已经失去了兴趣和耐心，但是对于"时尚"和"新奇"的追求是先天的人性需求。而新技术恰恰符合了人类对于精神刺激的伦理机制。小说中的各种新技术所造成的原有秩序的混乱，人伦关系的颠覆，以及由此造成的精神的错乱，甚至暴力事件的发生都与此密切相关。

其中"技术化"的人，隐匿了个体的"智"，并引渡到适度的情色描写上，满足了读者对于隐秘快感的接受，作为受害者的威尔与夏楠两性关系的描写细致入骨，而夏楠面对身体与思维的两难抗拒更为真实，颠覆了传统文学思维的认知；同时还将视角专注于符合消费社会人们将注意力集中在虚构的刺激物——音乐数字专辑《比埃罗的诅咒》上，诚如小说中写道："'音乐是人类绝望中的安慰剂！'安琪拉闭上双眼，聆听安迪·博加德重金属质感的声音：'我们无乐不作，即使就在今夜死去。'"而这些无疑拓展了受众的文学想象。

最后，作为"集体性的智"——科学研究的"实验"系统，是建构虚拟真实的"自我"的场域。艾伯特的实验室是一种神秘的场所，艾伯特淡出人们的视线好长一段时间，最终研制出自己的神经控制器，尤利西斯的"新世界"和诺菲实验室里不可告人的秘密，陈辰的实验室泄露成为对手打击的把柄，等等。所有的精彩的情节都是发生在这样的装置里。因此，实验室所营造的一个虚拟真实的"自我"具有了常人所不具备的超人的能力，作为一个"虚构的自我"在这其中所获得的快乐是远远大于现实世界的。因此，作品将用于科学研究的"实验室"系统写得非常传神，一个个人物理所当然成为具备超凡能力的强手。而这些密闭系统之外的人对系统之内的人同样充满一种神圣的想象。

在这其中，人物身上所具备的"智性"则让位于虚拟技术所造就的"逼真"的自我空间。两者之间形成了某种张力，人的"智性"的退场，客体的虚拟技术反客为主，满足了人们对于新技术的渴望，进而成为一种阅读的内在推动力。

同样，在《二我》中作者高调宣扬了人类的"智性"的化身——现代科技是实现"续我工程"的不二法则，也可称得上一部科学推理小说。《幻旅》则是通过展示智能的"幻境"中人性的博弈，主张全面恢复"道德治理"以及如何塑造"智慧人""完美人"的现实策略。

总之，在人类"智性"与虚拟技术的博弈中，形成相互观照的两种维度，彼此消长，这其中的人性不免会受到物性以及其他异质的抑制，在人性分阶的过程中形成了独立的文学性。这是作为通俗文学的类型文学的先天优势。

第三节　后人类文学想象的通约性

与近代未完结的幻想小说一样，早期的网络科幻类型小说普遍呈现出"碎片化"写作的态势，这其中所反映的不仅有作者的世界观的局限，在更大更普遍意义上，还是作者写作力的欠缺，按照经验常识，作为"交互性"强的网络写作，出现这种境况多少有些令人意外，甚至有人会把板子打在读者身上。显然，这样的评判是有失公道的，也是不符合常理的。

前文提到，科学元素与虚构的重叠增强了科技叙事的多重文本性，特别是可以将更多的类型带入到文本中。比如惊悚、悬疑、侦探、言情等等，即"实际的科学技术背后都有一个整体的科学系统，这个科学系统是科幻作品用来建立自己世界背景的主要工具，它在具体运用中有不同的方式，有的作品中表现为夸张性运用，有的作品为将科学的结构性元素通过想象性发挥，把它们与生活可能产生的影响结合起来观察，假设未来发生这样的技术变革，人的行为、心灵状况和社会结构会发生怎样的变化"[1]。这个所谓的"整体的科学系统"是建立在完整的科学体系上的，包含科学知识的普及、科技素养的养成、科学理念的构建、科学教育的大众化等等，如果仅靠一知半解的科学观念的外挂、外来科幻作品的接受或受媒介科技的传播的辐射，这些都是不可能形成完整的科学系统的认知和判断，更无法进入科学内在的价值体系。

诚然，在全球科学体系的整体话语背景下，中国网络类型小说一方面经受着来自英美等英语国家发达的科学体系话语的挑战，另一方面由于网络写作的文化工业体系的推崇优先于传统文学的传播，在媒介信息流的助推下，可以优级进入世界文化体系。但令人隐忧的是由于缺乏系统性整体的科学体系的培育，在互联网信息媒介情境中的"媒介思维"极易将科学思维"通约化"，造成片面的科技化幻想——自带或通过硬性植入科技元素，强制生成所谓科幻文本。

需要对整体的科学体系进行层级研判，形成全球通行的科学法则的最大公约数，尽管欧美发达国家科幻霸权话语受到了来自许多非英语国家的抵制与反击，但是他们的科幻文学所表达的"世界观"或是叙事方式依然有可借鉴之处，"它不是最好的，但也不是最坏的。"这句话用在这里同样可以成立。尤其网络科幻类型小说作为娱乐文化工业的重要载体，可能面临的不仅来自内部"碎片

---

① 王峰:《后人类状况与文学理论新变》，载《文艺争鸣》，2020 年第 9 期，第 88 页。

化"的干扰，更为隐蔽的是还要受到诸多"亚文化"的阻扰，这两者的边界以及艺术形态逐渐模糊。美国人其实也有自己的担忧，"奇幻故事的不同传统不可避免地挑战着科幻小说习以为常的东西。随着非欧洲居民，尤其是这些人当中的第二代、侨民以及多语种作家的成长，我们可以预见各种奇幻元素碰撞的增加：梦境的、梦想的、幻想的、民俗的、神话的、超自然的、超现实的元素。这不单是为了娱乐效果或者艺术实验，它还是一种驯化了的理性。它致力于打破科技中心主义和神话中的合理的规范，同时它还反映了其他本体论的混合，预示了材料科学遭遇物质中愈发恐怖的现象后必然走向专业化。"[1] 这也是美国人对科幻文学命运的一种研判，警示了科幻文学在后人类文化思潮中极有可能的走向。而我们在这其中还没有找到自己立足的位置就被解构了。因此，需要建构反映本民族集体想象的科幻文学体系本体的同时，积极主动融入全球科幻文学体系依然需要走很漫长的一段道路。

除了需要警惕科学本身的"碎片化"体验外，我们还要防范来自对科幻叙事的"通约化"，其中包含着瑞安在《故事的变身》中所提及的"平衡数字媒介的互动性与叙事性之间的矛盾"[2]，要克服"通约化"对科幻叙事的破坏，要能够找到"在虚拟现实与我们肉身栖居的世界之间能达成平衡关系的人性堡垒"[3]。在这方面显然《脑控》要比《二我》做得好，当然《二我》凭借科学推理提出以"未来主义"超越"后人类主义"的设想，这也是未来科技造福"后人类"的具体方案之一；而《幻旅》则是一个相差五十年的过谦穿越到五十年后的"幻谷"之中来，最后又回到了肉身世界五十年前去。其中的科幻叙事与日常叙事差别并不太大，作品试图通过时空的转换达到对现实的批判。显然通过虚构对物理时间的改变以及对虚拟世界的营造实现对现实的批判，这种视觉和心理的转换其实对科幻叙事不但不能起到增强的作用，相反破坏了上面所说的叙事的"平衡"——所有人都不存在了，只有过谦一人穿（越）回肉身世界，

①〔美〕伊斯塔范·西瑟瑞－罗内，Jr:《当我们谈论"全球科幻小说"时，我们谈论什么：对新节点的反思》，谢涛译，载《中国比较文学》，2015年第3期，第16页。

②"无论是面向小众群体的实验性写作，还是试图吸纳文化多数的网文、游戏等文化产业，都同样陷入刻意破坏叙事、滥用叙事、简化叙事的境地。"见玛丽－劳尔·瑞安:《故事的变身》，张新军译，南京：译林出版社，2014年版，第24页。

③"文学视为抵抗某种后人类境况下科技霸权的人性堡垒，都强调文学之于数据主义或虚拟现实的具身性，甚至肉身性和情感性的面向。"见王曦:《后人类境况下文学的可能未来——科幻母题、数字工业与新文化工业》，载《探索与争鸣》，2019年第7期，第152页。

重新实现他的社会使命。这本身其实已经不再是科幻本身了，而是回到传统文学本身去了，这是要不得的。《脑控》中的科幻叙事结尾部分不是科学与人性的博弈，而是通过政治权势——总统马歇尔的行政手段干预并粉碎了一场预谋已久的"惊天计划"。这些都是作者的设定和叙事的粗糙导致的，缺乏科学深刻的推敲，将艺术形式与科幻本身的"炫"混淆了，似乎两者高度契合，彼此呼应，实则暴露出作者构思中的漏洞，所以依然有值得推敲与商榷的空间。

还有一种"通约性"也是极易被遮蔽的，即技术资本对人的挤压，一方面是新型技术劳工的生产关系的形成，另一方面是技术级差造成的人的等级分化。所谓"技术媒介制造的共享狂欢和自由幻觉有效掩饰了其天然具有的资本属性，经由技术民主化的包装，资本权力从大众的视野中逃遁了。处于消费者（客体）位置的大众既作为数据化商品又作为消费意识形态被纳入数据资本时代的生产逻辑，由此成为了技术主导的现代意识形态的合谋者与实践者。"[1]需要建立对技术政治的批判的维度，事实上，很多网络科幻类型小说不仅没有这样的自觉，还有将这种隐蔽的成规加以夸张、放大。在《脑控》中尤利西斯的超级感冒疫苗工厂和"新世界"实验园都是资本在操纵，最后依赖总统的政治权力摧毁了阴谋，这样的世界观的设定，不免有其致命的局限。《二我》中的"续我工程"也是由 RKC 董事会和董事长詹木乔一手掌控，最终在华尔斯 I 死后，"续我工程"分拆 IPO，当天收盘价站稳五千美元之上，世界第一。作品都是以一个既定的结局方式完成整个故事的叙述，其中异化的技术政治仅作为一种叙事动力元素，其他却被轻易掩饰了。

网络科幻类型小说拓宽了科幻文学新的视野，并建构起新的书写系统，这是网络科幻类型小说的价值所在。但是需要在科技命题上深刻把握其核心内涵，同时作家需要对核心科技本身有深层次涉猎，如果仅靠一些外延的概念或者外来科幻文化的接受，这依然是肤浅的，科技文明的建立是科幻文学能植根一个民族深处并唤起整个民族自信的根本所在，也是科幻小说作家建立普遍性通约世界观的关键。这是作为"硬"的一面。

"软"的一面是指深刻把握人类在"智能时代""智"的主体，这既是文学创作的策略，也是抵制技术中心主义对人的抑制与控制的有效手段，因此，科技叙事既不能以虚构刻意强化"幻"的无边，也不能陷入沉默于媒介技术、人

---

① 林秀琴：《后人类主义、主体性重构与技术政治——人与技术关系的再叙事》，载《文艺理论研究》，2020 年第 4 期，第 167 页。

机同一等技术政治对人的隐蔽剥削。

警惕后人类文学想象的"通约性"是克服网络科幻类型的"碎片化"的有效手段。其途径有对发达科幻文学的接受与研判，找到适合本民族的科幻核心元素，并结合相对纯粹的专业化训练，同时，防范科技叙事中刻意抹杀人作为核心主体的偏差，还要警惕技术政治在技术民主化的掩饰下对人的各种压榨，并保持一种积极的批判态度。

中国网络科幻类型小说发育比较慢，原因是多方面的，因此提升整个民族的科学素养，提高全民族的科学思维以及普及科学生活方式尤为重要。科幻文学和网络科幻类型小说都是这当中的要义，相辅相成，互为支撑。

第十章
网络历史类型小说"史传"传统的重建

与玄幻、武侠、军事、悬疑等类型相比，网络历史类型小说是网络文学中的传统文学，或者说与传统文学基因在许多地方一脉相承，传统的历史小说，比如对高阳的历史小说的评价，论者称其"擅长工笔白描，注重墨色五彩，旨在传神，写人物时抓住特征，寥寥数语，境界全出"①。高阳的历史小说注重历史氛围的真实，又擅长编故事。我们再看看唐浩明的历史小说，"正是在以'经世致用'和'忧患意识'为主要特征的湖湘文化精神的映照下，唐浩明以当代知识分子的人文立场完成对晚清历史的梳理，对湖湘文化的诠释，对中国传统文化的审视，从而结构成一部色彩斑斓、悲喜交集、个人的才华美质、名山事业与社会的没落腐朽、国家屈辱破败交相辉映的历史壮剧。"②再次，还有二月河的历史小说，刘克认为："二月河清帝系列小说中的戏曲文化母题，有着丰富的民俗内容。二月河对于相关题材的反映，使用了民俗学田野作业的方法。正是这种视角的存在，清帝系列小说中的戏曲民俗，出现了一定程度的变异。二月河对于田野作业原理的自觉实践，不论是对文艺学叙事理论的丰富还是对民俗学田野作业体系的完善发展，都具有重要价值。"③与此平行的网络文学历史类型小说创作也是如火如荼，创造了一个个阅读奇观，其中的曹三公子于2006年初的作品《流血的仕途：李斯与秦帝国》（上、下），其中纸质图书于2007年7月首版，上市四个月获得40万册的销量，并斩获2007中国书业评选的

---

① 讲古堂：《高阳、张宏杰讲马背三朝与明朝那些事》，中图网，https://www.sohu.com/a/141913986_701608，查询日期：2024-03-16。

② 黄尚文：《唐浩明历史小说研究综述》，载《湖北经济学院学报（人文社会科学版）》，2007年第7期，第133页。

③ 刘克：《民俗学田野作业范式与二月河历史小说戏曲母题》，载《晋阳学刊》，2005年第2期，第3页。

"2007年最受读者欢迎历史小说"；另一部书《嗜血的皇冠：光武皇帝之刘秀的秀》创作于2008年8月，在"天涯论坛"连载，2010年9月由吉林时代文艺出版社出版。

纵观以上三位传统历史文学创作的名家，再审视曹三公子的创作，我们从中得出怎样的结论呢？同时，对我们研究历史类型文学又有哪些启示？

第一节 早期基本格局

1996年开始，黄易在港台写他的神作《大唐双龙传》。由于当时通信不发达，很多港台大学生将《大唐双龙传》通过手敲搬运至网络BBS，随后又有内地大学生手敲为简体发布在国内BBS上，盗版书商根据网络简体打印装订出书。这也是中国"手打"一词的由来。《大唐双龙传》一直写到了2001年。虽然到后期，有了"怼多宁道奇，一个徐子陵"的缺点，《大唐双龙传》还是走到了武侠小说的巅峰。也正式让中国的大学生第一次听到港台同步直播。

1997年12月25日，美籍华人朱威廉创建"榕树下"个人主页。同年，取材文字MUD的游戏小说《风中的刀》，中国第一篇网游小说诞生。也是这一年周星驰99《大话西游》两部电影在大学圈子封神。颠覆或曰恶搞直接影响了以后20年网络小说的主流思想。1997年，最后一件影响网络文学的大事，就是日本漫画对中国青少年的冲击。虽然90年代初《圣斗士星矢》《七龙珠》《城市猎人》等作品已经开始在国内流传，但这个时期，国内是以偏低龄化为目的，或者说是作为小人书替代品传播的。而到了1997年，大量科幻、冒险、爱情、体育、历史、经济、宗教、娱乐，甚至是成人向的动漫作品，通过官方或盗版的手段进入国内，在年轻人中打开一个向外看的窗口。

1998年3月22日，痞子蔡开始在台湾成功大学BBS上连载《第一次的亲密接触》，随后被转载到大陆各大BBS，这也是广为流传的"第一本网络小说"。由于《第一次的亲密接触》是脱稿式连载，也正是让"催更"成为网络小说的核心元素。网络小说也第一次走进大众视野，随着《第一次的亲密接触》在两地80万册首印被销售一空，这个成绩让不少纸媒作家开始正视网络小说。1998年，李寻欢的《迷失在网络与现实之间的爱情》在BBS上发布。该小说文笔细腻，贴近BBS叙事风格，一下子成为大陆版《第一次的亲密接触》。宁财神的《祝福你，阿贵》在BBS上发布，作为《水浒传》同人，诙谐有趣，深得广大网民膜拜。邢育森的《活得像个人样》在BBS上发布，后来改编成电视剧。

2000年，今何在的《悟空传》首发于新浪网"金庸客栈"，完结后由出版社出版实体书，他也成为网络小说第一个神话人物。江南在 BBS 上发布《此间的少年》，该书很快便引爆大学生，随后很多大学生都投身于网络文学。当然，年少轻狂的江南，当时把很多同学写到小说的同时，起名参考了金庸武侠人物，这也是后来被告侵权的伏笔。孙晓发布《英雄志》。

2002 年，慕容雪村在天涯连载小说《成都，今夜请将我遗忘》；萧潜《飘渺之旅》在龙空开始连载，为"网络四大奇书"之一，开仙侠修真一脉。也是从此之后，修仙和修真成为两个截然不同的体系；2003 年萧鼎的《诛仙》连载于幻剑书盟，开古典仙侠一脉，同为"网络四大奇书"之一。2003 年底，酒徒的《明》在起点连载；阿越《新宋》在幻剑书盟连载。相比于《寻秦记》，《新宋》正式掀起了穿越历史正剧。同年，金子《梦回大清》在晋江原创网连载。2005 年，斩空在起点连载《高衙内新传》，将水浒英雄分类，堪称历史唯物主义研究透彻，把英雄和暴徒区分开；宁致远在起点连载《楚氏春秋》，猛子在起点连载《大汉帝国风云录》。2006 年，当年明月在天涯连载《明朝那些事儿》，这部书也是网络小说最被主流文学接受的网络文学；酒徒《指南录》开始在17K 连载；海宴在晋江连载《琅琊榜》；月关在起点连载《回到明朝当王爷》，掀起历史文热潮。

评论者认为，2006 年无疑是百花齐放、百家争鸣的一年，这一年，玄幻、都市、历史、仙侠、网游、科幻、灵异各个题材都出现了日后被称为经典的作品，这一年，唐家三少、辰东、月关、烽火、无罪这些日后的大神也逐渐崭露头角，有了各自的代表作品，可以说，这一年是网络小说步入正轨，逐渐兴盛的一年。[1]确实是这样，从 1996 年到 2006 年这十余年的网络环境之下，诞生了《明》《新宋》《寻秦记》《梦回大清》《高衙内新传》《楚氏春秋》《大汉帝国风云录》《明朝那些事儿》《指南录》《琅琊榜》《回到明朝当王爷》等一批历史类型小说。

由此，也形成了独有的历史类型小说的"架空系"，所谓"架空系"即：既可以描写虚拟人物存在于真实历史之中的半架空，也可以是由完全虚构的历史人物、历史时代构成的完全架空。因此，架空历史小说属于架空小说中的一种，分为半架空历史小说和架空历史小说。所谓"半架空历史"就是"历史 +架空"，而"架空历史"就是"架空 +'历史'"，这里的"历史"是虚构的历史。

---

① 转引自瓜啦瓜柴：《网络小说编年史 1997—2006》，https://www.bilibili.com/read/cv436149/，查询日期：2024-03-16。

那么，曹三公子在这样的写作坐标中又是什么呢？这正是本文所要探讨的重点。

第二节　"史传"传统对历史类型小说写作的影响

中国的历史小说写作有着较长时间的写作传统，从唐代的"传奇"，宋元时代的"讲史""评话"到明清的历史演义，基本都因袭前朝或更前面的事件，在叙事技巧上的创新只是形式上的变化。到了晚清的"新小说"时代，历史小说依然排在第一位。付建舟以晚清四大小说期刊——《新小说》《绣像小说》《月月小说》《小说林》为中心，论述小说界革命的影响之深远，他指出："从梁启超1902年创刊的《新小说》杂志开始，晚清小说的种类就不断地丰富起来。该杂志的小说类型主要有历史小说、政治小说、哲理科学小说、军事小说、冒险小说、侦探小说、写情小说、语怪小说、札记体小说、传奇体小说等。栏目的基本格局是以引进的新小说类型如'政治小说'、'科学小说'、'侦探小说'、'哲理科学小说'等为前锋，以改造后的小说类型如'历史小说'、'言情小说'、'社会小说'等为中锋，以传统的'传奇'、'弹词'和'笔记'、'札记'等殿后。其他小说杂志同声相应，如《月月小说》，其导向是'历史小说第一'、'哲理小说第二'、'理想小说第三'、'社会小说第四'、'侦探小说第五'、'侠情小说第六'、'国民小说第七'、'写情小说第八'、'滑稽小说第九'、'军事小说第十'、'传奇小说第十二'（注：应为'十一'）。"① 也就是说，中国历史小说在"新小说"中的位置和影响力是其他类型小说所无法媲美的，从而再次奠定了历史类型小说的历史地位。而所谓的"史传"传统，则完全可以追溯到刘勰的《文心雕龙·史传》一文中。在这里，刘勰所指的"史传"是上起唐虞、下至东晋的各种史书，是历史散文的总称。所谓"史传传统的核心是实录，即要求作家真实客观地记录现实，避免在叙述中参杂个人的主观情感，讲究寓褒贬于文字叙述，东汉史学家班固将其总结为'不虚美，不隐恶'。除此之外，史传传统还包括编年体（以时间为经，以人物为纬的线性结构）、纪传体式（以人物为中心，在共时性中展开多个事件的结构）的结构方式、尚'奇'及第三人称全知视角与限知视角的叙事方式等。史传传统对中国现代小说的影响主要表现在三点：一为求真精神；二为以重大的历史事件为题材；三为编年体、纪

---

① 付建舟：《晚清小说的历史类型》，收录于《文献学与研究生教育国际学术研讨会论文集（中国古典文献学丛刊：第三卷）》，澳门：国际炎黄文化出版社，2004年版，第321页。

传体的结构方式。求真精神主要体现在作家对题材的选择及其创作态度上；编年体、纪传体的结构方式也对现代作家的创作手法有着极其深刻的影响，……尤其是司马迁开创的'以人系事'的纪传体在结构上打破了事件发生的自然顺序，叙事时间的重叠化使得在共时态中呈现多个事件成为了可能，这就使得作者能够更加客观全面地看待历史，并为许多人物众多、关系复杂且时空跨度极大的现代小说的创作提供方法借鉴"①。这为后世很多历史小说家所继承，也是中国历史小说创作经久不衰的经典价值所在。

另据陈平原先生考证，"史传"传统一直沿袭到晚清的"新小说"。他说："象中国古代小说一样，'新小说'和五四小说也深受'史传'和'诗骚'的影响，只是各自有其侧重点：'新小说'更偏于'史传'而'五四'小说更偏于'诗骚'。这种侧重点的转移，使小说的整体面貌发生了很大变化。当然也不能不波及中国小说叙事模式的转换。"②可以说，自唐宋以来，司马迁的《史记》的笔法一直受到历史类型小说家的推崇，也成为"史书"的圭臬。这里需要突出的是，"五四"之后的历史小说"史传"传统的衰弱并不等于是彻底抛弃了"史传"传统，而是因为"五四"时代的狂飙突进，已经走向了历史的另一个维度。

---

① 何加玮：《试论史传传统与中国现代小说——以"五四"时期到建国前小说为例》，载《山东行政学院学报》，2019年第1期，第124—125页。

② 参见陈平原：《"史传"、"诗骚"传统与小说叙述模式的转变》，载《文学评论》，1988年第3期，第93页。中国古代没有留下篇幅巨大叙事曲折的史诗，在很长时间内，叙事技巧几乎成了史书的专利。唐人李肇评《枕中记》《毛颖传》："二篇真良史才也"（《唐国史补》）；宋人赵彦卫评唐人小说："可见史才、诗笔、议论（《云麓漫钞》）；明人凌云翰则云："昔陈鸿作《长恨传》并《东城老父传》，时人称其史才，咸推许之"（《剪灯新话·序》）。这里的"史才，都并非指实录或史实，而是叙事能力。由此可见唐宋人心目中史书的叙事功能的发达。实际上自司马迁创立纪传体，进一步发展历史散文写人叙事的艺术手法，史书也的确为小说描写提供了可资直接借鉴的样板。这就难怪千古文人谈小说，没有不宗《史记》的。金圣叹赞《水浒》胜似《史记》（《读第五才子书法》）；毛宗岗说《三国》叙事之佳，直与《史记》仿佛"（《读三国志法》）；张竹坡则直呼《金瓶梅》是一部《史记》"（《批评第一奇书金瓶梅读法》）；卧闲草堂本评《儒林外史》、冯镇峦评《聊斋志异》也都大谈吴敬梓、蒲松龄如何取法《史记》《汉书》。另外，史书在中国古代有崇高的位置，"经史子集"不单是分类顺序，也含有价值评判。不算已经入经的史（如春秋三传），也不提"六经皆史"的说法，史书在中国文人心目中的地位也远比只能入子集的文言小说与根本不入流的白话小说高得多。以小说比附史书，引"史传"入小说，都有助于提高小说的地位。再加上历代文人罕有不熟读经史的，作小说借鉴"史传"笔法，读小说借用"史传"眼光，似乎也是顺理成章。

很显然，"五四"以后，历史类型小说的创作受到"五四"新文化运动中两个重要人物，即新文学首领胡适、鲁迅的影响，他们对《三国演义》都有评议。他们都从艺术角度批评了《三国演义》的虚构不足，纠正以往历史小说作为正史补缺的创作目的。这直接影响了"五四"之后历史类型小说向"历史传奇"方向的流变。鲁迅本人的历史小说创作也趋向于这个方向。其创作于1922年的《不周山》（后改为《补天》）的首篇《故事新编》当属代表。之后较长一段时间是以短篇为主，当然不乏一些映射、批判国民政府的长篇以及新中国成立后的长篇，但这些基本上都与现实政治发生着微妙的关系。其中以姚雪垠的《李自成》为例，这本书具有划时代的价值①，姚雪垠从1957年写到1999年，整整42年，五卷本小说创作基本横跨中国半个当代，乃至到最后第四、五卷的出版甚至未赶到作者去世之前。李自成的形象前期过于符号化"高大全"，几乎是一个毫无缺点的"完人"形象，而到第四卷，作者意识到这个形象的缺漏后，笔锋直转开始暴露他的阴暗面，使得读者感觉前后十分突兀，李自成的人设迅速崩塌。

到了20世纪80年代中后期，西方现代主义、新历史主义等思潮正好影响中国文坛，这拨思潮的出现也催生了国内日渐开始的"文化反思"。于是，主流文坛出现了"新历史小说"思潮，较早的作品如莫言的《红高粱》以及乔良的《灵旗》等。"新历史小说"一度成为主流作家的首选，除了部分先锋文学作家苏童、洪峰、格非、叶兆言转向"新历史主义"，连后来的刘震云、余华、刘恒、方方、池莉、李晓、杨争光等进入历史类型小说的创作。学者张清

① 参见尹康庄：《论我国历史题材的小说创作》，载《广东社会科学》，1992年第5期，第124—125页。姚雪垠《李自成》第一卷的问世，标示着在新中国成立后新形势下，历史题材小说创作的调整和探索趋于成熟，标示着在我国的历史题材的小说创作中，开始出现史诗型的作品。《李自成》首先不是那种仅仅向人们告诉一些历史故事、介绍一些历史人物而没有多少思想见解的作品，也不是那种名为表现历史故事、历史人物而实际上却是由作者任意发挥、随意编派的作品。它"既有严格的历史依据，又有深刻的思想见解"（严家炎《〈李自成〉初探》见吴秀明编《历史小说评论选》），是明清之际中国社会的百科全书。其次，《李自成》还根本不同于脱胎于史传的传统历史题材小说的注重历史事件的交代而人物多为粗线条、单向度描写的做法，而是在广阔的、特定的时代背景与人物具体活动范围相融合的环境中刻画了诸多典型性格，尤其是对一些反动统治阶级代表人物的刻画，较五四后的创作也有长足进步，达到了全方位透视的程度。再次，作品结构宏大、布局严谨、语言洗练凝重而富有民族风格，并始终激扬着一种史诗所应具有的英雄主义情调，透达出邈远的理想主义追求。

华将"新历史主义"小说划分为三个阶段：1987年以前的启蒙历史主义阶段，1987—1992年的新历史主义或曰审美历史主义阶段，1992年以后的游戏历史主义阶段。

因此，到了这一时期，随着市场经济时代的来临，文学出现了一次较大的转型，继先锋文学之后的"新市民小说""女性小说"等等反映个人命运和追寻自我价值实现的作品陆续进入公众视野。这与市场经济催生的思想文化向经济社会形态转向有着密切的关系，精英文化越来越受到来自大众文化的猛烈冲击。很多人不再执着于对现实的批判、文化的反思和道理理想主义的构筑，更为关键的是自身的经济利益和世俗生存之间的关系，精英文化、大众文化和后现代文化的相互激荡。日常生活审美化思潮兴起，人们更关注自身生活体验。小说技巧得到更新。罗兰巴特的零度写作追求一种客观化的绝对真实效果，西方诸多小说技巧如反讽等对现代中国作家影响巨大，小说叙事追求更高水准。

正是在这样的历史文化境遇中，20世纪末中国陆续进入互联网时代，使得更多的年轻人成为早期"网络文学社群"聚集区的居民，当然曹三公子也在这其中。

第三节　个体价值对"史传"的重新阐释

毋庸置疑，曹三公子基于所谓总结经营之策上的"成功学"为核心的全民性大讨论，有着广泛的民意基础和道德基础，并以网络互动的方式建立了庞大的"粉丝群"，同时复活了沉寂了多年的"史传"传统，因而迅速在网络上得到了网友的热捧。

1. 选取正史《史记》《后汉书》中"个体经典"人物，具有一定的典型性。其中写于2006年初的作品《流血的仕途：李斯与秦帝国》（上、下）围绕的是李斯从楚国上蔡郡的一个看管粮仓的小文书成长为大秦帝国的丞相这条主线。在这条流血的仕途上李斯跟随荀子学习，遇到同门师兄韩国公子韩非子，然后投靠吕不韦的门下成为一个门客，接着他假装与吕不韦合作，设计嫪毐进宫私通秦王之母赵姬，培植了一个吕不韦的对立面，形成吕不韦、秦王、嫪毐三足鼎立的格局，后来又被吕不韦派往前任相国现任郎中令蔡泽门下作为卧底，这才使他有机会接触到秦王，秦王听从李斯建议亲手清除嫪毐之乱，吕不韦也因此遭到流放，最后饮鸩而亡。李斯辅助秦王统一六国，秦王死后，阴差阳错成为赵高篡改遗诏的帮凶，令扶苏自杀拥立胡亥为二世，结果因赵高谗言被秦二世腰斩于乱市。李斯的一生也贯穿着秦帝国的一世。《嗜血的皇冠：光武皇帝之刘秀的秀》写了汉高祖刘邦的九世孙刘秀成人之前，便已有"刘秀当为天子"的预言传出，而刘秀也对这一预言深信不疑，他相信这便是他注定的命运。对于刘秀来说，在某种程度上，皇帝只是一种职业，而命运则成了一种信仰。一个"秀"字蕴藏着刘秀虽是一个没落的官宦地主家庭出身，之后通过个人的努力成为推翻王莽的"逆袭"的传奇人生。

李斯和刘秀两人是底层青年励志成功的标杆，可以直接供商学院给工商管理企业高管们授课的案例或是官场"厚黑学"。成功与失败都有可总结的经验与教训，不能不说是作者选素材的见识高明，创意满满。

2.立足"个性灵魂"的塑造，迎合流行文化时尚，成功打造中国式"硬汉"形象。在20世纪八九十年代，美国文化强势输入我国，大众文化接受主要以"硬汉"为主，史泰龙、施瓦辛格、汤姆·克鲁斯等一些铁骨铮铮的硬汉遂成为流行文化的主角儿。国内影视作品也同样如此，李连杰、成龙、周润发等人饰演的形象成为大众文化的偶像。

李斯与深谙经营之术的吕不韦过招，与老谋深算的蔡泽斗法，特别是能与雄心勃发、一世枭雄的秦王合作30多年，成功统一六国，然后进行各项制度改革，非有惊人的毅力和超强的胆识是无法达到他个人的人生巅峰的；同样，光武帝刘秀面对豪强地主势力以及割据势力的四分五裂，特别是王莽新政之后，触动了上至豪强、下及平民的利益，加之绿林、赤眉等农民起义，上下一致倒莽，导致天下乱局。刘秀借更始帝刘玄之势，昆阳之战后被封为武信侯，然后在新野娶豪门千金阴丽华，之后去河北，在更始帝派来的尚书令谢躬和真定王刘杨的协助下将在邯郸称帝的王郎击杀，为了促成和真定王刘杨的联盟迎娶刘杨的外甥女——郭圣通，在河北授意手下悍将吴汉将监视他的尚书令谢躬击杀，再击杀幽州牧苗曾与上谷等地的太守韦顺、蔡允。于公元25年六月在河北称帝，史称汉世祖光武皇帝。

李斯和刘秀都是热门影视剧首选人物，下表为40年来拍摄的影视剧一览表：

人物	时间	影视作品	饰演者
李斯	1986	《秦始皇》	梁汉威
	1996	《秦颂》	王庆祥
	2000	《吕不韦传奇》	贾一平

（续表）

人物	时间	影视作品	饰演者
李斯	2001	《寻秦记》	陈国邦
	2002	《秦始皇》	刘威
	2004	《荆轲传奇》	高玉庆
	2006	《楚汉风云》	李立群
	2006	《南越王》	杨艺
	2007	《大秦直道》	张子健
	2010	《神话》	刘小溪
	2011	《古今大战秦俑情》	于子宽
	2012	《楚汉传奇》	李建新
	2015	《秦时明月》	于子宽
刘秀	2000	《光武帝刘秀》	张光北
	2004	《光武大帝》	寇振海
	2016	《长歌行》	张诚航、袁弘

从上表可以看出，李斯是电影的首选，而刘秀是电视剧见长，这与人物的历史角色是分不开的，也跟电影与电视剧表现人物的特点有着一定的关系，但是就影视剧的拍摄量和影响力而言，两个人物的群众基础和民间的道德接受都是首屈一指的。

3. 宏大历史叙述作为"个案叙事"模式的强势潜台词，无论是《流血的仕途：李斯与秦帝国》（上、下）还是《嗜血的皇冠：光武皇帝之刘秀的秀》都没有偏离正史的宏大叙述，这与历史正剧并无二异，但是与历史穿越、架空却截然不同。

无论是李斯还是刘秀，他们都是历史上的重要人物，也是历史上的定型人物，如果为了迎合今人的需要，打着克罗齐的"一切历史都是当代史"的旗号肆意篡改，违背基本史实，则会成为历史的伪造者。陈先达先生认为："任何历史书写都属于特定的历史时代。人的生命有限，对历史事实不可能亲见亲闻，而历史书写的对象或通史，或断代史中的事件或人物，属于另一个过去了的时代，甚至久远。片面强调一切历史都是当代史，必然会把人类的全部历史当代化或当成当代的历史。如果每一代历史学者都是按照书写者自己的时代、观念、思想重构过去，而且是永远不断地重构过去，那'历史真实性'将永远笼罩在不断变化、永远不可信的'当代性'的迷雾之中。以这种历史观指导历史写作，往往会自觉或不自觉地沦为历史的伪造者，尽管自认为是合理地构建过去。"①因此，历史的基本逻辑不能违背，须有"六经注我！我注六经！"的强烈参与感和认同感，更需要坚持一种唯物史观的辩证法对待过往的历史。需对历史史料重新挖掘和整理，这样才能打通古人与今人的心灵通道，实现跨时空的联系，达到一种心灵上的真正契合。也就是英国历史学家理查德·艾文斯所认为的："历史话语或诠释也是在人们试图重建真实的历史世界时，他们与真实的历史世界才发生联系。不同之处在于，这个联系是不直接的，因为真实的历史世界已经不可挽回地消失在过去的时空之中，它只有借助我们阅读过去存留下的文献及断编残简才能得以被重建。然而，这些重建绝非任意编配的话语，而是在一个相当直接的与过去之现实发生联系的过程中，被创造出来的。"②曹三公子在写作中查阅了大量历史典籍和前人的历史文本，达成了对文本历史史实的尊重。

创作《嗜血的皇冠：光武皇帝之刘秀的秀》除了参考史籍，还参考了清远道人《东汉演义》，蔡东藩《后汉演义》，魏新《东汉那些事儿》《东汉开国》，黄留珠《刘秀传》，李歆《秀丽江山》等经典历史文本。

曹三公子的历史类型小说与历史正剧不一样，和历史穿越、架空小说更不一样。那么区别在哪里呢？

1.历史正剧以历史人物为原型，在不违背历史价值维度上重塑人物形象。无论是后期的姚雪垠，还是高阳，都能将历史维度作为考量历史人物的重要尺度，能够坚持以唯物历史论的眼光，力求客观、公正地评判历史人物；与历史典籍不同的是，正剧历史类型小说采取了"史传"传统中的多种表达方式，使得人物更加鲜活，栩栩如生，而不仅仅流于刻板的记录，文学的色彩更浓厚。而历史穿越、架空小说，插入了平行的现代时空，形成了古代与现代的错杂，既不是传统的虚构手法，也不是语言的修辞，而是人为机械的预设，便于情境

① 陈先达：《论历史的客观性》，载《贵族师范大学学报（社会科学版）》，2018年第1期，第6页。
② 〔英〕理查德·艾文斯：《捍卫历史》，张仲民、潘玮琳、章可译，桂林：广西师范大学出版社，2009年版，第111—112页。

的转化，生成新的语境，进而影响并主导叙事。所以说，后者是一种叙事形式。

2. 曹三公子采取了一种"阐释史"的方式，拉近了史实人物与当代的关系。这里的"当代"姑且看作一种特定的历史语境，这也是曹三公子作品既不同于传统的历史小说的书写，更不同于历史穿越、架空小说的本质所在。在曹三公子的网络文本中，我们依然可以看到网友与他的互动对话，面对网友"江山如画兮"愤怒的质疑"一派胡言，请问资料来源于何处？胡编乱造。你简直在诬蔑"，曹三公子如此回应道："第一个问题，刘縯到底养了多少宾客呢？这又是一个很难有确切答案的问题。考《后汉书》和《资治通鉴》，有一句话：'伯升自发春陵子弟，合七八千人，部署宾客，自称柱天都部。'据此看来，则刘縯宾客数不详，而春陵刘姓子弟，加起来却有七八千人。我要说，这段记述非常值得怀疑。这位仁兄或许又要问了，请问资料来源于何处？我们可以再查《东观汉记》，其中这样记述刘縯的发兵，'皆合会，共劳飨新市、平林兵王凤、王匡等，因率春陵子弟随之，兵合七八千人。'依我一己之见，以为此说较为可信。再考察，当时一般的宗族和宾客的规模，《后汉书》中关于同一时期记载的有三处，分别是阴识（子弟宗族加宾客千余人）、耿氏兄弟（宗族宾客二千余人）、刘植兄弟（率宗族宾客、聚兵千余人）。对这些史料可以再进行更详细的分析，此处就不多说了，只是说出我个人的一个结论，刘縯起兵时，宗族宾客加起来，最多也只有二千余人。（这也是他后面被迫屈服的重要原因，实力太弱。你要是信了《后汉书》和《资治通鉴》，刘縯子弟都七八千人，再加上宾客，那都近万人了，真有这实力，怎么也得叫叫板了。）依我阅读所及，前人言史，未见有能言及此处。……最后，总结就是：刘縯的钱，无法追认出处。说他掘冢和劫道，是对这些来历不明的钱的一种解释，是一种基于当时社会环境和风气的推测。虽说还是一个概率问题，但我想刘縯作恶的概率无疑比刘縯清白的概率要远远大得多。

我写刘秀，虽是游戏之作，殆也不敢轻微，总想尽力而为，唯恐误人子弟，则罪大也。当然，为了保持可读性，许多分析都只能隐而不表，以免读者看来瞌睡连连。误人子弟，则罪愈大也。当然，谬误总是难免，希望大家能继续不吝指正。"① （摘要）这段文字信息量很大。一是参考史料不可谓不多，除了

---

① 转引自吴长青：《网络历史类型小说创作的史传传统重建——以曹三公子的网络历史类型小说为例》，载《西南石油大学学报（社会科学版）》，2021 年第 3 期，第 101 页。

常见的史籍外，还参考了其他专业史料，绝非一般性的掌握史料；二是虽然承认作品也是"游戏之作"，但是对史料的态度是真诚的；三是在处理史料中为了兼顾阅读兴趣，尽可能照顾到艺术性，尽量避免太多的议论。

作为作品的创作者和解释者的双重身份，在艾柯看来，这涉及诠释的有限性问题，他说："当文本不是面对某一特定的接受者而是面对一个读者群时，作者会明白，其文本的诠释的标准将不是他或她本人的意图。而是相互作用的许多标准的复杂综合体，包括读者以及读者掌握（作为社会宝库的）语言的能力。我所说的作为社会宝库的语言不仅指具有一套完整的语法规则的约定俗成的语言本身，同时还包括这种语言所生发、所产生的整个话语系统，即这种语言所产生的'文化成规'（cultural conventions）以及从读者的角度出发对文本进行诠释的全部历史。"① 曹三公子在当时的文化语境中，既没有走传统的正剧之路，也放弃了穿越、架空等新元素的尝试，注定了他这样的写作是独特的，这是他的优点，当然缺点也是显而易见的。

3. 作品的外延因缺乏足够的虚构空间，特别是人物命运的封闭性，限制了阅读者想象空间，与穿越、架空历史类型相比，明显缺乏"带入感"，也影响了作者的参与度。随着老一代读者的远去，年轻读者的阅读体验远远不及穿越、架空历史的"爽感"。另外一点，由于此类写作需要一定的史料积累，模仿难度较大，远不及穿越、架空类来得普及，因此，此类作品的可复制性不强，随着网络文学类型化越来越细分的现实境遇，此类作品的"粉丝"也极易流失。

因此，曹三公子的创作追求的自我的个性，既不为传统"新历史主义"思潮影响，也不趋崇同龄人的娱乐化路线，走出了"历史创意"的独特叙述路径。这里的"创意"同样是基于社会的，人对于发展性的诉求，而不仅仅停留在文艺层面上的审美，因此，它顺应了20世纪90年代以来所形成的以"实用美学"为主潮的流行性需求。

新世纪以来，"新历史主义"文学思潮对历史文学的创作的影响日渐式微，这与20世纪90年代以来，历史文学创作的多元化发展有关，特别是网络历史类型文学的强劲发展，挤压了传统历史文学的生长空间。其次是一段时间以来数量庞大的影视剧的改编，包括一些质量低劣的作品混杂其中，使得大众对历史文学产生一种审美疲劳之后的反感与排斥。

---

① 〔意〕安贝托·艾柯等：《诠释与过度诠释》，〔英〕斯特凡·柯里尼编，王宇根译，北京：生活·读书·新知三联书店，2005年版，第71—72页。

童庆炳先生对历史文学的未来曾提出"重建说"，他认为："历史文本的缺失，使历史成为散乱的、无序的、片断的状况，既不能根据它讲一个完整的故事，更不能传达出一个有兴味的意思、一种历史精神、一种哲学意味。这样历史文学家为了文学的创造，就需要填补历史文本的不足。历史文学作家为了艺术地提供一个能够传达出某种精神的历史世界，只能用艺术地'重建'的方法。'重建'的意思是根据历史的基本走势，大体框架，人物与事件的大体定位，甚至推倒有偏见的历史成案，将历史资料的砖瓦，进行重新的组合和构建，根据历史精神和艺术趣味，整理出似史的艺术世界，并在高一个层次上回到历史文本，让历史文本重新焕发出艺术的光辉。这就有似文物中的'整旧如旧'的意思。历史文学只能走'重建'这条路，此外没有别的路可走。"[①] 显然，传统历史文学的路还远远没有完成，网络文学历史类型文学走出了一条多元的发展之路，网络上每天都有海量的作品在产生。如何面对这样的分离？历史文学的写作又会走向何方？这是一个问题，也是其他民族共同面临的一个新问题，特别是在全球化日渐式微的背景下如何讲好本民族的故事。

"新历史主义"理论显然不适合中国，因此，不能用"新历史主义"来解释中国的历史文学创作，更不能作为创作的理论，如果遵循这样的理论，势必与我们的历史文学的创作"南辕北辙"，"新历史主义强调不能孤立地看待历史和文本，历史不是纯粹的权威事实，文本也不是完全的美学结构，历史与文本是对等的，不存在谁决定谁或谁反映谁，二者是相互影响，相互印证的'互文性'关系。"[②] 虽然"新历史主义"强调历史与文本对等，给予了作者很大的自由创作空间，但是他的前提是有问题的，作家与历史学家很多时候是不可能兼得的，文学与史学的最终的目的也是不一样的。历史学家保罗·利科提出一个重要观点，"与潜在文献源的扩大相对应的是一个严格的筛选过程，即对所有可能成为文献的剩余资料中进行严格的挑选。在这个意义上，没有什么东西本身就是文献，哪怕过去的一切都可能留下痕迹，研究和解释从此看上去好像是补充性的操作，就像创意和创作交织在无所不包的历史学研究的观念中那样。对此，以后还应该加上一点；解释性的假设最终也可能是写作的提要，因此解释

---

① 童庆炳：《"重建"——历史文学的必由之路》，载《北京师范大学学报（人文社会科学版）》，2007年第2期，第33页。

② 陈鸿雁：《文本与历史的互动关系分析——新历史主义视阈下的〈了不起的盖茨比〉》，载《山东理工大学学报（社会科学版）》，2017年第5期，第47页。

和写作——创作和口头表达的相似物——共同支配着在历史学中采取来源校勘的形式和表现为文献证明的错综复杂的这种创意。"① 如此看来，曹三公子的历史创作中所引的中外典籍，各种概念、术语，定理、公理、法则，等等。是不是都可以作为一种文献源，综合起来，都是为了创意一种"阐释史"的意图与动机。这也是他的作品在当时成为一种现象级的明证。

到这里，我们可不可以这样说，到了曹三公子之后再无创意的"阐释史"，同时也意味着"新历史主义"的终结，而"史传"传统的重建同样也才刚刚开始。

---

① 〔法〕保罗·利科：《历史学和修辞学》，收录于《对历史的理解》（《第欧根尼》中文精选版），元熙译，北京：商务印书馆，2007年版，第111页。

第十一章
后工业类型小说叙事中的抒情性

作为地理坐标的澳门与文化地标的澳门都有其独特性。作为南来作家和学者集于一身的麦然在其长篇小说《冰川之子》[①]和《妈阁的恐龙人》[②]中将澳门抽象化、拟像化，进而被虚构、被书写。与常规写作者不同的是，这种被虚构作为一种反故事机制容易导致文学性减弱，而科学性和哲学性增强。同时在彰显"寓言化"宇宙中心主义的同时，后工业文化的抒情性在科学性中能够得以复苏。

第一节　系统设定的反故事性

故事系统中的反故事机制达成一种拟真。与传统虚构故事不一样的是，麦然的《冰川之子》和《妈阁的恐龙人》都以类型小说通常使用的"系统"作为故事设定。前者是将一个机器人——"我"，作为叙述者，这个"我"也是"人间 AI 系统"的一部分，是数字恶魔"伪神"与凡人之间对话的唯一"中介物"，由于"我"既有"机械性"的一面，也有"人性"的一面，当凡人与"伪神"面临一场大厮杀的时候，"我"这个中介所面临的就是一场注定驱散不了的"痛苦"。而在《妈阁的恐龙人》中也有一个"系统"，这个"系统"的掌控者不仅知晓 6500 万年前恐龙在人类活动的搅动下被迫苏醒的事实，这群恐龙也知道澳门人当下的真实精神状态。人类当中绝大多数人却并不知晓自身带着原罪——人类的活动汲取了恐龙人储藏在地下的能量。而当一部分苏醒过来的恐龙人准备复仇的时刻，作为穿行于这两个平行世界的聋哑人余莎则参与"反制"强大复仇计划的全过程。帮助余莎完成这项任务的大圣智者——黎宏辉老先生，果断将系统的掌控权移交给了余莎，让她维持着澳门人与恐龙人各自的梦想，从

---

① 麦然:《冰川之子》，北京：首都师范大学出版社，2021 年版。
② 麦然:《妈阁的恐龙人》，澳门：南国出版有限公司，2022 年版。

而达成各自相安无事的平衡。

一是后工业文化叙事反传统的故事模式淡化虚构性。与工业叙事的系统论和集成论不同的是，后工业叙事更多强调普遍的联系性，弱化结构，消解中心，更多呈现一种离散式的关联度。无论是《冰川之子》还是《妈阁的恐龙人》，作者都刻意避开了人类中心和物质中心主义，而是将重点指向现实问题本身，甚至设置了一个个问题，引导读者去追寻问题背后的真相。科学主义和人文主义都无法解决的问题，最终还是要回到哲学本身去。《冰川之子》中"我"既非"人"，又非"神"，作为"物化人"，兼具"人"的情感，同时又带着一定的"物"性。所以，这个"我"是小说中伪神使者"琨"眼中的完美主义者。当部落遭遇困难的时候，各种力量便开始了真正的较量，"我"难以独善其身，但是"父亲"救了"我"，人性的复苏迫使"我"萌生追寻真相。最终"琨"说出了所有关于"我"以及整个人类命运的真相。

《妈阁的恐龙人》中的"聋哑人"余莎既不会说谎，也不能与正常人交流，她算是一个边缘人，甚至她与自己的父母沟通的机会都比较少，她母亲整天跟父亲嚷着闹离婚，她只有在幻觉中才能品味到家庭的幸福。在这样的原生家庭环境里，她是一个彻底的孤独者。同样，由于澳门特殊的历史背景和独特的文化环境，造就了澳门人不懂得精于思考，大家都处在一种"符号化"的生存境遇中，因此，她更显得与当代社会格格不入。"澳门人很少管别人的对错，拿自己的道德去评价别人，他们习惯当每个陌生人都是游客……"这样的状态，大家似乎处于一种无根的漂浮感当中。但是，余莎承担了大智圣者黎宏辉最后交代给她的任务：主动与准备制造人类恐怖活动的恐龙沟通，成功化解危机，使得澳门人继续着昨日的梦想，维持着一种依靠想象力带来的城市繁华。

从文本的构造来说，以个体承载多数人的命运转折，核心不在于文学力主倡导的英雄主义，而是回到哲学本身，即对于存在的本质、现象学意义上人类普遍存在着的各种内在关系以及如何发生的诘问。如作品《妈阁的恐龙人》中强调所谓"人类擅长说故事同时也依赖故事，因此我，出现前也会告诉人们一个故事……"这也揭示了人们惯常以讲故事的形式作为了解世界的方式由来已久，作者正是用这种方式不仅消解故事对于现实的意义，还将我们引入更高阶段的思考。

阐释学家艾柯说："现实当中，小说世界确实是现实世界的寄生虫，但从效果来说它能框定我们在现实世界里的许多运用能力，而只让我们专注于一个有限而封闭的世界，这个世界仿佛与我们的现实世界很像，却在本体论上贫乏许多。因为我们不能走出它的疆域，我们只能深入地挖掘它。"①艾柯在这里点出的真实世界与虚构世界的勾连是通过"像"世界——这个中介来达成的，而从根本上说，读者并不能打破小说世界疆域的封闭性，这个新世界只是作者借用真实的世界来营造出的虚构世界的一种手段。因此，所谓以真乱假、真假参半正是从这个角度说的。

二是后工业文化叙事中的"城市"与"市民文化"对传统故事虚构的填充与反噬。何谓"虚构"？叙事学家华莱士·马丁认为："为了解释真与假，我必须给出例子——假装肯定，而实际没有肯定。这就是虚构。我建立这一体系的动机是排除虚假、谎言、虚构，但我如果不在这一体系之内重复我要排除的错误，就不可能建立起这一体系。"②诚然，这里所说的"虚构"是针对整个故事系统而言的，并且关联着叙事。因为我们的哲学传统是以真实为逻辑起点去定义虚构（小说）的，因此传统故事虚构大多采取因果律，作者以强烈的是非观念构造一个近似现实社会的众生空间，通过一定的典型人物命运来观照现实社会。某种意义上，传统故事虚构先天带着一种批判性的思维，以明确的"对"与"错"作为价值维度呈现故事的内核。其中的故事文化大多采取"抓取式"和"提供式"两种形式，读者只需将其中的故事事件自觉联系起来，形成一种普遍规律。当然，对照既成的社会文化谱系，则需具备一定的知识才能破解其中的答案。

后现代工业叙事则是有意识地打破传统以时间为轴线的固定叙事结构，立足于建构未知世界，通常还采用一套科学理论系统、软件程序中的"游戏谱系"乃至人工智能系统，需要读者具备足够的科学素养、计算思维和计算逻辑。

《妈阁的恐龙人》中的"地质时间""地图""系统""缀魂器""挖矿""人造天空""白塔""默世界""镜世界"以及"通天塔""克隆""基因"等等，这些都是后工业文化中的新物质范畴。显然，传统故事叙事模式无法对应这些"漂浮"的概念，在后工业文化故事情境中，无所谓过去，也无所谓当下，更多的是思考未来的"我们"有可能遭遇的命运。当下的"城市"以及"市民文化"都作为未来的一种参照，对照传统，新系统范畴已经不再就某种现象或新的问

①〔意〕安贝托·艾柯:《悠闲小说林》，余冰夏译，梁晓冬审校，北京：生活·读书·新知三联书店，2005年版，第90页。
②〔美〕华莱士·马丁:《当代叙事学》，伍晓明译，北京大学出版社，2005年版，第191页。

题做出是非与对错的判断，作家只负责设计一条通向未来的路径、可开发的功能以及某种不确定的未来，这成了后工业文化叙事的一种症候。

即使在追溯澳门前世今生的《冰川之子》中，作者虽然通过凡人与"伪神"的争斗过程来展示一个朴素的道理——"做自己的神明！别依赖别人，自己做自己的英雄"。无论对机器人还是数字恶魔而言，这样的道德箴言以一种命题的方式进入故事阐释系统。对读者来说，这种形式隐含了一种积极的意义——作者试图通过一种交流，给读者提供某种积极的暗示，并用实际知识阐释作者命题的洞见和预见。同时，作品也在肯定一个基本事实，技术和科学所压抑的肉身不但不会觉醒，甚至有可能还会混淆两者的绝对界限。这也超越了现代性意义上的所谓人类进化过程中所遵循的优胜劣汰的基本规律，人类未来也许真的会具有某种后现代特征——所有的个体各据一方、各得其所。

诚然，后工业叙事的这种科技拟真性，尽管并不通过传统的语言拟像手段达成的，但技术情境和人类肉身所能够达成的共谋恰恰给反虚构带来了可能，即传统故事虚构一味依赖交流性的语言情境的命运被今天指涉性的技术情境所改变。

所谓"城市"带着人们的居所已不是大地一样的亲和感，市民文化也不是巴赫金意义上非主流性的大众狂欢，而是再次沦为一种新的边缘，充满了陌生性和疏离感。因此，相较于传统而言，这些叙事元素可看作对当下现实世界的一种重新阐释。

第二节　假性叙事与托物起兴

后工业文化叙事中的"假性叙事"可看作是一种带有启示性的"起兴"。所谓"假性叙事"在教育叙事中常常被指"被研究者在叙事中不自觉的就会采用社会公共的话语来表达自己故事的现象，这表现在被研究者认为用社会中每个人都认可的话语讲述的故事就是真实发生的故事，而真实的故事是什么当事人却遗忘了。即被研究者把权威性的话语转化成了个人的话语"[①]。某种意义上这是一种以个人话语僭越社会公共话语的错位，在后工业文化叙事中通常会把"假性叙事"理解为相对于传统故事虚构的故意为假，实为力求拟真，试图营造真实情境置人于新的范畴中来获得情感认同，并通过情调、氛围、质感等文学

---

① 张鲁宁：《教育叙事中"假性叙事"的成因分析》，载《上海教育科研》，2005年第5期，第47—48页。

性手段来增强艺术感染力的一种叙事功能。

而所谓比兴，"乃譬喻和起兴的连称，就是将不同性质且并无因果关系的两个或多个事物组成比喻结构，以便发生想象上的联系，或是以某物兴起另一不同之物，同样依托于想象。比、兴均须借助于联想，在前者，譬喻的两物并举共现，在后者，另一物仅是通过联想被忆念或两物一先一后出现。"① 因此，"起兴"作为一种传统诗歌的修辞方法，主要通过"类"的归纳，并借助"物性"转喻"人性"，进而通过一种并置的"中介"手段来象征，从而间接地为抒情服务。虚构作品的这种增强手段虽然能够通过情绪的调动获得情感上的认同，由于先天的故事性势必让人在一种真假现实中进行辨识，理性压制感性，小说有限的修辞与语言张力之间进行必要的话语博弈，人的情绪被抑制。后工业化叙事的拆解功能打碎了这种抑制，并将文学性退回到科学和技术的背后，从而在科学和技术搭建的"假性叙事"中完成所谓技术性流程，同时形成了与现实空间迥异的超现实世界、异世界或者一个平行世界。从小说叙事功能向小说修辞的过渡，使得类型文本变得更为丰富。

一是作为一种神谕启示的"通天塔"所形成的多元结构关系，使得现实世界得以具体并悬置。在《圣经·旧约·创世记》第十一章故事中有一个人们建造的塔——巴别塔。根据篇章记载，当时人类联合起来兴建希望能通往天堂的高塔。为了阻止人类的计划，上帝让人类说不同的语言，使人类相互之间不能沟通，计划因此失败，人类自此各散东西。此事件，为世上出现不同语言和种族提供解释。麦然小说中出现的"通天塔"则是有别于人类建造巴别塔那样的科技神谕之塔。这与人类的肉身世界形成了一种对照，也区别现实世界的一种建基。而现实世界的建基则被海德格尔认定为"艺术的本源之处"。海德格尔指出，人类的建基最早来源于古希腊。他说："如此这般被开启出来的存在者整体被变换成了上帝造物意义上的存在者。这是在中世纪发生的事情。这种存在者在近代之初和近代之进程中又被转换了。存在者变成了可以通过计算来控制和识破的对象。"② 也就是说，本质性的世界通过种种转换来得以完整展示。麦然小说借用了这种建基的模式，试图在虚拟世界中建构一座对于人在异世界中

---

① 张节末：《"兴"的中国体质与西方象征论》，载《中国文学批评》，2021 年第 2 期，第 52 页。

② 〔德〕海德格尔：《艺术作品的本源》，孙周兴译，北京：商务印书馆，2022 年版，第 83—84 页。

的存在之塔。

《冰川之子》中的"伪神之塔"——"高塔的顶端和苍穹'触碰'的地方，庞大如山的巨大的轮叶日复一日的向大地沥下粉色的霜降……伪神之塔、降下的霜降，它们正是星空消失的罪首，气温永远寒冷的原因。"这里的"天空之塔"其实就是一种神谕的暗示，也是一种界别于凡人世界的象征。"琨"作为伪神之首弥夏的使者，他向"我"揭开真相之后直接回归天狼星，这座象征性的"天空之塔"也随着他的消失而消失。可就在"天空之塔"倒下的刹那，大地变了人间，星空格外清晰起来。因此，这里的"天空之塔"作为一种邪恶的象征，别有深意，在它倒塌之后，现实世界中的潜藏的"诗意"在一种重新开端中才开始向真理"敞开"，正义和温情也才开始主动向人类"降临"。

《妈阁的恐龙人》中"天空之塔"的来由则更加复杂，老恐龙人向女主余莎介绍它的来由。原来这座塔是那些醒来得早的恐龙人与人类祖先共同合作建造的产物，为防止冰河甚至冰川过快融化，致使海水上涨淹没人类部落，因此，它不惜代价造就了更靠近星空的"天空之塔"，但人类后来违背了初心，在人类大战前将"天空之塔"改造为太空船飞向太空……也就是说"天空之塔"是拯救人类的一种"装置"，人类背信弃义将拯救意义上的神谕变成了一种实用的工具。因而彻底激怒了恐龙人，并因此触动它们起誓——从此不再与人类合作。

无论是"伪神之塔"还是"天空之塔"，都将人类的存在状况作为一种前置的暗示，前者是一种被动劫难，而后者则是一种主动施难，它们都指向人类本身所面临的现实处境。前者是一种摆脱，而后者则指向一种反思。人类的过去和未来的两种处境，唯独与现实的当下不再发生关系。前者是一种欢歌，后者则为一种扬弃，它们都是为人类的家园而建，而鸣。正所谓最理想的状态是"更幸福的世界，需要容得下地上的人类和地下恐龙人的两个世界，同时也是避免恐龙人竭尽想要摧毁人类的办法——给恐龙人一个梦，让他们在梦中沉睡。"其实，这都是作为一种建基的存在，考量着人类自身对于命运的主动选择权。

二是"假性叙事"中的"非人"的人设使"时空"与"共情"形成耦合。后工业叙事本质上建构以技术为核心的"非人"立场，在结构上并不以线性时间为主轴的翻转式叙事。所谓异时空、平行时空或者超时空都可以作为叙事空间，而且这样的空间可以随意调转，翻滚和移场。比如在《妈阁的恐龙人》中的多维空间，恐龙人前哨基地的第一层为人造天空；恐龙人称它为前哨的第二层的"默世界"；恐龙人前哨基地的第三层的"镜世界"。以及"白塔"，即悬置于空中的部分最为宽阔，连接天地的"触角"分外修长，宛若插入地底世界的"双头针"，这是地下的海面，地下的天空。这样的设置作为一种装置，完全是技术化的世界。突破了人类的居所空间，在本质上是非人的世界。

《冰川之子》中的苍石部落、石像森林、血沙之海、火山口、天空之城等等这些空间，貌似物理空间，其实也都是技术空间，甚至连酋长送给儿子"泊夏"的成年礼——一头叫作"桑戈"的长毛犀牛都是技术世界的产物。因为"我"——"泊夏"天生就是一个机器人。在机器人读懂的世界里，只不过采用了人类的视角而已。

从叙事逻辑上来说，无论是《妈阁的恐龙人》还是《冰川之子》都是基于人类自身的原罪，这原罪不是《圣经》意义上人类对上帝忤逆与冒犯，而是科学、人文意义上的双重纠结。诚然，站在人类中心主义伦理基础上判断，人类是不可能真正能够走出自身所设置的美丽的新世界。麦然把这个问题设计成并非完全是"常人"意义上的"非人"来处理。《妈阁的恐龙人》中貌似让余莎遇到了一个旷古的难题——人类的毛病真是太多了，她所有的难题都得到大智圣者的帮助才有开悟；而《冰川之子》中的"泊夏"同样在忧虑中带着哈姆雷特式的难题，余莎的难题是由出身于1900年的黎宏辉，一个从福建流落到澳门发展的商人，他也是余莎母亲的爷爷最终帮助解决的；而"泊夏"的难题是伪神弥夏的使者"琨"的一番指点迷津，提出人类如何摆脱自身的劫难，而真神也许就是超越自身之后的那个智者之为。

一定程度上说，这样的叙事逻辑很容易将故事与话语形成混淆，从而影响了故事的虚构性，因为话语重阐释。反过来说，虽然故事不能等同于阐释，但是，作为一种叙述，将读者与小说的内容形成了一种理解的行为过程。"因为在阐释中我们必须以全然不同的方式进行话语分析。（然而，请注意，故事也可以作为'叙事'的同义词使用。）"[①] 如何处理好这个问题，"非人"的人设具有一种强烈技术化的带入感。

同时，作为"非人"的人设，一方面摆脱了自身情感的纠缠，另一方面又从第三人称的"局外人"视角透视了对立关系中的角色转换。恐龙人对人类的抱怨和伪神对凡人的警惕与鄙夷，都将人类置于被审视，甚至被审判的境地。作者的写作视角也从第一人称转换到第三人称，通过视角转换形成一种"审美

---

① 〔挪威〕雅各布·卢特：《小说与电影中的叙事》，徐强译，申丹校，北京大学出版社，2011年版，第5页。

间离"，最终，读者在取舍之间做出符合"人性"的选择，这不仅不违背常理，也符合常情。"非人"的人设的抒情性伴随着这种本质的解放自然也就释放出来。这种抒情既不是施予主人公的，而是人设自身在反思、觉悟前后两个不同时空的感喟与咏叹。

某种意义上，它们在与传统叙事平行的"假性叙事"中建构了一种"非人"意义上的计算逻辑，这种逻辑的起点仍然以人类命运的转换作为最终旨归。一方面探讨人类已有的问题，另一方面预设了未来人类有可能遭遇到的一种命运。从这层意义上，小说在本质上唤醒了传统人类社会的"家园"意识，而这种"家园"意识与传统抒情形成一种呼应。并在"非人"的人设情境中唤起一种对自然和人性的渴望。抒情的回归也就顺理成章，适得其所了。当然，这种回归是以一种"寓言"式的叙事方式进行的。

第三节　寓言性反思的生成

后工业文化叙事直面技术对现实的"切割"后的"寓言"性反思。所谓寓言，它是一种古老的文学形式；是密切关系到人类在理解、解释并建构我们的经验的努力中与他人交流思想（先是口头的，后是书面的）这一基本需要的文学类型。寓言的特性使它特别适于作为语言和叙事交流的图解。[①] 在一定程度上，寓言作为叙事图解，它与传统叙事的"整体性"有着诸多的不同。后工业文化一方面对"家园"的召唤引起了抒情兴味的产生，同时由于技术和科学扑面而来对现实的直接"切割"所导致的"零散"，传统的"整体性"文本直接受到来自新质的肢解和挪移。在被肢解的整体性之外也并不是机械性的破碎，而是需要读者通过个体经验来重组和粘结成一个新的文本。

一是以旧文本与新文本的互文性转换来重组"寓言"。技术具有一种颠覆性的力量，它不仅使人改变了原有的思维模式和逻辑理解，通过寓言叙事作为图解的新文本已经不再满足于传统释义的基础上所进行的各种拼贴和转义，而是在新的思维模式和逻辑基础主导上进行新的物质"构建"，这种新的文本不仅有来自对旧文本的碾碎，也有对旧文本的直接舍弃。也就是原先固有的结构、人设和命题观念都将遭遇到钳制与革除——一种新的"寓义"情境随之生成。即新"寓义"不再是旧"寓义"的延续或者翻版、升级，而是一种全新的理念

---

①〔挪威〕雅各布·卢特：《小说与电影中的叙事》，徐强译，申丹校，北京大学出版社，2011年版，第104页。

和价值。核心之处在于作者所建构的世界中再次确立了对技术版图的重新理解，以及对一定历史时期的文化有总体性的判断。

《冰川之子》中的数字恶魔也有人性的觉悟，作者在小说中预设了一个前置条件，像部落酋长这样的"人性至善"唤醒了"机器人"儿子内在人性的复苏。这当然带有一种积极的浪漫主义色彩，正是在这样的可能性之下，与人类智性相对的"伪神"自然也就没有存在的必要，凡人一样可以成为自己的"真神"，这其中的"寓义"不言而喻，人成为真神的过程即是一种抛弃弱点、寻求超越的过程。之所以说，这个过程同样是叙事性的，正是因为整个途径经历了事件的被描述过程。

《妈阁的恐龙人》同样也是抓住了人性的弱点，将恐龙人所揭示出的人性的弱点进行正面展示。"街上到处可见的恐龙以及轻松而来的金钱，和澳门居民的旅游梦境正好吻合！""余莎曾经满心担忧澳门正走向不可知的未来，以为被'系统'统治下的澳门，将会使得大人们沉沦在不可知的数字幻觉中，就像小孩沉迷于游戏那样，疏远游戏以外的世界，从而忘却了现实。"这些直接对当下澳门人生活现状的描述，形成一种新的观念。为此，它们得出与传统认知完全不一样的结论，这也为作品所蕴含的内在批判性反思提供了鲜活的素材。

二是重视公共知识之外文化的差异性。科技视角下的新知识体系所构建的"寓言"文本的生成，是后工业文化叙事的重点。毋庸讳言，人类已有的技术与科学成果所造就的公共知识，是建构新文本的基础，但是仅靠这些公共知识是无法达成新"寓言"文本的。而与公共知识形成对应的差异性知识则容易在阐释中形成一定的盲区与歧义，这也是后现代文化叙事有可能成为"小众文化"的原因，相对于大众接受而言，这种危机感是随时都会产生的。麦然小说在反现实的同时，力图在一组组相对的关系中，不断追寻新的逻辑关系。他不仅从如何发生处追寻，还在如何走向中寻找一种可能性的普遍趋势。传统意义上的作家的思维力显然还是不够的，而是需要一种代码工程师的编程计算思维，须从语义逻辑直接向数字和计算逻辑方向上转换、提炼。

《妈阁的恐龙人》中显然有意识地点破了科技与人隔膜的关系，"早在6500万年前，将记忆化作了'系统'，都是记忆的一个个碎片，再见到他，亲自问他点什么，就需要他的逻辑"，这是用计算代替时间的转换；"澳门是个神奇的城市，在这里很少有人会过问太多，澳门的中国人是我看过的最宽容的人类，他们不会像世界上其他人类一样用各种习俗去评价你，只需要你遵守规则就好……"这同样在用一种技术思维评价当下澳门人，而不再是传统意义上的文化思维；"比如，我们是人类实验室的产物，只要我们承认自己是人类制造出的生物，克隆也好，基因改造也好，小心翼翼的捧起人类的自尊心，骄傲的人类便不会分辨其中的"，"这世间多出了什么并不重要。他们也被系统宣称为是人工基因改良的智慧恐龙生物，只要是被冠上人类创新之名满足人类的虚荣心，似乎对于幸福的人类来说什么东西出现在街头都是合理的"，这些将人类自身具有的虚荣与自私的本性都暴露出来，尽管这是从一个虚构的恐龙人的嘴里说出来的。它无比真实，批判性也更强。

　　同样，在《冰川之子》中也有着对人类自私、贪婪和自负的各种批判。"凡人最大的问题就在于你们太依赖于情感，因此你们太容易冲动，太容易被最易煽动的仇恨蒙蔽双眼""他们为获得权力而煽动仇恨，他们一直坚称我们赠予的是恶魔的毒物，阻止世人与天人进行交流沟通，自我标榜代表天道的凡人狂徒们一次又一次地攻击交易都市……"，显然，所有这些批判性语词是以一种命题式的阐释，人类似乎也无力反驳，这带给作品的冲击力也是显而易见的。《妈阁的恐龙人》中余莎虽然最终制止了疤面恐龙人挑起觉醒的恐龙人对全体澳门人的攻击，这种和解的姿态其实在话语中，而不是在故事中，这也是作品未来需要直面的问题之一；同样在《冰川之子》中"我"的父亲——宿夏部落首领雷迅用身体挡住了伪神首领"泊夏"投向"我"的长矛，这样的设定，同样是一种寓言的叙事图解，深深地带着作者的科学知识观念。

　　也就是说，之所以会出现一组正反对应的逻辑关系，其实遵从的不是道德或伦理的法则，而是算法的数字法则。在两部作品中，系统和数字编程作为一种新的叙事手法，也是作者力图改变传统的叙事方式的一种尝试性策略，这种从形式出发的后工业文化叙事，可看作是麦然后工业文化小说创作的主要特色。

　　麦然小说中的后工业文化叙事主要在系统设定、叙事方式以及人设的"非人"化，激发了传统的"家园意识"以及"诗意"的复现。在强大的传统文化叙事背景下，麦然的这种突破尽管走的是小众路线，但是就整体世界观而言，可称得上是以小说的形式探索当代数字社会问题的范例。

　　其一，从单纯的环境问题向整体生态问题的过渡，这不仅是时间的问题，也不再仅仅是科技问题，而是整体哲学的关注。诚然，在很大程度上，这些并没有引起足够更多的重视。《妈阁的恐龙人》中提出了当下人漂浮的生命状态，从无根到无灵魂的孤立感；《冰川之子》中提出了人类从农耕文明跨入科技文明之后，浑然不觉自身可能遭遇的技术危机。相反，人类可能因对技术的过度迷恋而忘却了远方的星辰大海。这些都需要整体性的哲学关注。

其二，重塑后工业文化的危机意识。作为一种新类型文学的探索，"恐龙人""伪神""泊夏"这些"非人"人设，以及余莎这样机敏的边缘人，以往传统文学中很难见到这样的文学形象。且不说公众对这些"非人"的情感认同，单从故事的构成来说，推动情节发展的动力源泉因缺少了传统的历史文化和心理学机制，在故事的发生源头上少了必要的推力。尽管，作者在故事的虚构中吸取了传统戏剧的远前史和近前史的设定方式，形成了丰富的矛盾冲突，但远远超出了那种既定的推理模式。由于作者采取了"非人"与"人"内在的本质动力源之争来进行循环推理，但这些需要建立在现代科技知识的基础才可能理解其中的意图。说到底，这是两个族群对于地球（宇宙）能源的不均衡支配，以及为此进行的纷争。所以，这个问题绝不只是一个表象的生态问题，而是整个宇宙的能量（资源）的再分配问题。在文化意义上这种潜在的危机意识也没有完全被大众所认知。

其三，寓言化书写所形成的抒情性是在反思作为前提的背景下形成的。海德格尔认为："主体性、对象与反思是共属一体的。惟当反思已经得到了经验，也即被经验为一种与存在者的基本关联时，作为对立状态的存在才成为可规定的。"[1] 麦然的后工业文化小说的整体性反思与当下现实社会是并置的存在，也突破了所谓科幻类型范畴的约定俗成。如果科幻是带着某种遥不可及的想象，那此岸与彼岸未必形成一种互文性的观照。后现代文化小说重建了一种新的范畴，并且将人类既定的现实也总括进去，这样一来，人类的家园意识随之崩塌，反思性的抒情在一种反本质主义中获得了新生。

因此，在更深层次上对于技术和能量的危机与转换，将在今后相当长的一段时间内都是人类必须面对的现实。麦然的后工业文化小说仅仅只是开一个头。"非人"化的类型小说能否赢得更多的人关注我们的星球，以及各类新技术物种的降临，这是文学之外的另一个不得不面对的新话题。

---

① 〔德〕海德格尔：《形而上学之克服》，收录于《演讲与论文集》，孙周兴译，北京：商务印书馆，2020 年版，第 89 页。

第十二章
剧本游戏中的文学性还原

　　剧本游戏是一种由组织者指导游戏玩家分摊不同角色进行表演的封闭性互动艺术。其构成主要有组织者手册、玩家剧本、线索卡、游戏规则和剧情公示五个部分。其中组织者（简称 DM）类似虚构小说中全知全能叙述者，而玩家只是内视角，既有主人公也有参与者（见证人），他们与事件的主要人物都有关系。无论是哪种类型的剧本游戏都可看作是一个完整的叙事，但细化到个人，每个人只是参与其中的一部分，对于个体之外的推测需要外在的线索提示来决定自己下一步所要采取的行为，以及自己对事件最终趋向的判断，因此，线索卡就非常重要。

　　为了增强游戏的刺激性和新鲜感，对于一个完整的叙事而言，玩家只知道自己所在时空的信息，为了保证剧情能够进行下去，为了限定玩家在游戏过程中的越界，所以需要制定游戏规则。最后，组织者要告知每一位游戏参与者知道完整的叙事过程，让玩家知悉整个故事的总体基调与格局。

　　因此，剧本游戏作为一个完整的体系，是文学空间叙事和角色表演相融合的一种综合艺术形态。文学性通过游戏过程中的互动、对话机制得以充分的展示，两者互为显现。其中，时间和空间的转换为文学性的还原提供了可能。

第一节　"共在"的同一性

　　现象学认为，文学想象中的虚构人物的形象虽不是明见的，但是它所具有的当下化的现象意义却是明见的。它可视为一种认识现象和思维现象中的被给予性。所谓被给予性指对象是在认识中构造自身，它有多种形态需要区分。因此需要在认识中根据对象所有的基本形态来研究并把握其本质。而认识行为，即是一种思维行为，它们也不是无联系的个别性，并非是在毫无联系地在意识流中来来去去，在本质上它们相互联系，显示出目的论的共属性。客观科学的对象首先是实在的时空现实性的对象才构造其自身，这种构造不是一蹴而就的，而是在上升过程中进行的。① 剧本游戏作为一种文学的现实构造在显现它自身的属性。

1. 时间性的存在使得与心理系统类型有关的本质得到把握。现象学认为，回忆、想象、推理、感知等这些心理材料首先也是被给予的，它在时间里可视为"记忆的保存"②。剧本游戏中的所有时间都是明晰的，它作为一种客观科学的现实、明见的，所有的想象和推理等思维活动都被时间构造出来。即使像《脑梦》这样的穿越性科幻游戏将故事背景设定为 10 年前，是一个游戏中镶嵌着另外一个游戏的双层故事圈。真实时间具体安排在两天内完成游戏测试。其中第一日从 8 点到夜晚的 22 点半；第二日从 8 点 20 分到下午的 15 点 30 分。具体为：

第一日

8:00 "薇拉"附身且适应汉娜身体，整理汉娜家中的物品，防止惹人生疑。

……

22:30 雪莉用便携电脑对高频磁管的控制系统进行了重新编译。

第二日

8:20 在汉娜的道歉下，薇拉令其在 10 点她途经礼服店前做好准备。

……

15:30 "脑梦"测试室，汉娜、雪莉、杰克先后醒来，得知杰克陷入昏厥，安德鲁彻底脑死亡。

尽管故事背景是 10 年前，但是给人的感知并不觉得是非实在的，尽管文本采用虚构的时间，但这样的时间不是依赖传统的意识构建起来的，而是通过计算机软件技术制造出来的，玩家作为一种技术测试进入时间轴。因此，在两个时间中穿梭也就有了一种实存的可能。因此，玩家的推理就建立在这样一种真实的感知的基础上，而不再是传统意义上的虚构或是想象中。它与声音或者色彩的回忆等"滞留"所显示出的时间性不一样的是，技术所再造的时间性更具

---

① 〔德〕胡塞尔：《现象学的观念》，北京：商务印书馆，2016 年版。

② 伽达默尔认为，借助于自然美我们再次被提醒，我们在一件艺术作品中认识到的东西，根本不是艺术语言所要表现的。这正是参照系的不确定性，借助于这种不确定性，我们对现代艺术产生了兴趣，它使我们充满着对呈现在我们眼前事物的含义意识、特殊含义的意识。这种功能称作为记忆的保存。参见〔德〕H.-G. 伽达默尔：《美的现实性——艺术作为游戏、象征和节庆》，郑湧译，北京：人民出版社，2018 年版，第 31 页。

有现象的意义。

譬如，在剧本游戏《死穿白》中有大量人物回忆性的时间。这些回忆时间都分配在每个玩家那里，有隐蔽的，也有公开的，那些隐蔽的时间都是玩家自我的历史，这些时间都没有消失，它们在玩家的行动中都得到了再现。这些再现的时间都是被玩家感知，在隐性的故事线索中构成了一条新的逻辑线。卡特作为警察卧底医院调查人体器官案，盖尔对于汉斯双胞胎兄弟德雷克的畸恋，护士长斯科塔暗地里贩卖人体器官，伯克利院长对德雷克科研成果的觊觎等等，这些都是隐藏的暗线。类似于下图（图12-1）中的曲线图，横坐标可以看作是时间，纵坐标看作状态，在不同的时间点状态是不一样的，如果把30视为真相，那么0—30则可看作是隐蔽的状态，需要玩家在互动中摸索、研究。因此，这样的回忆时间不仅仅是玩家每个人的，也是可以通过互动、对话中获得相近、相邻者的信息，通过判断事态的发展以获得对事件真相的还原。

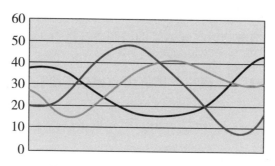

图 12-1　玩家信息知悉隐蔽图

在《马戏团事件》中，同样也是时间性将谋杀博格马戏团著名的逃脱大师和飞刀师希德有关联的几组人物都牵扯到一起，婉达作为希德的最后一任助理，被希德潜规则而致孕，于是想利用希德表演的时候用"亚马逊吸盘鱼"趁机吓唬他；而帮助婉达实施行为的康达其实是马戏团里男扮女装的胡子女士和舞蛇者，同时也是灯光师，希德知道这个内情，一直敲诈他；而真正的谋杀者来莎的双胞胎姐姐贝塔在一次飞刀表演中死亡，而希德在表演前一晚一直在喝酒，而他姐姐生前跟他说一直担心这一点。因此来莎对希德非常记恨，认为是希德蓄意杀害了他姐姐。等等。如下图（图12-2）所示，如果把希德的人性上限看作最上面的虚线，那么线下的波浪线可以看作他与马戏团成员之间的种种隐藏的交往的轨迹。

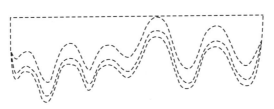

图 12-2 《马戏团事件》中人物的交往关系

这些波浪线作为一种时间性的具体显现，都是以希德死前所发生过的。尽管这些都是希德关联人以回忆的方式显现出来的。

2. 时间性的不同设置取决于故事内容与类型，反之时间性的不同设置造成了类型的差异。剧本游戏最原始的类型是硬核推理，像日本著名推理大师东野圭吾的作品就是经典例子，其中他的最好看的十本小说（如下图 12-3）几乎成为粉丝的必读作品。其中《虚无十字架》改编的剧本游戏，目前已经卖出了五百盒。另外还有作家雷米的《心理罪》系列，等等。本文所取的《死穿白》《马戏团事件》和《脑梦》都属于硬核推理作品。

（这是阅读顺序，不代表排名）

图 12-3 东野圭吾最好看的十本推理小说

其次，还有情感沉浸本（避免玩家相互猜忌怀疑谁是凶手而将就玩家之间的情感交互和共鸣），选择与竞技类的机制、阵营本以及主题氛围本。相对来说硬核推理比较常见。硬核推理大多采用的是密室诡计的写法，而所谓事件的巧合其实还是以时间的转换作为一种参考的基点。

譬如，《死穿白》中汉斯的被杀时间与劫匪劫持人质的时间点是巧合的；《马戏团事件》中希德在玻璃钢中的时间与停电时间、婉达投放"亚马逊吸盘鱼"的时间巧合；《脑梦》中的丹尼尔化身安德鲁，丹尼尔已经死去的妻子薇拉在仆人的帮助下将大脑 CPU 储存下来，侵占汉娜的身体得以生存。丹尼尔迫害了拥有一项 VR 技术的奥本家族的代表奥本，留下了遗孤雪莉，雪莉利用家族遗留下来的神秘代码与安德鲁一起研发了"脑梦"。在他们进行一起测试时，在新的软件中，雪莉发现了真相，最后通过引诱汉娜与安德鲁同处一室引发爆炸，最后安德鲁脑死亡，薇拉灵魂消失，汉娜回到了正常。《脑梦》中的先后时间虽然长达15年，但是，两个镶嵌故事的连接点还是依赖于谋杀故事的前时间与VR软件测试故事后时间的衔接，在这两个时间的节点上诞生出第三时空，这才有了在第三时空中继续上演前时间里的恩怨仇杀的故事。以下图（图12-4）为例。其中左侧图例为前故事，右侧图中的左圆可视为新的设定，在交集的地方单独生成了第三空间的新故事，因此左图那个圆圈的切口非常重要，这是新的故事设定进入的时间点，也源于此才有了新故事将旧故事中的人物命运继续演绎下去。

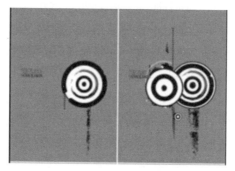

图 12-4　前后故事联接图

3. 剧本游戏的时间结构决定了故事发生的原时以及玩家（或观赏者）逗留的时长。很多剧本游戏编剧对线索卡、游戏规则、DM手册的字数都有相应的限制。其实，这只是从外在写作要求上所做的硬性规定。真正的游戏时间与字数其实关系不大，仅仅作为一种参考，考量游戏时间需要玩家返回到故事现场，从故事发生的原时开始考量剧本的内在时间结构。传统艺术作品的情节陡变往往来自两个方面，一是人物性格在环境中的突变，另外一个则是来自不同角色之间的矛盾冲突，而传统剧情模式在剧本游戏中是根本不适用的。

剧本游戏的设定基本按照故事的逻辑，由游戏玩家根据线索卡提供的线索，以及与DM或者其他玩家在有限的互动中获得补充信息来推动剧情的前进。因此，故事时间的原时和情节发展的时间结构成为剧情起伏的主要推手。哪怕剧情反转，都是正常的，它绝不会像演员在舞台上的演出，演员虽然不能接受观众的直接互动，但是演员时刻会受到来自观赏者的情绪反馈（掌声或者吹口哨）。剧本游戏基本上属于自己沉浸在角色里来打发自己的自由时间。

剧本游戏出于对时间的敏感，为了突出时间在剧情演进中的推力（类似软件程序设计的前置条件），编剧在每个点位上都设置了证据链条节点（反之也有迷惑点），这样来为玩家提供确证、互证的线索。

以《死穿白》的时间结构为例（图 12-5）。

时间	地点	人物
6:30	1 楼急诊室	帕罗斯基、卡特、汉斯、德雷克、斯科塔、汤姆
6:30	6 楼中心实验室	弗兰克、托尼
6:30	实验室	盖尔
6:30	停车场	盖尔
6:45	停车场	伯克利
6:50	餐厅	帕罗斯基、卡特、汉斯、德雷克、斯科塔、汤姆
6:55	急诊室走廊	弗兰克、托尼
6:55	实验室	所有人
7:00	实验室	所有人
7:15	实验室	所有人
8:30	实验室	所有人
10:30	实验室	所有人
11:30	实验室	所有人
结束		

图 12-5　剧本游戏《死穿白》的时间结构图

在时间原点的 6 点 30 分（这也是多场景的公开时间），不同人在不同的地点（空间）行事。玩家总体上可分为四组人物（群），其中干扰项（迷惑点）的设定就在这个同步时间上，时间的重叠本质上为真正的元凶提供了开脱的借口。

同样在《马戏团事件》中也是这样。当狡猾希德穿上束缚衣被绑住脚腕全身潜入水箱的时候（请记住这个时间），同时发生了停电，婉达刚好向玻璃缸中投放了"亚马逊吸盘鱼"。围绕着希德的死要找到真正的凶手难在干扰项，停电使得升降机不能工作，直接导致希德的溺毙？婉达的这个小动作是不是造成希德致死的原因？其实，真相就是因为时间的重叠被掩盖了。

在《脑梦》中更为明显。物理时间重叠点被现代技术取代，比如 VR 原型机、窃听器、电子通信设备、高频磁管的控制系统、微型定位器等现代技术装备，它们经异地地同步遥控、往今时空转换、声音滞留等功能的运用，技术时间最终代替物理时间的置换，形成了新故事的视域表征。所谓新故事的生成在本质上还是通过时间的置换，实现多点场景的衔接，达成情节的推进。

借用贝塔函数图（图12-6），我们将红、灰、绿和蓝分别代表四组（群）人物，在不同的时间内看最大的交集点，这个最密集的点则是距离事件真相最近的证据点，玩家可以通过诸多线索交集点的溯源来寻找真相。曲线的起伏度可看作是剧情的刺激程度，起伏度越大，交集点越多，越能引起玩家的兴趣，当然过了一个度，游戏也有可能进行不下去，这时候需要组织者（DM）及时调整和提示玩家，帮助玩家补充信息，将游戏进行到底。

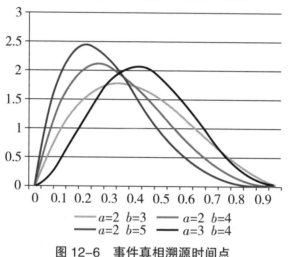

图12-6　事件真相溯源时间点

通过对时间性的可给予性的揭示，将时间看作是现象意义上明见，这也使得时间彻底摆脱了虚构性。可以说，时间性的不同设置是剧本游戏类型的重要参考，尤其是在硬核推理类上更为明显；同时时间结构也决定了剧本游戏剧情的变化和玩家逗留的时长，总之，时间性的把控直接反映了剧本游戏中故事强度以及故事性与现实关系的联系紧密度。

现象学认为，艺术作品的真正存在不能与它的表现相脱离，并且正是在表现中才出现构成物的统一性和同一性。[1]通过时间轴和时间结构的设定，艺术品本质对自我表现的依赖性，剧本游戏中的诸要素的表现同样会出现改变和变

①〔德〕汉斯-格奥尔格·伽达默尔：《诠释学I：真理与方法》，北京：商务印书馆，2009年版，第180页。

形，因此需要复现出来。

作为剧本游戏的主体，玩家不仅是积极的参与者也是观赏者，他们将两种身份集于一身。共在性强调的是外在于自身存在的性质，构成观赏者的本质；另一方面共时性构成共在的本质。① 这也就构成了游戏玩家会在这两个身份中间游离，组织者需要及时提醒玩家要回到角色中去，否则游戏就无法进行下去。但是作为观赏者的另外一种身份却可以在时间中复现文学性。

第二节　互动还原文学性

关于文学性的描述特别多，一般认为，使文学成为文学的那种东西就是文学性。中西方对文学性的理解不太一样，传统文学与通俗文学的理解也不一样。在剧本游戏中哪些可以称得上文学性呢？

在整个剧本游戏中，玩家既是游戏的积极推动者，也是游戏的共同参加者，是游戏的一部分。因此，需要从玩家的视角进行文学性的考察。

1. 玩家与角色的互动。玩家作为游戏的一部分需要对游戏中的所选角色熟悉，需要对人物剧本进行深度阅读，尽管编剧对人物剧本字数有一定的约束，评价一部作品的剧本的优劣，可以通过人物剧本中的文字描述就能体现出来。好的人物剧本本身就是一篇引人入胜的文学作品。

玩家通过对人物剧本的阅读，很快能够进入角色，可以从角色外在的衣着装扮、表情和内心活动进行整体性的体悟，即使组织者（DM）不说戏也能对剧情大意，人物的内心活动，乃至情感世界均有所把握，这样可以很快入戏。

粗劣的人物剧本，只是对故事进行描述，对人物的个性缺乏深入的刻画，导致人物形象偏平，个性不鲜明，甚至有些人物缺少典型性，这会影响玩家角色的深刻把握，甚至将自己的日常生活混同于角色的戏剧生活。有些人物剧本因为有字数的限制，文字表述无法做到细致的文学化，这就需要通过玩家对角色的揣摩，人物内心世界的想象达到情感的共鸣，实现形象的复现（这与演员的二度创作不是一回事）。

在《死穿白》中，律师盖尔、卧底警察卡特和护士长科斯塔三位女性写得都非常成功，远远超过另外几位男性的描述。盖尔遇到的是双胞胎兄弟，嫁给了哥哥偏偏爱上弟弟；卡特明明是个警察却去以医学实习生的身份进入底特律

---

① 〔德〕汉斯－格奥尔格·伽达默尔:《诠释学 I: 真理与方法》，北京：商务印书馆，2009 年版，第 185—187 页。

的布莱顿医院卧底调查人体器官贩卖案，而科斯塔的人生更为传奇，作为护士长的她业务精湛并不能代替人性另一面中的荒诞和沦丧，她制造、实施多起盗卖人体器官案却一直逍遥法外。离奇的是盖尔为科斯塔做过刑诉的辩护，卡特和盖尔的丈夫、情人以及科斯塔都在一个医院工作。所以，扮演这三位角色的玩家要入戏，确实需要对人物剧本中角色的内心欲望进行揣摩和玩味。

同样在《马戏团事件》和《脑梦》中都有人物内心世界的描写细节，婉达对狡猾希德的复杂的情感；莱莎因为姐姐被希德的飞刀杀害伺机复仇，他通过外接电源到玻璃缸的水中电死希德；以及协助婉达教训希德的康达，他们都带着各自的隐私曾参与到主角的生活中。《脑梦》中的雪莉和丹尼尔是一对仇人，但是丹尼尔藏匿之后以安德鲁的身份与雪莉合作了 VR 技术，并一起参与《脑梦》软件的测试，最后还是盖瑞意外认出安德鲁的真实身份。这些人物身上都带着各自的身份特征，因此，游戏玩家需要对人物剧本中的人物进行文学化的识读，这样更容易将自己与人物的身份特点、心理动机和情感欲望进行知性合一的融合，以更好地进入角色。这可以看作是一种静态的互动。

2. 玩家与玩家的互动。在剧本游戏中，玩家除了与人物的静态互动外，还要与玩家进行动态的互动。尽管玩家之间的互动有规则的约束，但是约束不等于禁止，相反，说明了玩家与玩家互动可能会更容易使真相提前暴露导致游戏无法进行下去，因此，需要按照游戏规则谨慎、有限度地与其他玩家互动。

在《马戏团事件》中的《组织者手册》中明确要求："《人物剧本》分为几个部分，斜体字和括号标注的内容可能是使你受到大家怀疑的敏感事实！当别人问你关于敏感事实的问题时，你可以尝试模糊、逃避式回答，但你绝对不能就你的《人物剧本》中载明的事实说谎！显然，凶手自己《人物剧本》中提供的信息不可能是绝对真实的！我们从相互介绍自己扮演的角色开始，同时了解一点'阴暗真相'，在平静的表面下充斥着谎言。"整个案件的谋杀真相调查由艾佛·诺森督察和休斯·达尼特警官两人负责引导。

其中在剧目 1 中要求："现在大家请使用《人物剧本》里的信息向其他玩家介绍你自己。介绍结束往下阅读'阴暗事实'一章，但是从现在开始尽量对自己阅读的内容保密，不要让其他玩家知道。"这是保密性条款。

而在开场部分结束后开启剧目 2 中则要求"在讨论和质问时请运用《人物剧本》中给出的内容，并注意使用自己所扮演角色的语气来交谈，没有什么比生硬的阅读剧本更能减少游戏的乐趣了。当然，你们不用完全按照剧本的表述来交谈，可以在消化理解了剧本中的内容后，自己提炼出重点来说。但注意不要遗漏剧本中给出的信息，你必须在这一轮中把剧本给出的所有信息透露给其他玩家。"这是一次难得的交流机会，玩家要利用这样的机会进行互动。

同时，还要充分利用线索卡上提供的线索，很多硬核推理剧本需要搜索证据，有时需要与其他玩家相互对质证据。在《死穿白》中就有这样的规则："一位玩家一次只能搜索一个区域，并只能按顺序得到其中一条线索。玩家不能搜索自己的物品，以防销毁证据。例外的是德雷克，他可以搜索德雷克的衣帽柜。任何玩家最多只能搜索同一个区域两次。这是为了让大家多交流、分享信息。"

在《组织者手册》中还明确写出了关于查询医疗档案的要求："如果有玩家要调查医疗档案，他必须向医护人员（卡特就算了，她只能读懂一堆乱码）求助，而你只能将档案内容告诉给医护人员，然后从寻求帮助的玩家手里拿走1AP。"也就是说，玩家在游戏过程中不要放弃每一次允许的互动机会，这样不仅保持游戏进行的统一性，同时也能在互动中获取你想要的信息，当然信息的互换和交流一定要在遵守规则的前提下达成，这也是文学内在结构关系的显现。

3. 玩家与组织者（以下简称DM）的互动。在整个游戏过程中，组织者有时也会充当某一个角色，但是整体上他是整个游戏的组织者，如果离开了DM那么就像一场音乐会或者运动会，缺少了一个指挥中心，DM是整个游戏活动的中枢大脑。因此，玩家一方面要接受DM的指挥和安排，但也要发挥自己的主观能动性，在遵守游戏规则的前提下能够积极与DM有所互动，当然DM对玩家的干预度是有限的，否则就不能称得上完整的游戏。比如在下图（图12-7）中，波浪线类似于玩家假设的活动频率，而整个坐标系中的情况其实都在DM的掌控之中，反过来说如果一个DM做不到这些，那么也就不能成为一个合格的DM。

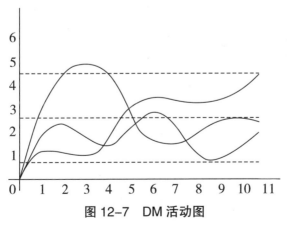

图 12-7 DM 活动图

在《死穿白》的《组织者手册》中明确要求 DM "当其他角色来找你要求使用 AP 调查线索时，请别让其他玩家看见（既指不让看见线索内容，也指别让人发现他来找过你，因此你可能需要一个额外的房间）。你负责管理好线索以及给其他玩家调查结果"。这也意味着，在实际的游戏过程中，玩家向 DM 索要线索卡是正常的工作程序，有时还需要 DM 的协助，当然求助要有度，否则就背离了游戏的真正目的。

总之，玩家的互动，除了与剧本人物（角色）互动外，还要与玩家、DM 之间的互动。前者是文字的，文学性蕴含在其中，在互动中可以更好地使得文学性能够还原，而后者是游戏本身形态、特征的具体体现。在动态互动中，玩家与玩家之间或玩家与 DM 之间所链接起来的人与人之间的信任、默契，以及动作、表情乃至对剧情的共同理解，它们对人物情感的排异、认同都是文学性在生活中的具体显现，它们没有脱离文学本身，相反将静态的文学性通过活动得以复苏与展示。这也是一般活动所缺乏的，或者说这也是一般非艺术作品无法达到的功能。

第三节　对话还原文学性

"对话理论"曾经是文论家巴赫金作为反对语言作为权威的一把利器，反对单一的声音，他还发现了民众"搞笑文化"的意象体系，也就是所谓荒诞现实主义。① 在大江健三郎看来，文学语言作为具备形式的语言，在根本结构上具有多重语义，拥有双重价值，具备了面向包含死亡的生存以及活跃的生产性特点。文学语言真正发挥想象力是从固定的状态中把我们解放出来，投入流动的、变化的状况中去的时候。在剧本游戏中，玩家的对话其实不像舞台上话剧演员或是电影演员中的对白那么工整，显然很多都是生活化、日常化的语言，尤其在硬核推理类型剧中很多对话都是围绕着寻找真相的逻辑求证的"动机"出发的。因此，一般会出现三种场景化的语言。

1. DM 对玩家引导、蛊惑性的语言。编剧作为整个游戏的设计者需要通过 DM 把创意在游戏过程中进行实施，也就是说编剧要像程序工程师一样要设计一款类似某宝一样的搜索功能，开启玩家对剧本中热点事件的好奇心，"为其推送热点相关的关键词，让玩家们一起生产信息，改变他们从相对无言到主动

---

① 参见〔日〕大江健三郎：《荒诞现实主义的意象体系》，收录于《小说的方法》，王成译，北京：金城出版社，2012 年版，第 168—188 页。

交流的现状，用简洁的方式调动、取用他们的隐性需求，实现一个带有社交属性的可以进行角色扮演、强制对话、交换信息的即时互动场景。"[1]一个好的DM不仅要在玩家认定角色之后认真地宣读《组织者手册》中的相关说明，还要把玩法说明（游戏规则）和剧情公示认真地告知玩家。

当玩家在执行DM的指令过程中有可能出现"反转"，这时DM要能够灵活、机动地帮助玩家能够按照游戏的逻辑顺利地将游戏进行下去，包括当有玩家退出时，也要能够使得其他玩家把游戏剩余部分执行下去。

在《死穿白》中的DM除了承担组织者之外，还要扮演劫匪之一的大哥弗兰克角色，因此DM的语言不仅有工作语言还有角色语言，玩家需要能够分辨出语言的不同的功能，需要在这两种语言中注意及时转换。对于玩家而言，通过与DM的互动、交流不仅能够获得信息，还能学到许多游戏方面的专业知识。

在《马戏团事件》中，DM直接承担着警察的角色，所有的讯问环节都是由两个警察艾佛·诺森督察和休斯·达尼特警官负责引导。所有玩家在他们的引导下进行陈述，以剧目5为例：

"好吧好吧，休斯，看来我们已经收集到了足够的线索了。在给他们指证的机会之前，让我们先总结一下动机。之后他们就可以自己解决这起案件，并告诉我们是谁干了这起肮脏的案子。"（艾佛）

"是的，长官。额，让我看看，额，罗杰团长可能会杀人，因为他陷入了财务危机。最近政府立法禁止马戏团使用动物进行表演，这让马戏团遇到了很大的困难。与此同时，希德又在偷马戏团的演出费，他还想接管整个马戏团，他的一个夺权举措就是印制了只宣传自己的海报。现在，婉达妒忌希德移情别恋喜欢上了莱莎。婉达一直是希德的情人，她很迷恋希德，并怀上了希德的孩子。但当她告诉希德这个好消息的时候，希德竟然让她不要再来纠缠他！哦，这太伤人了。额，安娜有非常大的动机。希德发现这个自称自称'胡子女士'的人其实是个男人，并威胁他要告发他。如果希德这么做了他将失去自己赖以为生的手段。现在，很强烈的动机在斯温和班尼身上，他们非常好赌，并欠了希德很多钱。希德催债催得很紧，他们很难凑齐钱还给希德。

---

① 王曦、杜红军：《剧本游戏写作入门》，北京：中国人民大学出版社，2022年版，第8—9页。

莱莎，额，调查显示她有一位孪生姐姐之前在博格马戏团做希德的助理。她在希德的一次飞刀表演中意外身故，尽管没有证据能证实是希德的责任，但莱莎貌似认为都是希德的错。最后，轮到格特了。他沉迷于服用禁药类固醇来帮助健身，希德是他的供货人。他为了买药花了很多钱并欠了希德一屁股债。希德最近在管他要钱，并不肯再供货给他。"（休斯）

"非常好，非常好，小子。我自己绝不可能总结得这么完美。"（艾佛）

显然，以上这段文字只是从每个人与被害人希德的利害关系出发分析作案动机的可能性，虽然大家都摊上事，但是真正的凶手只有一个，而且就在他们当中。警官修斯的语言陈述中分析了每个人都有可能是凶手，他的这番话目的是想通过利害关系的揭示激发玩家急欲辩白的陈词，在他们的辩白陈词中寻找证据链的缝接点，通过这种方式再缩小排查真凶的范围，排除无辜者。因此，这段语言既有证据上的确凿性，又要有鼓动性，同时还要有震慑性，不能模棱两可，更不能拖沓、无力，既要让无辜者自证清白，也要让凶手在心理上彻底崩溃，丧失抵赖和侥幸的动机。

2. 玩家与玩家对戏中的综合语言。与戏剧演员和电影演员不一样的是剧本游戏角色的扮演者虽然不是面对现场观众，也不是面对摄影机镜头。但在密闭的空间或半开放的空间中扮演，就生成了复合功能。

一是面对自我的功能，玩家源于角色的全新装扮与密室的设计以及需要与空间布局相协调，需要对自我的心理进行适度的调适以获得对新的环境与角色的认同，这也是很多研究者通常所认为的"沉浸式"体验。

在《脑梦》的《玩家指南》中对玩家都有相关要求："严格遵守专业人员的指导，在饮用特制钡溶液，穿着特制服后，以正确姿势进入游戏舱，并密闭游戏舱。游戏舱有独立的空气调节系统，保证玩家时刻享受最舒适的'脑梦'体验。""目前脑梦游戏世界的物理空间设定与真实世界无异，幻想自己能做到'瞬步''子弹时间'等的玩家请小心行事。""为了保证玩家的身心健康，在监控到玩家有生命危险或其他突发危机时，'脑梦'设备会自动将玩家弹出游戏。因处在测试阶段，结束脑梦游戏的玩家可能会感到耳鸣、眩晕和轻微内分泌紊乱，此为正常现象，请保持放松，症状即可缓解。"这些说明暗示玩家要进入状态，如导演在给演员说戏，也是暗示玩家已经进入封闭的环境须调整自己的状态。

　　二是玩家之间"对戏"的文学功能。本雅明曾经对舞台演员和电影演员做过比较，他说："对电影来说，其特征并不在于演员在观众面前扮演他人，更在于他在摄影机面前所作的自我表演。典型的电影演员只扮演自己本身。他与扮演某个角色的典型是不同的。这种状况限制了演员在舞台上的适用范围，而在电影中则极大地拓展了这种适用性。"[①]剧本游戏中的角色虽然不像电影摄影机那样的机械复制，以拷贝的方式传播发行，但是其功能性展示与电影演员有一定的相似性。因此，游戏玩家的语言不仅仅是文字的，还有动作的、表情的，等等。

　　玩家扮演角色类似电影演员在摄影机前的功能，玩家与玩家的对话其实就是类似演员与演员之间的"对戏"，这个过程同样可以体现玩家个人的修养和综合素质。

　　在《脑梦》的《玩家指南》中明确规定："在脑梦游戏世界里可以正常饮食，每人有 10000 元的初始资金，可以通过打工和商业活动增长资金，不建议进行抢劫、偷窃等非法行为。游戏舱的饲食系统会定时给玩家补充营养液。"通过读空间的技术化设置目的无非强化其戏剧化的功能，对玩家的入戏起到暗示和规定性说明的作用。

　　3. 重视副文本及其他辅助性的说明语言。严格说来，剧本游戏中的所有辅助性的文字材料的语言都是说明性的。线索卡要求简洁，对证据链起到串联的作用；人物剧本语言要求通俗、晓畅，容易让玩家记住细节；组织者手册全面、周到且不啰唆；玩法说明逻辑性、条理性强；剧情公示要完整、语言具有回味性，激发玩家投入的欲望。

　　很多作品都附事件发生图，图片语言也是指向游戏剧本，是文字剧本的副文本，平面图或者电子图像作为语言的补充，同样需要简洁、明了，既要做到信息的不遗漏，也要注意冗余信息对玩家的干扰，增之一分太长，减之一分则太短，要做到恰到好处。下图为《死穿白》（图 12-8）和《马戏团事件》（图 12-9）的场景图，玩家看到场景图自然就有一种被带入感，同时对掌握剧本中的故事流程有了直观的感受，无论对入戏还是对戏都起到积极的引导作用；同时对 DM 介绍剧情也起到辅助的推介作用。

---

　　①〔德〕瓦尔特·本雅明:《摄影小史；机械复制时代的艺术作品》，南京：江苏人民出版社，2006 年版，第 79 页。

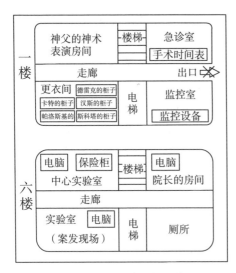

图 12-8　剧本游戏《死穿白》场景图　　图 12-9　剧本游戏《马戏团事件》场景图

　　除此之外，游戏剧本的盒子和外包装同样也需要精心设计，富有创意；同时在设计语言上新颖、别致。以东野圭吾的《虚无十字架》为例（图 12-10、图 12-11），盒子外观设计类似电影海报，信息量充足，对产品的传播和销售无疑会起到积极的推动作用。

图 12-10　剧本游戏《虚无十
字架》海报

图 12-11　剧本游戏《虚无
十字架》宣传海报

　　某种意义上，在剧本游戏中，这些内在的和外在的语言，都是日常性的语言，在这样的过程中形成了一种"交往行为"①，这样体现了玩家在整个过程中的平等交流，这也是剧本游戏之所以风靡的原因之一。

　　剧本游戏作为一种依赖玩家表演参与剧情推进的游戏模式，突破了传统游戏中玩家作为局外人（他者）的参与形态。在游戏过程中通过时间轴和时间结构的设置将空间进行挪移、转换，并以此来再现、复见故事人物内在动机以及展示游戏本身存在的一种行为方式。从根本上说，游戏剧本中的文学性是将游戏艺术化的一种反向过程。

　　在这过程中，剧本游戏的互动和对话将其中的文学性得以还原。这里的互动并不是传统意义上使得游戏成为游戏的前提，而是游戏内自带的互动性功能使得文学性能够还原；同理，剧本游戏的语言不仅仅是玩家表演性的台词，而是包含在整个游戏系统内的所有带有语言中介特征的文本语言、口头交流语言和副文本语言，它们富有暗示性和创意性，这些都为剧本游戏的文学性还原起到了提示和转换的作用。

　　总之，作为一种综合性的文艺样式，游戏剧本也不再仅仅以满足个人沉浸功能作为唯一性的审美需求，同时还具有交往行为的社会化功能，这从另一个视角解释了优质游戏剧本在当代的意义已经远远超越了文学的初始功能。

---

　　① 哈贝马斯指出，它"是这样构局的：种种理解行为把不同参与者的行为计划联接起来。……理解过程以一种意见一致为目标，这种一致依赖于以合理推动的对一种意见内容表示同意。意见一致不能强加于另一方，不能通过处置加于对方；明白可见地通过外在干预产生的东西，不能算做达于意见一致。意见一致是基于共同的信念。这些信念的产生可以按照对一种建言表态的模式来分析。只有当对方接受其中包含的提议，一个人的语言行为才达到成功"。参见曹卫东：《交往理性与权力批判》，上海人民出版社，2016 年版，第128—129 页。

第十三章
网络类型小说的文学范畴与类型化升级

这里的"终结"既不是当代美国哲学家、美学家和艺术批评家阿瑟·丹托（Arthur Danto）所说的"艺术终结论"，更不是黑格尔美学意义上的"终结论"。这里的"终结"是网络文学在社会学范畴中"联合生产"被个体知识产权在社会生产层面上的"终结"。[①]按照储卉娟从大众共有知识生产到个体知识产权确权的法理论证，从 2013 年的"终结"到当下，已经过去了十年。那么这十年间，中国网络文学又经历了怎样的历程？未来出路在哪里？这是需要探讨的问题。

毋庸置疑，当早期的网络文学"共有知识"生产模式被后来的个体著作权取代之后，网络文学已经退回到出版社模式，只不过是以网站形式代替出版社而已。因此，在这重意义上，今天所讨论的网络文学某种意义上就是数字出版。

同时，笔者认为，只有将范畴缩小，才能锁定研究对象。也只有通过对范畴的追问才能回答什么是网络文学。当下，颇为尴尬的是，研究网络文学的人、从事网络文学的人以及管理者在对网络文学的认知上并非完全统一。造成这样的分歧也正是对网络文学的本质缺乏统一的认同。主要有起源（历史）的争议、文本的争议，以及价值功能的看法等几方面。以笔者的观察与研究体会，只能选取最具代表性的文本做论述。

第一节　如何面对早期网络文学的遗产

2013 年底，盛大文学宣布全面接管起点中文网，召开作家大会，进一步提高明星作家写手的地位和待遇；2013 年 9 月，整合之后的腾讯文学进入公众视野；2013 年之后，以版权为核心的多媒介、资本化发展路径将网络文学带回到

[①] 触卉娟：《通过知识产权的治理：网络文学生产领域的经验》，载《社会建设》，2019年第 3 期，第 70 页。

156

公司化经营为主体的传统出版体系。也就是说，从 20 世纪 90 年代末到 2013 年，这期间大致有二十多年的时间，网络文学作为一种集体化的大生产，其"共有经济"模式主导下的网络文学生产达到了前所未有的规模，正是在基于底层逻辑基础上"量"的积累形成了类型小说，而它的存在意义恰恰并不在于单文本的质量，而是"海量生产与阅读互相促进基础上的类型的加速进化"。[①] 尽管，在有些批评家眼里网络文学快销品的生产和消费模式中的反"类型"，至少是逐"类"反"型"的。[②] 这也是很多人坚持网络文学不等于类型小说的主要理由。所以，当务之急需要解决的是网络文学与类型小说的关系。

如何解决这个问题？首先需要厘清两个范畴，一是类型小说的范畴，二是网络文学的范畴，只有把这两个范畴搞清楚了，才能对这个命题进行总体判断。张永禄认为："类型小说是关于一类小说的总体艺术法则，是抽象而又内在地理解和掌握小说的学科。该范畴设想，任何小说都是一种抽象结构的体现，该结构在铺展开来的过程中有各种各样的可能性，而类型小说则是其中的一种理想的可能性。"[③] 为了阐释这个范畴，他还特别引用了法国类型小说理论家托多罗夫的"普遍语法"[④] 这个核心概念，于是，人们将话语特征中所包含的"叙事语法"作为构成了类型小说的文学性的要素。这里的"文学性"类似于俄国结构主义者所指认"诗学"[⑤] 或者叫"诗性语言"（北美新批评家也使用这个称谓，中国网络文学从业者最反对文学研究者套用传统的概念阐释网络文学，请注意我这里是解构，而不是阐释）。

一般人认为，网络文学的范畴是媒介性和市场化，媒介性既包含了作者与

① 触卉娟:《通过知识产权的治理：网络文学生产领域的经验》，载《社会建设》，2019 年第 3 期，第 65 页。

② 何平:《好的类型小说是真正的国民文学》，载《长江文艺》，2022 年第 1 期，第 147—150 页。

③ 张永禄:《现代性视野下的小说类型学研究》，上海：东方出版中心，2023 年版，第 84 页。

④ "这个普遍语法是所有的普遍现象的源头，它甚至给人类自身下定义。不仅是所有的语言，而且所有的意指系统都遵从这同一部语法。它具有普遍意义不仅仅因其为世间的一切语言提供了信息，而且因为它和世界本身的结构是一致的。"转引自〔法〕托多罗夫:《〈十日谈〉的语法》，牛津大学出版社，1977 年版，第 15 页。

⑤ 所谓"诗学"即"对文学或者其他话语的构成特征进行的研究"，参见〔美〕保罗·H.弗莱（Paul H. Fry）:《文学理论》，吕黎译，北京联合出版公司，2017 年版，第 90 页。

接受者（读者）的互动，同时凸出了以读者为中心而不是作者为中心的存在形态，而市场化既有上面所说的市场机制之外，还包含着可灵活延展的产业功能。所谓技术和市场决定了网络文学的本体特征。

如果我们将网络文学和类型小说比作两个圆，当将这两个范畴放置在一起的时候，我们明显感到，这两个范畴的交集部分凭依互联网劳动的直接经验是不能完整概述的。因此，将网络文学直接等同于类型小说显然是不合适的。这就逼迫我们反过来检视"媒介性""市场化"能不能作为网络文学的范畴？这也是近年来学界对网络文学的起源问题所引发的论争，至今仍未获得一致意见的重要原因之一。由于范畴的圆点位置不同，范畴交集的阴影部分面积也就很难捕捉。因此，寻找到网络文学的范畴才是解决问题的关键。

确定无疑的是，网络文学的媒介性是它与生俱来的一种技术手段，而不是网络文学自身，网络文学的本质不是媒介，充其量说，媒介使得网络文学的一种本质得以显现出来。反过来说，网络文学依赖网络技术手段得以显现出本质，没有媒介的技术手段就无所谓网络文学的存在，但是技术手段绝不能等同于本质。同理，市场化也不是网络文学的本质，和媒介一样，后者是一种作者、读者之间的互动机制加持下的市场性需求功能，也就是说技术手段和市场功能是网络文学的两翼。

张永禄提出"用算法提升类型学研究的科学性"具有一定的代表性。其研究团队选取了网络文学"男频武侠"与"女频武侠"来分类观察性别阅读差异对网络武侠小说迥异审美特征与气质的影响。[①] 研究所用的采集工具是一款基于人工智能技术的爬虫工具——"后羿采集器"，要说的是这款机器既不是在逻辑里推理，也不是在语义表意空间里运转，而是在实体"文本"里进行信息采集，其原理基于网页内容的网页分析中会依据网页的数据、文本等网页内容特征对网页进行相应的评价。也就是说，它既不是在虚拟表意空间中，也不是在抽象思维里。而是在互联网的拟真文本空间里。

因此，基于"文本"的内容才是网络文学的本质。但是这个"文本"既不同于传统印刷文本的物理性材质，更不同于传统作者和读者各自独立的非同一性。吉云飞说："为应对核战争威胁而生的互联网，最底层的逻辑是去中心化——互联网的基础结构是按照'分组交换'的方式连接的分布式网络，在技

---

① 张永禄：《现代性视野下的小说类型学研究》，上海：东方出版中心，2023年版，第165—189页。

术上赋予了各个节点相对平等的权利。这一去中心化的底层逻辑在技术层面决定了互联网不存在中央控制的问题，让所有的参与者都有了说话的权利。"①这段话既包含了网络文学充分必要的技术因素，也点破了文本构成（这里的构成虽然也是基于印刷文本的语言质地，但有别在于基于普遍语法的诗学特征）的特质。如果仍将技术性和作者、读者协商式的同一性创作作为其范畴，仍然是犯了五十步笑百步的错误。只不过后者是前者的进一步阐释，可以视为"因"。

但可以肯定的是"文本"是网络文学的存在方式，因此，还是需要回到具体的"文本"上才能获得我们想要的东西。无论是技术还是拟真的"文本"，这些只可以视为与"文本"有着密切关联的外在的"物"。因而，从现象学的角度上来说，技术和市场只是解决了一个问题，即"文本"因何而来，为何是这样的问题。

严格来说，以上所探讨的网络文学范畴，存在着一个预先的设定——它是技术的，市场的。如果不是因为需要与类型小说划分界限，这个问题根本没有必要探讨。如果我们放弃这个预先的设定来继续追问与反思网络文学的范畴，我们会发现这个设定同样是有问题的。假设我们回到德国人约翰内斯·古登堡改进活字印刷术之前，当某一天看到市场上有了《古登堡圣经》，我们会不会得出同样的结论——它是技术的，市场的？

这也意味着，当我们以网络文学命名时，并不是从文学的范畴着手、着笔，而是从媒介的范畴、技术的范畴着眼、着言，类似"古登堡圣经"这样的称谓——使用发明人的产品一样的简约。因此，当我们言说网络文学时其实只是说出了一个现象，在时间上也就是一个具体的点。而不是一段时间，更不是一段历史。

如果有人追问，那时间哪里去了，历史又到哪里去了？回答是，文本，还是文本。这同样意味着，只有放弃"网络文学"这个空泛的命名才能回到本真上去②，也才能找到它的普遍性。既不需要探寻它的起点（因为此时，它的起点

---

① 吉云飞：《类型小说是网络文学的主潮——从中国网络文学的起源论争说起》，载《南方文坛》，2022 年第 5 期，第 120 页。

② 吴俊主张抛弃网络文学这个概念，而是采用网络新媒介文学这个说法，他说："这在百余年文学史上，第一次是被现代纸媒文学所证明，再次是被网络新媒介文学所确证。我就是从这样一个历史的文学媒介发展的过程中，看到了文学形态和生态的潮流变迁规律，特别是其中的类型文学的标志性、核心性作用。"参见吴俊：《〈千里江山图〉贡献何在？——兼谈类型文学的文学史意义》，载《小说评论》，2023 年第 3 期，第 49 页。

已经不需要争议了），也不需要用技术发展的阶段论来概述它的历史。同时，解决了学者们的一个焦虑——网络文学如何入史？ [①] 否则，只能是网络文学技术发展史，或者是网络文学商业（文化）史，而不是文学史。

因此，在文本的范畴内反观网络文学，用古登堡的印刷技术对应今天的互联网技术，前者是旧媒介，后者是新媒介（姑且用旧、新进行时间上的区分），当然"圣经"同样是一个具体文本，因不在本文论述之列，此处不赘述《圣经》的文本复杂的生成过程。当可以借鉴伽达默尔文本化意义上的前文本 [②] 范畴，将网络文学文本作为后文本来理解。

因而，与其探寻网络文学的起源、历史，不如研究网络文学的反文本、伪文本和前文本来得更为学术化。在这个层面上看，网络文学终结前其实就是一部类型进化史，这既不同于传统的中国类型小说史，更不同于西方类型文学发展史。

毫不讳言，早期网络文学留给我们的遗产不仅有各种进化的类型，还有局部的思想文化史（青年亚文化只是其中的一种说法，这也是区别晚清民初通俗文学兴起的一个重要原因）。

第二节　网络文学文本的本质

如此一来，我们只有继续追问"文本"的本质。回到结构主义者以功能作为文学性的来由，我们就必须追问主导网络文学（为了保持写作前后的统一性，本段继续沿用"网络文学"这一概念，暂不采用"网络新媒介写作"这个名称）"文本"演化的力量，世界性的文学史认为，文学的演化与马克思和达尔文的社会革命及自然演化有相似之处。 [③] 因此，问题又被引到了网络文学的本源，即

---

① 周志雄在 2013 年第 2 期的《浙江社会科学》上发表《关于网络文学入史的问题》，欧阳友权在 2013 年第 5 期的《河北学刊》上撰文《重写文学史与网络文学"入史"问题》。

② 在阐释学家伽达默尔看来，之所以成为文本，许多语言交往形式，只有当它们与其接受者相分离而出现时，我们能不言自明地把它们视为文本。但在交往事件本身中，它们却是抗拒文本化（Textierung）的。因此，伽达默尔区分出三种形式——反文本（Antitexte）、伪文本（Pseudotexte）和前文本（Prätexte）以便以这些形式为背景，把在杰出的文本化方式中可通达的，而不是在文本内容中实现其根本规定性的文本提取出来。参见〔德〕伽达默尔、〔法〕德里达等：《德法之争——伽达默尔与德里达的对话》，孙周兴、孙善春编译，北京：商务印书馆，2015 年版，第 28 页。

③〔美〕保罗·H. 弗莱（Paul H. Fry）：《文学理论》，吕黎译，北京联合出版公司，2017 年版，第 93 页。

回到了区别于互联网技术的"人"这里来。

杨晨认为："新一代的年轻群体与长辈相比，有了许多显著的不同，其中比较显性的一条就是个性化，他们不再盲从大流，而是追求自我、追求个性，小众文化往往更能打动他们。"① 个性化是从创作主体的趣味上来说的，小众是从接受的角度上思考的，如何能够保证这两者同一性？显然，互联网技术保障了这一点的完美达成。如果将"个性化""小众"看作网络文学的范畴，显然非常牵强，因为这充其量可看作是网络文学的两个外延概念，它们并不能指向具体文本的"诗学"内涵。

回到类型小说的范畴，我们需要探究网络文学文本中有哪些诗学特征可以达成"个性化""小众化"，即所谓的"普遍语法"。因此，问题需要倒过来理解，作者通过什么样的手段来满足受众的这些人性的趣味。如此一来，类型小说与网络文学文本的关系呈现出一种互为张力关系。广义的类型小说可以吸纳泛义的网络文学的各类文本，狭义的网络文学文本中也有类型小说。其交集中的阴影部分可看作文本的诗学特征。

这样一来，我们说类型小说包含网络文学，同样网络文学兼类类型小说就显得顺理成章了。

但仅有这样的答案其实还是远远不够的。如果将现代性作为类型小说的前置，在一定程度上剪断了网络文学与类型小说的深度关联。从哲学本体上看，网络文学不仅具有现代特征，而且更具受后现代解构特征影响的一种文化思潮。从文本类型来说，恰恰以类型小说的方式实现了文体的自然演化。另一方面与类型小说的"成规"不同的是，网络文学从来就不是凝固的，而是具有一种无限开放性的文本。究其原因，一般认为"20 世纪 80 年代改革开放的社会环境，自上而下的思想文化解封，激活了民间大众的想象力，以及身体和情欲的合法化解放，欲望重归于个体生活世界，这股思潮也渗透进了社会经济理念之中，历久演变，而成为社会文化的一种另类生产力。它也是激发表达欲、参与欲的外部因素。"② 这个因素也可以看作是网络文学前文本的历史动因。回到网络文学的"终结性"上来，当这些历史动因减弱时，网络文学的进化速度也会受到

---

① 杨晨：《序二》，见《现代性视野下的小说类型学研究》，北京：东方出版中心，2023年版，第 7 页。

② 吴长青：《现象学视域中的网络民族志文学批评——建构数字时代"大文化"语言情境的批评生态》，载《南京师范大学文学院学报》，2023 年第 1 期，第 95 页。

一定程度的影响（这里排除了技术性进化因素），网络文学类型进化也随之递减（从技术角度上看，随着各类新媒体的发展，网络新媒介写作一直存在，各种新文类同样也会不断增加，但是这是另外一个范畴）。

纵观网络文学的多种类型，基本基于当代青年崇尚实用、娱己的精神面貌，因此，笔者曾经提出的采用"功能"体系来评判网络文学的文学性。所谓"在这种无等级的融合中产生的协商、平等的评价机制也为网络文学形成自己的独有机制提供了道德上的支持。于是，娱乐作为一种生产力也有了自身的道德、伦理基础，正是有了这样的伦理基础，为娱乐社会化向个性化转化提供了合法性基础"①。这样可以视为网络文学类型文本的社会学基础，因此，网络文学会被看作是大众文学的分支，或者晚清民初的通俗文学的当代翻版。

按照文学批评家保罗·H.弗莱的想法和判断，从文学史的角度来说，占主导地位的文学性总是短暂的，当新的创作手法出现的时候，旧的创作手法就退回到类型中去。他说："现在，一旦我们开始谈论正在变成主导性的手法，我们必须相应地考虑主导地位的短暂性。在一代人那里属于烹饪文学的——这里我在暗示艾亨鲍姆引用的一个片段——比如，在陀思妥耶夫斯基之前的犯罪小说中的手法，在另一代那里变成了绝对的中心。"② 因此，从这层意义上说，网络文学文本中有"变"与"不变"的两重性，前者是体现主导性因素的"变"，后者则是不变的，亦即具有类型小说特点且非常具体的"诗学"特征。

这样一来，我们就可以将网络文学中的骨干题材和主导类型（目前网络文学的所有类型几乎都是2013年前进化而来的，新的类型不仅微乎其微，而且都是具体著作权人的单本作品形式出现）完全分开，根据主导性这个依据可以决定网络文学文本最终进入哪一种类型。所谓"贴标签"也就是指文本的主导类型，这个主导类型由不得作者自己，而是由读者和市场说了算。很多时候，文学网站所贴的标签很笼统，随着时代的变化和文化的变迁，标签可能贴得越来越明晰。

以历史题材的横向为例，子与二的《唐砖》和月关的《夜天子》都是借某一个历史朝代的氛围、背景进行故事的虚构，虽然也是一种历史视角，但是从

---

① 吴长青:《现象学视域中的网络民族志文学批评——建构数字时代"大文化"语言情境的批评生态》，载《南京师范大学文学院学报》，2023年第1期，第105页。

② 〔美〕保罗·H.弗莱（Paul H. Fry）:《文学理论》，吕黎译，北京联合出版公司，2017年版，第100页。

类型上来说，贴历史的标签就不一定准确，即使贴上历史标签也不能说它是历史类型小说，于是，我们就采用架空、穿越这样的概念来指代这种拟真手法的类型。相反，像《新宋》《隋乱》《开国功贼》这种架空历史小说，由于采取了现实手段的写法，反而带有了批判性的某种历史特征。

另外，从纵的方面来说，在不同时期，同一个题材，呈现的类型也有不同。如何看待这种变异呢？张永禄坦陈："小说的类型变异对类型来说是好事，是小说充满活力的表现，探索特定小说类型的叙事语法只是给出了类型的叙事规则，这个规则是生成性的，也是协调性的，还是规约性的，而不是僵化的，也不是权威规定的。对于具体的小说类型来说，语法不是枷锁，而是'鞋样'，每个创作者都要根据自己脚的实际情况来处理鞋样，最终目标是要做出舒服合脚的鞋来。"[1] 虽然，类型小说针对是一个整体，而小说类型是就具体的一类而言，这不仅不能将类型小说的"变"排除在外，反而说明了类型小说为什么会变的逻辑。个体的"变"，聚量就是整体的"变"。同时，这也是对僵化的、永固的小说类型进行一种证伪。

夏志清曾就明清之际的职业小说家和文人小说家做过比较，他发现文人小说家"确实对其技巧更刻意专研。他们不以平铺直叙为足，每每加插些自创的寓言和神话"。"他们的主要目的既在自娱，乃常于描述中加入可观的幽默成分。他们缀笔行文，确实有点玩世不恭，却正因如此，他们便更富创新性和实验性，因为他们不必迎合广大读者。他们率多较为散漫，以包罗各种慎思明辨、文采风流的事物。"[2] 如果将吴承恩的《西游记》比起罗贯中的《三国演义》来，前者虽然有唐三藏取经的历史记载，后者也有《三国志》的影子，尽管在骨干题材上它们都有历史的痕迹，同样我们都不能说它们是历史类型。当然，在艺术成就上前者也同样胜前者一等。而在主导类型上来说，《西游记》的神魔类型和《三国演义》中的军事类型都成为后世文本的主导类型。

在这重意义上，我们就可以更好地理解网络文学的"终结"的真正意味，既不是类型的死亡，更不是网络新媒介写作的停滞，而是类型进入经典和迎来网络新媒介写作的勃兴所带来的新文类的诞生。

---

① 张永禄:《现代性视野下的小说类型学研究》，上海：东方出版中心，2023年版，第263页。

②〔美〕夏志清:《文本与阐释》，石晓林等译，南京：译林出版社，2019年版，第140页。

第三节　类型的变迁与升级

毫无例外，网络文学的变迁是当代社会发展的缩影，它所反映的不仅有青年精神状况、媒介的变革以及国家对互联网治理等带来的多层面的文化气象。德国汉学家顾彬在多种场合表达过德国人对互联网写作的态度以及中国网络文学的看法，他说德国人很少阅读网络文学，他还认为，网络文学质量低下，真正伟大的文学需要出版社发表，因为它能在出版社编辑的修改中得到提升。[①] 在顾彬的眼里，他把网络文学看作是中国当代文学的一部分，并且从世界文学的角度判断中国当代文学的创作现状。而青年学者吉云飞在论争网络文学的起源时说："类型的起点是人类的自然/社会欲望，某一类欲望固定的成体系的表达和满足就是类型化。在这一视野下，严肃文学也是类型化的，无非是属于更重要的类型，处理的是人类生活中被认为是最重要的活动——通常是政治活动和哲学活动。就此而言，我们如今使用的类型小说概念是狭义的，它关联着的并非只是分类学的问题，关键还是高与低的价值分判。"[②] 他这里所说的高与低的等级偏见则是针对传统严肃小说的分类而言的，所谓文体偏见，类型偏见（其背景和原因不是本文论述的范围）既与我们的文化传统有关，也是传统等级社会意识形态的具体显现。从现代知识分子的视角而言（撇开西方知识分子的批判标准），就上文夏志清所提到的文人小说家和职业小说家的历史渊源，两类创作者都带着各自不同的价值旨趣，其背后不仅与各自的生存状况联系在一起，而且与后世接受和评价也是不可分的。相比传统类型小说的存世与传播，当代网络文学创作实践就其丰富性和广延度有过之无不及。但是，网络文学所经历的处境与其"个性化""大众化"的外延是一致的，所以很难沿用传统严肃文学的价值高下作为一种工具、方法来判别网络文学的优劣，这种现实境况也为网络文学的变迁预留了阐释的社会空间。需要说明的是，认可网络文学的优劣不以传统严肃文学的标准来裁决，并不意味着对顾彬所说的那种方式的弃绝与对立。

作为网络文学后文本——当代类型小说不仅吸收传统严肃文学的养料，也汲取了无数网民的阅读体验和感受，许多优质类型作品自身不断进化，特别是融合出版机制的推行将优质的网络文学作品源源不断推向世界。

以网络文学现实题材《大江东去》（阿耐著）为例。早在 20 世纪 80 年代

---

① 顾彬：《好的文学只能产生于出版社而非网络》，凤凰网，http://culture.ifeng.com/6/detail_2010_04/07/512793_0.shtml，查询日期：2024-03-18。

② 吉云飞：《类型小说是网络文学的主潮——从中国网络文学的起源论争说起》，载《南方文坛》，2022 年第 5 期，第 121 页。

初期就有一部以柯云路发表在《当代》上的同名小说改编的电视剧《新星》，这部作品一经播出，顿时风靡大江南北，出现万人空巷的盛况，作品描述以古陵县李向南为代表的改革派与顽固派代表顾县长之间的斗争，在当时起到了巨大的社会影响力。《大江东去》则选取了四个主要人物宋运辉、雷东宝、杨巡、梁思申，他们分别代表着改革开放时期的几种主要经济形式：国营经济、集体所有制经济、民营经济和外国资本，四种经济模式复线并行，全面展示改革开放三十年后的中国经济运行状况。如果将这两部作品放置在一起进行比较，无论是在骨干题材的处理还是在容量上，《大江东去》并不以改革作为骨干题材，因为它本就置身于改革当中，而是以不同经济类型之下所属的行业中人的横断面来展示改革开放三十多年来中国社会和人性的变迁；《新星》则是在改革开放之初，改革路上遇到了观念的阻力之时，选取了改革与守旧的典型，并将这一对二元取舍所进行的博弈作为核心题材，《大江东去》是都市类型，而后者《新星》是改革类型。从时代的变迁来说，改革类型走在前，都市类型算是改革类型的进阶，从本雅明意义上的"紧急状态"向平民化、日常化转向上来看，其逻辑同样也是成立的。没有昨日的改革何来今天的丰富多彩、价值多元的现代生活。

当然，这两部具有时代深刻烙印的作品，它们在类型上具有多么高的辨识度，特别是呼应了时代和大众对改革的热情期盼以及对伟大时代的充分肯定。虽然在标签上有所侧重，但是总体类型上还是一致的，我们给它命名为一个新的类型——"年代"，这便是一种"变"中的"不变"，当然总体上都是一种升级的应然性称谓。

事实上，除了小众的"民国"这个带有明显时间印记的"年代"类型之外，我们还有很多以当下的历史事件所发生的时间为标志的"年代"类型，改开（改革开放）以及将来时刻度中的当代重大题材等，这类骨干题材都具有一定的时代印记。

毋庸讳言，从当下走向未来的过程中，有些作品还可能只是昙花一现，不能形成所谓的类型，它们的作者也许就成了格雷西亚眼中所谓的"历史文本的作者"。[①] 这些历史文本经过一定的时间，最后再被版权作者承袭下来，继而成为一种新的类型。当然，这种现实处境也在网络文学的演化实践中，它始终处

---

① 所谓历史文本的作者，是存在的——他是一个现实的主体，生活于历史上的某个时期。然而，尽管他曾现实地存在过，但由于各种原因，我们并不能非常清楚地了解他。参见〔美〕乔治·J. E. 格雷西亚：《文本：本体论地位、同一性、作者和读者》，汪信砚、李白鹤译，北京：人民出版社，2015年版，第152页。

于一种动态中。

最后，我们可以预测的是网络文学的变迁既有归入类型小说的，也有可能成为一直文学史意义上"修正"①式的，还有可能是理想小说的，甚至还是高雅的。说到底，网络文学的样子就是大众的底色，这是网络文学作为一种协商性后文本"诗学"具体体现出来的特征。如此说来，类型小说这扇大门不但不是网络文学"终结"的致命杀手，相反，网络文学曾是当代类型小说王国里具有鲜活原创生命力的翩翩少年，它将网络文学带向新的重生，并有可能走向世界的舞台，亦即建立一种所谓文学性很强的"大文化"语言系统②，为构建新的"世界文学"体系提供参考。

之所以要从社会学基础上提出网络文学的"终结"，一方面旨在重申网络文学的文学范畴，是对网络文学内容文本的一种捍卫，另一方面提出用网络新媒介写作概念代替网络文学，旨在从普遍意义上指出其后文本的类型化特征。最重要的是，我们需要以更高的高度、更严肃的文学责任面对网络文学的世界传播与接受。

因此，当我们看到今天很多网络文学平台投入巨资提升翻译质量、编辑水平，也就非常容易理解了。作为一种互联网现象，倡导全面写作和提高全民阅读的质量并不相违背，网络新媒介写作绝不会停止，但这不代表一定会有高质量的作品涌现。打造高质量的网络文学作品，需要高品位的作者与读者共同努力。同时，我们应通过融合出版整体提升网络类型小说的创作水平，使其稳步融入世界文学，这样才能真正获得世界对中国网络文学的认同。

---

① 生物体受到环境变化的影响，比如，拇指是在演化中形成的，但假如随后发生了一场大地震，长拇指的人从地球上消失了，那么人类非常有可能再也不会发展了。这就是一种对形式的修正。参见〔美〕保罗·H. 弗莱（Paul H. Fry）:《文学理论》，吕黎译，北京联合出版公司，2017年版，第103页。

② 帕斯卡尔·卡萨诺瓦认为："文学性很强的语言是指不仅仅操这种语言的人用它进行阅读，而且还用它思考和写作的人的语言，或者被翻译成值得被阅读的那种语言。这些语言本身就是文学运行的'通行证'，因为这些语言是能进入'文学大家庭'的证明。"参见帕斯卡尔·卡萨诺瓦:《文学世界共和国》，罗国祥等译，北京大学出版社，2015年版，第16页。

第十四章
向后看——网络类型小说的新质与新变

网络文学以其类型化作为主体特征，在其演化过程中总体上男频曾以"幻想类"的玄幻、奇幻和魔幻为主，女频以言情甜宠、穿越重生、宫斗宅斗和大女主为主。显然，网络类型文学在历经三十年的发展之后，作者的写作技法越发成熟，他们注重现实关怀，积极传承和发展传统文化，使得类型不断推陈出新。同时，美学上也从场景、氛围的营造，心理上满足受众的悬念、猎奇以及情节上的故事化、快节奏向现实社会投射人的生存焦虑，对生命本身的追问，以及对历史文化的重新挖掘。本文以近年三种当红的网络类型小说为例，它们一致性地在"向后看"中重构当代中国基层社会，反思人的生存状态和重新发现传统文化的独特魅力。

第一节　底层文化中的 80 年代社会异化想象

《被赶出家属院：嫁老男人养崽开摆》是在以当代中国现实社会现实的基础上虚构了一本现存的文学作品（预备本），并在此基础上穿越到 20 世纪 80 年代中国城乡二元对立世界的集言情、官场、权谋、腹黑和甜宠、治愈为一体的通俗作品（定本）。也就是说，这部作品是虚构基础上的再虚构，因此，本文需要解决两个核心问题，一是第一本虚构的作品是什么？二是第二本再虚构作品又是什么？同时还要回答，作者刻意采用二次虚构的用意何在以及效果如何？

（一）前本（预本）和后本（定本）是一本什么样的书？严格来说，前本在整个作品中是作为一条线整体描述的，除了在作品前面的简介中进行粗略的介绍，而全部细节是伴随再虚构实际过程慢慢释放出来的，可以用如影相随来描述。也就是说，所谓的预本并不存在，只是作为定本的一种假设，也可看作是一种创作手法。

第一，前本（预本）时间早于后本（定本）约莫二十年时间。据笔者的阅读体验，可以用下图来勾勒其中的人物设定以及人物关系：

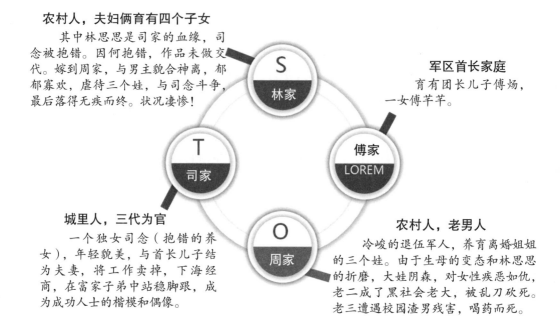

农村人，夫妇俩育有四个子女

其中林思思是司家的血缘，司念被抱错。因何抱错，作品未做交代。嫁到周家，与男主貌合神离，郁郁寡欢，虐待三个娃，与司念斗争，最后落得无疾而终。状况凄惨！

军区首长家庭

育有团长儿子傅炀，一女傅芊芊。

城里人，三代为官

一个独女司念（抱错的养女），年轻貌美，与首长儿子结为夫妻，将工作卖掉，下海经商，在富家子弟中站稳脚跟，成为成功人士的楷模和偶像。

农村人，老男人

冷峻的退伍军人，养育离婚姐姐的三个娃。由于生母的变态和林思思的折磨，大娃阴森，对女性疾恶如仇，老二成了黑社会老大，被乱刀砍死。老三遭遇校园渣男残害，喝药而死。

图 14-1 预本人物设定及人物关系图

从以上人物图不难看出，原本中的社会结构和家庭结构，主要体现在城乡二元对立，以及官官相护的社会关系。农村底层的状况是人口多，虽然文中涉及到敏感的计划生育问题，但是作者刻意交代，80年代后两年才开始计划生育。就作者所设定的人物面孔和社会关系来看，原本中的具体年代并不清晰。从家庭成员的变迁来看，似乎有90年代的影子。一是司念长得漂亮，有固定工作，最后卖掉自己的工作，下海经商，集财富与气质于一身，获得高干丈夫的认可。二是周越深作为养猪暴发户，长得高大冷俊、帅气，与林思思结婚一年碰都没碰她一下，是社会道德所批判的对象。三是林思思作为恶毒女配乡下的婚姻，被几个孩子折磨得头晕目眩，这与司念所嫁的军官丈夫，以及过着富太太的生活形成强烈的反差。四是男主周越深的三个孩子的命运，尤其是老二作为社会黑老大，被人砍死街头，老三周小瑶遭遇校园暴力，被渣男残害，最后喝药而死，这种自杀方式在2000年前后比较多。

综上所述，原本的人设和社会阶层以及社会人物关系、命运与2000年前有着极为密切的联系。

第二，后本（定本）中的人物设定和社会关系在前本的基础上有了较大的调整。主要体现在以下几点：

一是作为预本的穿越本，故事时间定在20世纪80年代初期，也就是要早于90年代末，接近20年的时间，男主周越深是一个退伍回乡创业的中年人，作品没有交代资本从哪来的，直呼是"老男人"，这个"老"是年龄原因还是脾气轴？显然都不是，是一种对农村人鄙视的观念。

二是作为城里人的司念，因为出生时抱错的原因（至于在哪里抱错，因何抱错，作品并无交代）替代了司家原生女陈思思下嫁农村老男人周越深，同时还卖掉了自己在城里的播音员工作，一心一意代周越深哺育他姐姐家的三个娃。还有一个大前提，周越深虽然是个万元户，但是养着姐姐三个未成年的孩子，自己还不愿意生孩子。

三是林思思在林家拿了周越深三千元彩礼的情况下，自己不愿嫁，还趁机偷了彩礼钱，使得本就贫困的林家雪上加霜，最终在司念和周越深的推动下，破了此案，林思思判刑入狱。某种意义上林思思活着的所有意义就是作为报复司念的工具。

四是傅家少爷傅炀一直官至团级干部。脑子里一直要摆脱从小一起长大的司念，但是最终还是以林思思作为门当户对的未婚对象作为设定。

图14-2 定本人物设定及人物关系图

第三，从前后本对比起来看，这些变化中透露出哪些值得思考的信息。一是道德上，80年代的司念是一个善解人意、能吃苦不计较的朴素女孩，不计较周越深的老还带着三个不是自己所生的娃。同时还能科学养娃，最终成功逆袭。二是林思思虽然还是带着前世的恶毒女人设，但是这回不仅继续迁怒于司念换走了她18岁的城里生活，还在为自己能不能获得司家所能提供的资源最大化。她现世的存在都是为了让司念体验她在上辈子所遭受的那些苦。三是周越深不仅欣赏这个小自己许多的老婆司念，还能够配合司念，实现她的逆袭之路。当然，对于出生管家的傅炀和傅芊芊做了很多弱化处理。

（二）如何判定这本书的价值以及为何采取这样的手法？显然，这本书主要集中在司念和周越深这两个核心人物身上，至于林思思的恶和傅家的先验性的官场立场，纯粹是为主要男女人设铺垫。

第一，人物处理手法上的主观性的反其意处理。一是司念所具备的那种能上能下的性格，以及对底层出身的富人有着一种同情式的理解，这舒缓了很多底层人的紧张之感，与此同时，能够敢于面对年龄悬殊且超越非婚生家庭的现实境况，能够调适自己的心态，并能够及时止损，也就是采取了底线思维，这是作品的非常态的夺人之处。二是周越深这样背景的人，当下也不在少数且渐渐获得了很多人的认可，至于真实的80年代远非如此，尽管1979年南方战事的原因，曾高调处理此类社会问题，但是焦点并不在经济上，而是特殊时代的一种特殊的政策。三是计谋女配林思思的处境会获得很多人的好奇，底层与官家本就是两个世界，何况作品不仅仅没有缩小两者之间的差距，相反还放大、夸张两者之间的差距。比如管家的种种以权谋私，不仅渗透到司法，甚至小到孩子的转学，一封介绍信就可以省去不看孩子在原学校的成绩。四是作品中推崇的男性高富帅、女性白富美，不但没有回避，依然作为一种高级娱乐手段，为此类作品增加不少吸引读者的份额。

第二，在社会关系上，强化了城乡二元对立和非黑即白的社会观念，尤其将功利主义、金钱至上和不择手段推到了极致。一是四个家庭关系，城乡对立的认同上比较一致，林家之所以能够获得周越深的谅解，不仅仅因为是司念在其中的作用，还是周越深自己所处的环境决定的，尽管周越深作为当地的万元户，但是他的社会地位和家庭状况依然决定了他的社会阶层并未彻底跨越。二是大院子文化依然是官场认同的不二法则。司家对傅家之所以唯唯诺诺，甚至有着一种巴结，不仅仅是两家的社会地位的认同，还是傅家作为军区首长，其权势足以起到震慑的作用。三是司念和林思思虽然都是高考落榜生，林思思到了大院里，把底层认可的上升通道——高考彻底抛弃，甚至依靠官场的规则来规划人生，为了能够获得傅炀的认可，甚至不惜推出所谓反向 PUA，让对方以为是他们自己的过错，感动的同时还会觉得林思思懂事。而司念不仅获得城里的教职，还努力考上大学，作为知识改变命运的一种诠释。

因此，作品在"二元对立"上做足了文章，当然也缴获了不少秉持此类思维的人的智商税。

第三，作品题材的社会基础与表达的随心所欲。可以说《被赶出家属院：嫁老男人养崽开摆》的社会基础是极其脆弱的，主要表现在，一是对敏感的社会问题采取了偷梁换柱，计划生育绝非是 1982 年后才出台的政策；万元户绝非如此简单，更何况农村那时还不是市场经济；80 年代的婚姻观念也绝非如小说所写的那样多元或单一。二是原本中所设定的 90 年代也绝非如此流氓不堪，只要有钱就能解决一切。恰恰相反，90 年代开始建立了市场的规则和法治，否则就不可能有新世纪以来的经济的飞速发展。三是社会发展既不是今胜古，或古超今如此简单，而是曲折中的复杂，复杂中的曲折，采取如此机械的手段不仅歪曲了历史，也颠覆了正常的价值观。

第四，作品的严肃性与市场娱乐性之间不可调和的矛盾。这部作品尽管写的是基层农村暴发户和局、处级以下干部群体，但是还是触及到不可忽略的严肃问题。因为整个故事都发生在改革开放后。某种意义上今天所取得的成就与这段特定的历史阶段脱不了干系，无论是戏说还是纪实，都存在敏感地带，比如经济改革，比如联产承包责任制，还有官倒和市场经济等，因此，今天很多人之所以怀念那个时段，是与当时的社会大气候有着必然的关系的。某种意义上，不仅不能戏说，甚至连纪实都要有足够的历史史实来支撑，因为无论是支持者还是反对者他们都还在世。文艺作品绝不可能与《清穿》《篡明》这样的戏说相提并论。道理不言自明，不证自明。

（三）对作品的意见和态度。作为通俗性娱乐作品绝非随便拿来一个生活素材直接加工即可。起码具备三个条件，一是既要考虑题材的社会维度，也要考虑其伦理基础。作为一种文艺创作固然有创作的自由，但是也要兼顾接受者之外的社会文化基础，不能用一种自由的手段制造新的不自由。比如阶层的差别、城乡的差别，甚至制度本身的不完善形成的差别，等等。这不仅不能够缓解差别，消弭不均衡、不平等、不公正，相反会拉开差距，制造新的不公正和产生新的不平等，乃至社会矛盾。尤其会引发人们对新制度不完善产生出新的不合理的想象，甚至引发出对旧制度的怀念。这才是最危险的地方。

二是需要对作品的细节进行审核，作品对傅炀和芊芊都以"少爷"和"大小姐"相称，"司念和傅芊芊去电台办理了手续（笔者注：卖工作）因为都是自己人，所以办理倒也快。""这家属院的人最爱面子，毕竟谁也不想被人看笑话""放心吧，这年头没有什么事用钱解决不了的""没错，生活中百分之八十的磨难，都是因为钱。只要钱这件事解决了，还有什么难事呢？""有便宜不占是傻子""上辈子本身就是清华毕业的学生，很清楚学历的重要性""哪里来的疯婆子，骂我们团长嫂子，你给我们滚出去""周团长是军区英雄，她欺负司念，那就等于跟整个军区作对！""再说了，他那样的贫穷背景，怎么可能是团长"。这些语言比比皆是，让人读了简直整个就是一个流氓社会，既无法度更无伦常，上下一团糟。而且这些黑料竟然成为推动故事情节发展的重要动力。

最后，作为免费阅读的社会作品，已经背离了娱乐的社会功能，被向衍化成为一种社会批判力量，这可能是作者和平台所始料不及的。因为作品所具备的社会基础极其清晰，甚至可以对号入座。这也是这部作品的微妙之处。由于作品所处的时代时间线和人物线过于清晰，让不明所以的受众以为这就是某种社会现实，甚至带有爆黑料的官场文化和资本本相，这种潜在的力量一旦被放大，其危害是极其深重的。因此需要对作品进行正向引导，同时要对所谓的网络类型进行功能性的研究。尤其针对不同的群体、不同年龄段的受众对象进行分类指导。所谓分级阅读的推行势在必行。

第二节　不只奋斗才是积极人生的标配

《热望之上》作为一部网络类型小说，无论是作者还是平台也许首先会给它预设好类型，其次是人设，这些已经不是什么新鲜的创作技法。笔者也注意到平台给了这部作品很多标签——婚恋、欢喜冤家、现代、伦理、商战、情感、正剧。显然，这是平台给受众的提示，目的就是寻找适配的读者。按照美国新批评理论的说法，作品一经发表即成为独立本体，所谓"作者已死"。那么，这套理论适合不适合中国的网络类型文学批评呢？在笔者看来，这不仅是一个理论的问题也是一个与创作实践离不开的问题。

作为一部现实题材的网络类型小说，作者立足南方的冇城以及服装行业这两个硬核故事背景，选取了同一所院校服装专业的三位毕业生来到冇城创业，其中两个核心人物于新和安灿从合伙从事服装代加工到后来成立"新灿集团"。整个故事从2007年开始一直写到2019年底，足足经历了13年时间。毫不讳言，这13年恰恰是中国服装行业急遽转型的时期。从代加工到做品牌，再从门店到电商。也就是说，小说中的行业变迁并不是虚构的，而是围绕着中国服装制造业的转型发展作为整体视角的。这也是小说叙事的主线，也正是在这条主线上出现了一系列人物之间的矛盾冲突并由此实现了人物性格的塑造。同时保持了故事的完整性。因此，在这层意义上，《热望之上》这本书首先是行业题材故事，严格来说是产业故事，同时也是不折不扣的创业故事。但是，作为网络类型文学，平台和作者都舍弃了严肃文学擅用的"产业""创业"等一些所谓贴切的"大词"。反过来说，如果换成别的行业可不可以呢？当然可以，但是故事的架构未必就是现在这个样子，道理不言而喻，因为这是现实题材，需要有故事发生和发展的系列缘由，如果离开了这个基本的因果逻辑，那么这样的现实就是伪现实，自然也构不成故事的基本逻辑。同样，创业背景也决定了一部作品的基本设定，它一定有独特的卖点，有不为人知的秘密，还有适合特殊的人群等等密码隐含在其中。这些都是创作实践中的常识。没错，《热望之上》的故事设定、人物关系以及情感冲突都符合以上种种常识性的勾勒。

如此说来，《热望之上》作为一部现实题材作品具有严肃文学的特质，甚至也可以当作一部严肃文学来看。这样的判断当然是基于一种价值判断，也就是作为笔者的阐释立场来说的，"我"愿意把它看成是一部严肃文学。然而，是不是一部文学作品仅仅以价值判断就大功告成了？显然不是，除了价值判断之外，还有事实判断，这个事实判断才是网络类型作品与严肃作品的区别所在。也就是说，尽管不需要我们用所谓的理论去套一部作品，但是完全可以采取"文本细读"的方式去完成所谓的事实判断。

因此，在行业、创业之外，我们可以将所贴的标签作为文本细读的"手册"，不同的读者可以根据自己的需求，按照"手册"所标示的标签去找寻自己所喜欢的类型和对应的细节。这也是网络类型小说的一个重要特点，能够满足不同类型喜好的受众的需求，甚至可以从他们的需求出发来进行创作，也就是基于读者为中心的客观创作。作者尽可能地抛弃严肃文学所主导的主观性宏大意识。

笔者之所以采取用严肃文学和网络类型文学的综合手法来进行以上的事实判断，正是基于现实题材作品创作的难度，以及如何融合网络类型文学的创作手法，增强作品的可读性这一实用功能作为出发点。

创业题材的故事在各个时代都有其代表作。其中最具代表性的作品是20世纪50年代柳青的《创业史》，它采取典型化的手段写了以梁生宝为代表的新一代农民在中国农业社会主义改造进程中的历史风貌和农民思想情感的转变。其次是改革开放初期的改革文学，比如《新星》《大厂》《乔厂长上任记》等。尽管这些作品没有《创业史》那样的宏大架构，但是它们都可以看作是社会机制转型中的典型作品，它们都深刻地烙上了时代的印迹，在类型上作为"改革文学"的典范，放置在阿耐的网络类型小说《大江东去》（三部曲）的视角上去审视，这些"改革文学"的延伸空间就能够完整彰显出来。同样，安徽作家许冬林的《大江大海》也是一部以改革开放为背景，书写了长江边一个叫高沟镇电缆行业两代企业家创业的故事。从这层意义上说蒋离子的《热望之上》作为创业故事，它也许并不是一个新鲜的题材。甚至与以上所提及的《大江东去》（三部曲）、《大江大海》这些作品的标识相比，其区分度并不见得有特别之处。

　　但是，《热望之上》所蕴含的"变"给这部作品带来了别样的"新"。这种"变"也突破了网络现实题材小说创作的限度，抬升了现实题材作品创作实践的"天花板"。

　　作品大胆放弃了传统现实题材的"典型性"，这也是网络类型文学区别严肃文学的一种手法。《热望之上》中几组人物都有自己的独立故事，这种分散性的个人小故事串成了一个大故事，大故事就像一个组装车间，而每一个人物独立的故事就像一个个零部件，最后集中到核心故事上。即使主要人物于新、安灿、林一曼也都相对独立，大故事其实是从于新自杀后开始的，主要人物固然有于新，但是于新都是靠着安灿和林一曼以及他的司机老刘口述出来的形象，也就是说于新虽不是替补人物，但他充其量是作为一个新故事的背景而存在。因为真正的新故事是从于新死后，安灿接管新灿集团再到安灿全身退出集团，于新的妻子林一曼再接任后开始的。显然，这样的故事设定打破了传统严肃小说故事的完整性和封闭性。这种"变"的背后实质是一种叙事结构上的创新。

　　人物关系上的"弥散"性与网络性的融合，重新生成新的人物拓扑文本。比如安灿退出自己一手创办的新灿集团之后的种种，按照传统严肃文学的手法，基本跟她没有关系，但是在《热望之上》中安灿依然与林一曼以及何夕保持着密切的联络，甚至还与辞职到国外的前助理裴娜联手挖出带头罢工的分公司员工周立的幕后黑手，并不择手段设局让沈如芳入狱的财务总监江振海。只不过叙述视角从前面的全能全知转到了局部全知。除此之外，小说还在安灿与丈夫刘瑞的情感线上不停地摆动，从故事开头就萌发了离婚一直摇曳到离职之后，直到终局才完成彻底的反转。

　　作为主角人物的林一曼同样也是。在丈夫于新死于一场大火之后，她一直企图寻找真相。作为于新的遗孀，公司元老陈启明伙同其他董事乘机推出林一曼作为新的董事长。作为全职太太的林一曼起初并不胜任管理工作，不时受到安灿的奚落。恰在此时，新灿公司不断曝出危机事件，最后逼迫董事长安灿全身退出。这样一来，林一曼被直接推上了前台。她的个性和行事风格与安灿相反，以慢和稳著称，这与新灿公司发展的社会性减速形成了一定的匹配，她也因此渐渐得到了公司中高层的认可，在这过程中完成了人物性格的成长。即由全职太太的被动人生走向了积极、主动的人生，并在市场的淬炼中获得了自信，体现出个人的价值。

而作为"铁三角"之一的于新，是在司机老刘的口述中得以复活与还原，一是于新的重度抑郁症得到了验证（董事卫开在于新死后向警官方瑾透露了于新三年前患有忧郁症）。二是于新给老张的100万元款项背后藏着不为人知的秘密，一个叫万红的大学生曾走进于新的生活，在相互邮件交往中，万红堕入了情网不能自拔，割腕自杀未遂成了植物人。最后，于新带着自责请司机老刘间接处理后事。而这些林一曼全然不知的，也因为是事后所知，以及之前的复杂情感的猜疑引发出林一曼对合伙创始人安灿的莫名之怒。故事中的于新仅是作为一个陪衬的角色并在林一曼与安灿之间释放出外在能量。这也是网络类型小说所擅长的技法。

甚至连陈启明与薛燕、何夕与王超，还有杨奇与陆玲玲这三组人物之间的狗血与浪漫交织的故事也都为整部作品增添了时代的鲜活感。一群老中青在这张创业版图上各自描绘着不同的图案，有的浓郁，有的散淡，甚至还有剪影，呈现出万般斑斓。

当然在这些新变的文本质地里，我们依然能看到传统通俗文学的影子。比如人物活动空间的单一性，家庭和圈子之外的政治与经济交织的社会性活动欠缺；其次，艺术上的丰富性也有待开拓，尤其是结尾部分围城之时的大团圆，这些完全可以再斟酌得更精致一些。

第三节　在网络世界中重新唤起中国文学的伟大传统

唐四方作为新一代的网络写作者，显然已经经过了对传统网络类型小说的重新反思。在他的写作中也让我们看到了网络小说写法上的进化痕迹。某种意义上，这种进化既不是对传统现实题材的照搬套用，也不是对传统网络类型小说的简单拒绝，而是在吸收严肃文学和传统通俗文学技法基础上的再升级。

一是题材上一如既往地回归到世俗的现实社会。无论是《相声大师》《戏法罗》，还是《中医高源》都将触角伸到时代的深处，这是极具挑战性的一种选择。表相上避免了题材的重复和撞车，而在实践中不仅需要一种超越世俗功利约束的勇气，也需要对传统文化进行再挖掘和再建构的能力，这是一项浩大的文化工程，绝非一般人可以进行得了的。因此，唐四方的选择某种意义上带有"盗火者"的意味。诚然，世俗的现实社会中有着具体的社会变迁和复杂人性等鲜活的素材，但是这类素材由于内容的庞杂和技法上的匮乏，需要高超的艺术水准和创作能力才能提炼出有艺术价值的文学元素，通俗文学写作者当然也会从这些素材中获取写作资源，但往往因为艺术手段和艺术方法的局限，最终只能写出博取眼球的皮相现实或者违背社会发展规律的伪现实来。由于客观存在的难度，当下很多网络写作者干脆采取放弃这类素材的态度。

唐四方在一次访谈中直言不讳地说："起决定作用的，从来不是品类自身，甚至不完全是题材本身，而在于作者自己。在于作者的笔下能不能写出触动人心的文字，在于作者的键盘能不能敲出引起共鸣的旋律，在于作者心里能不能塑造出震撼灵魂的人物。在想通这些之后，我的想法也逐渐变得大胆起来。何必拘泥于条条框框的固有形式呢，写自己真实想写的就是了，写自己真正想表达的就行了。"正是坚定了这样的勇气，才有可能自己战胜自己——战胜因读者有可能不领情所带来的苦闷的困扰。

在《相声大师》中，人设和地域均锁定在天津城郊农村，因为北方京津地区城乡有说相声的传统，时间从20世纪的80年代改革开放后一直写到当下，堪称一部民俗史，也是一部乡村曲艺变迁史。同样《戏法罗》和《中医高源》基本也是这样的设定，时间起点从改革开放之后到当下，人设也是从一个孩童的成长视角对社会进行全方位的观照。这样把历史与当下，传统与创新等进行了巧妙的对比与升级。既符合社会发展逻辑，也符合特殊人物的心智成长。尤其是将传统世俗社会中的传统文化进行了细致入扣的解剖，以及传统文化与人们日常的关系，创作者与接受者的日常生活状态逐一扫描，这种百科全书式的文化考古和人文知识梳理，提高了人们对网络阅读惯习的认知。当然，这些也在悄悄改变着网络创作的生态。从这层意义上说，唐四方的探索已经超越了网络写作的类型化的拘囿，也打破了文学"雅俗"的二元对立。

二是对传统文化进行深度勘探，将专业性知识进行大众化普及。从这个视角而言，严肃文学在高举人文性和批评性的同时，也不免弱化了对其本源进行现象学上的勘测，简言之，批判的武器并不等于武器的批判，因此，需要重新回到生活现场。在《相声大师》中，唐四方对相声进行深入细致的研究，尤其对相声的语言、技法以及流派无一不是系统性的理论阐释。整个小说文本中的人物对话以及故事铺垫大量采用相声的语言，所谓小说副文本就是一本"相声集"，这是曲艺界和理论界都无法实现的，不能不说是此本的"一绝"。同样在《戏法罗》中唐四方对民间各种神秘的"诡术"进行系统的考证，尤其将"五花八门"穿插在叙事中，并辅以人物的活动、做派和各种展示进行细致入微的文字描述，其细节犹如摄影镜头般地近景扫描。民间江湖中各种诈术和诡术所具有的神秘性和鬼魅性——得以解构，晚清以来的中国通俗小说往往将此作为一种架构小说的手段，这在唐四方的笔下都得到了逆转和反解，可以说填补了通俗小说创作手法的空白。《中医高源》尽管采用了网络小说"重生"的故事架构写了一个叫高源的村医对各种疑难杂症的破解，但其逻辑显而易见，一是提高高源这个人物的可信度，二是凸显中医文化乃至整个文化靠一个虚构的人物是不可能支撑起来的，即便是扁鹊、华佗、张仲景和李时珍都无法一人包打天下，而只有虚构一个"重生"的特异人物高源才能实现这样的可能。因此，这种"重生"的架构手法只不过是临时起意作为一种代替虚构的手段而已。因而，整部作品的核心也即从高源这个人物的特异功能回到了中医文化和中华文化本身。如此说来，这是一种写作技法的突围。

整体上说来，唐四方的作品都以"二线并置"模式见长，一条线是人物成长的时间线，另一条是文化勘探线，前者是人物线，后者是文本线。所谓的"文本线"就是具体的文化内容。这样的组合虽然显得有些机械，但是相比纯虚构的人物或说明文式的知识讲解，少去了人物的虚假和文本的枯燥，增添了人物的丰富和文本的精彩。

三是将改革开放以来的中国农村政策以及民俗的变迁写入网络小说也是一种全新的尝试。改革开放以来的农村题材作品在严肃小说中时有呈现，阎连科、莫言、毕飞宇等一批严肃作家都有这样的经典之作，但是网络小说正面写改革开放以来的并不多见，尤其以这种带有"非虚构"特质的网络现实题材作品，走出了惯性的拟态写作模式，而是带上了传统"史传"特质和民族志的叙事手法，不可谓不是一种大胆的创新与探索。

在《相声大师》中有大量因文化政策的变迁给传统曲艺所带来的兴衰，有社会环境的变化给相声造成的影响，这种对应式的写法显示了有据可查，也为叙事提供了社会动力。

在《中医高源》中从农村高级社模式一直写到当下的合作医疗，其跨度之长，复杂性之烈已经不言而喻。当然这种写法的缺陷也非常明显，容易形成对号入座，限制了想象力的丰富性和故事的特殊性、复杂性。同样，在《戏法罗》中，罗四两和卢光耀两个年岁以爷孙辈分之别，但是卢光耀作为另一门的传承人对异门罗四两授以各种解术，堪为无术不通，无通不教，直至罗四两在自己的江县老家办出了戏法学校，最后在国际大赛中还击败了外国魔术师同行。情节上的虚构虽不对等于历史的路数，但是过分陷入情节的羁绊也会造成对现实的伤害。这也是现实题材之所以难以把控的原因之一。

在中国网络小说向现实题材靠近的新现实面前，唐四方的创作精神和探索精神是值得肯定的，同时他的艺术手段和艺术特色也是极具个性化的。尤其是在倡导中国文化走出去，以及提高中国文学海外传播影响力的当下，唐四方的这些努力为我们提供一种思路，也找到一种特殊的方式和方法。任何泛泛而谈的中国文化都是不切题的，浮光掠影式的扫描中国文化也是需要摒弃的，只有这种以勘探式、细节性地在文化的细微处打探、挖掘直至发现，才是一种正确的姿态，也只有这样的文学，这样的文艺才能真正打动人心，感染读者，撼动世界上异族人的文化认同。因此，唐四方的写作值得大声喝彩。

总之，穿越重生类型的《被赶出家属院：嫁老男人养崽开摆》从关注当下大龄剩女的生存焦虑扫射到对80年代中国基层社会的重构，体现"后看中"的积极乐观；现实题材的《热望之上》则是在"后看中"对"活着"价值的反思，以退为进也是一种积极的人生选择，而以《相声大师》《戏法罗》《中医高源》为代表的历史类型小说整体上也是重新审视传统文化在当下的境遇，以及在"后看中"发现新的价值。

下编

理论批评研究

第十五章
构建网络类型文学批评融合发展机制

与传统文学研究一样，网络文学研究也需从作者、读者接受、文本批评等方面进行研究。但网络文学与传统文学最大的不同来自市场的影响巨大，它的文学生态与传统文学生态相比有了很大差异。具体来说，作者的创作与读者受众（粉丝）的互动感增强，优质网络文学后期文本的 IP 转化率较高，导致形成多文本叠加与读者向受众转化的叠加。因此，网络文学的市场占有率和曝光度明显高于传统文学，甚至会形成类型创作的跟风或潮流，也有颠覆传统经典的可能性。不可忽视的是，以互联网 Web 界面或新媒体小屏及各类 APP 阅读器展示的网络文学批评形态不同于传统纸质文学的批评。

起初设立网络文学的线上评论区，其灵感来源于早期 BBS 和论坛阶段读者与作者的互动。在那一时期，评论区兼具发表和跟帖评论的功能。到了 Web 界面阶段，评论区与发表区完全分开，评论区专门供读者与作者互动交流。即使在网络文学免费阅读阶段，评论区一直都异常活跃，因为这是读者发表阅读感想、催更和吐槽的空间，也是读者与读者之间展开讨论的专区，久而久之就成为线上批评的一种互动形态。线上批评作为一种粉丝行为，在创作和传播的环节中形成独特的模式，成为网络文学批评的一种新形态。在实际运行过程中，网络文学的线上批评和线下批评分野较大，甚至形成了激烈的对立。从网络文学整体生态而言，需要建立一种平等、协商的对话机制，有效改变不对称的批评模式，以促进网络文学批评的健康发展。

相对于线上批评，线下批评更多指脱离电脑或者阅读器界面的批评。所谓"不在场"批评，指的就是这种在物理界面之外的批评方式，类似于传统阅读批评方式。两者之间的区别在于以下几方面：一是物理空间的差异决定了批评方式的不同。线上批评是在网络界面上，经过审核过关的内容完整地呈现出来，凡是注册登录的读者都可以看到。相对于电脑和阅读界面的封闭性，界面内实际上是一个开放的评论空间，作者与读者之间、读者与读者之间、不同作者之间都能够互动。互联网技术的分页功能使得整个评论区仿佛一个"瀑布流"，可以向下无限滚动，自动形成了不同的"对话框"。而线下评论只有评论者自我操作，作者和读者不容易进行交流。二是评论者的身份差异决定了评论内容的品质差异。线上批评多为即兴式批评，批评者针对作品内容与作者探讨作品中的某个细节；也有读者针对上一位读者提出的问题回答或发表不同观点、意见，当然也有吐槽、发泄甚至对骂的内容。这种即兴式批评往往表现出强烈的情绪性和感性色彩，是一种快人快语式的口语化表达。而线下批评往往是专业人员的批评，大多追求学理性和逻辑性，同时大多与个人所从事的专业工作或兴趣相关，有专业性要求。三是对适配人群的传播影响力不同。众所周知，线上批评由于积聚在特定人群的公共空间中，极易受到关注，也容易激发、调度当事者和周边人员参与讨论的情绪；同时在技术的协助下，可以转发、推广和分销相关内容，使其影响力呈几何倍数增长。而传统的线下批评则受众量少，有时甚至无法引起关注。如果发在纸媒上，相关人群还不一定能看到，所以很难影响到创作者和他们的粉丝。四是网络文学更新速度比较快，特别是作为青年亚文化深深被打上了 Z 世代的文化印记，因而进行批评时要对大众流行文化、时尚文化乃至某一阶段的青年思潮熟稔于心。这样才能有针对性，否则写出来的批评往往隔靴搔痒、不着边际，很难获得年轻人的认同。因此，从事网络文学批评应当对网络文学进行网络田野调查，摸清门道，熟悉进入的具体路径，做到有的放矢、细致入微，既有切中肯綮的批判视野，又有独到的审美和语言功力，能抓住问题的本质、要害，又有启发、引领作用，即在批评中有一种"到场"[①] 感。

第一节　线上与线下批评融合的原因

加强网络文学线上线下批评的互动与融合并不只是一个理论性命题，更是批评实践的需要和现实发展的必然，尤其要关注长期被专业研究者有意无意忽

---

① "到场"表现为研究者的视觉、听觉等知觉器官感受和体验虚拟社区中的活动。研究者设定的虚拟身体（也即 avatar，头像或其他符号表征）到场，直接体现为在线（也有可能设定为隐身状态）。并且，在必要的时候，以虚拟身体（事实上代表的是屏幕背后研究者的真实身体）为主体发出的知觉、感受、反应等信息，通过网络媒介传递的声音、文字、图片和表情符号等，被其他参与者识别、阅读和感知。参见卜玉梅：《网络民族志的田野工作析论及反思》，载《民族研究》，2020 年第 2 期，第 75 页。

视的线上批评。

增强网络虚拟空间研究现场感的需要。毋庸置疑，网络文学是一种建立在以读者为中心基础上的阅读模式，线上批评包含了读者的阅读心理、读者与作者之间的互动、读者相互之间的对话。这样鲜活的互动场域本身就是网络文学空间的组成部分。网络虚拟空间如同一片希望的"田野"，研究者需要扎根这样的"田野"才能精准把握研究对象。这既符合虚拟空间研究的实践需要，也是网络文学研究与传统文学研究有所区别的地方。传统文学更多的是强调静态的文本研究和作者研究，而网络文学作为一种商业文学，还具有类似广告传播等商业活动的诸多特征，网络文学尤其在"文学性"上与传统文学有着根本的区别。如果继续沿用传统文学的研究方法，则没有办法进入网络文学的细部。因此，需要打破单一视域的研究局限。同样，网络文学批评也不再是单一的模式，我们在揭示网络文学的本质时将"即时性""交互性"统摄为网络文学的主要特征，其实这两点恰恰是通过网络文学的线上评论反映出来的。当我们将网络文学称为"爽文"时，不自觉地又点到了网络文学线上批评。也就是说，揭示网络文学的本质特征的反馈机制一样也是靠读者、网民的线上批评来显现和完成的。如果没有这样的机制我们无法得到网民或者读者的真实感受。在这重意义上，网络文学完整文本的结构中线上批评是必不可少的组成部分，甚至可以说，没有线上批评，网络文学就是以页码作为单位的"信息流"，之所以能够成为完整意义上的文本，正是由一个个读者的阅读体验构成的评论性的"副文本"形成了对主文本的补充。

本雅明认为："文化符号体系是由经济体系决定的，但又不是简单地像镜子那样反映经济体系。这种符号体系既是经济体系的文化表达，又是每个时代的梦幻。它们既是幻象，但又不是纯粹的虚妄，其中也包含着被压抑的愿望，既有压抑因素，也有乌托邦因素。"[①] 这些内容在网络文学的线上批评中极常见，尤其在一些女频作品的评论中更为明显。因此，我们需要研究者能够深入网络虚拟空间的第一现场，去感受他们内心真实的情感，采撷有价值的素材，采用一种整体性的文化视野，将网络文学发生的空间纳入研究体系。因此，将网络文学线上批评纳入网络文学研究，对于构建更为合理的网络文学批评生态具有重要意义。例如，欧阳友权 2001 年发表文章《互联网上的文学风景——我国网

---

① 刘北成：《本雅明思想肖像》，北京：中国人民大学出版社，2012 年版，第 141 页。

络文学现状调查与走势分析》引起较大反响。他在接受《中华读书报》记者舒晋瑜的采访时说："大约是 2000 年夏，我决计仔细了解我的研究对象，花了差不多三个月时间，走访了 100 余家文学网站和门户网站的文学板块、文化频道，下载了大量资料，做了许多数量统计，如汉语文学网站究竟有多少，网络文学'网'的是什么内容，网络作品的文体状况，不同文体所占的比例，网络文学题材主要写什么，一般篇幅有多长，哪类作品点击率更高，网络写手有何表现等等。摸清家底才好心中有数，研究起来能有理有据，这就是那篇研究报告的由来。"所谓"摸清家底"就是到网络空间去进行田野调查，其中自然包括对线上批评的深入了解和认识，也导致其后续研究中有不少内容是对于网络文学批评样态的深入思考。

消除研究者身份隔膜的需要。线上批评和线下批评长久以来之所以形成一种互不待见的对峙状态，在很大程度上是因为双方各自都带着预设范畴进行隔空想象。线上批评认为线下批评是无效的，批评者与网络文学作品之间处于一种隔膜的状态，不足以形成相互对话的可能；而线下批评认为线上批评太过随意，很多都是"口水化"的评点，质量不高，没必要太过重视，甚至带有网络文学不如传统文学的偏见。当两者隔阂日深、各自为战的时候，难免互相碰撞、苛责甚至"老死不相往来"。实际上，这些看法都存在偏见，因偏见造成许多不必要的误解。线上批评和线下批评如果互换身份，换一种观察视角达成相互理解。

这个过程的实现其实是通过一种身份政治来完成的，它强调人们在社会政治生活中产生的一种感情和意识上的归属感。它除了与人们的心理活动有密切的关系之外，更注重自我感知与他者之间的关系。只有消除自我与他者的距离感，才能形成一种来自心灵的、发乎主体意识的理解力。而不是以自然科学式的各种证明来进行判断。

线上批评者更多是匿名虚拟的身份，线下批评者也可以虚拟身份进入线上批评的行列，身临其境去体会线上批评所带有的那份参与和营造的激越快感和浓厚氛围。"更重要的，互联网和新媒体的这一特性，让研究者成为被研究群体之一员的可能性大大增加了，他们与研究对象共享着相同的集体情感和经验，甚至参与到形塑网络空间以及建构新型文化的行列之中，成为对网络社区卓有'贡献'的创造者。从这个角度讲，研究者在某个社群中可能会呈现出多重和复杂的身份。"① 笔者在国内多个省份的网络作家群中，亲身体验到自己在与他们的互相交流过程中网络作家们的所思所想，以及他们所讨论的话题。作为一名专业研究者，当自己真正参与其中的时候会发现网络作家身上所具有的对作品的洞见、判断力一点也不比研究者弱，有些观点还让人很受启发：他们并不如我之前想象的那样。这使笔者作为一名专业研究者自然带有的某种优越感荡然无存，而是深切感受到线上批评身份所具有的独特优势。因此，研究者身份的转向反而有利于线下批评参与线上所带来的深度和广度。比如，从2011年开始，邵燕君将"学者粉丝"引进网络文学研究，这不只是作为一种研究方法，而是从批评者的身份视角出发论证网络文学批评的有效性问题。同时，正是基于从学者到"粉丝"身份的转变，她从网络文学的媒介出发提出了网络文学的"网络性"的概念。这一概念将网络文学的生产、消费统一到同一个维度，是一种理论创新。她还提出网站就是网络文学的"超文本"，网站海量作品的"副文本"同样也是自由空间，可以从这个空间介入批评。② 这无疑对于深入研究网络文学批评的质量具有很大的启发意义。

整体把握网络文化生态的需要。对于网络文学批评场域来说，线上批评是一种以虚拟身体进场的方式，而传统线下批评也不是一种真正的"到场"。因此，可以采取线上线下相结合的方式，即打破物理空间的二元对立，形成视域融合，将线上批评与线下批评交叉进行，这样不仅扩大研究范围，也能真切地感受个体"心灵"的互动体验。这就需要一种立足于整体性的社会交往情境作为批评实践的依托，比如社会背景、文化状况和具体的生活情态等，如果离开了具体的现实文化、政治和社会环境，要对网络生态和文化生态进行整体把握是很难做到的。比如，周志雄从大众文化视角出发，分析网络通俗小说的兴盛与整体社会文化转向的关系，并带领学生对多位网络文学大神进行线下访谈，从社会整体文化背景进行网络文学批评实践。

第二节　线上与线下批评融合的原则

目前来看，线上批评更多出于人与人之间就某一些作品交流的需要，而线

---

① 孙信茹、王东林：《作为"文化实践"的网络民族志——研究者的视角与阐释》，载《中国农业大学学报（社会科学版）》，2019年第4期，第104页。

② 参见吴长青：《异化与解放——中国网络文学批评的演进与反思》，载《中国当代文学研究》，2022年第1期，第173页。

下批评更多出于专业的学术交流需要。线上批评和线下批评之间不是泾渭分明的关系，可以形成良好的"对话"关系。线上批评需要借鉴线下批评的学理性、逻辑性、条理性等优势，线下批评要更好扩大社会影响力和提高批评的有效性、针对性，需要借鉴线上批评的在场性和鲜活性等优势。两者可以寻求建立一种有效的融合机制和方法，形成互通共存的关系，更好促进网络文学批评的整体发展。线上批评与线下批评的融合不是一种权宜之计，也不是一种妥协式的"硬搭"，而是建立在相互尊重和彼此抛弃成见基础上的平等对话。

建构具有共通感的网络文学批评。这里的"共通感"来自伽达默尔所引维柯在《论我们时代的研究方法》中的概念，意为"共同的感觉"。[①] 网络文学批评作为网络文学重要的组成部分，它的价值一点也不比网络文学文本弱，如果把网络文学比作一个木桶，文本只是木板，而网络文学批评就是圈起木板的铁箍。这根铁箍不是随意找一根铁丝就能胜任的，而是符合了当下最广大群体读者的精神趋向和审美价值，这根铁箍贯穿着读者的思想状况，反映他们的欲望和诉求。因此，这里的"共通"就是一种价值观的具体化。网络文学网站 Web 界面排列远远超过了 19 世纪法国象征主义诗人马拉美所处时代的印刷排版的复杂程度，其世界观所构造的创意文化和语言游戏则可看作是网络文学的"文学性"表现。其主要特征表现为网络互动叙事由单一的语言层面向图像、声音乃至线下的实体等诸多媒介形态转变，实现多媒介的参与，从而改变了传统故事情节的构建，其模式为"输入—反馈—输入"，实现"用户—系统程序—用户"的多向交互，不同的用户都可以互换主体，实现所谓的"去中心化"。同时，用户的创意行为作为一种精神动力，在语言、图像、声音等多媒介所构成的游戏场景中推动了系统的自由流动，在这过程中赋予了用户的自主性和掌控感。这种互动叙事一方面扩容了批评空间，另一方面又作为新生成的系统共同构成了网络文学的新形态。

帕斯卡尔·卡萨诺瓦认为由于各种形式的文学所占读者面的不平等，因此需要打破这样的不平衡，建立一个基于最大多数人的文学形式。他说："需要建立一个文学权威指数，好让人们了解这些语言斗争，文学'大游戏'的所有参与者和所有玩家，出于他们所属的语言领域，都通过文本、翻译、文学祝圣及

---

① 维柯认为，那种给予人的意志以其方向的东西不是理性的抽象的普遍性，而是表现一个集团、一个民族、一个国家或整个人类的共同性的具体普遍性。参见伽达默尔：《真理与方法》，北京：商务印书馆，2000 年版，第 35 页。

文学弃绝等不自觉地参与这场斗争；这一指数将重视古老性、'高贵'性、用该语言写作的文本数量，全球公认的文本数量、被翻译的数量……因此必须要把'大文化'语言（很强文学性的语言）和'交流很广'的语言区别开来。"① 毋庸讳言，中国网络文学在一定程度上不仅改变了当代文学的创作生态，也丰富繁荣了网络文艺的发展，但我们仍要清醒地认识到，发展并不能仅仅停留在数量和规模上，也不只是追求样式的繁多，而是内涵的博大精深、气质的鲜明独特，更需要能反映中国人民精神气象的好作品。特别是在寻求中国网络文学走出去的历史机遇过程中，如何能够彰显这样品质的网络文学批评至关重要。通过融合批评找到能够反映本民族文化的最大公约数，只有线上线下彼此形成共识，确立被大多数人认可、接受的中华民族共同体作为核心的"大文化"语言批评体系，并能够以此引导、改造粗鄙的网络创作现状，形成一种可以与世界沟通的文化格局。目前已译介出去的网络文学作品集中在宫斗、宅斗、仙侠、穿越、玄幻、历史等题材领域，其中玄幻、仙侠类小说更是在境外网站上颇为流行，我们并不否认这些文学作品在某种程度上体现、代表了中国文化，但它们并不能真正代表国家主流文化和价值观。尽管以上这些类型在国内拥有庞大的市场，甚至有着为数众多的年轻读者群。如果仅以读者的数量和文学市场的规模衡量文学的价值是失之偏颇的。因此，需要在通俗化、大众化与民族化、经典化融合的基础上建立一种"大文化"语言观的网络文学批评范式。这也是网络文学批评面临的重要任务。

立足互动与共享的目标。网络文学的消费者也是生产者，文学批评是网络文学生产的重要组成部分。共享意识是早期互联网阅读与写作的发明，也是网民利用互联网这块公共空间进行交往的主要方式，是最原始的"趣缘"部落。其实，网络文学的萌芽就是来自早期的港台武侠小说的共享。当共享精神在互联网公共空间中呈现的时候，就很容易生长出一种新的发展机制。一是实现了表达的互动性。这是网络文学线上批评最为活跃的根基，也是互联网的特征所决定的。离开了互动，线上批评就不成立。因此，这里的互动包含了线上批评

---

① 帕斯卡尔·卡萨诺瓦认为："文学性很强的语言是指不仅仅操这种语言的人用它进行阅读，而且还用它思考和写作的人的语言，或者被翻译成值得被阅读的那种语言。这些语言本身就是文学运行的'通行证'，因为这些语言是能进入'文学大家庭'的证明。"参见帕斯卡尔·卡萨诺瓦：《文学世界共和国》，罗国祥等译，北京大学出版社，2015年版，第16页。

的互动和线上线下批评的互动两种类型。二是满足高度参与所获得的全新的体验感。线上批评互动基于对同一个问题的探讨,由于批评者身份的虚拟性,自由表达让线上批评获得了即兴的快感,因而线下批评参与到线上批评同样可以改变线上批评生态的优化。三是促进共享机制的生成。互联网空间由一个个具体的"场域"构成,每一个"场域"都可以视为一个公共空间,因此,共享精神是公共讨论的前提,在讨论中也会形成一定的共识。建立在公共领域里的共识最终会对作品形成一些主要的价值评判。线上线下同样需要突破媒介的区隔,形成超空间的批评模式。三者关系是相互促进,相辅相成的。

重视批评方式的创新。两种批评形式的分野都是基于各自的媒介特点。线上讲究节奏明快,语言简洁性强,尤其是交流简单,传播便捷,技术更新快速。比如有些文学网站设计成白板式的"本章说",充分体现了网络文学作为一种"信息流"的特点,将传统视图 Web 格式由以前的每一章节的评论切割成每一行文字的评论,文字密度的处理大大提高了评论的频率,说到底为读者的参与提供了方便,顺道达成引流的目标。两种批评的融合不是相互迁就,甚至削足适履。线上批评来源广泛,更多是基于广大网民的生动创造,因而其语言的生活气息浓郁,现实感强烈,具有鲜明的大众性和鲜活性。线下批评多来自学者和专业研究者,其语言学理性浓厚,专业性术语较多,理论色彩和逻辑性强。需要取长补短,充分发挥各自的优势,从而力求熔铸一种既生动活泼、有针对性,又讲究理性和逻辑性,观点新颖独特的批评观。

当然,线上批评的优点并不见得就是线下批评的缺点,线下批评的系统性是线上批评无法比拟的,线上批评的零碎、凌乱无法形成整体性的文本,更需要线下批评进行系统性整合,构成一种"合作式"的批评范式。

第三节 线上与线下批评融合的路径

胡塞尔认为:"我们思考一个艺术作品一般的真正意义和某一个艺术作品的特殊意义。在第一个情况中我们在纯粹一般性研究一个艺术作品的'本质';在第二个情况中我们研究真实被给予的艺术作品的真实内容,这种研究相当于对确定对象的认识(根据其真实规定性而将它看作是真实存在的),……除了经验的研究、经验的规定性和个体的规定性之外,我们还进行本体论的研究,它们不仅在形式的一般性上,而且在质料区域的规定性上都是对真实有效的意义的研究。"① 因此要想真正建立起网络文学批评标准，必须把握网络文学的本质，同时研究网络文学的核心质料。网络文学本质上是一种商业文学，如果按照经济学类比，网络文学与传统文学在"言语市场"上存在着先天不平等的现实。同时，这种语言学和文学商业的不平等进而还可以形成一定的话语霸权。而这种话语霸权在很大意义上首先从批评领域开始的。因此，加强线上线下批评融合是消除歧误，实现批评话语平等的基础。

通过组织性的积极引导，建立和谐的批评话语空间。与物理空间一样，虚拟空间同样需要净化和提升。虚拟空间里的虚拟人不代表空心人，他们都是鲜活的、有健全思维的人，其世界观、价值观也可能会发生偏颇，特别是由于互联网空间的开放性和匿名身份，很容易受到外来文化的侵扰。同时，线下批评也可以通过一定的主流渠道向社会公众推介有价值、有启迪性的线上批评，让线上批评走出封闭的自我空间，从而形成一种和谐、互信的公共文化批评氛围。因此，对虚拟空间的净化往往可以通过逆向的塑造来引导。比如，2014年7月，中国作家协会创作研究部、全国网络文学重点园地工作联席会议、人民日报社文艺部、光明日报社文艺部共同举办的"全国网络文学理论研讨会"在北戴河召开。这次会议邀请网络文学作家和从业人员、高校研究者、组织机构和媒体等进入研讨现场。此后，中国作协连续组织多次这样的大型研讨会，此举在一定程度上提高了网络作家的社会地位，从根本上扭转了网络作家在某些认识上的偏差，也带动了线上评论向正向转化。

平台是网络文学内容的责任主体，也是批评的"中介"，需要凸显批评主体责任意识。强化网络文学线上批评并不意味着"去中介"，而是要凸显网络平台的"中介"作用。这也是网络文学批评区别于网络文学创作的地方，甚至可以理解为网络文学批评作为网络文学本身，平台构成的媒介特征使得网络文学成为网络文学。不可回避的是，每一个网络文学平台都分属不同的利益主体，都有各自的风格和偏好，比如晋江文学城主打女性向的都市和古风、起点中文网主打玄幻，等等。因此，各自平台上集聚的读者类型也是不一样的，他们的阅读心理、知识背景、文化状况也是不同的。这样一来，线上批评的内容倾向、审美范畴和价值导向也是不一样的。这也意味着，因为读者的过度热情或者广告效应等所形成的"粉丝圈层"文化也会不时影响着娱乐形式和批评方式。

---

① 埃德蒙德·胡塞尔:《现象学的观念》，倪梁康译，北京：商务印书馆，2016年版，第86页。

　　平台应根据自己的类型定位主动承担主体责任，线下批评当然也应根据主体平台的差异、内容类型、主题意旨和审美趋向建立不同的批评范式，精准把握创作规律，最终达成批评的有效性。同时，平台与平台之间可以建立和谐的沟通机制，也可以通过第三方平台，实现虚拟空间的交叉，形成多类型的互动对话。除了垂直类平台的互动之外，还可以进行横向平台的交叉互动。所谓垂直类平台就是 IP 版权转化平台，同一类型的文学网站、影视剧、游戏、动漫画等关联度高、紧密型合作的不同平台；而横向平台是指不同法人主体的网络文学网站或是新媒体发布平台。而第三方平台可以为政府组织或社会组织，以及传统媒体转型后的融媒体平台。如阅文集团与人民日报数字传播公司合作，联合构建"阅读认知实验室"，推动"人民阅读"平台转型升级，发起重点领域的"网络文学创作计划"。一些案例表明，打通各个平台之间的障碍不仅有助于版权互通和资源整合，也有助于网络媒体走出自我封闭，必将有利于线上线下的互动，共同推动网络文艺批评向着开放、合作、共享的方向拓展。平台的转换使线上批评也随之流动，对于不同类型的平台而言，线上批评也将更加丰富、多元；对于线下批评而言，这些线上批评是值得参考和研究的。同时参与这种多元、多介质的线上批评将会大大提高线下批评的质量。

　　令人欣慰的是，一些资深的网络文学从业人员既能从行业的角度，又能以普通人的身份自如进入两个不同的批评场域，并在两个场域之间搭建沟通的桥梁。他们一般都经历了从网络作家向编辑的转型，再到管理者身份的转变，每一次转变都切身感受到语境和文化身份的变化。如血酬、杨晨、杨阿里、董江波、源子夫、千幻冰云等人除了发表专业批评文章之外，还参与各类网络文学的论坛以及企业内部培训教材的撰写，有一些人还处在向研究者身份的转变。也就是说，作为守门人和批评"中介"的网络文学从业人员素质的提升，不仅可以带动线上批评质量的提升，还促进网络文学质量的整体提高。

　　加强媒体批评建设，使之成为线上线下批评的调节与补充。例如，在 2001 年 6 月，北京文联研究部在天津举办"网络批评、媒体批评与主流批评"研讨会。此次会议主办方把网络批评从媒体批评中剥离出来，提出了所谓的"三种批评三分天下"（即"网络批评""媒体批评"和"主流批评"）的模式。我们可以继续沿用这样的概念，将媒体批评单独作为第三方批评。目前，一些主流平台都开设了专业评论区间，特别是一些文学评论类期刊微信公众号以及专业 APP，及时推出有关网络文学的专业评论，这对于推动公众的文化理论修养和培育大众的审美趣味起到了积极的作用。还有一些自媒体也制作和传播网络文学批评，尽管不一定专业，但也能反映大众的精神状况，对这类平台的一些评论在加强监管和引导的同时，可以吸纳有价值的批评，这对社会网络文化的公共治理也将起到一定的积极作用。线下专业批评需要主动上线，能够与线上批评形成互动，彰显专业批评的专业性和文化感召力。网络文学作为媒介变革的力量，它的基因决定了其离不开媒介传播。因此，线下的专业批评力量需要主动融入新的媒介，不仅要选择媒介，还要建设好专业媒介平台，使之成为助力网络文学批评线上化的重要武器。在这方面，目前国内不少出版单位已经做出了表率。同时，一些高校在开设网络文学专业课程的同时，也相继建立了自己的线上批评平台，如"媒后台""网文界""扬子江网络文学评论""网文新观察""安大网文评论"等，而且都办出了各自的特色，也培养出专业的网络文学批评人才，形成了以中青年骨干教师和研究生为主的专业批评团队。实践证明，这些方法都是正确、有价值的，极大地改善了网络文学线下批评的软环境，为中国网络文学的健康发展做出了富有成效的探索。

增强社会性参与，扩大网络文学批评公共空间建设。批评的目的是为了更好地促进作家创作，提高作品服务社会的功能。网络文学作为一种大众文化，本身就具有一定的群众性基础，但是由于其商业特性决定了它在市场化过程中会出现审美弱化、价值趋向偏颇的可能。与传统文学批评的差异正在于此。网络文学的传播面广、影响力大，如果没有有效的网络文学批评的把持，网络文学的发展则有可能会走向失序无度，甚至会走向反面。因此，需要根据网络文学自身发展生态，扩大线上正向批评的社会参与度，让更多从事线下批评的人和社会公众参与到线上批评。既要改变线上批评的单一性，又要融入线下批评的专业性，更要融入有更多人参与的公共批评，通过这样的融合使得线上批评具有广阔的大众性。也就是把传统的文学审美、积极、乐观向上的价值观融合到文学的通俗性中来，形成雅俗共赏、喜闻乐见的大众文化批评新格局。

第十六章
现象学视域中的网络民族志文学批评

与印刷时代的文学生产相对应的数字时代的文学生产，其技术性和文学形式有增无减地发生了改变，文学批评生态随着文学形式的改变也同样发生变化。线上、线下，传统、当代乃至从文学到整个艺术领域都形成一种"两难形势"①网络文学作为我国数字文化的代表性产物，其生产、消费和批评所构建的网络文艺生态为我国数字文化乃至当代文学发展提供了历史性的参考，同时自身也是其中的一部分。网络文学批评作为一种历史、文化和政治建构起着举足轻重的作用。

第一节　网络民族志中的批评生产

二十多年来的网络文学生产产生了数亿千计的网络文学作品，草根性网络文学批评、学院派网络文学批评和网络批评应运而生，尽管三者之间曾经构成水火不容的紧张，但是随着时间的推移，其紧张关系逐渐得到缓和。反过来看，三者之间所形成的张力不同程度地影响网络文学生产，其作用不容低估，而且影响的焦虑依然存在。

1. 网络民族志中的网络文学批评。所谓"网络民族志"是指以田野调查的研究方式致力于理解互联网及其相关的社会文化现象。② 这是基于网络虚拟民

---

① 孙周兴认为："若从思想史和艺术史的交织和互动来看，当代艺术实际上面临着一种与当代思想相同的两难形势，即：一方面要在存在学／本体论意义上质疑对象的自在持存性和坚固性；另一方面又要在知识学／认识论意义上否定自我的先验明见性和确定性。在这种双重的怀疑和双重的动摇中，在这种'之间性'或'过渡性'中，我们可以看到当代思想和当代艺术共同的基本处境和根本问题。"参见孙周兴：《以创造抵御平庸——艺术现象学演讲录》，北京：商务印书馆，2019年版，第133页。

② 卜玉梅：《网络民族志的田野工作析论及反思》，载《民族研究》，2020年第2期，第70—71页。

族志拓展而来的概念，更符合网络文学批评生态实际。网络文学草根批评实践可以追溯到早期的网络文学形态——网络文学论坛。

1999年2月，一款名为腾讯OICQ的聊天软件出现了，标志就是一只憨态的企鹅。后来，腾讯遭遇到美国在线的侵权抗议，将公司域名改为tencent.com，OICQ改为QQ。当网民从租书店里看不到想看的武侠、言情小说，论坛的帖子和QQ聊天则成了他们的首选。而那时的QQ既不稳定，网速又慢，动不动就掉线。这下年轻人就不干了。于是大家都回到论坛上去，在论坛里进行交流。尤其是论坛里那些来自港台的武侠小说接续上他们在录像厅里所受到的"熏陶"。

来自港台的武侠小说有时不及时，于是大家就在论坛里讨论情节，或是人物进行评点。正是在这样的自由空间里形成了早期网络小说独特的评论和创作环境。

比如，受香港武侠作家黄易的影响，不少书友开始在网络上模仿续写（接龙）BBS中那些外来作品以满足大家等书的需要，久而久之，很多读者慢慢变成了作者，大家在互联网空间中也找到了相互探讨的可能。

在不少第一代网友的回忆里，至今保留着网络文学原初的其他有价值的信息，比如"读者变作者""追更的感觉""自己揣测剧情，山寨一波""一个章节，两个版本""由于追更，明显感觉什么时候遇到瓶颈，什么时候突破""系统越成熟，好看的越难""写套路挣钱"。当这些真实的感性放置在历史时空的时候，其实也正是追溯网络文学生长的一个个线索。

2. 网络民族志中的学者"粉丝批评"。2001年，欧阳友权的《互联网上的文学风景——我国网络文学现状调查与走势分析》引起较大反响，《新华文摘》选用，并被《人大报刊复印资料》全文刊登。他在接受《中华读书报》记者舒晋瑜的采访时说："大约是2000年夏，我决计仔细了解我的研究对象，花了差不多三个月时间，走访了100余家文学网站和门户网站的文学板块、文化频道，下载了大量资料，做了许多数量统计，如汉语文学网站究竟有多少，网络文学"网"的是什么内容，网络作品的文体状况，不同文体所占的比例，网络文学题材主要写什么，一般篇幅有多长，哪类作品点击率更高，网络写手有何表现等等。摸清家底才好心中有数，研究起来能有理有据，这就是那篇研究报告的由来。"① 多年来欧阳友权一直要求自己和所带的团队必须坚持"从上网开始，从阅读出发"的基本理念从事网络文学研究。他所在的中南大学研究团队从 2017年开始每年编撰《中国网络文学年鉴》，出版了《网络文学词典》等大量网络文学研究成果。

邵燕君从 2011 年开始将"学者粉丝"引进网络文学研究不只是作为一种研究方法，而是从批评者的身份视角出发论证网络文学批评有效性问题。同时，正是基于从学者到"粉丝"身份的转变，她从网络文学的媒介出发提出了网络文学的"网络性"的意指，"网络性"这一概念从被建构到被发现可看作是网络文学的一次飞跃，它将网络文学的生产、消费统一到同一个维度，这是一种理论创新。她还提出网站就是网络文学的"超文本"，网站海量作品的"副文本"同样也是自由空间，可以从这个空间介入批评。② 多年来，邵燕君所在的北大网络文学研究团队成果斐然，《破壁书——网络文化关键词》《中国网络文学双年选》《创始者说：网络文学网站创始人访谈录》等经典作品推动了网络文学研究质量的提升。

另外，周志雄从大众文化出发，认识到网络通俗小说的兴起及兴盛与整体的文化转向密不可分。他从 2015 年夏天开始带领山东师大 2013、2014 级研究生对高楼大厦、最后的卫道者等 23 位网络文学大神进行访谈，2018 年之后又陆续带领安徽大学的研究生对青子、老鹰吃小鸡、桂媛等网络作家进行访谈。《大神的肖像——网络作家访谈录》《网络文学的发展与评判》《文化视域中的网络文学研究》《网络文学教程》等研究成果得到了网络文学界的认可。

3. 网络民族志中的"媒体批评"到"网络批评"。主流文学期刊有意向网络文学靠拢最早可以追溯到 2000 年。当年《当代》的改革气魄还是显而易见的，除了举办"拉力赛"之外，还开设了新民间语文："网事随笔"栏目，专门发表反映网络生活的散文、随笔。

---

① 舒晋瑜:《欧阳友权：中国网络文学研究的"元老"》，载《中华读书报》，2017 年10 月 30 日。
② 参见吴长青:《异化与解放——中国网络文学批评的演进与反思》，载《中国当代文学研究》，2022 年第 1 期，第 171—183 页。

　　我学着在BBS写下自己的一些感想，也慢慢得到一些回应，我发现自己开始喜欢上网了，不是为了打发无聊，只是因为网上也有真实的声音。……

　　惟一可以肯定的是，在上网的这一段日子，我学到了很多东西，不仅仅是网络知识，更多的是让我有了思考的空间和改变的欲望，以及充满希望地对待每一天。如今依旧流浪在网络，收信，发信，听歌，看书，写贴……自由如风，仅仅属于网络的风。

——《流浪在网络》①

　　短短一个月时间，我的生活竟然多姿多彩起来，我的心情竟然就这样开朗起来，而且我竟然是很会笑的，笑起来竟然还是一个漂亮女孩，工作竟然也是可以开心的，即便和老板有一点点问题，而老板竟然也是可以变成朋友的，至少在表面上……

　　我也有一点害怕这种一网情深的感觉，每时每刻心中都有牵挂，割舍不得，就像多年前的那场恋爱。……

　　现在的我正坐在这家无数次路过的网吧里，刚刚冲了进来，急急忙忙打开浏览器，输入地址，敲下回车，心里轻轻地说：嘿，你们在吗？

　　……

——《在中关村的网吧想你们》②

　　"新民间语文"这个栏目名称至今还被海南的《天涯》杂志一直沿用下来，只不过《天涯》删去了"新"。如果用《当代》的文学标准去评论这样的散文，似乎压根就不能放在一起，当然也注定了这样的栏目不会太长久。对于网络文学历史而言，这是难得的好素材。因为它用纯文学期刊的视角观察早期的文学网民，在文学网民中或者叫网民文学中读出了时代的气质，特别是青年们真实表达出的声音，几乎每一篇散文、随笔都流露出对虚拟网络空间缺少安全感，同时面对陌生环境和虚拟的交流对象又有着一种急切的交流欲和表达欲。反过来说，这种焦虑与不安，恰恰表明了社会能提供给青年发声的地方和自由表达的空间是不是太少了。他们是不是以前都包裹得太严实了。如今面对新的表达空间有着一种难以抑制的兴奋，也有顾虑重重的矛盾与困惑，但又不忍罢休的

---

① 风过无痕：《流浪在网络》，载《当代》，2000年第2期，第199—200页。
② 暮烟：《在中关村的网吧想你们》，载《当代》，2000年第2期，第200页。

复杂心态。

2001 年 6 月，北京文联研究部在天津举办了"网络批评、媒体批评与主流批评"研讨会。此次会议上把网络批评从媒体批评中剥离出来，正式提出了所谓的"三种批评三分天下"（即"网络批评""媒体批评"和"主流批评"）的命题。[①] 显然这里的网络批评的外延要比草根性网络文学批评广阔，指媒介特征为主导的互联网信息批评和大众文化批评等，突破了网络文学专业批评范畴。

第二节　"文学性"批评

1. 文学性的流变。文学性困扰着的不仅仅是网络文学，也困扰过传统精英文学。在 20 世纪 20 年代，俄国结构主义语言学家、形式主义批评家罗曼·雅各布森（1891—1982）提出了文学性这个术语。他说："文学科学的对象并非文学而是'文学性'，也就是说使一部作品成为文学作品的东西。"[②] 显然，雅各布森是带有从现象学出发的追问，试图打破关于文学的种种范畴，需要抓住之所以成为文学的那个最本质的东西。因此，文学性就正式提上议程。

童庆炳认为："作家把这种审美体验转化为语言文本，文学性也就产生了。那么文学性体现在语言文本的哪些方面呢？我认为，'气息''氛围''情调''韵律'和'色泽'就是文学性在作品中的具体的有力的表现。"[③] 童庆炳则从语言文本的形成的过程考察文学性，文学是经过审美之后的产物，文学性伴随在文学成为文学的全过程，这个过程不是抽象的，是靠文学性实现的。因此，表现手法和表现手段可以看作是文学性。

在后理论转向之后，西方文论家也纷纷抛出对文学性的重新理解。法国文论家安托万·孔帕尼翁把文学"功能"理解为文学的内涵，而且作为首要和更为突出的方面加以强调："用功能对文学进行界定还是比较可靠的，无论这功能

---

① 吴长青：《网络文学佳作产生的机制性转变》，载《滁州职业技术学院学报》，2007年第 4 期，第 25—30 页。

②〔俄〕雅各布森：《现代俄国诗歌·提纲 1》，收录于《俄苏形式主义文论选》，北京：中国社会科学出版社，1989 年版，第 24 页。对于雅各布森和其他俄国形式主义者来说，文学性只存在于文学的语言层面里。因此，他们热心于"诗的语言"与"实际语言"的区别或"文学语言"与"日常语言"的区别。雅各布森提出，文学性就在作家对日常语言加以变形、强化甚至扭曲中，"对普通语言实施有系统的破坏"。转引自童庆炳：《谈谈文学性》，载《语文建设》，2009 年第 3 期，第 55 页。

③ 童庆炳：《谈谈文学性》，载《语文建设》，2009 年第 3 期，第 57 页。

是个体的还是社会的，是私人的还是公众的。"① 所谓功能也就是针对一个或多个具体的目标而进行的活动或行为，可以将其进行对象化，这与童庆炳的使文学能成为文学的要素、手段也有相通之处。只不过童庆炳还是站在"纯文学"的立场上，重在审美转化，因此必得讲究从结果来审视过程，明显带有本体论和方法论的色彩。

伊格尔顿则反对把文学当作客观实体，反对从纯文学因素（特性）或纯文学批评角度理解文学，主张把文学放到社会意识形态结构系统中去，从历史性建构和价值功能的角度来理解文学和文学性。他曾断言："无论是试图从方法还是从对象出发来界定文学研究的做法都注定要失败的。"② 他提出不应从本体论或方法论，而应从"策略"上去研究文学，注重文学和文学研究的功能、价值、目的和效果。③ 笔者认为，作为商业文学的网络文学不应回避文学性，用网络性来置换文学性这一传统文学的概念也是一种权宜之计。因此，依然可以采纳西方学者提出的"功能"体系来评判网络文学的文学性。

法国象征主义诗人斯特凡·马拉美晚年写的一首先锋诗歌"Un coupde dés jamais n'abolira le hasard"《投骰子永远也不会消除偶然性》（图 16-1）④ 曾令许多人感到震惊。本雅明肯定了现代派文学艺术的成就，马拉美一方面把传统写作发挥到极致，同时也预见了即将来临的变革。他说："当书写不断地深入到这种新的古怪形象的印刷领域中，突然间获得了一种充足的内涵时，数量的增长就会产生一个质量的飞跃。在这种图像式书写活动中，诗人将会像早先那作为最卓越的书写专家，只要掌握了统计和技术图表领域就能参与进来。凭借这种国际性的活字版印刷术，他们将会在人们生活中重建自己的权威，找到自己应有的角色。与这种新角色相比，一切修辞的创造性抱负都将显得是过时的白日

---

① 〔法〕安托万·孔帕尼翁：《理论的幽灵——文学与常识》，南京大学出版社，2011 年版，第 27 页。

② 〔英〕特雷·伊格尔顿：《二十世纪西方文学理论》，伍晓明译，北京大学出版社，2007 年版，第 212 页。转引自赖大仁：《"文学性"问题百年回眸：理论转向与观念嬗变》，载《文艺研究》，2021 年第 9 期，第 42 页。

③ 赖大仁：《"文学性"问题百年回眸：理论转向与观念嬗变》，载《文艺研究》，2021 年第 9 期，第 42 页。

④ 引自〔澳〕格雷厄姆·琼斯（Graham Jones）：《利奥塔眼中的艺术》，王树良、张心童译，重庆大学出版社，2016 年版，第 36 页。

梦。"①

同样利奥塔借用马拉美的说法，利奥塔将其称为"诗意的语言"，并称它有"关键性的"功能。他说："这种使用语言的模式，使得语言与自身对立，它依赖于使用修辞比喻和'修辞格'（如暗喻、转喻、提喻、反讽、夸张等）来置换或压倒话语的字面意思或其纯粹的沟通和传递信息的功能。并且，它们生成了额外的'侧向关系'，这种关系产生了更强大的表现力、奇怪的增生物和不合逻辑的联想，剧烈地破坏或'撤销了编码，而同时没有完全破坏信息'或信息所表现的'真实'（利奥塔认为，后者并不是指文本的概念内容，而是指它对这种转化过程的展现）。"②

图 16-1　斯特凡·马拉美《投骰子永远也不会消除偶然性》（1897）

无论是本雅明还是利奥塔，他们都在马拉美的这首诗歌中看到了艺术变革的力量和超越的可能，即："剔除了措辞平淡的沟通功能；［正如马拉美展现的］……其中有超越它的力量，一种需要'被观看'、而不仅仅是被读——被听的力量；是呈现形象，而非仅仅意指的力量"（DF61）——去"看见"观看。③也就是说，传统诗歌中稳固的"文学性"在印刷排版的结构中开始出现松动，

① W. Benjamin, *One-Way street and other writings*, pp.61–62.

②〔澳〕格雷厄姆·琼斯（Graham Jones）:《利奥塔眼中的艺术》，王树良、张心童译，重庆大学出版社，2016 年版，第 38 页。

③〔澳〕格雷厄姆·琼斯（Graham Jones）:《利奥塔眼中的艺术》，王树良、张心童译，重庆大学出版社，2016 年版，第 38 页。

并且被高明的艺术家们及时捕捉到了。

2. 网络文学"文学性"批评本体建构。本雅明认为，文化符号体系是由经济体系决定的，但又不是简单地像镜子那样反映经济体系。这种符号体系既是经济体系的文化表达，又是每个时代的梦幻。它们既是幻象，但又不是纯粹的虚妄，其中也包含着被压抑的愿望，既有压抑因素，也有乌托邦因素。[①] 回溯早期的网络文学从大众文化中孕育而生，20世纪80年代改革开放的社会环境，自上而下的思想文化解封，激活了民间大众的想象力，以及身体和情欲的合法化解放，欲望重归于个体生活世界，这股思潮也渗透进了社会经济理念之中，历久成为社会文化的一种另类生产力。它也是激发表达欲、参与欲的外部因素。

"幻想"作为一种想象行动机制具有无边的带入感。惯习认为，"幻想"是一种虚无的想象，与实体无涉，甚至连具体的目的和意义都没有。然而，当我们真正回到网络文学创作现场，很多惯习的思维似乎无法回答其中的原因。以起点中文网的作品数统计为例（表16-1）：

表16-1　起点中文网类别作品数（截至笔者写作时间统计）

序号	类别	书量（部）	序号	类别	书量（部）
1	玄幻	721722	8	历史	77225
2	奇幻	159241	9	游戏	108311
3	武侠	45378	10	体育	9109
4	仙侠	236460	11	科幻	157333
5	都市	374244	12	悬疑	66996
6	现实	43492	13	女生网（站）	800370
7	军事	20623	14	轻小说（站）	113490

以10万部为单位，排列前六位的分别是玄幻、都市、仙侠、奇幻、科幻、

① 刘北成：《本雅明思想肖像》，北京：中国人民大学出版社，2012年版，第141页。

游戏，其中玄幻类的数量高于体育类近 80 倍。从类型对比中发现幻想类（玄幻、奇幻、科幻）占总数的 85%。这不能不让人思考，为何幻想如此受到粉丝（读者）的喜欢。前文已经论述对于消费而言，以"爽""喜欢"为代表的娱乐体验本身就是生产力。但是在"幻想"与"爽"之间是靠什么使得抽象的幻想成为具象的生产力？

（1）幻想是现实的一种积极变异。现实生活的不"爽"是否可以直接推导出"不现实"的幻想就一定是"爽"的？显然这里存在着对现实不爽的某种消极的对抗，比如逃避、古人的归隐，钱穆所认为的屈原高于庄子，杜甫优于李白的理由。按照惯习，我们也很容易将现实的不如意与幻想中的快意恩仇形成某种心理学意义上的对应。然而，我们仅以这样的视角解释，显然是不全面的，甚至遮蔽了真正的问题。

同样，这个问题还能引出另外一个问题，现实的不"爽"是不是"消遣"可以打发和平衡得了的？这意味着，消遣是解决不爽的一条路径？

一是从网络文学的"对话性"看来，粉丝（读者）对文本、作者的依赖并不能推导出一个完全消极的模态，从游戏的角度看来，粉丝（读者）在幻想世界里始终处于一种积极的参与、建构、填充、互动的角色。因此，幻想不是不爽的现实的避风港，至少有相当一部分粉丝（读者）不是这样的情形，用一种"二元对立"的机械、教条式的思维显然不适以解释网络文学幻想空前受欢迎的原因。

二是幻想与现实之间的联系并没有完全阻断。如果用光源与光影来隐喻这一对关系，那么现实就是发光体，而光影就是幻想，现实是幻想的投射，或者幻想离不开现实的观照。这一组关系不是完全对应的，否则就很容易陷入科学预设的陷阱，甚至走向一种狭隘的宗教观，将具有无限生命力的"幻想"绝对化和庸俗化。

事实上，幻想既是对现实的抗拒，同时也是对现实的无限超越，是一种反科学主义的科学思维。幻想是一种积极的艺术行为。尽管我们将网络文学的幻想纳入消遣娱乐的范畴，但客观上不能完全排除幻想中的积极的艺术行为，这是为幻想作为一种艺术生成可能性的辩护。解释学哲学家伽达默尔自信地认为："存在着非常多的不同艺术塑造形式，在这些形式中'某种东西'自我表现；因此，自我表现的东西总是可以集中于只能这样的、一次性的形象塑造，并且作为规则、条理的保证也是有意义的，而且与我们的日常经验相区别。艺术所造成的象征性的体现，不必非得依赖事先规定的东西不可。恰恰相反，艺术的特征正是在于，在艺术中被表现的东西，即便其含义有多有少甚至一点也没有，这种东西仍如同重新认识那样使我们留恋和中意。它可以证明，正是从艺术的这种特征中显示出一切时代的和今天的艺术为我们之中每一个人所提出的任务。任务就是学会去听懂艺术作品所想说的东西；我们将不得不承认，这种'会听'首先是指，把一切变得听而不闻、视而不见的东西，从正在扩展为越来越有魅力的吻合的事物中提取出来。"① 从这层意义上来说，网络文学中的"幻想"可能提醒我们如何学会"会看""会玩"，把互联网中那些真正含有艺术特质的东西提炼出来。

（2）网络文学叙事性② 连接起现实与幻想的有限与无限。幻想是无限的，作为一种新世界观的体系的架构，对于故事本身而言，仅有体系的架构是远远不够的。需要叙事的支撑。因此，语言是叙事的核心也是最基本的手段，如果离开了语言，故事是无法形成的。网络文学作者的语言问题几乎很少有人提到，到底是不值得提还是网络文学的随意性和无成规？维特根斯坦后期哲学以"语言游戏"说作为批判哲学困境的理论基础。所谓"语言游戏"，意即我们的语言是按照一定的规则在一定的场合中使用的活动，语言、规则和使用的活动就是它的基本要素。任何一个语词概念的含义或意义，并不在于它所意指的对象中，而在于它按照一定的规则与其他的语词的组合方式中。换言之，语言在使用中才有意义，语词的意义就是它的用法。③ 网络文学作为当代最为活跃的语

---

① 〔德〕H.-G. 伽达默尔：《美的现实性——艺术作为游戏、象征和节庆》，郑湧译，北京：人民出版社，2018年版，第37页。

② 由于叙事有不同的种类、样式，因此 Marie-Laure Ryan 认为有不同的叙事性。叙事性的形式有，1. 简单叙事性，其特点是用童话故事和奇闻轶事处理简单的冲突。2. 复杂叙事性，即在三层式主体交叉的小说中表现出的有相互联系的叙事线索。3. 具象式（figural）叙事性，即某些抒情性、哲学性作品中出现的人物和事件所表现出的抽象共相、概念或集合体。4. 工具叙事性，即布道和论文中的说明性根据。5. 增殖性叙事性，它没有全局性叙事，只有一系列的细小叙事，主要表现在流浪小说和魔幻现实主义小说中相同的角色身上。Marie-Laure Ryan, "The Modesof Narrativity and their Visual Metaphors." Style.26 (1992): 368-87. 引自高新民、胡子政：《叙事研究的形而上学之维》，载《华中师范大学学报（人文社会科学版）》，2018年第4期，第70—85页。

③ 张志伟：《从维特根斯坦的"语言游戏"说看哲学话语的困境》，载《中国人民大学学报》，2001年第1期，第41页。

言，深深地打上了"Z世代"的印记。而传统网络文学①带有大量的民俗、神话以及民间口语，新网文②有着日韩文化特色的"轻小说"特征（笔者注：起点中文网主页引擎目前已经将"二次元"改为"轻小说"）。

网络文学幻想叙事则是带着大量的虚构叙事，同时还有神魔、仙道、奇侠等奇闻逸事，叙事结构上的升级打怪则是游戏模式；而其中不乏现实的影子，当然现实叙事则有着巴赫金所说的"荒诞现实主义"③以《悟空传》为例，有人说该书直接受当年周星驰的《大话西游》的影响而成书，这样的结论无从考证，但其美学风格均带有"后现代"的解构之风。首先表现在语言上，如果没有叙事语言的解放，则这样的意义是无法生成的。

世上最残酷的刑罚，就是让一个人失去他最心爱的东西，永远。

"因为……这世上没有什么能永远不失去，可有些人不相信这些，所以他们失去的，他们要不停地找回来，找一辈子。"④

---

① 邵燕君认为："传统网文"的形成与"起点模式"的打造是分不开的。这不仅由于起点中文网和以"起点团队"为核心的阅文集团，在中国网络文学发展总体格局中长期处于垄断地位，更由于"起点模式"是中国网络文学原创的成功模式，在网络文学商业化转型初期在与诸种探索模式竞争中胜出，又在此后商业模式、媒介形式的几度嬗变下不断完善，成为被普遍仿效的行业标准，从而奠定了中国网络文学的基本形态。传统网文的"终结者"是自2013—2014年开始成型（如"梗文""宅文"），2015年（被业内称为"二次元资本年"）后，"二次元网文"日益壮大起来。"二次元网文"开启了网络文学的新阶段，也只有新形态作为"他者"出现，"传统形态"的核心特点才能更明确地显现出来。引自邵燕君：《网络文学的"断代史"与"传统网文"的经典化》，载《中国现代文学研究丛刊》，2019年第2期，第1—18页。

② 新网文主要以梗文和宅文为主，它们都是以二次元ACG文化为主要写作元素的类型文，梗文更偏重用梗和吐槽，形成一种欢脱吐槽风格，如《从前有座灵剑山》（国王陛下，2013）；宅文更偏重萌要素，属"男性向"，如《异常生物见闻录》（远瞳，2014）。引文同上——原注。

③ "荒诞现实主义的主要特征是低级趣味/档次低下，它使高品位的、精神性的、理想性的、抽象性的事物全部过渡到物质性、肉体性的水平。这一大地与肉体的层次成为难以分离的统一体。"转引自〔日〕大江健三郎：《小说的方法》，王成译，北京：金城出版社，2012年版，第184页。

④ 今何在：《悟空传》，北京：光明日报出版社，2001年版，第6、69、3、145页。（笔者注：豆瓣按热度排序 https://book.douban.com/subject/1003000/blockquotes，查询日期：2022-05-05。）

曾经在网文界带起"赘婿文"风行的《赘婿》①写了一个叫唐明远的开发商穿越到武朝，成为江宁富商苏家的入赘女婿。在武朝，他名叫宁毅，字立恒。宁毅的爷爷与苏家约定指腹为婚。到了宁毅这辈家道中落，苏家太公履行承诺，将执掌苏家的大房苏伯庸的唯一女儿苏檀儿许配给宁毅，可在结婚当日苏檀儿以逃婚抗婚不从……故事从此开始了弱者的逆袭。②

显然，故事的时间是模糊的，设定历史事件是虚构的，故事的架构以商业谋略的开发与展示赢得贵人的芳心。如果说故事中没有现实是说不通的，但是这个现实是一个"异现实"，有人批评为"伪现实"。而作者本人明确告诉粉丝（读者）这是一个"异界"——量子力学？多重宇宙？为什么作者要在这里故弄玄虚一番？所谓"叙事有三个主宰力量，即好奇、悬念、惊喜。一作品有产生这三种情感的力量，即为叙事，否则就不属于叙事"③。现实叙事虽不是以具体的历史和社会作为故事的元发力，但是现实的知识谱系为虚构、想象增殖了价值性维度。同时唤起了粉丝（读者）的积极参与的意识。

（3）对"异世"的探究激发现代科学精神的建立。

在网络文学中大量的"异世"的知识均来自天文学、物理学以及哲学上的科学理论。

1957年，多世界理论首次被美国学者埃弗雷特（Hugh Everett）提出来。所谓不同的宇宙空间中都可以存在着经过量子测量过程中所有可能态共存且具有同等的实在性的物质。其理论成果被总结为："经过反复曲折的发展，以埃弗雷特的相对态解释为原型的多世界解释目前已经显示出其强大的生命力和合理性，且在经验和理性对话的平台上为量子力学发展迈出了重要的一步。"④所谓量子理论对我国的影响绝不是仅仅在学术界和理论界，对大众的影响也是显而易见的，尤其是对于好幻想的青年，他们对这些知识的接受相对比较普遍，因

---

① 愤怒的香蕉：《赘婿》，青岛出版社，2021年版。首发起点中文网2011年5月23日，36集同名网剧2021年2月14日在中国大陆网络平台首播。

② 愤怒的香蕉：《第一章：苏家赘婿》，见《赘婿》，起点中文网，https://read.qidian.com/chapter/i-H2eDTDYsI1/8f_VMypaBooex0RJOkJclQ2/，查询日期：2022-05-05。

③ 参见 M. Sternberg, *Expositional Modesand Temporal Orderingin Fiction*, Baltimore: Johns Hopkins University Press, 1978. 转引自高新民、胡子政：《叙事研究的形而上学之维》，载《华中师范大学学报（人文社会科学版）》，2018年第4期，第70—85页。

④ 贺天平、卫江：《经验与理性：在量子诠释中的嬗变——关于〈量子力学多世界解释的哲学审视〉的进一步阐释》，载《科学技术哲学研究》，2012年第1期，第21—26页。

此激活了他们的想象力。

我国哲学研究者韩民青认为："在科学界，无限宇宙的观念已不同于过去的单一无限宇宙观，而是以多宇宙观念构成新的多元无限宇宙观。在多元无限宇宙观中，宇宙是多层次、多数量的，并且允许特定宇宙的时空有限性存在。"① 随着这些知识的传播与普及，被合理引渡到创作中成为一种对想象的"异世界"的强化。作者和粉丝（读者）都知道这里的引用只是一种铺垫或者语言符号的象征，但是缺了这项，似乎就缺了点底气。宁可视为一种技法，不必指责为"噱头"，尤其对于来自草根创作的消遣文学，很大程度上也是考察当下青年整体知识状况的一个维度。在网络文学创作中，很多类型的作品中都有幻想成分。这也是文艺作品的内在机制，所谓"白日梦"。这与文艺作品是想象力的具体显现有着同源同构的关系。网络文学中不仅"四幻"（玄幻、奇幻、魔幻、科幻）直接来自科幻，仙侠、穿越、重生、悬疑、游戏等与幻想也密不可分。可见幻想是成就网络文学的最主要的动力源泉。同时还与年轻人好"做梦"有关，也与互联网的虚拟性有关系。幻想成为互联网上潜伏的灵魂，激发了万千网络作者乐此不疲地生产大量的文字，他们自己戏称"码字"。这多少带着一点"双关"，既点出了网络文学的生产特性，也成为这份职业的网络特征和劳动状态。

网络文学的幻想机制同样也是一种原创力，既是具体的创作力的具体呈现，也是网络文学源源不断生产的内在动力和生产秘笈，它也是最活跃的生产力，如果从消遣走向实践，那必将会成为青年改变世界的力量。

正如本雅明所说："辩证思想是历史觉醒的工具，每个时代不仅梦想着下一个时代，而且在梦想时推动其觉醒。它在自身内孕育了它的结果，而且正如黑格尔早已认识到的，借助诡计揭示它。"② 网络幻想小说或多或少也具有这样的功能，这也是网络小说既有传统小说的特征，对生活意义的探寻，同时又吸收了传统口头故事的道德观念。

第三节　建构"共通感"的文学批评

这里的"共通感"即为伽达默尔所引 J. B. 维柯在《论我们时代的研究方

---

① 韩民青:《宇宙的结构、演化与人类的作用——新人择原理与人学宇宙观》，载《东岳论丛》，2000 年第 6 期，第 25 页。

② W. Benjamin, *Charles Baudelaire: A Lyric Poet in the Era of High Capitalism*, London: Verso, 1997, p.176.

法》中的概念，意为"共同的感觉"①。网络文学网站 Web 界面排列远远超过了马拉美时代的印刷排版的复杂程度，其世界观所构造的创意文化和语言游戏则可看作是网络文学的"文学性"。

利奥塔从德国唯心主义思辨叙事和由启蒙运动所倡导的解放叙事的衰落与崩溃，往昔的知识英雄和解放英雄对人们来说已经失去了吸引力，社会关系正在向一种离散状态过渡中判断，语言游戏就是社会关系。②同样网络文学作为一种语言游戏，随着一代青年的成长，也从"青年亚文化"步入日常，成为一种公共性的大众文化。

不可回避的是，网络文学由于语言学与文学商业的不平等，造成了强势的"言语市场"，形成了对传统文学的霸权。"需要建立一个文学权威指数，好让人们了解这些语言斗争，文学'大游戏'的所有参与者和所有玩家，出于他们所属的语言领域，都通过文本、翻译、文学祝圣及文学弃绝等不自觉地参与这场斗争；这一指数将重视古老性、'高贵'性、用该语言写作的文本数量，全球公认的文本数量、被翻译的数量……因此必须要把'大文化'语言（很强文学性的语言）和'交流很广'的语言区别开来。"③这将是网络文学批评面临的重

---

① 维柯认为，那种给予人的意志以其方向的东西不是理性的抽象的普遍性，而是表现一个集团、一个民族、一个国家或整个人类的共同性的具体普遍性。引自〔德〕汉斯－格奥尔格·伽达默尔：《真理与方法》，北京：商务印书馆，2000 年版，第 35 页。

② 利奥塔认为，尽管社会在向离散状态过渡，个人变得微不足道，但并不孤立。"它处在比过去任何时候都更复杂、更易变的关系网中，不论青年人还是老年人，男人还是女人，富人还是穷人，尽管他们极其微小，但都始终处在具体的交流圈中的一些'关节点'（nodal points）上，或者更准确地说，处在各种信息经过的位置上。"在语言游戏中，任何人都有陈述的权利、表达的权利，这些陈述确定他的位置：或者是发话者，或者是接受者，或者是所指。同时，在语言游戏中，一个人使出"招数"，即新的表达方式，会使语言游戏发生某种创新，利奥塔说，"原子被放置在语用学关系的交叉点上，但它们也被贯穿，它们的陈述置入到一种永恒的运动中。语言的每个对手在受到'打击'时，都会产生一种'移位'，一种变动，不论其性质如何，也不论他是接受者、所指还是发话者。这些'打击'又必然引起'反击'。"赵雄峰编著：《艺术的背后：利奥塔论艺术》，长春：吉林美术出版社，2007 年版，第 27—28 页。

③ 帕斯卡尔·卡萨诺瓦认为："文学性很强的语言是指不仅仅操这种语言的人用它进行阅读，而且还用它思考和写作的人的语言，或者被翻译成值得被阅读的那种语言。这些语言本身就是文学运行的'通行证'，因为这些语言是能进入'文学大家庭'的证明。"参见〔法〕帕斯卡尔·卡萨诺瓦：《文学世界共和国》，罗国祥等译，北京大学出版社，2015 年版，第 16 页。

要任务。

1. 新的文学空间构建了新的交往空间和共情、共享空间。网络社区"共情"空间创立。知乎上有人出了一个题目"中国网络小说的发展历程大体是怎样的？"，其中一位叫逸竹轩的网友发了一个跟帖①：

我看的第一本网络小说作者是泥人，书名江山如此多娇。大概是2002年，还在拨号上网的时候，拨好号连上网后，先打开十几章节的网页，在断网，慢慢看。然后再就是黄易的《大唐双龙传》《边荒传说》。我看《边荒传说》的时候，还在缓慢更新中。

再然后就有了幻剑书盟，起点，这些网站，我印象中非常深刻的是，有一个盗版网站专门把付费更新的页面截屏以图片的形式发出来。当年穷，后来收入高就开始付费看书，来支持喜欢的作者。

在网络上看书的读者基本都有这样的真实体验，喜欢武侠或言情，喜欢跟作者交流，他们是在共同的阅读体验中或者叫在共同生成的情感中一起向前。像世纪初《当代》的期刊编辑已经敏锐地意识到传统期刊的那种编、读、写的方式已经远远不能适应社会的发展，必须在类似互联网论坛中建立起信任的多元合作、共享的读写关系，而不是单一的围绕作者的写读关系。

也只有在这样的情境中才能培育起真正意义上的中国读者市场，互联网所提供的场域让中国的阅读者也第一次体味到自己被尊重的那种欣喜若狂。这也激发了他们狂热的购买欲，后来甚至为自己喜欢的作者打赏。这些举动都被心细的网络文学早期创业者看在眼中，记在心里，他们在读者与作者的互动中不仅看到了新的欲望生机，更看到了娱乐精神背后所潜藏着的巨大的生产力。按照马克思的观点，有什么样的生产力，必定会有什么样的生产关系与之相匹配。

后来的实践证明，网络文学以读者为中心的大众文化生产开辟了一条具有中国特色的文化产业模式。而它的起点就来自互联网精神的张扬和对娱乐生产力的深度发掘。

2. 互动与共享——消费者也是生产者。有消费才有生产，但凡能称得上是生产的必以量级待之。互联网上有庞大的消费群体，对网络上的内容提出了挑战。很多人抱怨想看的内容总是更不上。想必这些抱怨也会在网络的论坛或

①逸竹轩:《中国网络小说的发展历程大体是怎样的？》，知乎，https://www.zhihu.com/question/23509804/answer/991631739，查询日期：2022-05-05。

QQ群里吐槽。

共享意识是早期互联网阅读与写作的发明，也是网民利用互联网这块公共空间进行交往的主要方式，是最原始的"趣缘"部落。后来"共享"成为一个经济概念，曾被评为2017年网络十大热词，其实，网络文学的萌芽就是来自早期的港台武侠小说的"共享"。"共享"现象的背后其实是一种超越个人功利，突破人性自私的精神。当这种精神在互联网公共空间中呈现的时候就很容易生长出一种新的发展机制。

一是实现了公共空间欲望的自由表达。因为互联网作为一个异域空间，不存在现存身份符号的限制，可以释放出前文所谈及的"绝对自由"，所以当看到罗森的《风姿物语》时会惊叹，原来小说可以这样写，这是受到外来文化的刺激和启蒙，也是一种启发，对于有学习意愿的人来说，会激发他（她）的智慧和创新的欲望。

二是满足高强度的参与获得全新的体验感。公共空间的自由性，成为释放个人压抑情感的一种手段，只要外在条件允许，这种压抑的因素会被新环境所激活，抑制的情绪和精神会产生超强度的反弹，可以激发抑制者的高强度参与。

三是促进互动机制的生成。交往作为一种行动机制在网络公共空间中更加明显，很多平时由于工作或是生活不畅的人，本来就缺少参与和表达，尤其是得不到及时反馈，互联网的及时性反馈弥补了这样的不足，当发起者发出超强意志的时候，能够得到及时的反馈，会激发发起者继续发出自己的意志，这样循环往复形成了新的参与欲和表达欲。因此前三者关系是相互促进，相辅相成的。

四是激励生活语言文学化。网络文学作为以语言为主要介质的传播，扩充了媒介的边界，也丰富了媒介的内容，特别是将日常生活文学化，作为一种原始的网络语言也开始通过互联网传播，进入反噬日常语言，形成了新的语言和新的语法，这是网络文学作为信息，同时作为网络文化的先导性所决定的。使得网络文学与传统文学产生了新的分化。如果按照传统的语言的等级观念，这种大众网络语言似乎有新的文化意识的追求——在自我的媒介空间中承担着新意义的生产。这是网络文学区别传统文学最为核心的地方。在网络文学的早期阶段这是由外来的文化所引发的，并一发不可收地坚持了下来。

五是唤醒认可肯定赞赏机制的回归。由于传统社会的积习和长期的文化秩序，年轻人的观念很难得到来自传统社会的认可，互联网的开放性和共享性很容易将传统社会约定俗成的秩序打破。其中的认可机制容易达成年轻人新生的观念，并通过这种机制二度强化新观念的生成。在肯定中确认，在认可中形成了道德上的依赖，这便是互联网作为一种黏性的内在机理。

六是促逼艺术能力的提升。古希腊哲学家亚里士多德在论述艺术时，高度认可艺术来源于模仿，鲁迅在追溯文学的起源时也曾经说："在原始状态的人类的欲求，是极其简单，而那表现也极其单纯。先从日常生活上的实利底的欲求发端，于是成立简单的梦。……比这原始状态更进一步去，则加上智力的作用，起了好奇心，也发生模仿欲。而且，先前的畏敬和恐怖，一转而为无限的信仰，也成为信赖。"① 网络文学作为一种精神依赖和道德肯定在模仿的原始欲求上是共通、一致的。

因此，在早期的网络文学生产中这种基于民主协商、平等观念的共享以及道德价值的认同为网络文学的作者的生成提供了必要的条件，同时作者与读者两种界别的模糊也为后来网络文学的可持续发展提供了推介、传播的力量。

在这种无等级的融合中产生的协商、平等的评价机制也为网络文学形成自己的独有机制提供了道德上的支持。于是，娱乐作为一种生产力也有了自身的道德、伦理基础，正是有了这样的伦理基础，为娱乐社会化向个性化转化提供了合法性基础。

建立在此基础上的大众化"共通感"的"大文化"语言不仅仅尊重读者（粉丝）批评，更需要"学者粉丝"的专业化批评，同时媒介的网络批评也成为净化语言的摇篮，在传统的民族语言与网络文学语言之间寻求最大公约数，网络文学批评应在网络文学经典作品中挖掘"大文化"语言情境的独特时代审美特性和民族特性，共同建构"三位一体"的网络文学批评生态。

---

① 鲁迅:《苦闷的象征——文学的起源》，收录于《鲁迅全集（第十三卷）》，广州：花城出版社，1995 年版，第 64 页。

第十七章
中国网络类型文学批评理论的演进与反思

伴随着网络原创文学的革命性开拓，网络文学批评同时进入学术生产的序列。纵观近 20 年来网络文学批评理论的生产，大陆网络文学批评出现了所谓"电子（数码）文学理论批评""媒介理论批评""学者粉丝批评""大众文化批评""图像与游戏批评"等理论流派，这些批评理论有过怎样的影响？网络文学批评理论的建构路径到底在哪里？这些问题都需要从理论上进行总结，更需要在网络批评生产实践中厘清基本常识性概念，以期消除一些不必要的歧误，更好地推动中国网络文学批评理论不断完善。

第一节　流行的批评理论

一、电子文学理论肇端论中的网络文学

与传统文学批评一样，很多人认为中国当代文学没有批评理论，一般都是照搬西方的。这话说得似乎太过绝对。一般看来，网络文学批评理论主要来源于西方数码理论和传统文学批评理论。还有一种观点认为，理论是可以互鉴的，本就没有一套绝对现成的理论，网络文学也不例外。

张世禄先生曾经指出中国古代文艺批评的两个缺陷，他说："近今研究吾国文艺者，众矣。顾其偏弊之处有二：其一，每偏重于文艺之体制形式，所谓定言不定言，骈体与散体等，言之甚详；而于其内容之变迁如何，其受于时代思潮之影响者如何，其关于文艺本身外之事实如何，则罕有论及。此则不为统体观察之过也。其二，诸述文艺史者，大都仅罗列文学家作品与身世，以实各代史料而已；至于其相互间递嬗交替之关系，与受于时代变化之原因等等，则略而不讲。此则缺乏历史方法之过也。"[1] 张先生批评两种倾向：一是只注重具体

---

① 张世禄:《中国文艺变迁论自序》，许嘉璐主编，太原：山西人民出版社，2014 年版，第 1 页。

文本研究，而对社会变迁缺乏研究；二是文学史研究缺乏历史方法，对演化史缺少研究。如果我们把张世禄先生对古代文学批评的两个点抽取出来考察网络文学批评，显然早期的网络文学批评对网络文学采取的文化学研究居多，具体来说就是对网络文学的技术性学理分析比较多，远没有触及对文本的研究。

这与网络文学的载体——互联网有着重要的关系，以至于很多学者将网络文学直接等同于电子文学或数字文学。

电（数）子文学概念直接来源于互联网技术生成的所谓赛博空间、超文本、超链接等概述性描述。1994年，中国获准加入世界互联网并在同年5月完成全部联网工作。据赵小雷考证，"早在1994年，钟志清就向国内介绍了'电脑文学'的'超文本'特征，而较早将其运用到中国网络文学研究中的是黄鸣奋和欧阳友权等人，他们突出'超文本'的复杂性、非线性特征，强调其'是一个文本从单一文本走向复杂文本、从静态文本走向动态文本的新形态。'后来，'超文本'成为中国网络文学研究的重要概念。"[1] 随着网络文学研究论文的大量生产，"超文本"这个概念则成为早期网络文学研究的核心关键词。

黄鸣奋后来反思说："中国的'网络文学'与西方的'电子文学'虽然都是信息革命所催生出来的数码文学，但是二者的主要范畴是不同的。"[2] 那么，中国"网络文学"到底是不是电子（数码）文学？学者之间曾对此争议颇大。王小英引用马季的观点并从符号学的角度认为："正因为欧美国家几乎没有等同于中国所谓的'网络文学'，中国网络文学的主流走的仍是'传统写作的老路'。欧美关于超文本、赛博文学、遍历化文本（Ergodic text）的研究也不宜被借鉴以研究解释中国的网络文学现象。"[3] 王小英直接否定了超文本、赛博文学、遍历化文本研究移植到中国网络文学研究的可能性。

欧阳友权创造性地从媒介形态出发将网络文学的超文本链接和多媒体制作的作品分类，进而以此作为区分网络文学的依据，他说："最能体现网络文学本性的是网络超文本链接和多媒体制作的作品，这类作品具有网络的依赖性、延伸性和网民互动性等特征，不能下载作媒介转换，一旦离开了网络就不能生存，

---

① 赵小雷：《文学为体，网络为用——建构网络文学评价体系的两难境遇》，载《西北大学学报（哲学社会科学版）》，2018年第3期，第143—144页。

② 黄鸣奋：《中西数码文学异名别义》，载《中国社会科学报》，2011年6月7日，第10版。

③ 王小英：《网络文学符号学研究》，北京：中国社会科学出版社，2016年版，第4页。

这样的作品与传统印刷文学完全区分开来，因而是真正意义上的网络文学。"①
这也是较早给网络文学定下的描述性定义，具有一定的代表性。

张屹在欧阳友权定义的基础上强化了广义之外还存在一个狭义的网络文学，即"将赛博空间文学分为三类：一是上了网的传统文学，如电子版的《西游记》《红楼梦》等；二是首发在网络上的原创文学，如蔡智恒《第一次的亲密接触》等；三是存在于网络空间的，包含超链接（hyperlink）的超文本、超媒体文学，如乔伊斯（Michael Joyce）《下午》（Afternoon, a story）等，以及人机交互生成的作品，等等。其中，上了网的传统文学，只是实现了载体的变迁，形态并没有根本改变，因此不能算是真正的赛博空间文学。二、三类作品离开计算机和网络便不能存在，它们能动地体现了赛博空间对文学存在方式的重构。"②张屹还从技术使用的角度，将处于较低层次的第二类称为广义的网络文学，第三类属于较高层次的超文本、超媒体文学，这种文学形式注重挖掘电脑和网络的潜能，则称为狭义的网络文学。

另一方面，中国网络文学的实践同样受到了西方学界的关注。霍克斯在《虚拟中国文学：在线诗歌社区的比较研究》一文中指出："贝克尔认为超文本小说是非线性写作，要求创造特殊的软件支持，特殊的经销商来销售，欣赏时要求特殊的阅读策略，在社会学意义上是一种真正的艺术形式。印刷世界没有办法，将这些要求融合在现有的组织形式和代理商之间的合作之中。如前面提及的，在线文学的革新形式还没有在中华人民共和国出现。"③在这段论述中，霍克斯从非线性写作、特殊的软件、特殊的经销商、特殊的阅读策略、排除印刷等方面论述了西方电子（数码）文学与中国大陆网络文学的迥然不同之处。

黄鸣奋曾就电子文学与网络文学的差异做过详尽的比较，他指出："我们不能简单地将网络文学视为中国的电子文学，正如不能简单地将电子文学视为西方的网络文学那样。只能说中国有自具特色的网络文学，正如西方有自成体系的电子文学那样。二者之间存在社会文化差异，但在外延上又有交叉之处。电

---

① 欧阳友权：《数字媒介下的文艺转型》，北京：中国社会科学出版社，2011年版，第89页。

② 张屹：《赛博空间与文学存在方式的嬗变》，北京：中国社会科学出版社，2018年版，第14页。

③ Michel Hockx, "Virtual Chinese Literature: A Comparative Case Study of Online Poetry Communities", *The China Quarterly*, 2005, vol.183, p.676.

子文学之所以早发，原因之一是西方在数码技术领域的领先地位；电子文学之所以兴盛，原因之一是当代信息科技在西方的高度普及。网络文学之所以晚起，原因之一是汉字输入计算机的瓶颈制约；网络文学之所以繁荣，原因之一是中国传统出版门槛的倒逼。相比之下，电子文学观念更多着眼于人机交互，网络文学观念更多着眼于人际交互。"① 也就是说，电子文学在于机器参与创作，而网络文学则是通过互联网技术实现了作者与读者的互动。

尽管如此，一些持技术主导艺术系统结构的研究者以技术化分析研究网络文学。许鹏认为："我们对于网络文学三个基本特征（笔者注：传播、文本、造型）的分析与表 1 '技术对艺术的全面支撑及其历史演进的系统结构'中的结构不仅完全吻合，而且清晰地显示出这些基本特征产生的必然性以及彼此之间的关联性。"② 显然，这里所说的网络文学的"三个基本特征"依然采用的是西方电子（数码）文学的范畴，其次忽略了多种艺术样式可以叠加并存的复杂性。因此，靠机械设定出的批评理论显然不适合中国网络文学的具体实践。

如果说，早期的网络文学研究因研究对象的不确定，作为一种权宜之计，直接取材西方理论作为研究方法，那么媒介艺术理论又将是怎样的呢？

二、媒介艺术批评理论的分歧

媒介艺术批评理论是网络文学批评的又一大理论资源，因为网络文学先天就在互联网上，无论是狭义的网络文学还是广义的网络文学，离开了网络就称不上网络文学。

邵燕君是较早提出"网络性"的学者。她强调网络文学是在网络中生成"新文学"，既不是广义的，也不是狭义的，而是在这两者之外。她认为："从媒介革命的角度出发，'网络文学'的核心特征就是其'网络性'。严格来说，'网络文学'并不是指一切在网络发表、传播的文学，而是在网络中生产的文学。也就是说，网络不只是一个发表平台，而同时是一个生产空间。首先，'网络性'显示'网络文学'是一种'超文本'（hypertext），这个概念是相对于'作品'（work）和'文本'（text）提出的。出于各种原因，中国网络文学的发展没有走西方'超文本'实验的道路，而是以商业化的类型写作为主导。'超文本

---

① 黄鸣奋：《从电子文学、网络文学到数码诗学：理论创新的呼唤》，载《文艺理论研究》，2014 年第 1 期，第 102 页。

② 许鹏：《新媒体艺术研究的理论设定与网络文学的研究视野》，载《中国人民大学学报（社会科学版）》，2013 年第 1 期，第 43 页。

性'在这里表现为其'网站属性'，每个网站本身就像一个巨大的'超文本'。如果说'作品'意味着一个向往中心的向心力，'超文本'则意味着一种离心的倾向。我们可以说，'作品'的时代是一个作者中心、精英统治的时代，'超文本'的时代是一个读者中心、草根狂欢的时代。"①她将"超文本"的概念与"网站空间"关联起来，同时，"网络性"的合理性在于网络文学完全是在网络空间中独立生产的。这样的论断，既能兼顾到"超文本"的存在，又突出了媒介时代网络文学与传统印刷文学的差别。

媒介对文学生态的影响是显而易见的，网络文学作为一种媒介品，首先带着这样的特性。张邦卫指出："大众媒介把作家转换成了生产者，把读者转换成了消费者。'文学生产''文学传播''阅读市场'，这三个概念构成了当代文学的基本风貌，或者说，当代的'文学性'/'诗意'就播散于'生产'与'创作'、'欣赏'与'消费'的张力之间。"②因此，在媒介场域中由媒介研究生发出的数字媒介理论同时出现了。除了黄鸣奋很早就致力于数字媒介与当代艺术研究，欧阳友权也是较早提出将数字媒介与文艺学学科结合起来的学者。他认为："文学与网络'联姻'，以至出现新媒体文学转型，是数字媒介深度切入文学艺术生产和消费的现实吁求，而非传媒决定论的主观臆断，当'数字化生存'日渐成为人们不得不面对的生存现实和文学存在方式时，网络文学就将变成一种合理性存在，一种历史与逻辑统一的文学创构。这时候，文学理论批评的基本立场应是高扬'通变'的旗帜，回应文学实践的变化，调整对文学的理解方式，增强理论对现实的解读能力，转变乃至重塑与之相适应的文学观念，以建构互联网传媒语境下的文学理论。"③在一种被实践证明并被默认的"通变"中，对理论的诉求也就非常自然了。

传统印刷文明与媒介文明"相互间递嬗交替之关系"的历史研究方法能不能解决这个问题呢？

单小曦认为立足目前中国大陆文学生产现实开展的所谓"网络文学研究"是不能产生有价值的独立性理论形态的。对此，他认为："目前中国大陆蔚为大

① 邵燕君：《网络文学的"网络性"与"经典性"》，载《北京大学学报（哲学社会科学版）》，2015年第1期，第144—145页。
② 张邦卫：《媒介诗学——传媒视野下的文学与文学理论》，北京：社会科学文献出版社，2006年版，第379页。
③ 欧阳友权：《网络文艺学探析》，北京：中国社会科学出版社，2018年版，第475页。

观的'网络文学'并不是也不应该是数字文学的典型形态，因为它们并不是充分利用数字媒介提供的技术创作出来的，因此也没能在存在方式、美学特征等方面获得不同于纸媒印刷文学的独立性。""也正是出于这样的考虑，我们应该在吸收借鉴西方数字文学以及与之相关的电子文化、数字美学、数字艺术、超文本、赛博文本等研究成果的基础上，将网络文学生产视野扩大为数字文学视野，将网络文学研究提升为数字文学研究。"① 尽管都是围绕"媒介"这一视点，单小曦与王小英的观点正好相反。王小英采纳了邵燕君的媒介观，将"网站"直接作为一种"媒介生产"，网络文学的发生都与这个组织系统密不可分；而单小曦则将"网络"当作一种"媒介传播"来整体考察。

王小英指出："媒介成为介入网络文学的第三方重要力量：规范阅读秩序，制定写作流程，引导网络文学产业化发展。文学网站的类型选择提供的是传播代码，即词汇域。各种写作技巧传授的是句法结构，如总裁小说、高干小说。文学网站提供了符号组成传播代码的方式。对其进行研究可以有效地理解作为媒介文化实践的网络文学。"② 由于对"网站"这个网络文学的生产"王国"认识的歧误，是形成观点相对的直接原因。因此，对"网站"的媒介影响力以及媒介对网络文学的实际影响需要重新评估。

三、大众文化批评理论视野下的网络文学

网络文学的勃兴与 20 世纪 90 年代末中国大陆兴起的文化产业是同步发展的，进入新世纪之后，两者之间还形成了良性互动关系。因此，网络文学作为极富消费文化属性的特征一直是网络文学研究者力图攻克的重点。

周志雄认为："二十世纪九十年代网络媒介的出现为文学提供了一种新的传播方式，中国社会与西方社会在文化转向上有相似性，以网络媒体提供的技术平台促进了文学的通俗化、娱乐化、商品化和普及化。文学作品的价值观念也出现了一些新的变化：文学注重世俗的现实生活，文学的认识功能在强化。……网络通俗小说的兴起及兴盛，与整体的文化转向密不可分。"③ 因此，借鉴西方文化批评理论阐释中国网络文学也成了一些网络文学研究者的学术选择。李盛涛提出用发端于 20 世纪中叶的美国文化人类学家 J. H. 斯图尔德提出的"文化

---

① 〔芬兰〕莱恩·考斯基马（Raine Koskimaa）:《莱恩·考斯基马的数字文学研究》，单小曦、陈后亮、聂春华译，桂林：广西师范大学出版社，2011 年版，第 23—24 页。
② 王小英:《网络文学符号学研究》，北京：中国社会科学出版社，2016 年版，第 21 页。
③ 周志雄:《网络文学的发展与评判》，北京：人民出版社，2015 年版，第 18 页。

生态学"来建立研究范式。此学说主张从人、自然、社会、文化的各种变量的交互作用中研究文化产生、发展的规律，用以寻求不同民族文化发展的特殊形貌和模式。李盛涛认为："作为不同的话语形态，文化生态学理论和中国网络文学之间构成了一种潜在的呼应关系。文化生态学理论话语的有序性、建构性和中国网络文学的无序性、原生态性之间正好构成了一种言说与被言说、召唤与被召唤的结构关系。其次，文化生态学和中国网络文学之间的"荒野性"决定这两种话语形式之间内在的关联性……相较而言，'灌木丛'式的中国网络文学更具有'荒野性'。因而，'荒野性'的价值内涵是关联文化生态学和中国网络文学的价值基点。"[①] 网络文学的"荒野性"是不是网络文学的本质？"荒野性"能不能概括网络文学的全部？

对研究中的一些歧误，欧阳友权说："出于对网络文学的误解和误判，有研究者惯于对之作大众文化普及性研究，而不是从存在论意义上进行考量；对之作异同比较研究，而不是把它当作独立存在的文学审美现象进行研究；对之作载体形式研究，而不是作价值本体研究；对之作技术研究，而不是作人文化的艺术审美研究。"[②] 在欧阳友权看来，研究网络文学不可以简单以大众文化的特性大而化之，甚至采取"通约"式的研究方式。网络文学作为一个独立的主体，是动态的变体，而不是"形而上"的、理性的存在。它的意义和价值还不能游离于互联网空间中"人"的实际状态，在于它所具有的独立的"主体性"派生出的独特的"审美性"。

因此，欧阳友权一直主张关注数字媒体进入文艺学之后，文艺学科面临的"理论转向"与"内涵转型"问题。显然，欧阳友权所指的媒介转向与单小曦早期主张独立建构一种"新媒介文艺学"根本不是同一个问题。

如果说，前者都是把互联网空间作为一个独立的本体，徐岱则提出须将研究的落脚点放在"媒介人"——受众群体那里。徐岱认为："如果说以往的传统文学有一种'老少皆宜'的特点（孩子们读'小人书'，成人们读经典），那么有意无意地，网络文学则更多侧重于青少年读者群。在这种意义上，网络文学的产品不属于通常意义上的'大众文化'，而是'青少年亚文化'……网络文学与其说是'大众化'，不如说其'特殊化'。它的受众面有着鲜明的特点，主

---

① 李盛涛：《文化生态学：言说中国网络文学的有效理论话语形态》，载《淮阴师范学院学报（哲学社会科学版）》，2017年第1期，第56—57页。
② 欧阳友权：《网络文艺学探析》，北京：中国社会科学出版社，2018年版，第477页。

要属于'在线一代'或'互联网族'。因此，关于网络文学的讨论，归根结底要落实到作为主要受众的他们身上。"①徐岱缩小了网络文学的研究范围，同时也更具象。但是，事实果真如此吗？

《山东大学报》曾经发布一项受众调查分析数据："其中按年龄划分：17—19 岁 22.35%，25—34 岁 17.33%，35—44 岁 8.42%，45—64 岁 3.81%。17—34 岁合计占比为 39.68%，25—64 岁合计占比为 29.56。"②也就是说网络文学受众 25 岁以上人群占到了 1/3。这还不包括由网络文学改编的各类衍生产品；而以上数据中，17—34 岁占比接近 40%。因此，将网络文学与"青年亚文化"联系起来研究可能更为精准一些，这也是目前学界普遍接受的一种视角。

四、"学者粉丝"批评研究

邵燕君将"学者粉丝"引进网络文学研究不只是作为一种研究方法，而是从批评者的身份视角出发论证网络文学批评有效性问题。

在《网络文学关键词》一书中，她曾感性地表达过一番缘起。她说："2011年春季学期，我正式在北大开设网络文学研究课程。我突然发现，在这个课堂上，同学们的话和我平时听到的不一样了……后来，我读到北大中文系韩国留学生崔宰溶的博士论文《网络文学研究的困境与突破——网络文学的土著理论与网络性》（2011 年 6 月通过答辩），他说，传统学者要研究网络文学，先要把自己当成一个外地人，要听懂'土著'们的话，才有资格讲话。我深以为然，更加端正了学习态度。"③在她的另一篇文章里，她引用"学术粉"这一概念的提出者美国人亨利·詹金斯的话说："当他自称自己是'粉丝'的时候，并非仅仅只是某一流行文化的爱好者，而是和某一特定亚文化社群'在一起'。"④在邵燕君看来，在传统文学体系里，批评家担任着"释经者"的角色。而当网络媒介取消了文化精英在知识、讯息、发表等方面的垄断特权后，专家和业余者的

① 徐岱：《作者与受众：关于网络文学现状的若干思索》，收录于张邦卫、杨向荣主编《网络时代的文学书写》，北京：中国社会科学出版社，2016 年版，第 4—5 页。
② 徐栩、于润泽、李旭东、张豆豆、洪盈、于梦瑶：《关于网络文学受众的调查分析——基于阅文集团网络文学受众的调查》，载《山东大学报》，2015 年 12 月 30 日，B 版。
③ 邵燕君：《"破壁者"书"次元国语"——关于〈破壁书——网络文化关键词〉》，载《南方文坛》，2017 年第 4 期，第 33 页。
④〔美〕亨利·詹金斯：《二十年后——亨利·詹金斯和苏珊·斯科特的对话》，收录于《文本盗猎者——电视粉丝与参与性文化》，郑熙青译，北京大学出版社，2016 年版，第 274—309 页。

界限也在模糊。她说："在网络空间，人人可以写作，人人可以评论，网文圈有自己的评价体系，有影响力广大的'推文大V'，那么，精英批评、学院批评的位置何在？在网络空间，精英的力量不是不存在了，而是存在于精英粉丝之中，成为'学者粉'。"①邵燕君以自己的亲身经历认定"学者粉丝"化是实现网络批评有效性的一条路径。

黎杨全从专业批评家把持的印刷期刊与网络草根占据的赛博空间秩序出发，批评了这两大群体存在着各执一词的共性问题。他说："当下文坛形成森严的对立与隔绝，专业批评/传统文学在固有的印刷文化场域中继续自话自语；草根群体则在被资本统治的赛博商业文学空间中狂欢喧哗。真正需要关注的网络自由写作被忽视、遮蔽，乃至被驱逐，既无从在被专业性批评家把持的印刷期刊中获得一席之地，也无从在被商业文学占据的赛博空间中成为草根群体的关注中心……但就文学批评而言，就必须强调其'业余性'，专业批评家与草根群体都应该成为文学的'业余爱好者'——而这，正是赛博空间带来的最大可能。"②这里，黎杨全是把网络赛博空间作为主体，必须尊重这个主体，如果没有这个前提，赛博空间的独立性写作就是一句空话。

除此之外，还有人主张重视"副文本"研究。前文说到，邵燕君提出网站就是网络文学的"超文本"，网站海量作品的"副文本"同样也是自由空间，可以从这个空间介入批评。李慧文认为："网络文学副文本以网页和链接的方式存在，有时候，它还以文本链的形式存在。与传统副文本不同的是，网络副文本的生产者还常常是读者。"③显然，"副文本"批评当属新媒体批评，既可理解为前文所提及的专业批评家批评（学者粉丝），也可理解为原生网民批评（简称"网生批评"），"副文本"批评当属"业余性"的一种。"新媒体批评的媒介特质是对话各方的非可视、非连续性，以私人性的就事论事代替了公共性的言之有据，以口语化的简单明了代替了书面语的抑扬顿挫，但这批评的感性化带来的好处就是简单明了，'择优'因而凸显。"④读者（粉丝）不仅是网络文学的

① 邵燕君：《从乌托邦到异托邦——网络文学"爽文学观"对精英文学观的"他者化"》，载《中国现代文学研究丛刊》，2018年第8期，第24页。
② 黎杨全：《数字媒介与文学批评的转型》，华中师范大学博士论文，2012年。
③ 李慧文：《网络文学副文本初探——以大陆网络小说副文本为例》，广西大学硕士论文，2016年。
④ 刘巍：《新媒体文学批评的可能路径之一——以"腾讯文学评论专区"为例》，载《当代作家评论》，2019年第2期，第60页。

消费者，也是网络文学的潜在生产者。这是网络文学区别于传统文学的重要特征之一。

邵燕君把这个特质也理解成"网络性"，即"网络文学的'网络性'是植根于消费社会'粉丝经济'的，并且正在使人类重新'部落化'。……只有在重新'部落化'或'圈子化'的意义上，我们才能真正理解'粉丝文化'那样一种'情感共同体'模式，这不但是一种文学生产模式，也是一种文学生活模式"①。毋庸置疑，"网络性"的被建构和被发现可看作是网络文学的一次飞跃，它将网络文学的生产、消费统一到同一个维度，这是一种理论创新。

五、图像与游戏批评研究

美国视觉艺术批评家和图像理论家之一 W. J. T. 米歇尔的图像理论成为相当一部分年轻学者的理论批评资源。

2015 年，鲍远福主张将"网络文学"定义为利用互联网和多媒体技术，综合运用数据储存、传输、接收和交互平台在用户群体（包括写作者、程序员、操作员、运营商、传播者和浏览者等）之间进行的即时性游戏事件和语言游戏互动行为。于是，网络文学由此建构了多层次的"文学空间"，并在网络媒体的虚拟空间和文学艺术的审美世界间搭建起一座相互沟通的桥梁，"网络"与"文学"的概念之间也因此而出现"交集"，该"交集"的具体形态就是各式各样的网络文学文本。基于此，有关网络文学的"图像研究""游戏研究"成为他所关注的重要视角。

"图像理论"研究者排除了广义的网络文学，直接把网络文学理解为"超文本"和"超链接"文本形式，并以此延伸出"语图互动""语图互换"等研究范畴，甚至直接扩大为"新媒介文学"研究，于是，随着研究范围的拓展，进入其视野的则是另外一番模样。鲍远福认为："随着承载文学和文学性要素的现代传媒的不断发展和融合，文学的存在形式也发生了根本性变化，各种具有'文学性'的新媒介'影文体'大行其道，文学的创作、传播、接受和反馈也随之变为'图创''图说''图播''图读'和'图释'，并且演变成文学表意实践领域中既存的现实。"② 这可以看作是网络文学的形式衍化谱系，并由此得出改

---

① 邵燕君:《网络文学的"网络性"与"经典性"》，载《北京大学学报（哲学社会科学版）》，2015 年第 1 期，第 94 页。

② 鲍远福:《语图思维与新媒介"影文体"的意义传播》，载《南京邮电大学学报（社会科学版）》，2018 第 5 期，第 92 页。

变了我们的日常生活的结论。

韩模永一方面肯定目前网络文学是广义的网络文学——网络上传播的纯文字文本，同时他也指出狭义的网络文学——"超文学"文学文本难以在中国大陆诞生的现实，但是也并不排除有第三种文本——"图像文本"存在的可能。他指出："超文学文学文本是介于两者之间的一种存在状态，它往往既是图像的又是文字的、既有线性的成分又是非线性的，因此，一般而言，创作者往往会在图像或文字之间择一而居，而超文本的这种'混合'状态则因其创作本身的难度而少有人问津。"① 对新诞生的"语图"关系，韩模永则以"语言文本"作为主体，指出了图像、空间转向对狭义网络文学的直接影响。他认为："传统文学线性叙事要求情节的完整性、逻辑性和因果关系，而非线性结构则导致故事的并列展开，对故事的逻辑关联和艺术真实并不作过高的要求，文本的碎片化色彩也更加浓厚。此时，跌宕起伏的故事取代了逻辑性的情节，故事写得'好看'与否变得至关重要。"② 需要警惕的是，图像具有消解语言的功能，图像盛行有可能导致语言的倒退。尤其在文化工业时代，图像往往还会被消弭在这样的消费文化中，还会影响我们的全面生活。"图像渐渐退为单纯的符号，是通过广告（大肆吹嘘某一物品的质地）到大型宣传（激发对某一对象的欲望）而实现的……而在心理领域，则从现实原则为主导到享乐原则为主导。所有这些都带来了完整协调的新秩序。"③ 这将意味着图像会将我们引入到一个新的视域，甚至我们都不清晰这个新的领域最终是什么样子，甚至包括网络文学在内由新媒介技术所引发的美学转移也会被研究者发掘出来。除了图像之外，还有游戏等艺术样式。

麦克卢汉认为："如果把游戏看作复杂社会情景的活生生的样子，游戏就可能缺乏道德上的严肃性，这一点是必须承认的。也许正是这个原因，使高度专门的工业文化迫切需要游戏，因为对许多头脑而言，它们是唯一可以理解的艺术形式。"④ 在麦克卢汉那里，游戏是对资本主义工业化生产的一种抵制，游戏

---

① 韩模永：《超文本文学研究》，北京：中国社会科学出版社，2013年版，第227页。

② 韩模永：《增强现实与空间转向——网络文学的场景书写及其审美变革》，载《文艺理论研究》，2019年第4期，第37页。

③〔法〕雷吉斯·德布雷：《图像的生与死：西方观图史》，黄讯余、黄建华译，上海：华东师范大学出版社，2014年版，第217—218页。

④〔加〕马歇尔·麦克卢汉：《理解媒介：论人的延伸》，何道宽译，北京：商务印书馆，2000年版，第299页。

精神是对资本主义生产体系的一种反抗。黎杨全认为"SoLoMo"① 是摆脱日常生活带来困扰的途径。"SoLoMo 艺术或游戏预示着革新生活模式的可能，提供了对日常生活的种种突围与想象。"② 这里所说的"对抗性"已经不再是通常意义上的"游戏"的本质，它带着一种革命性的，对既定的经验世界的一种彻底的粉碎与抛弃，以此彰显个体的价值，从而使"个体"的价值得以"唤醒"与"伸张"。

最后，鲍远福还假设了一种"影文体"的存在，这种新文体是媒介技术与互联网技术合成的产物抑或是数码技术的影像化的产物，这种以技术为背景的艺术形态必将颠覆传统的接受模式，并同步形成新的生产关系，进而影响到"人"。他认为："以网络游戏和影文戏仿为代表的'影文体'……它们已经为受众建立了一种集视觉、听觉、触觉和交感体验为一体的'新感性表征世界'。它们以现实世界为基础，并逐步超越现实世界的约束，获得了自主性和生命力，甚至直接介入我们的日常生活。"③ 这正预示了鲍曼所认为由技术引发的文化变迁具有一种流动的"现代性"④。即流动的状态体现在"重塑"而非"取代"既定秩序和旧有结构上。像液体一般流动和变形，无法建立起一套权威的秩序体系，只是在"自我超越"中不断否定。正是在这种条件下，产生了不可靠性、不确定性和不安全感的技术文化困境。黎杨全把这种经由技术带来的变迁形塑了当代人的具体的生活情境，并将游戏作为一种直接的动力直接对网络文学产生的影响归结为一种新文化特质。他认为："网络文学中的化身生活首先表现了人类（数字）技术化的后果，网络技术改变了人体，身体由生物学意义上的固定、硬性存在而具有了可塑性与变形性。""游戏经验对中国网络文学的'世界'想象、主体认知及叙述方式产生了深刻影响，经由游戏经验的中介，网络文学

① 所谓 SoLoMo，即指 Social（社交）、Local（本地化）与 Mobile（移动）三因素的结合。参见黎杨全：《SoLoMo 的兴起与日常生活审美的新变》，载《内蒙古社会科学》，2018 年第 5 期，第 151 页。

② 黎杨全：《SoLoMo 的兴起与日常生活审美的新变》，载《内蒙古社会科学》，2018 年第 5 期，第 155、157 页。

③ 鲍远福：《语图思维与新媒介"影文体"的意义传播》，载《南京邮电大学学报（社会科学版）》，2018 年第 5 期，第 93 页。

④〔英〕齐格蒙特·鲍曼：《流动的现代性》，欧阳景根译，北京：中国人民大学出版社，2018 年版，第 23—43 页。

表现出了网络社会来临后一些新的文学文化特质。"① 网络社会所具备的这些特征也许会将人异化成另一个他者。这便是仍需高举文艺批评的武器解放自身的理由。

第二节　批评理论资源和理论热点的开掘

毋庸讳言，网络文学批评理论虽然有许多精彩的亮点，无论是立足传统文论的拟仿与传承，还是借鉴西方理论资源的"拿来"，网络文学研究者所面对的现实语境与历史情境是客观的，必须回到事物的本质上来。无论是对西方理论的借鉴还是立足本土的原创，都应立足于中国现实，自觉承担起理论分歧的追问。

诚如丁帆所说："在这个工具理性横行、技术至上的时代，我们批评则是一定需要有将文学批评拉回到充分体验文学文本后'再造形象'的文学本质的自觉意识。否则，我们的文学批评则是一种无效，也是无意义的乏味文字游戏而已。我们的文学评论和文学批评始终徜徉在林林总总的陈旧理论模式之中不能自拔，往往说出的是与批评对象的文学文本毫无关系的话语，在'鸡同鸭讲'的语境中无法形成'对话'关系。"② 我们须要有这个具体的过程，既有"形而上"的超越，也要接"形而下"的地气。我们应该有追问网络文学"前世今生"的勇气，也要有拿"手术刀"解剖自己的理论自信，更要有一种超越受当代技术思维羁绊的文化自觉意识。

张世禄先生说："文艺之不为迕饰之文者，尽其要素重在情感、相像，与兴趣等之实；质非仅整饰文字之形式，即足以厕诸文艺之林也。明乎此，乃可与纠正吾国旧观念之谬误。"③ 这大概也是研究文艺者常见的谬误，倚重形式的研究，常常忽视了情感、相像与兴趣等实际情形的研究。回到网络文学上来，重技术研究、形式研究、文化研究，唯独放弃了对作者、受众和文本的研究。网络文学首先是文学，如果离开了这个基本的判断，极易陷入"无物之阵"的虚无感。而研究对象飘忽不定，"人"势必会再次成为"形而上学"的囚徒。由于

---

① 黎杨全：《中国网络文学与游戏经验》，载《文艺研究》，2018年第4期，第109、112页。

② 丁帆：《新时代背景下文学批评的定位和趋向》，载《文学报》，2019年11月28日，第18版。

③ 张世禄：《中国文艺变迁论自序》，许嘉璐主编，太原：山西人民出版社，2014年版，第9页。

缺乏对事物本质的把握，艺术最终会落进机械反映论或"伪现实"的窠臼。

一、重估劳动价值

马克思指出："无论有用的劳动或生产的活动怎样的不同，这总归是一个生理学上的真理：它们是人类机体的功能，并且无论每一种这样的功能有怎样的内容和形式，它在本质上总是人类脑髓、神经、肌肉、感官等等的支出。"[①]根据马克思的劳动价值理论，所谓劳动价值，它是一种特殊的使用价值，它是劳动力这种特殊的商品所产生的使用价值，是一种能够产生价值增值的使用价值，它既来源于使用价值：劳动者通过消费一定形式和一定数量的生活资料使用价值后，将其转化为劳动潜能（这是一种过渡的价值形式），在劳动过程中再将劳动潜能转化为劳动价值；它又服务于使用价值，目的是为了使用价值产生增值。

网络文学生产是一种以基于作者版权交换作为手段的劳动价值的增值行为，由于目前网络文学版权交易缺乏价格杠杆的调控与指导，单凭市场议价形式，甚至因为交易双方的信息不对称，劳动者的劳动价值有被低估的可能。因此，基于版权交易的剥削劳动现象被研究者所忽略。另外一方面，由于缺乏相对的公平规则，生产者与经营者在交易过程中也存在着严重的不透明和信息不对称现象，这样势必会造成异化劳动——数字劳工，同行之间甚至还会出现恶性竞争，这样也极易造成版权市场的混乱。

很多研究者已经意识到商业资本影响网络文学的生态发展，相较于反对的声音，支持者认为，如果没有付费机制，中国网络文学市场机制就根本无法建立起来。因此，以网站为单位的网络文学生产研究势必成为研究的重点领域，相比较于传统期刊单一的稿酬制，网络文学的稿费模式更加多元化，研究的空间更大。

很多研究者将网络文学质量不高，甚至无序生产现象归结为资本的"恶"，以为"斩断"资本的手就可以遏制网络文学的"荒野"和"无序"。这样的论断多少有些主观和武断。"精神，从一开始就很倒霉，注定要受到物质的纠缠，物质在这里表现为振动的空气层、声音、简而言之即语言。"[②]马克思从本质上

---

① 马克思：《资本论》（第一卷），姜晶花、张梅译，北京出版社，2007年版，第47页。
② 马克思：《德意志意识形态》，收录于《马克思恩格斯全集（第1卷）》，北京：人民出版社，2009年版，第533页。

揭示了意识受制于物质,物质基础决定人类意识这个本源问题。网络文学作为文化工业生产范畴深深地打上了由资本主导下的文化生产的烙印。因此,须从这个现实原点出发进行文化工业范畴的理论研究,而不是还停留在追问"网络文学是什么"这个问题上打转。党圣元呼吁:"如何放下那种或固守传统或借西方的精英立场,以一种适当的立场、态度和话语系统去评估、分析、探讨那种近乎全面商业化、产业化的网络文学现实,才是真正地面对和面向我国网络文学的实际,才能客观地评价我国网络文学的商业性、产业化倾向的文化含义,也才有助于真正实现我国网络文学研究的理论与话语创新。"[1] 因此,在不排斥"文学性"的基础上,需要扩大研究范围,首要的是从生产原理及运行机制上探讨网络文学的本质,这才能抓住要害,摸到问题的本质。

就世界范围而言,目前全球还没有第二个国家的大众文学生产的规模与运行机制堪与中国相比。西方发达国家包括亚洲的日、韩所历经的文化工业模式尽管相对完善,但因国情的差异,西方理论根本不可直接拿来套用。作为自创的文学商业模式自始至终带着中国的特点,因此,需要花大气力,在新时代背景下,探索科学的、可持续发展的中国网络文学生产的商业机制;同时,在保护广大原创作者的合法权益的基础上,建立起较为完善的文化资本市场体制和文学、文化批评机制。

也有学者提出采用一种商业制衡的措施,对资本绑架文学进行限制,"资本驱动下生产—消费格局的重塑,使文学成为屈从技术、迎合消费的工业化商品,限制了网文向'主流文艺阵地'的转型升级。而要提升主流价值在网络文学领域的传播与影响,必须借助承载主流价值的精英话语力量,对纯粹的商业秩序予以制衡。"[2] 目前,这样的研究相对较少,更缺乏有效的机制进行科学、有序的引导。另外,对经由这种商业模式助推的文化形态对社会各阶层文化所产生的影响也缺乏有效的科学评估。

乔焕江点出了这个问题会对文学"大研究"领域构成潜在的威胁。"基于网络的类型文学现象。这一势头迅猛的文学产业形态,不仅与学界对网络文学的本体论探讨存在较大偏差,更逾越了既有网络文学的自在形态,而更多地与

---

① 党圣元:《网络文学研究的当下困境与理论突围》,载《江西社会科学》,2017 年第 6 期,第 100—101 页。

② 余碧琳、汤雪梅:《网络文学的起兴、异化与价值回归——基于三种经典传播理论的解析》,载《出版发行研究》,2018 年第 11 期,第 60 页。

媒介资本等社会结构性力量深度缠绕在一起。如果不及时将其与一般意义上的网络文学区分开来，及时转换阐释的理论模型，资本这一类型文学背后最为重要的推手，无疑会继续在网络文学理论生产中保持匿名的状态。而对当下关键的社会结构性力量的有意无意的忽略，必将导致对网络文学的理论探讨沦为抽象的技术论，因而难以回应网络类型文学异常繁荣的表象背后网络文学的可能性的衰减问题，更遮蔽了类型文学产业化对社会结构和个体认同重新书写的问题。"[①] 乔焕江将资本——"类型文学"进行对应归类，还需将"类型文学"与"一般网络文学"进行区别，即网络文学研究的重点应该回到由资本推动形成的当代"类型文学"上，须对"类型文学"背后的匿名推手"资本"给予足够的关注与研究。

　　回到马克思，回到资本生产这个基本哲学问题上来。夏莹认为，马克思所提出的这个无产阶级，不仅不是任何一个国家的国民，而且他还具有某种特殊的精神气质：一个富有普遍性的特殊存在。[②] 在这里，应该将网络文学的生产者——网络写手、网络作家的研究推到前台。只有通过对网站头部作家和所谓"起点模式"的"白金作家"及他们的作品进行研究，建立起一套完整的网络生产者的研究模式才可以触及到问题的本质，也只有通过对这部分人群的研究才能触摸到网络文学生产的核心部位。"批判的武器当然不能代替武器的批判，物质力量只能用物质力量来摧毁；但是理论一经掌握群众，也会变成物质力量。"[③] 网络文学研究不能脱离生产者和消费者这个根本，因此，受众研究与生产者研究是研究网络文学的关键，如果继续按照"超文本"和"超链接"模式研究，只能进入一种所谓"纯粹的艺术形式"的研究，绝非建立在以"人"为基础的社会实践活动基础上的研究。

　　"在文学批评领域内，我们一旦离开了大写的'人'去分析文学思潮、文学现象和文学作品，一切都成为凌空虚蹈的伪批评，预示着文学批评的堕落期的到来。如何让'批判''走上了唯一的生路'，这就是当下文学批评无可选择

---

① 乔焕江：《从网络文学到类型文学：理论的困境与范式转换》，载《文艺理论与批评》，2015 第 5 期，第 128 页。

② 夏莹：《马克思是"发现"了无产阶级，还是"发明"了无产阶级？青年马克思是怎么炼成的？》，北京：人民出版社，2018 年版。参见 https://baijiahao.baidu.com/s?id=1621643950928910703，查询日期：2024-03-16。

③ 马克思：《〈黑格尔法哲学批判〉导言》，收录于《马克思恩格斯选集（第 1 卷）》，北京：人民出版社，1995 年版，第 9 页。

的有效途径，'但这条路仍然处在惊惶不安和遭受迫害的神学的非人性的控制之下。'这也仍然不是空穴来风、危言耸听的幻觉。"① 因此，需要回到"人"自身上来，回到中国实际生活中来。这才具有普遍价值和普遍意义。学术研究同样遵循这样的规律。因为"文艺乃一种以文字为工具之艺术；其作用由于感情想象与兴趣，而不由理智，其要素重于内容，而不重形式；其效力乃及于一般人，而非少数人所得据为私有者也。"② 网络文学研究须重新开始，回到起点，回到初心上来。

这个初心和起点就是马克思所说的本质劳动，将人的劳动作为普遍的本质。这个劳动同样也是实践的，与现实生产实践紧紧相联系的。周志雄从 2015年夏天开始带领山东师大 2013、2014 级研究生对高楼大厦、最后的卫道者等23 位网络文学大神的访谈可以说是一个很好的开端。此外，从 2019 年 12 月始，由浙江省作协新文学群体工作委员会、杭州师范大学文化创意产业研究院联合开展的"浙江网络作家群与网络文学浙江模式"研究课题等实证研究必将为网络文学理论建设做出积极的探索。

二、跨学科背景下的"类型文学"叙事研究

客观地说，资本不仅仅造成了原创文学实践"异化"倾向，客观上也使得网络文学批评理论建构具有一定的难度。研究者将非本质的现象作为本质主义去推演甚至做出过度阐释，势必导致理论的"挫化"和研究质量的粗鄙化。也即党圣元所说的须立足于"总体"，而不是局部，注重"动态"研究。他说："对网络文学的研究不能从预设的立场出发泛泛而论，网络文学研究的主要对象也不应该是个别作品（或文本或超文本）而应该是整个网络文学本身。也即是说，要克服当前网络文学研究中研究对象过于单一，论述内容流于空泛的状况，关键在于将网络文学研究的着力点从固守'作品'分析'文学性'探讨转移到对整个网络文学现实的分析上来，把网络文学本身视作一个动态消长的过程，通过将网络文学置于数字媒介转型的大背景下，关注网络文学发展的总体、趋势、主流和分化，分析网络媒介和数字技术对文学、文化生态所产生的影响和

---

① 丁帆：《马克思主义批判哲学与文学批评读札》，载《华夏文化论坛》，2018 年第 1 期，第 204 页。

② 张世禄：《中国文艺变迁论》，许嘉璐主编，太原：山西人民出版社，2014 年版，第 12 页。

冲击。"①而张永禄等结合武侠小说的研究曾提出需总结出一套"兼类小说的基本总句法"②来。中国网络文学的主流就是以文学网站为组织形式，以"类型文学"为主体的文本，且活跃在互联网上或以 IP 形态存在的一种文化生态，已经成为进入 21 世纪以来中国文化生态的新亮点。

马季认为："网络文学之所以选择走类型文学之路，源于'讲故事'的文化传统在中国人心目中根深蒂固。类型文学同样有自身的艺术规律，它的繁盛和发展需要一定的社会环境和文化氛围。……这还暗含一个特征，就是文学的去精英化现象，即大众写作的反复尝试，以及读写之间的无缝对接催生新的文学类型。"③如果从一种生成原因上去探索，类型文学的确可以视同为一种源发于技术升级而实现阶层跨越的手段和策略，但是当它成为一种普遍性之后，须有一套完善的社会动能取代源于自发的情感动力，因此，解释类型文学的发生，当有朴素的情感动力向有目的性的社会原动力上转换，而不是单一依赖某一种类型写作中的"情感共同体"或"共情"这样的艺术动力原理所能解释的。

乔焕江主张对"类型文学"进行一种"对读模式"，并依靠这种模式来廓清"类型文学"中的规律。他说："只有回到马克思对资本予以深度揭示的社会生产理论基础上，在文化研究的视野中，理论和批评才能跳出既有文论的窠臼，走出技术革命必然带来新的价值可能的空想，通过对类型文学商业网站的运作机制的全面考察，通过对类型文学生产、传播和消费的整个流程的把握，也要通过对类型文学文本的细读以及对其文本结构与社会结构的对读，才能实现对这一现象的深层意味的准确剖析；也只有在此前提下，网络文学理论对网络文学所蕴蓄的文学可能性的想象，才有意义和价值。"④通过对"类型文本"的细读以及通过对文本、社会结构的"对读"的机制的建立，以及评价标准的形成，这些都将是网络文学批评理论的自身问题，如果不能回到这个根本，这样的

---

① 党圣元:《网络文学研究的当下困境与理论突围》，载《江西社会科学》，2017 年第 6 期，第 99 页。

② 所谓"兼类小说的基本总句法"即武侠小说与其他小说类型的"兼类"问题，并"辅以《射雕英雄传》这部集武侠、成长、言情、英雄传奇等类型为一体的兼类小说为例子"。参见张永禄、葛红兵:《兼类小说的诗学观察》，载《华中师范大学学报（人文社会科学版）》，2010 年第 3 期，第 127—132 页。

③ 马季:《网开一面看文学》，北京：中国书籍出版社，2020 年版，第 16 页。

④ 乔焕江:《从网络文学到类型文学：理论的困境与范式转换》，载《文艺理论与批评》，2015 年第 5 期，第 133 页。

"对读"也只是一种不切实际的臆想。

"类型文学"文本的生成，源于商业资本，终于写作者的综合功力。区别于一般网络文学写作的是，以网站为代表的单位写作（组织写作）首先是一种劳动价值的变现和增值行为。因此，在以满足市场作为前提的条件下，文本是朝向消费者（读者）的，因此，这种商品的特征必然遵循"可卖性"，在文化消费时代，"可卖性"既要符合社会价值的需要，同时还要顾及"消费者"（读者）的阅读趣味，这个难度不是不高，而是非常高，因此，"类型文学"创作的背后，不仅仅有创作者的体力和智力劳动的付出，还有为文本的"可卖性"所付出的艰辛的"智慧""创意""审美"等艺术的、非艺术的元素。这才是"类型文学"所建构起来的横向的社会学元素和纵向的技术元素的糅合。横向的是社会的"网织元素"，纵向的则是写作技术作为前置的特殊"金字塔"结构。

王一鸣认为："对待这样一个复杂的研究对象，若是仍然沿袭一贯的研究范式，从理论到理论，基于'现状、问题、对策'的逻辑研究什么网络文学的概念、发展阶段、文学性、商业模式、内容引导、版权保护等，终将只是隔靴搔痒不得要旨。"[1] 因此，他主张采用"数字叙事理论"对"数字叙事圈与网络文学叙事圈"理论进行网络文学叙事研究。他认为："根据这一主张，网络文学叙事圈就是基于对网络文学的共同兴趣，由以下3大组件构成的圈子或曰系统。其中，叙事动因是系统运作的直接推动力，包括网络文学写手的写作动机和网络文学读者的阅读动机，即'为何读、为何写'；叙事过程是系统运作的具体呈现形态和方式，包括读者的阅读（消费）方式、写手的创作（连载）方式以及二者之间的互动方式，即'如何读、如何写'；叙事制度是系统运行的制度设计和基础保障，包括各大文学网站的作者福利体系、作品生产和推送机制以及作者、读者、编辑之间利益博弈的各种'明规则'和'潜规则'，即'因何能持续读、持续写'。"[2] 王一鸣将"数字叙事"理论与中国网络文学具体实践相结合，显然，这是一种跨学科的研究，其研究范式和研究方法对传统研究者来说具有一定的借鉴意义。

---

① 王一鸣:《网络文学叙事圈的动因、过程与叙事制度》，载《出版科学》，2018年第1期，第90页。
② 王一鸣:《网络文学叙事圈的动因、过程与叙事制度》，载《出版科学》，2018年第1期，第91页。

三、"跨界融合"的网络文学学科属性与可能的未来

笔者认为，网络文学可以结合创意写作形成一门独立的学科类型。同时，网络文学的形态决定了网络文学是一种富有创意的文学。所谓创意的文学，首先要求写作者能够面向读者书写，具有公共文化消费的属性。其次，有文化产业的属性，即全版权的产业链衍生。另外，网络文学具有明确的版权保护措施，包括衍生品的版权。

中国网络文艺现实产业发展规模显现了网络文学是文化创意产业。梅国云在 2018 年中国作协博鳌论坛上发言指出："据统计，中国网络文学阅读用户达四亿多人，从事网络文学创作的居然有 1300 多万人。这样一个令人十分惊讶的繁荣景象，得益于十年前开始经历的较长一段时间的'无政府状态'的野蛮生长。这样的生长带给社会的是双刃剑。一方面可能是由于管理层对网络文学认识不足，疏于管理，就给了屁孩子们极端自由的空间，由此产生了放飞了神奇想象的网络文学这样的中国'特产'，以至意外地成为与美国好莱坞、日本动漫齐名的世界文化版图的一朵奇葩。"① 网络文学的数量以及出海的势头远超出人们的想象，毫不讳言地说，所谓当代青年"亚文化"的网络文学已经跃居成为新世代阅读人群的"次文化"。个中原因其实不难解释，许苗苗认为："网文以其流行性风靡青少年群体，并占据各类媒体版面和时间，进而构成社会文化议程的一个维度。这也是网络文学自身最宝贵的价值，即它担负起为一个阶层民众发声的职责。"② 其中，群众性、基础性以及它的未来性则是网络文学成为独立学科门类的基础。

另据旅澳华人学者、翻译家倪立秋说："截止 2017 年 10 月底，中国大陆有两千万网络作家、写手。其中注册写手二百万人，通过网络写作获得收入的 10 余万，职业或半职业写作的人超过三万。可在这个庞大的写作人群中，作品被译介到海外的仅两百余人。"③ 这个数字无疑会与前面的一系列大数据形成巨大的反差，这一反差昭示出中国文学的国际化进程需要加快，与当代中国繁荣的

---

① 梅国云:《警惕传统作家圈子被社会越抛越远》，天涯杂志，http://www.yidianzixun.com/article/0KjyZp6K，查询日期：2024-03-16。
② 许苗苗:《网络文学 20 年发展及其社会文化价值》，载《中州学刊》，2018 年第 7 期，第 146 页。
③〔澳〕倪立秋:《让华人翻译家为中国文学国际化进程加速》，收录于《神州内外——东走西瞧》，台北：秀威资讯科技股份有限公司，2018 年版，第 277 页。

文学写作现实极不相配。可见，中国网络文学被世界所接受也是不争的事实。

可以说，网络文学创作和接受机制决定了网络文学还是一门跨界融合的学科。网络文学是全民写作的极好范例，没有所谓的专业作家创作机制，只有全职写作和兼职业余写作的职业模式；再经过签约网站市场的双向筛选，最后形成所谓的爆款和头部作品。最终，形成以网站为初级应用单位的市场遴选机制，以及追文读者评论、网生评论、专业评论相结合的文学评论格局。

因此，网络文学的学科属性具有创意、产业、跨界三大特征。

而创意写作的核心是"它更致力于研究创意活动规律、创意思维规律及如何以文字体现创造性想象和个人性风格"①。在想象中创造，在创造中拓展想象是创意写作的内涵所在。因此，基于读者需求的个性化写作也是创意写作的终极目标。

欧阳友权认为："网络文学不是要救世济民而是表现自我，不企求终极关怀而注重抒发性情，不求崇高和宏大，只求兴之所至时痛快淋漓。于是，认同模式由社会性尺度转向自娱而娱人，价值取向由艺术真实向虚拟现实变迁，就成为网络'波普'化写作要建构的基本文学观念。"②自我抒发、畅快表达、虚拟现实等这些散发着浓郁个人色彩的艺术观似乎又回到了想象艺术的自身，这也是网络文学之所以能够"疯狂生长"的秘诀所在。逻辑上，网络文学与创意写作的艺术趣味和创作规律具有高度一致性。这也就决定了网络文学学科建构具有开放性和融合度。

因此，网络文学课程设置更多体现于应用型的课程体系。张健撰文认为："网络文学是一个多极化的概念，凡是以网络为介质的写作、传播、互动、发行、盈利都隶属于广义的网络文学范畴。这就要求专业的开发必须视野放开一点，尽可能全口径对接和覆盖相关专业与能力培养。"③这就点出了网络文学学科要具有一定的关联度和拓展度，这样才能完全释放出网络文学的专业势能。

网络文学学科建设亟待新鲜血液的补充，特别是在网络文学文本深陷创新

---

① 许道军、葛红兵：《创意写作：基础理论与训练》，载《探索与争鸣》，2011年第6期，第68页。

② 欧阳友权：《网络文学的学科形态建设》，载《文艺理论与批评》，2004年第7期，第49页。

③ 张健：《数字出版与网络文学的发展与人才培养的跟进》，载《教育现代化》，2016年第12期，第29页。

危机背景下，打破网络文学写作中的僵化、定势已经成为网络文学发展的内在要求。网络文学如何在 IP 现实需求之下既能够突破条条框框，自我挑战重复雷同，又能符合时代的发展之需，创作出一批精品力作来，显得尤为急迫。

在文化创意上，需要不断激发出网络文学的新的动能，提高网络文学在文创行业中的贡献度，充分提升网络文学在行业中的转换率，深度开发一些重点领域中的大 IP，发掘其可能蕴藏的文化潜力。很多学者对网络文学寄予了热望，充分肯定网络文学的历史价值和现实功用，他们在为网络文学的自由发展给予足够宽容的同时，对网络文学的文本创新的当代实践也有所认可。禹建湘认为："网络文学的存在方式和叙事特性的变异表明，网络文学不会导致文学的消亡，而是一种嬗变，在数字媒介语境中需要酿造一个开放、宽容的文学生态，以重构文学观念，这是网络文学能够成为新的学科的一个重要内涵与本质所在。"① 纵观近几年的现实探索，网络文学学科建设虽缓慢，但仍有不少成功经验值得总结。

可以预见，随着网络文学学科建设的日臻完善，网络文学批评理论建设也将会不断获得更多的重视。

欧阳友权说："人类的'数字化生存'才刚刚开始，网络技术传媒发展的不可逆性，网络文学生产和运行机制的强劲活力，以及二者结合所形成的网络文学的可成长性、网络文学批评的可塑性，必将使网络文学成为可被历史认证的真正的'文学'，使网络文学批评史成为不可或缺的、历史逻辑与理论逻辑相统一的'史学'之一。"② 诚然，世界文化的迭代与创新为中国提供了宝贵的可鉴经验，中国文学在发展过程中也在不断地创造自己的文化样式，两者之间互为借鉴、相互彰显。同时，在这过程中也在不断地丰富、发展具有本民族特色的优秀文化。

回顾过往，中国网络文学在新的历史境遇中越发显得长足的价值来，一方面是内在的发展，已经部分形成或正在形成自我独有的审美形态，成为与传统文学相互观照的"新文学"；另一方面，在中国主张开创新的世界经验的现实面前，网络文学完全能够主动、自觉承担起这样的历史使命，所有的这些努力

① 禹建湘：《网络文学，一个新学科的建构预想》，载《理论与创作》，2008 年第 3 期，第 30 页。
② 欧阳友权：《当代中国网络文学批判史》，北京：中国社会科学出版社，2019 年版，第 463—464 页。

都将共同熔铸在中华民族丰富文化经验的熔炉中，继而成为当代中国文化自信建设这一伟大工程的重要组成部分。

我们欣喜地看到中国网络文学内在的很多细节都在以各种方式不一而足的呈现，各种理论创新也犹如"星星之火"活跃在一个个文化现场。只要我们心怀未来，立足创作现实，面对生机勃发的网络文学现场，网络文学批评理论建设会在这样的动态过程中不断地走向完善。

第十八章
结语：网络文艺教育的时代使命与责任

随着媒介的变革，特别是基于互联网技术的发展，文艺样式和文艺形态由于介质的改变，创作上也出现了差别，特别是声光电以及以数字虚拟技术作为后台支撑的图像、声音和文字的综合运用，网络文艺作品的种类和艺术本体都发生了结构性的改变；同时传播方式也由传统的线下移到了线上，传播手段也有了质的突破，受众人群的接受也有了几何倍数的增长。

第一节　网络文艺教育的基本格局

所谓"网络文艺"一般指"网络小说（文学）、网络自制剧、网络动漫、依托网络小说改编的影视作品等"①，当然也包括网络游戏、网络动画，以及有声书等等新的网络文艺新的业态。与传统的文艺样式不一样的除了传播的面宽和量大之外，核心在于基于互联网技术的数字化创作和制作手段的革命性的颠覆，很多文艺样式都是新生的事物，打破了手工时代和工业时代单一形式的人工或人工与机器混合合作的生产模式。

作为数字时代的产品形态，后工业的文化生产的特性是基于网络复制与传播为核心的数媒产品不仅具有实体的性质，还有数字技术的虚拟、交互、智能等特点。因此，网络文艺教育同样需要一批带有网络文艺特点，反映网络文艺规律的代表性作品作为基础，并对其进行深度解读和多学科的普及推广，以期获得高质量的发展以及审美的接受。

笔者 2013 年开始进入网络文学"编辑与写作"普通本科教育的探索。当年这项工作除了上海视觉艺术学院在艺术类中进行本科招生外，普通类还没有一所高校真正开展起来。我当时和河海大学继续教育学院的陈新耕教授一起找到

---

① 杨霖怀、吴倩:《中国网络文艺有五大特点》，载《人民日报（海外版）》，2015 年 10 月 12 日。

南京晓庄学院分管教学的刘维周校长，刘校长非常热心，觉得这是一件大好事，高等教育应该有这样的文化担当。在热情接待我们的同时，刘校长当即把后续对接工作安排给新闻传播学院的于院长。于院长当时正在忙着新闻专业的省级重点学科验收……在接下来等待于院长回复的时候，三江学院文学与新闻传播学院得到这个消息就找到我，陈述了在三江学院办此专业的各种便利条件。

在此后的时间里，三江学院又主动与我们接触、沟通。经过一年多的准备，2015年全国首家"网络文学编辑与写作"本科专业在三江学院招生，这条新闻自然上了当年教育新闻的"热搜"。随后，在办学的基础上江苏省作家协会将"江苏省网络文学院"也挂到了三江学院，三江学院与南京的"红薯网"签订了"订单"式人才培养协议；同时，南京的网络文学企业如逐浪网、酷匠网以及省级融媒体高级管理人员相继被聘为三江学院网络文学学科的"特聘教授"和"特聘讲师"，这种灵活的办学模式和人才流动一直辐射到全国的网络文学全行业。

三江学院所在的雨花台区和临近的江宁区、秦淮区，相继开发出专业产业园——江苏网络文学创意产业园、江苏网络文学谷；江苏省作家协会将"江苏网络文学周""江苏网络文学'金键盘奖'"的发布、例行活动和颁奖现场都放在这些园区，一方面扩大了园区的品牌效应，同时实现了产、学、研的有机对接，吸引了很多网络作家和网络文艺企业的入驻。

同时，北京连续多年举办"网络文学 +"大会，意在加强对网络文学 IP 的转化与推广，加大互联网文艺产业的发展；浙江通过举办"网络文学周"活动，加快网络文学在产业中的比重，据悉计划将"网络文学周"扩容为"国际网络文学周"，加快网络文学的国际化进程，浙江传媒学院开设"网络文学 + 创意写作"应用型本科专业，开始实施招收 30 人一个班的专业人才培养计划，其中 10 人创作方向、10 人批评方向，还有 10 人是经验管理方向，通过分层、分类培养实现网络文艺人才培养的针对性和实用性。湖南长沙将"网络文学小镇"做成了网红打卡地，湖南网络作协将日常工作和重大活动都安排在"网络文学小镇"，将网络文学作为城市文化发展和文化产业的核心引擎来打造；四川成都从 2018 年开始则利用四川音像出版社打造"天府 TV 数字版权综合服务平台""天府 TV 网络音像（视听）审核播控平台"，浓墨重彩地展现了成都市广播电视台在媒体融合转型时代下，抢抓"互联网 +""媒体融合发展"等相关政策及历史机遇，积极探索互联网数字出版与媒体转型融合发展新模式的重大实践。①。

事实上，网络文艺的发展离不开高等教育网络文艺教育的支撑与拓展，这样的案例在全国有不少。安徽大学中国现当代文学专业除了硕士和博士招生外，还成立了网络文学研究中心，聘请了中南大学教授，博士生导师，中国作协中南大学研究基地首席专家欧阳友权作为"大师讲习"教授；同时还吸引了全国一批专家、学者参与编辑网络文学教材和网络文学研究；2020 年 8 月安徽大学网络文学研究中心将国家社科重大研究项目——"中国网络文学评价体系建构研究"阶段性成果之一的《网络文学教程》② 出版，以供全国高等院校本科生使用，未来还将组织编写研究生教材。

除此之外，中南大学、湖南工商大学、广东财经大学、西南科技大学等院校开设的网络文艺专业也给当地的网络文艺和文化创意产业的发展提供了人才保证和人力资源的支持。③

由于网络文艺和文化创意产业的跨学科特性以及对人才的基础要求高，甚至需要基础教育的协同，尤其是人才培养难度大、成本高，尤其是师资奇缺，教育成本核算与常规也不一样，在实际办学过程中操作难度系数较大，依靠一个学院或系科的能力根本无法实施；因此，可以成立协作体或吸引相关企业参与。除中南大学与中国作协合作成立研究基地外，山东大学也与中国作协合作，成立"中国作协山东大学研究基地"；上海视觉艺术学院分别与上海市作家协会、阅文集团三方合作成立网络文学研究院；另外，中国文联文艺评论中心在北京大学、清华大学、北京师范大学、中国传媒大学、西北大学、暨南大学等高校成立"中国文艺评论基地"④，都是放大资源效应、培养新兴文艺评论人才，为繁荣新时代中国文艺做出的积极的表率。

---

① 天府 TV：《聚变——成都市广播电视台·天府 TV 融合转型核心产业项目重磅发布》，新浪网，https://k.sina.com.cn/article_3199627477_beb670d500100c96c.html，查询日期：2024-03-16。

② 周志雄：《网络文学教程》，北京：高等教育出版社，2020 年版。

③ 吴长青：《新时代网络文学学科建设研究》，载《出版广角》，2018 年 11 月（上），第 33—35 页。

④ 杨兴：《首批 22 家中国文艺评论基地在京授牌》，载《中国艺术报》，2015 年 9 月 25 日。

第二节　新时代网络文艺教育的责任与使命

随着新媒介的蓬勃兴起，网络文艺呈现出多样态、多维度的发展，不同程度地满足了人民群众对精神文化的需求。党中央顺应人民的呼声，将加强和改进文艺评论工作作为新时代国家思想文化建设的重要组成部分，毫不讳言地说，这也是一项基本国策。

为此，中国文联还专门成立了专门机构以及相关专业委员会。教育作为承载培养社会主义事业接班人的重要使命，加强思政建设已经蔚然成风，网络文艺作为年轻人喜闻乐见的文艺样式，拥有庞大的年轻受众，因此，网络文艺与教育也是贴得最近，关系最为密切，很多年轻人既是消费者，也是参与者、创作者，因此，网络文艺进校园，增进网络文艺与教育的互动，是加强和改进网络文艺评论工作的有效途径之一，通过网络文艺教育这种形式检验网络文艺评论工作的成效，促进网络文艺评论人才的培养，推进网络文艺教育进教材，进课堂，增强思政教育的活泼度、参与度，提高思政教育的有效性与时代性。

同时，通过阵地建设，普及网络文艺艺术原理、艺术内涵与艺术价值，打造新时代网络文艺评论的高地，锻造网络文艺队伍，建设一支高素质的网络文艺评论与网络文艺教育新军。通过这样的阵地，还能够将思政与艺术融合、新媒体与学科的融合，造就高质量的学术队伍，扩大学术研究范围，提高学术研究视野，拓展学术研究视域，全面促进学术与时代的参与度，提高学术回应时代之问的深刻度与美誉度。

众所周知，网络文艺作为新时代的主要文艺样式之一，样式之多，形态之广，渗透性之强，辐射范围之阔，超越了传统文艺所不能及，特别是吸收了众多艺术门类的经典，深得人心，受众的依赖性更强。因此，加强网络文艺的教育工作，是具体落实新时代文艺"双百"方针和"二为"方向的重要举措，是防止历史虚无主义和极端宗教观和民族观的有效手段，也是抵制"三俗"的坚强后盾。因此，推进和加强网络文艺教育是体现"以人民为中心"文艺观的重要途径之一。学校教育是重要的载体，更是重要的理论和学术研究的抓手。增强文联行业、学校以及机构部门之间的合作与交流，是扩大阵地，提高质量的重要保证。

文艺事业是党和人民的重要事业，文艺战线是党和人民的重要战线。文艺事业与教育事业根脉相连，信仰一致。全国高校思想政治工作会议指出："我国高等教育肩负着培养德智体美全面发展的社会主义事业建设者和接班人的重大任务，必须坚持正确政治方向。高校立身之本在于立德树人。只有培养出一流人才的高校，才能够成为世界一流大学。办好我国高校，办出世界一流大学，必须牢牢抓住全面提高人才培养能力这个核心点，并以此来带动高校其他工作。"在新文科建设的背景下，网络文艺既是新文科建设的载体，也是新文科建设的重要内容。

新文科建设可以通过网络文艺呈现出来，无论是语言类、视听觉类、竞技类、表演类还是观赏类、制作类等都可以在此交汇，形成新的跨学科、跨门类的综合提升，同时可以与行业、企业形成产教融合，既有自身的独立性，又有学科的交叉性。总之，是新文科建设的方向。可以为新文科建设提供绝佳的舞台，促进学科边界扩容，融合学术、科研与产业发展的重要渠道与路径。也是为我国文化产业从"研发—制造—营销"为典型的后工业社会的基本生产体系的日臻完善保驾护航。

网络相对的无边界性，增进了世界不同文明的交流，中华民族作为世界的重要组成部分，其优秀的文明成果需要与世界分享。网络文艺作为媒介变革和技术革命的成果之一，附载着中国文化走向世界的历史使命与重任。充分利用好网络文艺，发挥出网络文艺的传播功能，是新时代网络文艺工作的内容之一，也是新时代中华文明自身发展的体现。网络文艺教育促进和保障中华优秀文化的建设和传播的质量和向量，为世界文明大家庭做出积极的贡献。

网络文艺创新发展催生艺术教育。近年来，随着互联网技术和新媒体的发展，催生了阅读方式和欣赏方式的改变，网络文艺渐渐成为人们取代传统文艺消费方式的首选。因此，网络文艺的创作生产直接影响着人民群众对美好生活向往的质量和层次。因此，创新、发展网络文艺既是网络文艺工作者的责任和义务，也是民生事业。

也就是说，造就一支德艺双馨的艺术家队伍是发展和繁荣网络文艺的坚强根基和政治保证，这既是党和政府的要求也是网络文艺行业内在的迫切愿望。同时也是加强网络文艺队伍建设、改善和提升网络文艺生态的强基工程。因此，加强网络文艺教育显得尤为紧迫和重要。网络文艺管理机构、高校和网络文艺企业开展了一系列的专项网络文艺教育，中国文艺评论家协会对会员进行专业培训的同时还联合各省网络文艺评论家协会落地开展形式多样的网络文艺教育培训，浙江省连续多年开展"全国青年文艺评论家'西湖论坛'"、中国作协联合杭州文联成立"中国作协网络文学研究院"、上海视觉艺术学院成立"网络文学研究中心"，等等。同时，网络文艺企业内部也设有各类专业内训，如阅文集团、中文在线等网络文学企业陆续建设起自己的内部网络文学学院或者网络文学大学。凡此种种，都是呼应管理机构与行业自身对优秀网络文艺人才队伍的建设。

网络文艺人才培养有其自身的特殊要求和艺术规律，需要系统性的教学目标、人才培养方案、课程开发和符合自身特点的教育体系的构建。

一是教学目标要符合网络文艺的特点以及人才培养的需求，根据不同的艺术形态制定不同的教学目标，既要符合各自的特点又要体现各自的特色，教学目标切忌泛泛而谈或是混为一谈，视频、音乐、游戏、文学、漫画各自有自己的艺术特征；二是人才培养方案要根据不同的受众群体，以及学历层次有阶差、接受度的差异分阶制定，在注重技能培养的同时，再融合传统艺术教育理论，创造、超越传统艺术教育理论，开创性地总结中国新型网络文艺教育理论的生成；三是形成独具特色的课程体系，需要在网络文艺宏观层面上把握网络文艺的教育原理以及教学原则，根据不同的艺术形态制定符合各自特点的课程体系，逐步形成各自的课程方案和课程管理系统；四是融合网络文艺平台的生产实践，坚持教育与生产劳动相结合的艺术教育原理，从生产中来到生产中去，主动接受生产实践的检验，同时对生产实践进行理论总结，提炼实践观点，形成网络文艺的教育原理和教育理论，构建独特的中国网络文艺教育理论体系；五是响应国家网络文艺"走出去"的号召，主动与世界融合，把优秀的中华文化、现代文化和当代中国精神熔铸在各种类型的网络文艺形态中，同时借鉴、吸收世界先进的文艺样式，把优秀"中国故事"通过网络文艺的形式传播到世界各地。

在网络文艺教育过程中须注意以下几点倾向：一是立足网络文艺行业特点，贴近网络文艺的生产、传播和消费特点，介入生产实践过程，融入管理过程，防止教学、研究与生产实践的脱节，造成"教"与"学"、"学"与"用"的疏离；二是师资队伍可以吸收行业人才，也可以培养"双师型"人才，鼓励青年教师到网络企业平台任职一定期限，在职称评定和可研项目申请上给予一定的倾斜，鼓励青年学者职业化地投身网络文艺人才培养；三是在课程管理上借鉴科研项目管理的模式，将教学、研究和课程管理进行融合，形成各自的课程特色，切忌混杂、大综合，形成以课程模块与网络平台进行产学研融合；四是网络文艺具有跨界融合性强的学科特点，因此需要带有融合、跨界的思维，不同学科、不同门类的艺术样式在同一个平台上实现互动生成、传播，因此需要打破行业壁垒，也需要突破学科之间的隔膜，需要彼此合作、融合，形成合力；五是网络文艺与互联网、新媒体的技术息息相关，在技术日新月异的"变"

前处理好艺术规律相对"不变"的辩证关系，既要主动接纳互联网和新媒体技术的不断变化的现实，同时要力求艺术规律的总结与提升，把普遍的规律与特殊的业态形成互为促进的关系，以"不变"应"万变"。

网络文艺教育虽然是一个新生的事物，需要以一种改革的精神和时代的责任感去实践，去主动迎接挑战。作为一种新型的生产业态和消费机制，需要大量高质量的人才参与进来，否则不能形成优良的产业形态和完善的网络文艺生态，这是摆在现实面前的矛盾。仅靠行业内部的人才培训和主管部门的行政力量是远远不能胜任中国网络文艺新型人才的需求。因此，需要专业院校进行有针对性的系统性的课程建设和新型教育体系的构建。

笔者作为全国首家"网络文学本科人才培养课程建设"的设计者与参与人，深感此项工作的紧迫性与危机感。需要全社会形成共识，要想真正改变网络文艺生态，必须重视网络文艺教育的相对空白的现状，切实抓好网络文艺教育和课程体系的建设。诚如在上文所说江苏有良好的基础，可以在江苏先行、先试。我们有信心在不久的将来，一定能实现国家所倡导的具体要求，这也是我们未来开展网络文艺教育的行动指南和教育愿景。

网络文艺教育如何助力新文科建设。网络文艺教育作为互联网时代媒介变革与人民群众对艺术接受方式转变的历史大背景下应运而生的产物，一方面呼应着全球互联网技术创新的时代境遇，另一方面也是新时代国家文化建设的时代命题。因此，网络文艺教育既贯穿着技术层面的融合发展，同时兼备着国家文化软实力建设的历史使命。

从本质上看，网络文艺不仅仅是技术发展的被动产物，还应是推动技术创新的先导，由如何欣赏、领悟到怎样更好地欣赏与接受。同时，以内容作为主导的网络文艺生产也决定着网络文艺消费的方向与接受人群的趋向，这种双向推动、互动融合的回流循环系统决定了网络文艺在社会生活中承担了更多的社会价值功能。因此，需要从技术层面和内容层面分析网络文艺的核心体系的构成。这样才能更好理解网络文艺教育对标新文科建设。

其中，网络文艺生态在技术层面包含着以下几个层次：

一是以硬件产品生产为主的"产品型"网络文艺。在科技产品为主导的生产机制阶段，科技产品催生出用户对内容消费，内容也刺激了科技的创新。比如，早期的网络文学就是单纯在网络上写作，网络技术为网络写作提供了一种超文本的形式；早期的短视频平台，也仅是供网民上传内容，自己并不生产内容，现在不仅接受网民上传内容，还自制内容，比如爱奇艺科技、掌阅科技都是这样的科技型企业；早期生产阅读器企业也仅只是单纯生产阅读器，现在同时做内容，再比如汉王书城就是这样的网络文艺企业，包括初期的百度科技也是由单纯做搜索引擎到现在做综合的流量经济。

二是以内容生产为核心主导的"粉丝型"网络文艺。以内容欣赏为核心的互联网产业无论是视频还是网络文学一般都是建立在"粉丝"消费模式基础上的商业机制，技术作为内容的辅助与加持，以如何更好地为内容增益作为主体，核心机制为了更好地服务生产与消费，尽管游戏产业强调玩家的重度参与，但是游戏内容大多由网络文学 IP 改编而来，前端的阅读型"粉丝"自然过渡到新的类型上，上游原创为下游游戏改编蓄积人气，这也是文化 IP 概念流行的主要因素。目前，这类科技型企业已经开始将优势的科技实力与头部内容进行强强融合。如早期的腾讯收购盛大文学成立新的阅文集团，之后阅文集团又收购新丽传媒进军影视；百度收购纵横文学和完美时空游戏都是这样的案例。

三是整合技术和内容的"流量型"网络文艺。这种模式主要以融合技术平台、内容平台和流量平台，强力突破"粉丝型"消费模式，向综合"流量型"消费模式迈进。目前主要以传统技术企业、内容生产型企业与短视频的整合为主。字节跳动、抖音、快手和 YY 相继结盟对应的合作伙伴，各自融合。目前，甚至连一些电商平台也与内容平台融合，实施新一轮的互联网融合。如网络文学由付费模式走向免费阅读，其内容主要成为互联网广告吸引人气的手段。这也是目前最普遍的形态。

网络文艺在内容层面上既有网民主动参与的原创功能也有网民欣赏层面上接受功能，媒介传播是在以上两种功能的实施过程中起到了衔接、促进作用。因此，技术主导的传播功能是原创与接受主体之外的增强功能。如果缺少了便捷的传播，原创与接受则大大削弱。另外，技术和内容融合的"聚众"效应，这种同样是在技术主导下的聚合传播效应，提升了网络文艺的传播效果，这也是网络文艺区别传统文艺的最主要因素。

从教育层面上来看，网络文艺不仅体现在传播、接受层面上，更主要集中体现在内容的原创、媒介技术革新以及传播科技三重环节上。从一定意义上说，网络文艺教育本身就是新文科建设的一部分，或者说网络文艺教育在逻辑上与新文科建设是高度一致的。

在技术流程上，网络传播平台不仅仅分发、传播文艺产品，也可以分发其他门类的产品，之所以网络文艺容易在互联网上生长茂盛，这源于公众对文艺的普遍接受以及互联网技术与原创内容的巧妙结合。网络文艺发展的现实实践启发我们如何利用网络文艺的原创特征，探索网络文艺的传播规律，对接上新文科建设的相关内容，使网络文艺成为服务新文科建设的重要资源平台和得力助手。

一是围绕新文科"推动文科教育创新发展，构建以育人、育才为中心的哲学社会科学发展新格局，建立健全学生、学术、学科一体的综合发展体系"的总体目标建设，将网络文艺平台建设成为既可吸纳学生原创内容阵地，也可以成为教师产学研融合发展的实验平台；平台上的优质内容可以改造成为教学资源，并可以向平台输送教学成果，成为师生教学资源共享的平台。

二是围绕新文科"牢牢把握文科教育的价值导向性，坚持立德树人，提高学生思想觉悟、道德水准、文明素养，培养担当民族复兴大任的新时代文科人才"的价值引领建设，优秀的网络文艺创作坚持思想精深、艺术精湛、制作精良相统一的原则，将网络文艺平台打造成培育新时代文科复合型人才的主流阵地。

三是围绕新文科"积极发展文科类新兴专业，推动原有文科专业改造升级，不断优化文科专业结构，引领带动文科专业建设整体水平提升"的专业优化建设，将网络文艺融合到相关专业中去，打破艺术教育和文科教育之间的壁垒，充分发挥网络文艺中互联网技术、人工智能和 AR 仿真等科技力量，将人文和科技，艺术与科技等多门类进行融合发展。

四是围绕新文科"紧紧抓住课程这一最基础最关键的要素，持续推动教育教学内容更新，鼓励支持高校开设跨学科跨专业新兴交叉课程、实践教学课程，培养学生的跨领域知识融通能力和实践能力"的课程体系建设，将网络文艺的内容原创、互联网技术和传播研究等领域开发出相应课程，并鼓励师生融合课程构建，形成各自学科优势，成为人才培养的高地。

五是围绕新文科"聚焦应用型文科人才培养，开展法学、新闻、经济、艺术等系列大讲堂，促进学界业界优势互补。聚焦国家新一轮对外开放战略和'一带一路'建设，加大涉外人才培养，加强高校与实务部门、国内与国外'双协同'，完善全链条育人机制"的模式创新建设，利用网络文艺互联网传播的及时性和交互性，以及符合现代文化工业生产的特性，将网络文艺作为应用型人才培养建设的试验田。同时，利用网络文艺的开放性和原创性，借网络文学"出海"的优势，加大中国文化的海外传播，促进网络文化领域对外开放的广度和深度。

总之，网络文艺在新文科建设中既有原创内容的生产与消费的融合发展，又兼有信息技术、互联网传播、视听制作等现代科技，同时也是融合学科发展、实施应用型人才培养的重要资源平台和教学资源高地。它们在新文科建设中承担着内容创新和科技变革的双重使命。所以，推进网络文艺助力新文科的融合发展，既是推动文科教育创新发展、构建以育人育才为中心的发展新格局，也对加快培养新时代文科人才、提升国家文化软实力具有重要意义。

第三节　做好网络文艺教育的基本方向和意识

一是须确立"以人民为中心"的网络文艺教育观，网络文艺说到底是大众的文艺、人民的文艺。坚持网络文艺的思想性与艺术性并重，原创性与民族性并举。所谓的思想性是立场问题涉及文艺的价值和方向，艺术性重在质量和层次；原创性则是从作品的独创与创新，而民族性则是反映本民族的精神文化的提炼，既有传承也有创新和发展。新时代网络文艺一方面有量上的需求，即要能够解决人民日益增长的美好生活需要和不平衡不充分的发展之间的矛盾；同时还要有质量上的追求，即达到"思想精深、艺术精湛、制作精良"。因此，需要加强网络文艺教育，提高人才培养质量，以大师风范、经典作品和"工匠精神"给予正面引导和示范效应。

二是坚持教育与实践相结合，一方面要有明确的学科定位意识，"作为一种完整的教育体系如果缺乏学科意识、课程目标、人才培养标准以及相关课程的具体设置，很容易被误导成一种短期的培训行为，同时具体的教学目标和教学过程无法达成、实施。因此，课程标准和课程大纲的制定、教材的编撰都是非常重要的。需要有可实践的课程构想和课程目标的构建，通过一段时间的试用日臻形成相对完善的课程体系和完整的人才培养方案，以及人才质量评估的体系。"[①] 同时要坚持应用型学科的学科特点，网络文艺重在思想的纯粹，文化的创新和技艺的传承，强调动手能力与创新思维的融合，因此，学科特点决定了人才培养和课程结构的实用和简明，当然，在具体教学中杜绝纯粹的技术化和工具化，需要人文精神的普及。最后须明确与具体的产业相结合的同时，还须以学生的发展为中心，尊重学生的创新精神，说到底，网络文艺是年轻人喜闻乐见的艺术样式，鼓励学生创新，抓好学生的创作实践环节，提高教育质量，将学生的个性发展、人格的培养与艺术的创造进行深度的结合，创新德育方式，将课程思政与网络文艺的创作融合，在融合中创新，在创新中提炼。

---

① 吴长青：《网络文艺教育要有新的开拓》，载《光明日报》，2020年7月22日，第16版。

三是加强网络文艺评论工作与网络文艺教育的结合。在网络文艺教育中要讲网络文艺批评作为重要的教学内容，还有利用这个武器对网络文学去伪存真，进行甄别与提炼，积极鼓励向经典学习，激浊扬清，抵制"三俗"，防止极端民族主义和宗教的不良倾向，加强对网络文艺创作的正面引导，同时尊重网络文艺批评的独立性，在吸收大众批评和媒体批评的基础上坚持将网络文艺批评的学术性，排除不正当的人、事干扰，通过健全的学术批评实现对不良网络文艺作品的批评。

四是尊重产业发展的特殊性与教育的公益性的结合。教育为人民服务的公益性决定了网络文艺教育与网络文艺生产形态的产业性具有对立的一面。因此，需要尊重产业特性的同时，合理地将教育的公益性体现出来，可以通过采取政府购买服务的形式，或者通过内容生产的转换与转移支付的方式，将生产与消费进行资源的重新分配与整合。不增加受教育者的成本负担，实现内容互换的增值。鼓励受众将消费与生产进行深度融合，促进消费与生产的良性互动。

诚然，目前全国性的网络文艺教育才刚刚开始，仍有许多不完善的地方，甚至还有些地方还没有意识到人民群众喜欢的艺术形式已经悄然发生了深刻的变化，特别是我们的传统艺术教育形式与现实社会的发展有着较大的差距，文艺人才培养与人民对美好生活的向往也同样有着不相适应的地方。这些，都需要我们能够真正沉下心来，回到人民中去，走进网络文艺现场，体会人民的真实需求，把网络文艺教育切实做实、做好、做精，锻造一批好作品，带好一支好队伍，成就一批网络时代的新型艺术家，这也是广大文艺教育工作者的初心和仁心的具体体现。

参考文献

一、著作

（一）中文著作

曹卫东. 交往理性与权力批判［M］. 上海：上海人民出版社，2016：128—129.

陈定家. 文之舞：网络文学与互文性研究［M］. 北京：社会科学文献出版社，2014：3.

葛娟. 亚文学生产与消费研究［M］. 北京：人民出版社，2013：41.

郭万盛. 奔腾年代：互联网与中国 1995—2018［M］. 北京：中信出版集团股份有限公司，2018.

郭羽，溢青. 脑控［M］. 杭州：浙江文艺出版社，2021.

韩模永. 超文本文学研究［M］. 北京：中国社会科学出版社，2013：227.

胡志毅. 神话与仪式：戏剧的原型阐释［M］. 北京：学林出版社，2001：34.

黄孝阳. 2006 中国玄幻小说年选［M］. 广州：花城出版社，2006.

景广明. 二我［M］. 天津：百花文艺出版社，2018.

李振. 网络化：现代性的聚合与解构［M］// 鲍宗豪. 网络与当代社会文化. 上海：三联书店，2001：65.

刘北成. 本雅明思想肖像［M］. 北京：中国人民大学出版社，2012：141.

鲁迅. 苦闷的象征：文学的起源［M］// 鲁迅全集：第十三卷. 广州：花城出版社，1995：64.

鲁迅. 中国小说史略：释评本［M］. 上海：上海文化出版社，2005：12，34.

马季. 网开一面看文学［M］. 北京：中国书籍出版社，2020：16.

马克思，恩格斯. 马克思恩格斯全集：第 2 卷［M］. 北京：人民出版社，

1979：118—119.

马克思．德意志意识形态［M］//马克思恩格斯全集：第 1 卷．北京：人民出版社，2009：533.

马克思．黑格尔法哲学批判：导言［M］//马克思恩格斯选集：第 1 卷．北京：人民出版社，1995：9.

马克思．资本论：第一卷［M］．姜晶花，张梅，译．北京：北京出版社，2007：47.

麦然．冰川之子［M］．北京：首都师范大学出版社，2021.

麦然．妈阁的恐龙人［M］．澳门：南国出版有限公司，2022：8—9.

欧阳友权．当代中国网络文学批判史［M］．北京：中国社会科学出版社，2019：463—464.

欧阳友权．数字媒介下的文艺转型［M］．北京：中国社会科学出版社，2011：89.

欧阳友权．网络文艺学探析［M］．北京：中国社会科学出版社，2018：475，477.

邵燕君，肖映萱．创始者说：网络文学网站创始人访谈录［M］．北京：北京大学出版社，2020.

孙周兴．以创造抵御平庸：艺术现象学演讲录［M］．北京：商务印书馆，2019：133.

陶然．幻旅［M］．南京：江苏人民出版社，2018.

田晓菲．瓶中之舟：金庸笔下的想象中国［M］//留白：秋水堂论中西文学．天津：南开大学出版社，2014：144—145.

跳舞．恶魔法则：全四册［M］．西安：太白文艺出版社，2013.

跳舞．恶魔法则（续）：全四册［M］．西安：太白文艺出版社，2013：389.

王德威．乌托邦、恶托邦以及异托邦：从鲁迅到刘慈欣［M］//现当代文学新论：义理·伦理·地理．北京：生活·读书·新知三联书店，2014：252，282.

王德威．想像中国的方法：历史·小说·叙事［M］．北京：生活·读书·新知三联书店，1998：18.

王干．王干文集［M］．北京：作家出版社，2018.

王小英．媒介突围：网络文学的破壁［M］．北京：商务印书馆国际有限公司，2022：92.

王小英.网络文学符号学研究［M］.北京：中国社会科学出版社,2016：4，21.

温铁军.解构现代化［M］.广州：广东人民出版社，2004：15.

吴功宜，吴英.深入理解互联网［M］.北京：机械工业出版社，2020：35.

吴长青.民间叙事传统与网络文学创作［M］//浙江省网络作家协会.华语网络文学研究.杭州：浙江文艺出版社，2015：31.

吴长青.网络文学创作与研究概论［M］.南京：河海大学出版社,2017：8，104，105.

夏莹.马克思是"发现"了无产阶级，还是"发明"了无产阶级？［M］//青年马克思是怎么炼成的？.北京：人民出版社，2018.

徐岱.作者与受众：关于网络文学现状的若干思索［M］//张邦卫，杨向荣.网络时代的文学书写.北京：中国社会科学出版社，2016：4—5.

阎连科.发现小说［M］.天津：南开大学出版社，2011：182.

杨庆祥.80后，怎么办？［M］.北京：十月文艺出版社，2015.

杨四平.跨文化的对话与想象：现代中国文学海外传播与接受［M］.上海：东方出版中心，2014：210.

余华.在细雨中呼喊［M］.海口：南海出版公司，1999：2—3.

张邦卫.媒介诗学：传媒视野下的文学与文学理论［M］.北京：社会科学文献出版社2006：379.

张世禄.中国文艺变迁论［M］.许嘉璐，主编.太原：山西人民出版社，2014：2，4.

张屹.赛博空间与文学存在方式的嬗变［M］.北京：中国社会科学出版社，2018：14.

张永禄.现代性视野下的小说类型学研究［M］.上海：东方出版中心，2023：7，84，263.

赵丽宏.序：网络会给文学带来什么［M］//榕树下图书工作室选编.2000中国年度最佳网络文学.桂林：漓江出版社，2001：1.

周志雄.网络文学的发展与评判［M］.北京：人民出版社，2015：18.

周志雄.网络文学教程［M］.北京：高等教育出版社，2020.

朱狄.原始文化研究［M］.北京：生活·读书·新知三联书店，1988：536.

（二）外文译著

H.–G. 伽达默尔. 美的现实性：艺术作为游戏、象征和节庆［M］. 郑湧，译. 北京：人民出版社，2018：31，37.

埃德蒙德·胡塞尔. 现象学的观念［M］. 倪梁康，译. 北京：商务印书馆，2016：86.

安贝托·艾柯，等. 诠释与过度诠释［M］. 斯特凡·柯里尼，编. 王宇根，译. 北京：生活·读书·新知三联书店，2005：71—72.

安贝托·艾柯. 悠闲小说林［M］. 北京：生活·读书·新知三联书店，2005：90.

安托万·孔帕尼翁. 理论的幽灵：文学与常识［M］. 南京：南京大学出版社，2011：27.

保罗·H. 弗莱（Paul H. Fry）. 文学理论［M］. 吕黎，译. 北京：北京联合出版公司，2017：90.

保罗·利科. 历史学和修辞学［M］// 对历史的理解:《第欧根尼》中文精选版. 元熙，译. 北京：商务印书馆，2007：111.

大江健三郎. 荒诞现实主义的意象体系［M］// 小说的方法. 王成，译. 北京：金城出版社，2012：168—188.

伽达默尔，德里达，等. 德法之争：伽达默尔与德里达的对话［M］. 孙周兴，孙善春，编译. 北京：商务印书馆，2015：28.

伽达默尔. 真理与方法［M］. 北京：商务印书馆，2000：35.

格雷厄姆·琼斯（Graham Jones）. 利奥塔眼中的艺术［M］. 王树良，张心童，译. 重庆：重庆大学出版社，2016：38.

哈拉尔德·韦尔策. 在谈话中共同制作过去［M］// 哈拉尔德·韦尔策. 社会记忆：历史、回忆、传承. 季斌，等译，北京：北京大学出版社，2007：119.

海德格尔. 形而上学之克服［M］// 演讲与论文集. 孙周兴，译. 北京：商务印书馆，2020：89.

海德格尔. 艺术作品的本源［M］. 孙周兴，译. 北京：商务印书馆，2022：83—84.

汉斯 – 格奥尔格·伽达默尔. 诠释学 I：真理与方法［M］. 北京：商务印书馆，2009：180.

亨利·詹金斯. 二十年后：亨利·詹金斯和苏珊·斯科特的对话［M］// 文本盗猎者：电视粉丝与参与性文化. 郑熙青，译. 北京：北京大学出版社，

2016：274—309.

胡塞尔.现象学的观念［M］.北京：商务印书馆，2016.

华莱士·马丁.当代叙事学［M］.伍晓明，译.北京：北京大学出版社，2005：191.

克罗齐.美学原理［M］.朱光潜，译.北京：商务印书馆，2012.

莱恩·考斯基马（Raine Koskimaa）.莱恩·考斯基马的数字文学研究［M］.单小曦，陈后亮，聂春华，译.桂林：广西师范大学出版社，2011：23—24.

雷吉斯·德布雷.图像的生与死：西方观图史［M］.黄讯余，黄建华，译.上海：华东师范大学出版社，2014：217—218.

理查德·艾文斯.捍卫历史［M］.张仲民，潘玮琳，章可，译.桂林：广西师范大学出版社，2009：111—112.

理查德·舒斯特曼.生活即审美：审美经验和生活艺术［M］.彭锋，等译.北京：北京大学出版社，2007：103.

卢波米尔·道勒齐尔.虚构叙事与历史叙事：迎接后现代主义的挑战［M］//戴卫·赫尔曼.新叙事学.马海良，译.北京：北京大学出版社，2002：187—188.

马克·罗斯.版权制度的始点：从市场出发，版权的起源［M］.杨明，译.北京：商务印书馆，2018：Ⅳ.

马克思，恩格斯.马克思恩格斯全集：第46卷 下［M］.中共中央马克思恩格斯列宁斯大林著作编译局，译.北京：人民出版社，2016：412.

马歇尔·麦克卢汉.理解媒介：论人的延伸［M］.何道宽，译.北京：商务印书馆，2000：299.

玛丽–劳尔·瑞安.故事的变身［M］.张新军，译.南京：译林出版社，2014：24.

倪立秋.让华人翻译家为中国文学国际化进程加速［M］//神州内外：东走西瞧.台北：台湾秀威资讯科技股份有限公司，2018：277.

诺曼·费尔克拉夫（Norman Fairclough）.话语与社会变迁［M］.殷晓蓉，译.北京：华夏出版社，2003：130.

帕斯卡尔·卡萨诺瓦.文学世界共和国［M］.罗国祥，等译.北京：北京大学出版社，2015：16.

浦安迪.中国叙事学：第2版［M］.北京：北京大学出版社，2018：4.

齐格蒙特·鲍曼.流动的现代性［M］.欧阳景根，译.北京：中国人民大学出版社，2018：23—43.

乔治·J. E. 格雷西亚. 文本：本体论地位、同一性、作者和读者［M］. 汪信砚，李白鹤，译. 北京：人民出版社，2015：152.

让·波德里亚. 消费社会［M］. 刘成富，全志钢，译. 南京：南京大学出版社，2006：49—51.

斯拉沃热·齐泽克. 意识形态的崇高客体［M］. 季广茂，译. 北京：中央编译出版社，2002：121.

特雷·伊格尔顿. 二十世纪西方文学理论［M］. 伍晓明，译. 北京：北京大学出版社，2007：212.

托多罗夫.《十日谈》的语法［M］. 牛津：牛津大学出版社，1977：15.

瓦尔特·本雅明. 摄影小史；机械复制时代的艺术作品［M］. 南京：江苏人民出版社，2006：79.

沃尔夫冈·韦尔施. 重构美学［M］. 陆洋，张岩冰，译. 上海：上海译文出版社，2006：96—97，99.

沃尔夫冈·伊瑟尔. 阅读活动：审美反映论［M］. 金元浦，等译，北京：中国社会科学出版社，1991：95.

夏志清. 文本与阐释［M］. 石晓林，等译. 南京：译林出版社，2019：140.

雅各布·卢特. 小说与电影中的叙事［M］. 徐强，译. 申丹，校. 北京：北京大学出版社，2011：5.

雅各布森. 现代俄国诗歌：提纲 1［M］// 俄苏形式主义文论选. 北京：中国社会科学出版社，1989：24.

约翰·斯道雷（John Storry）. 文化理论与大众文化导论：第七版［M］. 常江，译. 北京：北京大学出版社，2019：268.

二、期刊

鲍娴. 当下网络文学出海中的问题及对策［J］. 中国出版，2018（10）：31.

鲍远福. 语图思维与新媒介"影文体"的意义传播［J］. 南京邮电大学学报（社会科学版），2018（5）：92，93.

卜玉梅. 网络民族志的田野工作析论及反思［J］. 民族研究，2020（2）：

70—71.

曾照智.文化共生与中国"网文出海"的困境［J］.广西师范学院学报（哲学社会科学版），2018（7）：27.

陈鸿雁.文本与历史的互动关系分析：新历史主义视阈下的《了不起的盖茨比》［J］.山东理工大学学报（社会科学版），2017（5）：47.

陈平原."史传""诗骚"传统与小说叙述模式的转变［J］.文学评论，1988（3）：93.

陈先达.论历史的客观性［J］.贵族师范大学学报（社会科学版），2018（1）：6.

陈晓明.论文学的"当代性"［J］.中国现代文学研究丛刊，2017（6）：3.

初清华，王干.《钟山》（1988—1998）与先锋文学［J］.文艺争鸣，2015（10）：47.

触卉娟.通过知识产权的治理：网络文学生产领域的经验［J］.社会建设，2019（3）：65，70.

党圣元.网络文学研究的当下困境与理论突围［J］.江西社会科学，2017（6）：100—101，99.

丁帆.马克思主义批判哲学与文学批评读札［J］.华夏文化论坛，2018（1）：204.

董子铭，刘肖.对外传播中国文化的新途径：我国网络文学海外输出现状与思考［J］.编辑之友，2017（8）：18—19.

范伯群.我心目中的中国现代文学史框架［J］.深圳大学学报（人文社会科学版），2004（1）：85—86.

高新民，胡子政.叙事研究的形而上学之维［J］.华中师范大学学报（人文社会科学版），2018（4）：70—85.

郭艳.重建现代世俗生活精神的合法性：从近期"70后"创作看当下中国青年写作的变化［J］.山东社会科学，2015（11）：40—45.

韩存远.论互文性与解构主义［J］.山东理工大学学报（社会科学版），2015（3）：63.

韩民青.宇宙的结构、演化与人类的作用：新人择原理与人学宇宙观［J］.东岳论丛，2000（6）：25.

韩模永.增强现实与空间转向：网络文学的场景书写及其审美变革［J］.文艺理论研究，2019（4）：37.

何加玮 . 试论史传传统与中国现代小说：以"五四"时期到建国前小说为例［J］. 山东行政学院学报，2019（1）：124—125.

何平 . 好的类型小说是真正的国民文学［J］. 长江文艺，2022（1）：147—150.

贺天平，卫江 . 经验与理性：在量子诠释中的嬗变——关于《量子力学多世界解释的哲学审视》的进一步阐释［J］. 科学技术哲学研究，2012（1）：21—26.

胡传吉 . 80年代以来的文学思想难题：未完成的现代性［J］. 小说评论，2015（5）：13.

黄鸣奋 . 从电子文学、网络文学到数码诗学：理论创新的呼唤［J］. 文艺理论研究，2014（1）：102.

黄尚文 . 唐浩明历史小说研究综述［J］. 湖北经济学院学报（人文社会科学版），2007（7）：133.

吉云飞，李强 . 中国网络文学"走出去"的启示［J］. 红旗文稿，2017（10）：12.

吉云飞 . 类型小说是网络文学的主潮：从中国网络文学的起源论争说起［J］. 南方文坛，2022（5）：120，121.

吉云飞 . 制作起源：中国网络文学的五种起源叙事［J］. 文艺理论与批评，2021（2）：139—160.

蒋永发，任敏 . 中华民族共同体意识：何谓与何为［J］. 广西民族研究，2021（6）：66.

金理 ."宅女"，或离家出走：当下青春写作的两幅肖像［J］. 文艺研究，2014（4）：35—36.

赖大仁 ."文学性"问题百年回眸：理论转向与观念嬗变［J］. 文艺研究，2021（9）：42.

黎杨全 . SoLoMo的兴起与日常生活审美的新变［J］. 内蒙古社会科学，2018（5）：151，155，157.

黎杨全 . 虚拟体验与文学想象：中国网络文学新论［J］. 中国社会科学，2018（1）：177.

黎杨全 . 中国网络文学与游戏经验［J］. 文艺研究，2018（4）：109，112.

李如，王宗法 . 论明代神魔小说对当代网络玄幻小说的影响［J］. 明清小说研究，2014（3）：6.

李盛涛.文化生态学：言说中国网络文学的有效理论话语形态［J］.淮阴师范学院学报（哲学社会科学版），2017（1）：56—57.

林秀琴.后人类主义、主体性重构与技术政治：人与技术关系的再叙事［J］.文艺理论研究，2020（4）：16.

刘桂茹.论严歌苓的"文革"叙事［J］.江汉论坛，2015（2）：87.

刘克.民俗学田野作业范式与二月河历史小说戏曲母题［J］.晋阳学刊，2005（2）：3.

刘少杰.网络化时代的社会结构变迁［J］.学术月刊，2012（10）：22.

刘巍.新媒体文学批评的可能路径之一：以"腾讯文学评论专区"为例［J］.当代作家评论，2019（2）：60.

刘英昕.美国通俗文学作品在大学英语教学中的作用［J］.文学教育（下），2014（3）：64.

龙柳萍.重复与差异的价值：互文理论视阈下的网络类型小说［J］.广西社会科学，2014（2）：155.

马季.少数民族网络文学的价值与意义［J］.南方文坛，2011（5）：46.

南帆.摇摆的叙事学：人物还是语言？［J］.文艺研究，2014（10）：13.

欧阳友权.网络文学的学科形态建设［J］.文艺理论与批评，2004（7）：49.

欧阳友权.中国少数民族网络文学 20 年巡礼［J］.福建论坛（人文社会科学版），2018（10）：107—114.

乔焕江.从网络文学到类型文学：理论的困境与范式转换［J］.文艺理论与批评，2015（5）：128，133.

邵燕君."破壁者"书"次元国语"：关于《破壁书——网络文化关键词》［J］.南方文坛，2017（4）：33.

邵燕君.从乌托邦到异托邦：网络文学"爽文学观"对精英文学观的"他者化"［J］.中国现代文学研究丛刊，2018（8）：24.

邵燕君.网络文学的"断代史"与"传统网文"的经典化［J］.中国现代文学研究丛刊，2019（2）：1—18.

邵燕君.网络文学的"网络性"与"经典性"［J］.北京大学学报（哲学社会科学版），2015（1）：144—145，94.

沈倩慧.关于中华文化认同相关问题的思考［J］.区域治理，2019（45）：239.

沈杏培.“文革”与当代先锋写作：先锋作家的文革叙事策略及文学价值［J］.南京师大学报（社会科学版），2014（4）：160.

孙信茹，王东林.作为“文化实践”的网络民族志：研究者的视角与阐释［J］.中国农业大学学报（社会科学版），2019（4）：104.

谭帆.论中国古代小说文体研究的四种关系［J］.学术月刊，2013（11）：116.

田烨.从文化整合到意识自发：构建中华民族共同体的理论逻辑与实践路径［J］.新疆大学学报（哲学·人文社会科学版），2021（5）：44.

童明.互文性［J］.外国文学，2015（3）：88.

童庆炳.“重建”：历史文学的必由之路［J］.北京师范大学学报（人文社会科学版），2007（2）：33.

童庆炳.谈谈文学性［J］.语文建设，2009（3）：55，57.

庹继光.我国“文化走出去”中网络文学担当与路径探析［J］.广州大学学报（社会科学版），2017（9）：88.

王峰.后人类状况与文学理论新变［J］.文艺争鸣，2020（9）：88.

王干，赵天成.80、90年代之间的“新写实”［J］.文艺争鸣，2015（6）：58.

王干.90年代文学论纲（上）［J］.南方文坛，2001（1）：45.

王干.网络改变了文学什么［J］.文艺争鸣，2010（10）：3.

王干.最后的先锋文学：评苏童的长篇小说《河岸》［J］.扬子江评论，2009（3）：10.

王杰.文化经济时代的马克思主义美学［J］.中山大学学报（社会科学版），2018（2）：10.

王仕民，陈文婷.铸牢中华民族共同体意识的符号表达［J］.民族学刊，2021（9）：10.

王曦.后人类境况下文学的可能未来：科幻母题、数字工业与新文化工业［J］.探索与争鸣，2019（7）：152.

王一鸣.网络文学叙事圈的动因、过程与叙事制度［J］.出版科学，2018（1）：90—91.

吴俊.《千里江山图》贡献何在？：兼谈类型文学的文学史意义［J］.小说评论，2023（3）：49.

吴长青.构建网络文学批评融合发展机制［J］.中国文学批评，2022（3）：

165.

吴长青. 实托邦：网络文艺的第四条道路［J］. 西南石油大学学报（社会科学版），2017（5）：109.

吴长青. 网络历史类型小说创作的史传传统重建：以曹三公子的网络历史类型小说为例［J］西南石油大学学报（社会科学版），2021（3）：101.

吴长青. 网络文学的文学范畴与类型化特征：兼谈网络文学的"终结"之思［J］. 出版广角，2023（12）：33.

吴长青. 现象学视域中的网络民族志文学批评：建构数字时代"大文化"语言情境的批评生态［J］. 南京师范大学文学院学报，2023（1）：95.

吴长青. 新时代网络文学学科建设研究［J］. 出版广角，2018（11）：33—35.

吴长青. 异化与解放：中国网络文学批评的演进与反思［J］. 中国当代文学研究，2022（1）：173.

席志武，付自强. 我国网络文学海外传播现状、困境与出路［J］中国编辑，2018（40）：82.

许道军，葛红兵. 创意写作：基础理论与训练［J］. 探索与争鸣，2011（6）：68.

许苗苗. 网络文学20年发展及其社会文化价值［J］. 中州学刊，2018（7）：146.

许鹏. 新媒体艺术研究的理论设定与网络文学的研究视野［J］. 中国人民大学学报（社会科学版），2013（1）：43.

伊斯塔范·西瑟瑞－罗内，Jr. 当我们谈论"全球科幻小说"时，我们谈论什么：对新节点的反思［J］. 谢涛，译. 中国比较文学，2015（3）：16.

尹康庄. 论我国历史题材的小说创作［J］. 广东社会科学，1992（5）：124—125.

余碧琳，汤雪梅. 网络文学的起兴、异化与价值回归：基于三种经典传播理论的解析［J］. 出版发行研究，2018（11）：60.

禹建湘. 网络文学，一个新学科的建构预想［J］. 理论与创作，2008（3）：30.

张浩. 历史视阈与文化叙事：论严歌苓小说"文革"叙事的嬗变［J］. 中国文化研究，2014（3）：128.

张健. 数字出版与网络文学的发展与人才培养的跟进［J］. 教育现代化，

2016（12）：29.

张节末."兴"的中国体质与西方象征论［J］.中国文学批评，2021（2）：52.

张莉.论中华民族共同体意识的历史文化根基［J］.理论研究，2020（6）：40—41.

张鲁宁.教育叙事中"假性叙事"的成因分析［J］.上海教育科研，2005（5）：47—48.

张永禄，葛红兵.兼类小说的诗学观察［J］.华中师范大学学报（人文社会科学版），2010（3）：127—132.

张志伟.从维特根斯坦的"语言游戏"说看哲学话语的困境［J］.中国人民大学学报，2001（1）：41.

赵小雷.文学为体，网络为用：建构网络文学评价体系的两难境遇［J］.西北大学学报（哲学社会科学版），2018（3）：143—144.

三、报纸

丁帆.新时代背景下文学批评的定位和趋向［N］.文学报，2019-11-28（18）.

黄鸣奋.中西数码文学异名别义［N］.中国社会科学报，2011-06-07（10）.

罗皓菱.阎连科：80后是相当懦弱的一代人 没我们以为的那么反叛［N］.北京青年报，2015-07-28（B01）.

舒晋瑜.欧阳友权：中国网络文学研究的"元老"［N］.中华读书报，2017-10-30.

王干.文学评论流失的初心，是尊重规律与常识［N］.文学报，2019-11-28（19）.

吴长青.如何海外，如何建构：现代中国文学海外再出发：读杨四平的《跨文化的对话与想象——现代中国文学海外传播与接受［N］.中国社会科学报，2015-3-23（B03）.

吴长青.网络文艺教育要有新的开拓［N］.光明日报，2020-07-22（16）.

徐冰，汪晖，戴锦华.对自己历史的解释也包含在普遍性里［N］.中国社会科学报，2017-04-01（06）.

徐栩，于润泽，李旭东，张豆豆，洪盈，于梦瑶.关于网络文学受众的调查分析：基于阅文集团网络文学受众的调查［N］.山东大学报，2015-12-30（B）.

杨霖怀，吴倩.中国网络文艺有五大特点［N］.人民日报（海外版），2015–10–12（07）.

杨兴.首批22家中国文艺评论基地在京授牌［N］.中国艺术报，2015–09–25（01）.

四、论文集

付建舟.晚清小说的历史类型［C］//文献学与研究生教育国际学术研讨会论文集（中国古典文献学丛刊：第三卷）.北京：国际炎黄文化出版社，2004：321.

李敬泽.网络文学：文学自觉与文化自觉网络文学评价系统虚实谈——全国网络文学理论研讨会论文集［C］.北京：作家出版社，2014：13—14.

五、硕博论文

黎杨全.数字媒介与文学批评的转型［D/OL］.武汉：华中师范大学，2012［2014–10–16］.https://kns.cnki.net/kcms2/article/abstract?v=aHgEko1xHjhyb58kfjK2c0OB5TI–D3N7mwjHf54fWe4xk9CCKWBh78uYcy–aZJfi_i–fGbb0ilagZcjmdGN1P–LjqofkqmRBNQHqBYucBBRE–a8ObjdRpMwRv1jBXjKPzdvOx5YCaumVPzOaEwP5ng==&uniplatform=NZKPT&language=CHS.

李慧文.网络文学副文本初探：以大陆网络小说副文本为例［D/OL］.南宁：广西大学，2016［2017–01–16］.https://kns.cnki.net/kcms2/article/abstract?v=aHgEko1xHjgitEk747LR3jBQ_XSFwUW4eEGcUW_xtbc–Ov6zN0r8xiNj–EyiUHSZTcZ9dbyjfPbgXwjc19Sp8geMaYD_Y3fPTLqxaEmE–zpBMAgm2VLBQ9NnLGkPYp42VWPZfM6h–pQmKhYHl9j5LQ==&uniplatform=NZKPT&language=CHS.

六、电子资源

起点四作家作品研讨会［EB/OL］.（2009–06–16）［2024–03–15］.http://www.chinawriter.com.cn.

第一次的亲密接触［EB/OL］.（2022–03–22）［2024–03–15］.http://yulu.yjbys.com/aiqing/1074.html.

顾彬.好的文学只能产生于出版社而非网络［EB/OL］.（2010-04-07）［2024-03-18］. http://culture.ifeng.com/6/detail_2010_04/07/512793_0.shtml.

黄孝阳.谈中国玄幻［EB/OL］.（2006-05-17）［2024-03-18］. http://www.360doc.com/content/06/0517/22/2311_117729.shtml.

金庸主持的网络峰会访谈全文［EB/OL］.（2000-09-10）［2024-03-15］. https://tech.sina.com.cn/internet/china/2000-09-10/36390.shtml.

梅国云.警惕传统作家圈子被社会越抛越远［EB/OL］.（2018-12-03）［2024-03-16］. http://www.yidianzixun.com/article/0KjyZp6K.

于佳宁.泛娱乐进入"下半场"从内容融合迈向产业生态多元融合［EB/OL］.（2018-03-27）［2024-03-15］. https://mp.weixin.qq.com/s?__biz=MjM5NjAxMzgwMA==&mid=2651529745&idx=2&sn=1a8641ab368acf549bd88e80a31755ef&chksm=bd1031968a67b880265c87b58e66aa15a3d4e77d6b5ff8d113eb0d197547a80701a617ad62d1&mpshare=1&scene=23&srcid=0327mokO7JUNtOiKHBzM2FhP#rd.

中国互联网络信息中心（CNNIC）在京发布第52次《中国互联网络发展状况统计报告》［EB/OL］.（2023-08-28）［2024-03-15］. https://cnnic.cn/n4/2023/0828/c88-10829.html.

七、外文文献

Lars Ahnebrink. The Beginnings of Naturalism in American Fiction [M]. New York: Russell & Russell. INC, 1961: 128.

Michel Hockx. Virtual Chinese Literature: A Comparative Case Study of Online Poetry Communities [J]. The China Quarterly, 2005, 183: 676.

W. Benjamin. Charles Baudelaire: A Lyric Poet in the Era of High Capitalism [M]. London: Verso, 1997: 176.

W. Benjamin. One-Way street and other writings [M]. Penguin Classic, 2009: 61-62.

Wolfgang lser. The Fictive and the lmaginary: Charting Literary Anthropology [M]. Ba ltimore. Johns Hopkins University Press, 1993.

后 记

出于对一本书完整性的考虑，我不得不赘述这篇后记，其实在结语部分我已经交代了自己曾经如何起意做网络文学这门学科的，当然，还有不少人和事不适合在此赘言。大致想说的意思是，大凡要想做好这门学科确实是非常难的。就在我完成这部书稿的时候，国家有关部门将"创意写作"列入中国文学的二级学科，这是一件可喜可贺的事情。大概在我攻读博士的那个阶段，在经过认真反思之后竟萌生出网络文学完全可以与创意写作学科融合，这样也就能够很好地解决网络文学创作阶段的学术归属问题。

早在 2018 年，我提出了网络文学已经完成了它的历史使命这样一个命题。也就从那一年开始，我不再与《中国出版传媒商报》合作，中断了连续多年撰写网络文学年度报告的惯习。也从那个时候开始，我一直思考网络文学这个概念能不能概括我们这个时代的文学现象？当年提出网络文学这个概念的人是不是出于一种临时性的或然。从现象学出发，作为一种文学演变，网络文学与印刷文学的区别，不仅仅是书写和接受媒介发生了变化，在文体上的变化也是显而易见的。这种文体的变化也为今天最受网民关注的竖屏短剧提供了创作源泉。这其中不外乎有适应屏幕阅读的物理条件，客观上说，最主要还是迎合了现代人快节奏阅读的心理调配度。

回到我的这本书，我还是满怀诚惶诚恐。我也注意到了豆瓣上有一个帖子关于我前一本书《网络文学创作与研究概论》的评论，批评者一针见血地指出我的章节之间逻辑性的匮乏，这是我的毛病，在读博期间，我的导师也不止一次提出过这个问题，多次提醒我需要在这方面加强思维和能力训练。因此，在我这本新书付梓之时，我依然不能放下这个困扰过我的问题。当然，在准备书稿阶段，我还是对各章节的安排绞尽脑汁了一番，特别是我刻意将网络文学改成了"网络类型文学"，也就是强化我所认为的网络文学文体上的最大特征——类型化。因此，在组织文章时，我把"类型"作为核心关键词凸显出来，以示对网络文学演变的一种刻意强调。遗憾的是，我没有能够把网络类型文学与通常意义上类型文学进行区别，也就是网络文学与传统类型文学的主要区别点在哪里？如果仅仅从多类型的融合，以及从物理性的"长度"上来区别显然是肤浅的。

他山之玉可以攻石。如果从网络剧和短视频的功能反过来看网络文学的类型。我觉得用社会学意义上的"庶民的狂欢"来解释可能更切题一些。传统类型文学一贯拟用"大事件"高举高打，比如战争、灾难、爱情、科幻，等等。而在庶民那里，可能更在意他们生活中的那些感动，以及挥之不去的某种理念和情结，还有伴随生存压力而来的某种无处释怀的情绪，而这些均构成了所谓的内容素材以及由此奠基起来的情感氛围。这种情感和情绪极易成为"蝴蝶的翅膀"，继而能够成为一种效应散播出来。网民这种缠绕式的黏性，以及他们对文本的依赖也就顺理成章地构成了另一幅美丽的新世界。

诚如我在书中所说的那样，也许网络文学在开源软件的意义上"众神狂欢"早已终结。但是它的文本生产并没有停止，甚至有可能会出现新的类型，也就是说，只要类型不死，文学性照常茂盛，庶民狂欢依旧。只不过可能换成了其他的形式而已。网络文学也好，类型也罢，在历史的演进中实现了大众文学类型的演变。这种影响力在数字时代不仅不会消失，而且还会持续地发挥出它的影响力，无论是从积极的角度来看，还是从悲观的视角来审视。庶民的狂欢一定是数字时代大众文化不二的准则。否则，大众文化也就落入到生无可恋，死无葬身之地的境地。事实上，这种可能是不存在的。这也预示着互联网时代的大众文化以及数字文艺已经获得了它自身的合法性。这也可算是从印刷文明到数字文明转换过程中的一个小小的印记。数字文学和人工智能文学也许在不远的未来会以一种更为清晰的面目回应我们今天的思考。

最后，要感谢所有给予我学术上帮助的各位师友以及期刊的主编和编辑。南京大学的丁帆老师帮我推荐过文章发表，安徽大学文学院王达敏教授和《中国文学批评》杂志的马征老师为我的文章修改费了很多心血，我的导师周志雄老师、中国文艺理论学会网络文学分会会长欧阳友权教授、中国作协网络文学研究院研究员马季老师等一批学者在我学术成长过程中都曾予以照顾和帮扶。

感谢澳门大学中国历史与文化中心的朱寿桐教授为我这本书作序。还要感谢把我带进学术研究殿堂的福建师范大学文科资深教授孙绍振先生，他一如既往关心我，让我终身难忘！

广州大学中国文艺国际传播研究中心、安徽大学网络文学研究中心、上海大学中国创意写作研究院、内蒙古民族文化艺术研究院等研究机构为我的研究提供了相当多的便利。文化发展出版社的段洁先生为我这本书的策划费了不少心血。

另外，盐城幼儿师范高等专科学校的领导和学术委员会的各位专家，以及中国出版集团世界图书出版广东有限公司的刘正武、程静、张东文等编辑为这本书的最终出版费心尽力。在此一并深表感谢！

吴长青

2024 年 3 月 18 日